宁夏大学文学院优秀学术著作出版基金资助

自治区中国语言文学（重点培育）一流学科经费资助

# 宁夏当代作家话语嬗变研究

王琳琳

著

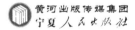

黄河出版传媒集团
宁夏人民出版社

图书在版编目（CIP）数据

　　宁夏当代作家话语嬗变研究 / 王琳琳著. —— 银川：
宁夏人民出版社，2023.12
　　ISBN 978-7-227-07902-6

　　Ⅰ．①宁… Ⅱ．①王… Ⅲ．①作家 – 文学研究 – 宁夏
– 当代 Ⅳ．①I 206.7

　　中国国家版本馆 CIP 数据核字（2023）第 256748 号

**宁夏当代作家话语嬗变研究**　　　　　　　　　　　　　王琳琳　著

责任编辑　赵学佳　管世献
责任校对　闫金萍
封面设计　张　宁
责任印制　侯　俊

 黄河出版传媒集团
宁夏人民出版社 出版发行

出 版 人　薛文斌
地　　址　宁夏银川市北京东路 139 号出版大厦（750001）
网　　址　http://www.yrpubm.com
网上书店　http://www.hh-book.com
电子信箱　nxrmcbs@126.com
邮购电话　0951-5052104　5052106
经　　销　全国新华书店
印刷装订　宁夏银报智能印刷科技有限公司
印刷委托书号　（宁）0028309

开本　787 mm × 1092 mm　1/16
印张　24.75
字数　330 千字
版次　2023 年 12 月第 1 版
印次　2023 年 12 月第 1 次印刷
书号　ISBN 978-7-227-07902-6
定价　56.00 元

# 序

　　这是王琳琳继《张贤亮文学和电影作品比较研究》之后，又一部以宁夏当代文学为研究对象的学术著作，也是当代宁夏文学研究的又一新的学术成果和重要收获。

　　当代宁夏文学的崛起，肇始于20世纪70年代末（尽管早在20世纪50年代，即有路展、哈宽贵等在全国有一定影响的儿童文学、小说作家，但并不能反映宁夏文学的整体水平），以"两张（张贤亮、张武）一戈（戈悟觉）"的复出、出现为标志，尤其是以张贤亮复出后的小说创作为标志。1980年，读了张贤亮的作品后，评论家阎纲惊呼"宁夏出了个张贤亮！"自此，张贤亮被视为当代宁夏文学最具实力也最具代表性的作家，成了宁夏文学的一棵大树。事实也正是如此，20世纪80年代，张贤亮作为最能代表20世纪80年代中国大陆小说发展杰出成就（夏志清）、最具批评精神（冯骥才）、最有思想家气质（赵俊贤）的作家，几乎是以一己之力，撑起了宁夏文学的一片天，使得宁夏文学在当代中国文学的版图中有了自己的一席之地，而且是重要的一席之地。张贤亮的成功，产生了井喷效应，在张贤亮这棵大树的影响、呵护、扶持之下，宁夏文学有了自己的"三棵树""新三棵树"……最终形成了郁郁葱葱的一片林。宁夏成了"文学最宝贵的粮仓"，文学成了宁夏"这块贫瘠的土地上的最好庄稼"（铁凝），也因此形成了当代中国文学版图中的"宁夏现象"（刘大先）。就此而言，研究张贤亮，研究文学的"宁夏现象"，对当代宁夏文学乃至中国当代文学研究来说，都有着特殊而重要的意义。这也正是王琳琳两部学术著作的意义、价值所在！

如果说，王琳琳的前一部著作研究的是张贤亮这棵树（而且是棵大树！）的话，那么，这部新著则是以宁夏文学这片林（而且是一片生机勃勃的森林！）为研究对象的。两相比较，不仅仅是研究范围的拓展、研究视野的扩大，更主要也更重要的，是研究方法的探索和理论意识的强化。

全书五章，分为两部分：前两章侧重于理论构建，后三章侧重于文本细读。两部分之间恰好构成了一种互证关系。理论探索是王琳琳读书时就有的学术志趣，而文本分析则正是其文学研究所长。真正的文学研究，既要追求学术学理，又不能忽视艺术审美。追求学术学理，离不开理论的支持；讲究艺术审美，则离不开文本的细读。王琳琳的这部著作，正是这二者结合的产物，写得既学术，又文学。

具体而言，本书的特色、价值主要体现在以下几个方面：

第一，宁夏当代文学研究内容、范围的拓展。以往的宁夏当代文学研究，偏重小说的研究（毋庸讳言，最能反映、代表当代宁夏文学成就的，当属小说创作），而且偏重小说作家作品的个案解读，对其他文体（如散文、影视剧、非虚构写作等）、文学现象（如作家的代际划分、差异及其原因等）关注不够。王琳琳的新著注意到了这一问题或不足。书中对当代宁夏文学制度建构（尤其是文学制度现代化）的讨论，对当代宁夏文学"大""小"传统的梳理，对当代宁夏文学与影视剧交汇融合的分析，对当代宁夏作家代际的划分及其差异的解读，等等，都是以往的宁夏当代文学的研究中少见甚至没有的，拓展了当代宁夏文学研究的疆域。

第二，宁夏当代文学研究范式、方法的探索。研究疆域的拓展，需要有相应的理论、方法的支撑。过往的宁夏当代文学研究，与充满探索的勇气、执着，创造的智慧、活力的宁夏文学创作相比，其创新创造的动力、活力明显不足，观念、方法逐渐陷入了某种窠臼、程式、套路，渐趋僵化、刻板，而且同质化的现象日渐突出。王琳琳的新著部分地改变了这一状况。书中以宁夏当代文学话语嬗变、话语特色为中心，综合运用文化学、媒介传播学、叙事学的理论、方法，从媒介记忆、媒介交融和媒介符号多个方面，描述、分析20世纪70年代末以来宁夏文学的生成、演进，诠释、评价其价值、意义，为当代宁夏文学研究提供了新的范式和可能。

第三，宁夏当代文学话语特色、体系的发现。文学研究必须以文本细读为基础、前提，通过文本细读，方有可能有新的发现，从而言人所未言、发人所未发。王琳琳的新著正是如此。书中通过文本细读，梳理、凝练了宁夏当代老生代、中生代、新生代几代作家话语特色，不仅发现了其中的代际差异、个体差异，而且注意到了其间的代际传承与多元共生。在此基础上，进而发现、讨论了宁夏当代文学的话语体系并指出，这一话语体系集中表现为建立在开阔、开放的民族认同、文化认同基础上的乡土、伦理和成长等多元话语的相伴相生，为宁夏当代文学研究创设了新的评价标准。

是为序。

王岩森

# 目　录

## 第一章　宁夏当代作家话语评价标准

## 第二章　宁夏当代作家话语特色

# 第三章　媒介符号与文本细读：
## 　　　　宁夏老生代作家作品的话语特色

# 第四章　媒介交融与文本细读：
## 宁夏中生代作家作品的话语特色

# 第五章　媒介记忆与文本细读：
## 宁夏新生代作家作品的话语特色

# 第一章 宁夏当代作家话语评价标准

　　宁夏当代作家话语嬗变研究是以宁夏当代作家的文学作品为研究对象，基于文本细读的话语特色研究。宁夏文学的现代化进程显示出宁夏作家对中国传统叙述话语传承的相对守成，同时又在全球化交往中借鉴出新。守成并非落后、退步的代名词，而是在充分尊重历史与传统的前提下进行有限度和渐进式的变革，出新则是在中国现代化进程中的持续进步。守成与出新的文化语境促成了宁夏文学话语风格的独特。宁夏当代文学的外部环境与创作动因、历时传承与共时比对需多方融合，共同建立宁夏文学的话语评价标准，方能更好地推进宁夏文学的研究。

　　布迪厄的场域理论是将文学作品话语的打开形式融入社会历史环境的分析方法，借用这一方法，从宁夏当代作家具体作品的话语语境入手，分析话语形式构造物的基础结构，以及结构里运作的权力关系，文学创作就具有了"背景共识"，即宁夏文学创作的"大传统"。这个"大传统"不仅需要探索中国文学叙事特色在宁夏当代作家创作中的传承路径，还需要结合世界文学的发展脉络，将宁夏文学的现实样态放在与世界、与中国、与地域的对话语境中观照。宁夏在西部，与其说"宁夏文学"是一个独立的思潮流派，不如说是西部地域中影视活动与文学活动交融促进的语言聚合场。20 世纪 80 年代，西部电影用现代话语方式打开了与世界对话的大门，建立了中国现代化的影视家园。与西部电影紧密相连的西部文学在现代化、现代主义和后现代主义的夹击中建构，在文化热的洗礼中接受来自康德、海德格尔、法兰克福学派等的哲学思想，学习"视界融合"的创作方法。运用这些跨越媒介的研究视角将拓宽宁夏文学的研究思路，构型出宁夏当代作家更为开放的多元话语特色。

宁夏文学话语语境的研究就是"在一种语言的媒介中把握它言语的历史性"①，从语言媒介、符号的角度进入文学话语虚构及叙述话语的研究。运用媒介考古学，在媒介发展历程中寻找亚媒介空间，从而梳理这个新事物的演变过程，那么这一研究路径就可成为中华民族文化视野下宁夏文学独特叙述视角的新观点。宁夏文学在自我坚守与他者认同的道路上摸索前行。"宁夏出了个张贤亮"，宁夏文学在张贤亮的创作观的开拓与引领中看到了更为广阔的创作理念，然而在本土性、民族性、地域性文化建构的进程中，宁夏作家对于文学诗性的独特观照，让其在纷繁复杂的中国文化建构的瓦砾中储存了一些特殊的话语叙事方式，这正是宁夏文学自变量在传承话语中形成的发展合力。同时宁夏文学话语实践的目的又需要于合力中寻找宁夏文学内在发展的自变量，"唯美主义对艺术自律性及其对建立一个被称为审美经验的独特王国作用的强调，使得先锋派艺术可以清楚地认识到自律性艺术的社会意义的丧失，从而试图把艺术重新拉回到社会实践之中"②。宁夏文学在交流沟通中完成了文学的自我改造，研究宁夏文学时就需从中找到文学创作的自变量，将研究深入到话语交流沟通的实践中，即细读作品后于"大传统"的背景共识里梳理出作家话语的独特性。

因而，宁夏当代作家话语评价的标准是从媒介记忆、媒介交融和

---

①[德]彼得·比格尔. 先锋派理论[M].高建平，译. 北京:商务印书馆,2002:80.
②[德]彼得·比格尔. 先锋派理论[M].高建平，译. 北京:商务印书馆,2002:10.

媒介符号三个方面进入。从宁夏文学的刊物、宁夏文学与电影媒介的创作比较和宁夏的文化符号等背景方面进行综合梳理,将处于分散状态和看似毫无关系的数据进行因果关系分析,最终形成宁夏当代作家创作发展趋势探索的理论依据。具体来看,媒介记忆的语境研究首先成为评价标准之一。这一标准主要是从宁夏报刊的背景共识入手,梳理宁夏社会化进程中文学资源的配置情况,透过宁夏期刊报纸的数据资料呈现宁夏文学的现代化进程。其次,在研究中借鉴西部文学与西部电影交融发展的研究思路,从宁夏文学与电影媒介交融的分析中提出宁夏当代作家话语特色的"技"与"道"的另外一个评价标准。最后,通过对宁夏文化符号的梳理,切入宁夏文学作品中媒介符号的整理研究,也借此梳理出宁夏当代作家作品话语的媒介符号特征。

## 第一节　媒介记忆:宁夏当代作家 话语特色的媒介语境

文学媒介的研究就是文本的研究,文本是文学活动的核心要素,其表层的言语层就是媒介要素的研究。20 世纪以来,人们对媒介研究从"工具论"的认知转向"本体论"的思考,媒介已经不再被简单地界定为一种使用的工具。媒介发展历变的过程以及形成的亚媒介空间的新思路都是文学现代化进程中不可忽略的问题。

麦克卢汉认为"媒介是人的延伸""媒介即信息",将媒介从工具的功能性特质转入探索媒介作为新技术对人类的影响,也就是媒介的本体思考。在文艺活动中,媒介的特质也开始更为清晰地显示出其对人的不同影响,麦克卢汉的热媒介与冷媒介探索的就是人与媒介的不同关系。海德格尔的哲学随之也成为媒介研究中最重要的理论依据。技术是"显现"的方式,"显现"意指去蔽、解蔽,即将事物展现、彰显出来。不同的显现方式编织出不同的关系网络，"凡是使用一种技术的方式，总是构造出人与事物的一种关系；凡是使用一种新技术的地方，则总是构造出人与事物的一种新关系"①。那么，媒介与人的关系在媒介自身的发展演变中发生了变化。同理，人的发展演变也与媒介的发展演变同步发生变化。梅洛·庞蒂从"身体可逆性"出发，将媒介与人的关系研究带回人本身，认为物与人的身体相互关联，也就是说身体不仅是操作、使用技术的"主体"，还是技术的"客体"，是技术的具体体现，技术使身体成其自身。②人的复杂性带来了人类对于媒介技术发展的多元性，受制于技术的人类，如何彰显人类情感的独特性，在媒介中发挥人的创造力，就是人类面临的挑战。随着网络媒介技术领域的拓展，媒介本体论的性质呈现出了更为显著的建构力量，以一种无所不在并连接一切的普遍性，进一步消弭"真实"与"虚拟"的界限。作为一种新兴的数字媒介，网络以此改写人们的感知方式，成为"人不可分割的构成"以及"人之为人的可能性的所在"。③

回到文学媒介的研究范畴，文学语言是媒介，文学媒介优先地存在于整个活动之前，也就是说，文学文本必须基于文学活动而存在，不管我们是否去分析文学媒介，媒介的特性都已经独立地存在。媒介理论的发展促使在对文学活动进行的研究中不可忽视媒介的特性，媒介的自在性就是独立性所在，在宁夏地域文学话语特色的研究中，就需要首先从媒介记忆进入，但要着力于媒介及其中所形成的人与世界的变化关系，探索文学媒介现代化的进程，以及文学话语媒介特性形成的因素与分析，并在这样的研究语境中进行具体的宁夏作家作品的文本细读，也就

①董峻. 技术之思：海德格尔技术观释义[J]. 自然辩证法研究,2000(12):19-24.

②刘铮. 从"身体"到"肉身"：试论梅洛·庞蒂的涉身伦理[J]. 湖南师范大学社会科学学报,2016(6):67-72.

③孙玮. 媒介化生存：文明转型与新型人类的诞生[J]. 探索与争鸣,2020(6):15-17.

是更加细致地探索媒介演变中文学的自变量，即宁夏文学话语的独特性。

## 一、宁夏文学制度的现代化

宁夏文学当代作家及其作品的研究需要结合宁夏文学刊物与报纸的出版、刊发状况。宁夏文学刊物和报纸媒介的深层空间是由时代背景、所属地域的文学观念和语言形式等合力构建的一个具有背景共识的文化场所，即宁夏文学制度的现代化。马克思说："人们在自己生活的社会生产中发生一定的、必然的、不以他们的意志为转移的关系，即同他们的物质生产力的一定发展阶段相适应的生产关系。"①那么，在宁夏文学现代化进程中创办的刊物和报纸，就是宁夏社会化过程中文学资源配置的显现，是与物质生产力相适应的文学生产。洪子诚先生在中国当代文学研究中提出"文学体制与文学生产"②的观点，其中就包含文学研究的社会背景，以及出版与传播、教育与创作等多方面复杂关系的研究。"就文学而言，现代性至少应有两个层面的涵义，一是文学审美的现代性，二是文学制度的现代性。"③那么，追溯宁夏文学制度现代化的进程就是宁夏文学研究语境中多种社会资源共同建构样态的研究，亦是宁夏文学的研究基础。

在中国，"现代性则是指中国通过现代化进程而在生存方式、价值体系、心理结构、知识范型、语言和艺术等文化层面所获得的属于现代的性质"④。在中国市场经济走向成熟的现代化过程中干扰最大的因素是"进步"与"现代性"问题。那么，宁夏文学制度的现代化，指的不是别的，就是现代性的形式，是在经济层面大体相适应的意识形

①马克思恩格斯选集：2卷[M]．北京：人民出版社，1972：82.
②洪子诚．问题与方法：中国当代文学史研究讲稿[M]．北京：北京大学出版社，2002：187-232.
③王本朝．文学现代：制度形态与文化语境[M]．北京：人民出版社，2015：5.
④王一川．汉语形象美学引论[M]．广州：广东人民出版社，1999：5.

态建构时，各个层面体现出的现代性。在文学制度现代性的问题中尤其需要重视的问题是人文价值方面，也就是说极大程度地规避工具理性带来的现代性危机，更多地从多元冲突中找到"进步"之处，也就是在文学发展样态中现代范式的转变，非反客为主地倒过来成为权威视角，而是科学地分析媒介发展样态。那么，宁夏文学制度的现代化就是促成宁夏文学刊物与报纸得以建立的基础，是宁夏文学的"背景共识"。

从宁夏建省及辖区范围、宁夏人才的具体发展状况来看宁夏文学制度的现代化。新中国成立后，宁夏曾经历建省、撤省及辖区范围的变动，直到 1958 年 10 月 25 日宁夏回族自治区成立，银川专区、吴忠、西海固及泾源、隆德 2 县等原属甘肃省的辖区划归宁夏，但曾隶属宁夏的阿拉善左旗等地依旧辖属内蒙古自治区。因而，地处黄土高原与内蒙古高原过渡地带的宁夏回族自治区，历史上形成的农耕文化与草原游牧文化的多元交融并未改变。然而，宁夏地形南北狭长，南北相距 456 千米，东西相距约 250 千米，地势从西南向东北逐渐倾斜，因其处于西北部的黄河中上游地区，黄河自宁夏中卫入境，经石嘴山出境，流水侵蚀的黄土地貌上储存着的源远流长的黄河文化，也一直滋养着宁夏文学。因此，宁夏文学制度的现代化是在黄河文化的传承里交融着多元文化样态的历史背景中建立的。

宁夏建省后大量移民进入这片土地，迁徙而来的知识青年为宁夏地域文学积聚了力量，"人才"成了宁夏文学制度得以现代化的有力保障。"从 1961 年开始，到 1978 年年底，宁夏城镇知识青年上山下乡共达 49100 人，加上接收来自北京、天津、杭州等地的 8300 名下乡知识青年，实际安置的共计为 57400 人。"[1]迁徙而来的知识青年丰富

---

[1] 刘天明,王晓华,张哲. 移民大开发与宁夏历史文化[M]. 银川:宁夏人民出版社, 2008:121.

了宁夏文化，形成了"五方错杂，风俗不纯，人地和谐，融合更新"①的宁夏特色移民样态，并让文化在交融中不断扩大。各种文化冲击与融合的历史又让宁夏文学汇集了多民族文化传统，推进了宁夏文学的成长；不断孕育更多的人才是宁夏这一地域文学得以生长的重要因素，而多元交融的移民群体又形成了宁夏文学书写的独特魅力。

随着宁夏人民受教育程度的提高，媒介水平以及办刊能力的提高就成为宁夏文学制度现代化进程中宁夏文学刊物和报纸得以成刊的关键。"文学体制是文学存在的网络"，那么"对作家而言，拥有职业化和社团化体制形态，对作品而言，有报纸、杂志、出版的支撑，对读者而言，有文学评论、论争和文学审查与奖励的监督与规约"②。直到"19世纪中下半叶新学开办以前宁夏和今固原地区，据不完全统计，有儒学11所，其中府学1所、州学2所、厅学2所、县学6所"，宁夏建省后"中等学校发展到6所"，而"完全小学和初级小学共有237所"。③这个不太理想却存在着的星星之火积聚了文学火种，使得宁夏文学在地域变动中不断以"关中之屏障，河陇之噤喉"的历史地位融合多元文化。遍布全区的新学在宁夏文学的土地上留存下了文学的种子，可见向内与向外两种宁夏历史移民的变迁，在宁夏文学的自我成长中埋下了文化守成主义的种子，这与今天宁夏文学坚守创作的态势密不可分。从宁夏历史上创办刊物的沿革看宁夏的媒介理念是可以推断出宁夏文学的现代化进程的。"宁夏地区具有现代宣传和新闻媒介手段，大体上起于冯玉祥西北军进驻以后。……中山日报社由绥远迁来宁夏继续开办。……1929年吉鸿昌接任省主席时期，也创办过《宁夏醒报》，为四开型活字印刷。……《宁夏民国日报》大约创办于

---

① 杨森翔. 宁夏移民历史与文化[M]. 香港: 华夏文史出版社, 2021: 58.

② 王本朝. 文学现代: 制度形态与文化语境[M]. 北京: 人民出版社, 2015: 6.

③ 陈育宁. 宁夏通史[M]. 银川: 宁夏人民出版社, 2008: 505-514.

马鸿宾再回宁夏主持省政后的 1930 年。这一时期，《大公报》也一度在宁夏设立过分馆。另外，宁夏留平学生会还在北平创办过《银光》《曙光》《华声》月刊。"①直至新中国成立前，宁夏陆续创刊十余种并由当时的宁夏银川书局、银川书店、报社印刷厂、省政府印刷厂等单位印刷出版了大批书籍。可见，1959 年《朔方》杂志顺利创刊，以及宁夏丰富的文学杂志和报纸媒介的资源不是偶然的，是多方合力促成的，是宁夏文学现代化进程的重要组成因素之一。

同时，文学奖励制度也是宁夏文学现代化的一种表现，是与宁夏文学生长与发展紧密相关并起到激励作用的文学政策。宁夏地区建省前就有教育奖励机制，对留学教育予以鼓励，但对于留学后不回宁夏地区的需要偿还所有资助，等等。中国近代文学的奖励机制多发端于民间，1936 年的"《大公报》文学奖"就是其中重要的一种。宁夏1958 年成立自治区后，表彰与激励性的文字较多，但奖励机制的真正建立是从新时期开始的，形式有政府奖励和杂志奖励等。宁夏回族自治区第一届文学艺术奖是 1980 年 1 月 8 日发布的，奖项为 1979 年以前创作的作品，共 326 件。这些文学作品中包括民间文学共 111 篇，其中一等奖 10 件、二等奖 38 件、三等奖 63 件。奖项涵盖文学创作各种文体的作品和文学评论，还有各种文艺作品及文艺作品评论等。至今，宁夏文学艺术奖已经举办了十届，共推出文艺作品千余部。"贺兰山文艺奖"是 2015 年银川市委、市政府设立的银川市文艺最高奖，每两年评选一届，针对文艺作品、文艺评论分列出"作品奖""成就奖""新星奖"等奖项。《朔方》杂志也于 2013 年设立"《朔方》文学奖"，首届"《朔方》文学奖"是评选 2011—2013 年度原发作品，此后两年一评，设立的奖项为特别贡献奖、中篇小说奖、短篇小说奖、

---

① 陈育宁. 宁夏通史[M]. 银川：宁夏人民出版社，2008：536.

散文奖、诗歌奖、评论奖、文学新人奖等奖项。这些奖项对于创作者来说不仅是荣誉的获得，还是一种经济上的奖励，最终，更成为宁夏文学制度现代化的一种体现与宁夏文学发展的保证。

## 二、宁夏文学的刊物和报纸

宁夏文学制度的现代化程度标示着宁夏文学刊物和报纸有成刊的土壤及可能。宁夏的三大文学刊物为《朔方》《六盘山》和《黄河文学》，它们分别创刊于 1959 年、1982 年和 1992 年。"日常的文学生活是以期刊为中心开展的。"①在宁夏建省之后，这些刊物 60 多年间在各个地域开始为宁夏文学的创作者提供生存之所，为他们营造了相对自由的精神空间，并不断培养宁夏文学的创作者和欣赏者，也形成了职业化的作家群和知识化的读者群体。伴随宁夏移民迁徙和知识青年的到来，宁夏社会教育程度提高，文学刊物在文学与社会间建立桥梁，"在现代中国，一个有势力的文学刊物比一个大学的影响还要更广大，更深长"②。具体来看，《朔方》是由宁夏文联筹委会创刊于 1959 年 5 月 16 日，曾用刊名为《群众文艺》《宁夏文艺》，由小报到刊物，1980 年 4 月起更名为《朔方》，改为月刊。《黄河文学》是宁夏银川市文联主办的文学刊物，1992 年创刊时为双月刊，2007 年改为月刊。其前身是 1981 年试刊的《银川文艺》，1982 年公开发行文学季刊《新月》，出版 21 期后于 1987 年停刊。《六盘山》是由宁夏固原市委宣传部主管，宁夏固原市文联主办的文学刊物，1982 年创刊，名为《六盘山文艺》，1984 年公开发行，1985 年更名为《六盘山》，1988 年改为双月刊。在宁夏三大文学刊物先后创刊的 60 多年、40 多年和 30 多年

①[德]本雅明. 发达资本主义时代的抒情诗人[M]. 张旭东，魏文生，译. 北京:生活·读书·新知三联书店,2014:49.

②朱光潜. 我与文学及其他[M]. 合肥:安徽教育出版社,1996:91.

里，已经刊登并推出的知名作家极多，诸如《朔方》发现的作家张贤亮；三位鲁迅文学奖获得者石舒清、郭文斌和马金莲，分别是《黄河文学》的主编和《朔方》《六盘山》发现并推出的作者。同时，三大文学刊物滋养的读者群也不可小觑，"西海固文学"现象中显示，西海固这片贫瘠的土地上有着70%的文学爱好者与创作者，这是一个不可低估的数量，尽管宁夏的面积只有6.64万平方公里，人口才720多万，但这样小的地区却孕育着极其丰富的文学创作资源。

与文学刊物基本同时期的宁夏两种影响文学创作的报纸是《宁夏日报》和《固原日报》。报纸作为新闻媒介，对于信息的传递更为快速、及时，报纸的发展史也就是社会对之影响的历史，报纸的板块及办刊理念也更为迅速地反映着社会变化及地域氛围的历史。《宁夏日报》是宁夏回族自治区党委机关报，于1958年8月1日创刊，其中文艺副刊《六盘山》每周一期，以散文、诗歌、杂文、微型小说、文艺批评为主，是宁夏地区最具权威性的报纸，在文艺方面的影响较广也较大。《宁夏日报》历史上曾有过更早的创刊历史，1949年9月23日，中国人民解放军解放了宁夏省会银川市，11月11日《宁夏日报》创刊，成为中共宁夏省委的机关报。12月21日，毛泽东同志亲笔书写《宁夏日报》报头，此报头沿用至今。1954年8月，甘肃、宁夏两省合并，宁夏省建制撤销，8月31日终刊。《固原日报》是固原市委机关报，前身为1957年的《固原州报》，1984年更名为《固原报》，1995年更名为《固原日报》。其文艺副刊一直对时评、散文非常重视，设有"口弦""我与西海固""六盘随笔"等栏目。这两种报纸在宁夏作家心目中有着与文学刊物同等重要的地位，在他们的成长中，刊发在报纸上的文章即是对其文学创作的认可与鼓励。同时，在这两种报纸担任过编辑的文学创作者也颇多。曾在宁夏日报报业集团担任编辑的秦中吟、季栋梁、张强、陈继明、石舒清、张慈丽等都是宁夏颇具影响力的作家；曾在《固原日报》工作过的古原、火会亮、杨建虎等编辑也都成了宁夏颇具声望的作家。

宁夏有 9 个市辖区、2 个县级市、11 个县，合计 22 个县级区划单位，然而宁夏各个市、县（区）的文联创办的文学刊物就有 20 种（见表 1-1）。

表 1-1　宁夏的文学刊物

|  | 刊名 | 主办单位 | 创刊时间 | 刊次 |
|---|---|---|---|---|
| 1 | 《贺兰山》 | 石嘴山市文联 | 1982 年 | 文学双月刊 |
| 2 | 《吴忠文学》 | 吴忠市文联 | 1982 年 | 文学季刊 |
| 3 | 《葫芦河》 | 西吉县文联 | 20 世纪 80 年代创刊，2007 年复刊 | 文学季刊 |
| 4 | 《盐州文苑》 | 盐池县文联 | 1993 年 | 文学季刊 |
| 5 | 《古侠文学》 | 青铜峡市文联 | 1999 年 | 文学季刊 |
| 6 | 《贺兰》 | 贺兰县文联 | 2003 年 | 文化季刊 |
| 7 | 《沙坡头》 | 中卫市文联 | 2005 年 | 文学双月刊 |
| 8 | 《塞上》 | 平罗县文联 | 2005 年 | 文学季刊 |
| 9 | 《彭阳文学》 | 彭阳县文联 | 2005 年 | 文学季刊 |
| 10 | 《红枸杞》 | 中宁县文联 | 2005 年 | 文学双月刊 |
| 11 | 《同心》 | 同心县文联 | 2007 年 | 文学季刊 |
| 12 | 《石嘴子》 | 石嘴山市惠农区文联 | 2008 年 | 文学季刊 |
| 13 | 《永宁文艺》 | 永宁县文联 | 2009 年 | 文艺季刊 |
| 14 | 《灵州文苑》 | 灵武市文联 | 2010 年 | 文学双月刊 |
| 15 | 《六盘人家》 | 隆德县文联 | 2010 年 | 文学季刊 |
| 16 | 《原州》 | 固原市原州区文联 | 2010 年 | 文学季刊 |
| 17 | 《老龙潭》 | 泾源县文联 | 2012 年 | 文学季刊 |
| 18 | 《罗山文苑》 | 吴忠市红寺堡区文联 | 2012 年 | 文学季刊 |
| 19 | 《南华山》 | 海原县文联 | 2015 年 | 文学季刊 |
| 20 | 《塞上散文诗》 | 宁夏散文诗专业委员会 | 2018 年 | 散文诗专刊 |

宁夏这样一个小省区，却这么大范围地办刊，宁夏作家群体也在这样的帮扶中成长。宁夏文学刊物的具体刊载发表路径颇具特色，具体是各个县市不断扶持推出好作品，滋养灌溉作家的成长，进而成长起来的作家在编辑的不断扶持与推介中开始在宁夏三大文学刊物刊发作品，最终宁夏作家从省级刊物《朔方》走向全国，成为全国所熟知

的作家并获得奖项。近年来《朔方》推出的作品被全国各大期刊转载的数量不断增加，宁夏文学期刊与报纸共同营造了一个良性循环的文学环境。同时，宁夏的三大文学期刊在杂志上定期设置"石嘴山""固原""吴忠"等地方板块，集中督促并鼓励地方县市的创作，这个互动环节让宁夏的文学创作环境更加稳定而充盈。文学刊物给文学创作带来的优渥环境，一方面促进了文学的繁荣，培育了宁夏这片土地上生长出的文学，在物质欲望充斥的世界里不断繁荣着宁夏的文学世界，营造出独具时代魅力的沉静而执着的文学创作环境；另一方面，在宁夏文学刊物和报纸的环境中可以看到，大量的文学刊物形成了文学创作的土壤，培养了大批文学创作人才，各个市、县（区）杂志的主编首先成为这片土壤的受益者，诸如马占祥、李进祥、侯凤章、西野、蒋振邦、赵炳庭、陈勇、马悦等一批编辑和创作者双重身份的人才，他们就在文学活动中不断成长起来，全身心投入创作并取得了颇为显著的成绩。

文学体制和文学杂志的现代发展带给宁夏文学广阔的发展空间，也局限了文学发展的多样性与跨越地域特质的文学创造力。也就是说守成与出新是相对而言的，宁夏文学创作空间相对守成，在文学从传统走向现代之时，恰恰由于文学杂志所构成的一种文学话语氛围反向制约了文学自主性、多元性的发展。真正宽容自由而严肃的文艺刊物对于文学的使命是"应该认清时代的弊病和需要，尽一部分纠正和向导的责任；它应该集合全国作家作分途探险的工作，使人人在自由发展个性之中，仍意识到彼此都望着开发新文艺一个共同目标；它应该时常回顾到已占有的领域，给以冷静严正的估价，看成功何在，失败何在，作前进努力的借鉴；同时，它应该是新风气的传播者，在读者群众中养成爱好纯正文艺的趣味与热诚"①。虽然《朔

---

① 朱光潜. 我与文学及其他[M]. 合肥:安徽教育出版社,1996:99-100.

方》近年推出了"新锐"栏目，想扶持年轻人创作，但编辑的选择就显得颇为重要，是否接受创作形式大胆等颇具超越文体意识的文学作品，就成为文学氛围中重要的一环。这一问题不仅在宁夏存在，其他地方也同样存在。当文学制度化的特质形成，制度的规范和约束力就会成为一种标准，这样就使得文学自由与个性的创作受到阻碍，从而造就了宁夏文学现代化进程中的守成与出新，其独特魅力也因此彰显出来。

总而言之，在宁夏当代作家话语特色媒介语境的探索中，背景空间是宁夏文学成果得以丰盈的外部环境，是宁夏文学的土壤，但在新时代的发展中，如何进入宁夏文学的现代化就需要多方努力，找到这片土壤中保存并建立的独具魅力的话语特色，标新立异，方能成就一片地域艺术的永恒发展。

## 第二节　媒介交融：宁夏当代作家话语活动的跨媒介语境

麦克卢汉将媒介视为人的感觉能力的延伸，不同媒介的使用意味着人在获取信息时认知方式的不同，进而带来的是思维方式的改变，当媒介融合的那一刻，媒介强加于人类感官的司空见惯的思维方式将发生变化，使得人类的认知方式从恍惚和麻木中解放并挣脱出来。中国百余年的电影发展历程中始终伴随着电影与文学关系的研究，中国的学者戴锦华、周晓明、陈犀禾、李欧梵、刘纪蕙等都有系统性的论述。然而他们的研究多从文学出发，落脚点是电影，研究方法从电影本体开始，从作家创作到其与电影关系的论述；或采用多种现代艺术理论方法研究电影影像所传递的现代性思考。"海外学者研究现当代中国小说与电影的三个方向——城乡空间的辩证关系；主体和性别差异的定位；叙述声音与电影映像的媒介功能——使我们了解想象中国、再说中国的过程，何其繁复多元。"①21世纪以来，中国影视研究或影视文学的研究里，现代、后现代电影理论方法先行，透过技法的研究可用于反观文学创作的特色分析。回到20世纪末，随着通俗文学的研究热潮，电影对文学的反向研究中探索上海早期电影与都市现代性的关系，尤其是从文学文本与电影文本的研究中探寻现代都市文艺活动和文化生活的书写热潮。由此种思路进入宁夏文学影视改编的研究，透过宁夏影视作品迅速走红的原因的分析，回到文学文本与电影文本的媒介交融研究范畴，跨越媒介研究，以电影反观宁夏文学作品创作形成及其话语特色建构，必将带给宁夏当代作家话语特征研究以更广阔的发展契机。

20世纪80年代中期，评论家钟惦棐先生在西安观看了改编自路遥的同名小说《人生》的电影后提出"西部片"这一概念，随之而来"西部文学"所蕴含的西部精神和西部意识就跃到众人眼前。宁夏文学与其说是一个独立的思潮流派，不如说是一种继西部片、西部文学现象之后而延伸出的一个概念。在宁夏影视活动与文学活动相交融的语言聚合场中，宁夏文学应采用跨媒介的研究而非停留于媒介本体的研究。影视与文学两种不同媒介间文艺活动的互相借鉴与相互影响，首先需以文学文本为本体，跨媒介研究则是从宁夏影视环境到宁夏文学创作环境的由表及里的比对与借鉴，梳理叙事特色的异同后，探索两种不同艺术类型交融中形成的宁夏文学话语特色，即在宁夏地域独特的语言聚合场里，运用影视媒介话语特色反观宁夏当代作家话语叙事生成特色。

## 一、宁夏文学与影视活动的品牌思路

在宁夏文学和影视作品的比较研究中，首先将两种艺术作品放在

---

①王德威. 想象中国的方法:历史·小说·叙事[M]. 天津:百花文艺出版社,2016:365.

艺术活动中探索，才能够从一种文学场域中延伸出地域文学话语特色，并为两者共生关系与对比研究提供理论依据。马克思主义文学理论的基石中有"艺术生产论"，即将艺术活动放置于政治经济学中研究，"当艺术生产一旦作为艺术生产出现，它们就再不能以那种在世界史上划时代、古典的形式创造出来"①。意思就是进入现代社会的文学艺术已经不能再用其精神性的生产来分析，艺术活动已经在社会结构中进入经济运行模式，艺术生产已作为一种商品生产存在，艺术品本身就成为一种商品，艺术消费的问题也必须考虑在其中。因而文学艺术活动本身就是具有社会物质和精神双重性的生产实践，只有放置于生产、消费、分配和交换的关系中，才能获得文学艺术的最终阐释。那么，电影的票房是市场对影片生产效果的反馈，文学作品亦应如此考量，如接受群体的消费状态等因素。同时，还要在市场运行规律中思考宁夏文学的创作特质，在宁夏文学品牌建立中找寻宁夏文学自己独特的话语传承特色及其发展趋势。

首先，从宁夏文学活动与影视活动的品牌特色看，宁夏这片土地所独具的西部影视土壤与宁夏西部文学创作的内涵具有一致性。宁夏的镇北堡以其雄浑、古朴的风格和特有的神秘韵味引起了宁夏著名作家张贤亮的注意，1992年他创办宁夏华夏西部影视公司，1993年成立宁夏镇北堡西部影城。影城从20世纪80年代初开始拍电影，根据张贤亮小说《灵与肉》改编的《牧马人》，在著名导演谢晋的率领下，最先在这里搭建了外景。此后，张军钊导演、张艺谋摄影的《一个和八个》，陈凯歌导演、张艺谋摄影、何群担任美术设计的《黄土地》，张艺谋导演、巩俐主演的《红高粱》，滕文骥导演、葛优主演的《黄河谣》等先后在这里拍摄，镇北堡也被冠以"中国电影从这里走向世界"

---

① 马克思恩格斯选集：2卷[M]．北京：人民出版社，1995：28．

的美誉。在历史经验里勇于前行，张贤亮建立的宁夏镇北堡西部影城在中国电影产业发展中占据的稳固席位、形成的品牌意识就是宁夏经验。

电影品牌的建立颇为复杂，北京师范大学教授黄会林认为电影品牌是指电影企业或者电影这种产品被消费者识别和认可的共同性标志（诸如剧本、导演、演员、类型、风格等），以及这种标志所追求和达到的效果（诸如精神愉悦、情感宣泄、满足好奇等）。电影品牌的核心要素包括高超的艺术品质、优质的电影剧本和强有力的个人品牌。[1]其中涉及电影品牌的可识别性要素首先是导演、明星，其次是影片类型等。从电影的产业化道路上看，创作者只是其中一个因素，还需要明星、影片类型等合力完成品牌的产业化发展。宁夏经验呈现出的是地域类型化的品牌思路，是从西部地域特色出发的所谓"贩卖荒凉"的品牌思路。迄今，镇北堡已陆续拍摄过《黄河绝恋》《大话西游》《新龙门客栈》《东邪西毒》《双旗镇刀客》等百余部影视片。因为影片《红高粱》《黄土地》《黄河谣》等相继在国际电影节上拿过"金熊奖""金狮奖"等国际大奖，宁夏的沙漠、黄土、黄河、高原、贺兰山、六盘山等电影中呈现出的文化符号，就成为具有宁夏地域性标志的品牌符号。因而，某个地域具有某种特殊内涵或者特殊意义的标识性符号即可成为一种品牌。由此反观文学，宁夏文学是在宁夏这片土地上孕育而生的，极具标识性的文化符号在两种媒介中具有相似性，宁夏文学的创作中也借此而拥有着与电影品牌符号一致的俯身大地的乡土创作声誉。

宁夏文学中尤以"西海固文学"的文学创作高地为根基。20世纪90年代中后期，"中国作协创研部主任、著名评论家雷达为《六盘山》杂志题词：'西海固，神秘的土地，承受过太多的苦难和贫穷，

---

① 参见黄会林,俞虹,韩培,陈可红. 受众与影视品牌战略发展的民族化思考(续)——北京电影、电视观众基本情况调查分析[J]. 现代传播,2004(2):55.

创造过绚烂的历史文明，它必将创造更加美丽而宏伟的文学！'"①西海固地区有着新石器时代的"马家窑文化""半山—马厂文化"等遗迹，又是古丝绸之路与西域文化、边陲文化的交融之地，还是中国工农红军将台堡胜利会师等悠久而辉煌的历史文化之地。因而，这一地域创作人数多，文学作品成绩斐然，宁夏三位鲁迅文学奖获得者皆出自这里，并形成了一种独特的创作特色，即用积极昂扬的语调、朴实的文字书写贫瘠与苦难。这已经成为宁夏文学最为重要的具有标识性的创作特征，众多文艺评论家在对宁夏文学创作特征的总结时都从这些角度进行了各自的论述，如评论家白草认为，"强烈的祖国意识，对优秀传统文化的信念以及对苦难的书写，正是张贤亮贡献给当代宁夏文学的一笔珍宝。……深沉的家国情怀，对优秀传统文化的坚守，苦难中积极向上的力量，多少可标示出宁夏文学的基本风格，而因身处僻远地理空间，宁夏作家因之更亲近了包括人性在内的自然，那种不期而至的、对内在生命的倾诉，不吐不快，似无暇修饰，沛然而出。文学与生命一体，这又是宁夏文学的另一面"②。评论家郎伟也提出，"宁夏青年作家一直把创作的'根'深深扎根在自己所钟爱的土地之中，从本土生活深厚而丰富的地层中汲取无尽的源泉。……在宁夏青年作家创作的作品中，乡土生活似乎成了'永远的'创作母题"③。评论家牛学智认为，"宁夏文学的确保持着很好的传统，坚守住了黄河文化重视现实、积极入世和强调伦理道德的思想；也具有吸收异质文化、开放包容、兼容并蓄的胸怀和视野；更具有直面苦难、关注民生的忧患意识"④。由此可知，宁夏电影或在宁夏拍摄的电影呈现出的品牌建

①钟正平. 西海固文学及其释义[J]. 固原师专学报，2000(1):17.

②白草. 宁夏文学：家国情怀、传统文化与生命倾诉[N]. 文艺报，2018-07-20.

③郎伟. 写作是为时代作证[M]. 银川：宁夏人民出版社，2007:55-64.

④牛学智. 黄河文化与宁夏文学[J]. 大西北文学与文化研究，2020(2):76.

构的地域文化特质与宁夏文学的乡土特色具有一致性，在苦难书写等特质方面也不谋而合，从而证明了跨媒介研究的必要性与推广的可能。

其次，从宁夏文学与影视品牌建立的具体案例来看，小省区蕴含着巨大的文化潜力。2008 年，宁夏电影集团有限公司成功拍摄的电影《画皮》以 2.5 亿元的票房佳绩成为当年全国票房第二的影片。这一成功为宁夏电影集团有限公司的成立和企业改制奠定了基础，同时也为中国电影的制片、发行和放映环节积累了些许经验，成为民族地区电影事业发展的表率，为中小型电影企业改革与转型提供了可供参考的经验与模式，实现了"小省区办大文化，小厂拍大片"的宁夏电影的跨越式发展。宁夏电影集团有限公司的成功证明了宁夏电影产业化发展的可能，但宁夏电影集团有限公司尚处于发展阶段，在时代潮流移位或转轨的这个社会动态过程中，其发展呈现从传统到现代的质性转换，还面临着控制行业资本的流向与分配等关系整个市场、经营主体以及外部投资者的问题。但是，宁夏电影集团有限公司此次成功案例证明了宁夏电影走向产业化的发展。具体来看，《画皮》的成功源于故事，影片建构了新东方魔幻主义的叙述方式，将中国古典名著的故事通过英雄史诗般的壮观场面重新组合，着力于朋友、夫妻和情人之间的爱，消解鬼怪的惊悚，融入中华武术动作和美轮美奂的光影艺术，打造成充满中国元素的为爱而献身的故事。多元叙述风格的融合，适合中国寻常百姓阅读故事的方式；心灵洗礼与净化的悲剧模式令其在市场竞争日益激烈之时，成功打造出宁夏自己的品牌并获得了宁夏电影产业化的范围和影响力。

20 世纪 80 年代，"宁夏出了个张贤亮"引发了中国文坛的注视，"两张一戈"的文学创作陆续引起反响；20 世纪 90 年代，陈继明、石舒清、金瓯以令人瞩目的文学成绩被称为宁夏文坛"三棵树"；21 世纪初，又有季栋梁、漠月、张学东被称为宁夏文坛"新三棵树"，宁夏文学从"两张一戈""三棵树""新三棵树"逐渐发展成文学之林。石舒清、郭文斌、马金莲三位作家先后获得鲁迅文学奖，金瓯、李进祥、马占祥等作家先后获得全国少数民族文学创作"骏马奖"，赵华获得全国优秀儿童文学奖等全国重大奖项，宁夏这片土地不断成为中国西部文学的中坚力量。宁夏文学正如宁夏电影一样，小省区有着深厚的文学创作底蕴，能够在浮躁的现代社会不断涌现出丰硕的创作成果，并为全国所熟识。宁夏电影与文学从小省区走出，有着撬动全国文艺活动的成功案例。然而，面对新时代文艺创作的发展，宁夏电影已率先远离前沿领域，而宁夏文学如何在坚守中前行已经不是作家个人创作的问题。

当然宁夏有很多优秀的文学作品改编的影片，共生共赢才能有更广阔的发展远景。张贤亮的九部作品在 20 世纪 80 年代开始陆续改编为影视作品。进入 21 世纪以来，宁夏的"三棵树""新三棵树"的作品纷纷改编为影视作品，如石舒清的《清水里的刀子》由王学博执导，杨生仓主演，于 2016 年 10 月 7 日在韩国釜山电影节首映，获第 21 届釜山电影节新浪潮大奖和第 36 届夏威夷国际电影节最佳摄影特别奖等。由漠月短篇小说《放羊的女人》改编，2017 年 3 月由北京电影学院青年电影制片厂投拍的《白云之下》，王瑞执导，吉日木图、塔娜主演，获得第 32 届东京国际电影节的最佳电影和最佳艺术贡献奖以及第 33 届中国电影金鸡奖等诸多奖项。宁夏作家的作品改编为电影的成功案例还有很多较有影响的，如郭文斌的《农历》、石舒清的《红花绿叶》、张学东的《夜跑侠》等。当然还有真人故事改编的支教影片《冯志远》（2007 年），宁夏首部数字电影《塔克拉玛干》（2006 年），以及《唐布拉之恋》（2006 年）、《闽宁镇》（2018 年）和电视剧《撑起生命的蓝天》（2003 年）、《灵与肉》（2018 年）等。宁夏文学的独特魅力一直持续在中国影视拍摄题材选择中发酵，很多导演在宁夏文学作品中发现了宁夏文学的诗性，在这样的叙述空间里，荒漠和贫瘠的土地被宁夏作家赋予了空灵、旷远与纯净的情感：人与自然的对话，感恩于自然的馈赠，眷恋乡土，赞誉美好的人性。因而，评论家李生滨认为，"乡土温情与现代性冲突的有意调和，这种文化心理的共谋在不小的地理范围存在，也许还要持续一段时间。这不仅仅是宁夏文学的问题，更是当下大多数中国人心理焦虑的根本原因。但我们期望'文学能照亮生活'，在谨慎的反思中守护文学的诗意和人的本真"①。

正因如此，在中国现代化进程中，宁夏文学需要反思这些成绩，借鉴宁夏影视发展路径的有效机制与研究方法，在跨媒介视野里反观宁夏文学拥有的特质和如何前行的路径。在电影的拍摄基地、小省区办大文化以及文学作品改编影视剧等方面，宁夏影视最为独特的魅力与宁夏文学的特质有很多相似，这正是二者可以比较的根源，也进一步说明了影视与文学的关系紧密，即探索影视发展路径可以带给宁夏文学新思考，这与许多评论者对宁夏文学的评论不谋而合。因而本书将进一步梳理宁夏影视发展中成功案例的一些不可或缺的环节，以此来比对并拓宽对宁夏文学创作脉络的研究与思考。

## 二、宁夏文学与影视创作的"技"与"道"

在宁夏文学与影视活动的跨媒介交融分析中可以更为清晰地归纳出宁夏文艺创作活动的"守正"与"创新"。技艺的提高能促进文艺创作水平的提升，是尝试艺术创新的有效手段，跨媒介的比较可以更好地反观文学创作中"技"的问题。在艺术活动中，虽然文学创作与影视拍摄有着明显的差异：文学作品的创作只需考量文学话语媒介的

---

① 李生滨. 宁夏文学六十年(1958—2018)[M]. 银川：宁夏人民教育出版社，2018：4.

应用，而影视作品是以摄影机为媒介的多媒介融合形式，是一种需要导演与各种场面调度相协调的集体创作作品。但在艺术交往活动中影视的经济运行模式是文学生产活动首先需要借鉴的，宁夏电影就是立足本土电影市场，培育宁夏电影品牌受众，循序渐进地完成营销策略的成功案例。影视作品拍摄过程中新的思维方式、新的叙事方法融合到文学创作过程中，将促使宁夏文学不断创新，这就是宁夏文学创作中需借鉴的。

回顾电影《画皮》的营销策略，前期宣传以循序渐进式的方法与观众交流，最终达到全方位占领市场的目的。具体操作是首先通过公共阵地宣传，包括机场、火车、公共交通的移动电视和大巴士、小巴士、马路站台灯箱等。通过《第一时间》《中国电影报道》《东方电影频道》及凤凰卫视等电视节目来逐渐介绍电影技术的创新。进而与网络媒体合作，与新流网共同开通电影《画皮》官方网站，引领观众的观影期待和对电影的想象力。后期发片过程中集中力量，在香港电影展、淄博新闻发布会和戛纳国际电影节同一时间发布宣传片，一举成为众所瞩目的焦点。这样的营销模式在 21 世纪初是可行而有效的，如今看来，这已不能成为电影行业营销的最有效手段了，但对于当年的宁夏电影集团来说，其品牌的辉煌就是如此铸就的。2020 年以来，影视营销策略中不容忽视的词语是"互联网思维"。互联网新媒介时代的到来将图像"数字化"，计算机语言语境已拓展到文艺创作语境，突破了人类的思维。徐峥的《囧妈》由于疫情而在网络首映，可以说是将中国流媒体平台的发展推向了一个更高的节点。在欢喜传媒和字节跳动的合作中，双方共建院线频道，共同打造"首映"流媒体平台，双方共同出资、制作、购买影视内容的新媒体版权等方式给影视行业增添了更多的变数。可以说，互联网是媒介变革的一个阶段，互联网浸入电影生存方式的同时，也改变着文学创作的方式。中国导演在继第五代、第六代导演之后的新力量导演就是在网络、游戏、新媒体中成长的一代，因而在剧本叙事的要求上就有了那些虚拟的、架空现实和超现实想象的倾向。"根据六大海外网络平台反馈的海外受众观影数据来看，2016 年至 2020 年中国有近 100 部影片在各大平台上是可以被搜索到或是有受众针对其评论或者点赞等操作的"①。根据玖月网络文学《少年的你，如此美丽》改编的电影《少年的你》入围奥斯卡提名。互联网思维这种充满创新并不断颠覆自我也颠覆他人的行业思维，不仅影响着导演的选择，同时也颠覆着影视观众的选择。在互联网思维建立之时，在中国市场上创作出了一些成熟的类型片，可以在国际舞台上传递中华优秀传统文化。"电影并不是一个增长型的业务"，意指只有 IP 衍生品所带来的利润才能支撑优质内容的持续性开发，毕竟当下大片的制作和营销成本已经"水涨船高"，仅靠票房收入不仅利润回收周期长，而且风险巨大。当然，这更是应对不断变化的观众品位的必然回应，因为当下 IP 大片的高市场占有率终归是由观众需求所决定的。优质 IP 本身确实能够有效降低电影企业的内容生产风险，并提高投资收益，扩大市场规模。IP 电影《花木兰》改编于同名动画片，但影片上映后，因为剧情改编脱离原著，服装和造型太过于土气，吐槽声一片。《姜子牙》备受期待地上映后，热度也一直下滑。两部影片中都有中国故事和神话 IP，但又架空现实，将所有时尚元素融到一起，什么玄幻、魔幻都放了进去，最后又讲了一个要做真实正直的人的故事。可见，怎样选择优质 IP 和如何讲好故事一样重要，一味迎合市场的需求，容纳太多，没有自己的叙事特色，尽管票房不错，但难出精品。"海外受众对中国电影在国际网络平台的认知看重 IP 的传播效果，其中中国电影主创团队的影响力发挥着重要

---

① 黄会林,黄昕亚,祁雪晶.中国电影海外网络受众接受度的实证研究:2021 年度中国电影国际传播调研报告[J].现代传播,2022(1):77.

的作用，如中国著名导演张艺谋执导的影片《影》、陈凯歌导演执导的影片《妖猫传》……均进入综合排行前十，这些影片与导演个人IP享有较高影响力，在海外积累了原始受众基础，其电影海外接受度较高。同时，我们也发现《功夫熊猫》《西游记》《叶问》等中国电影已有的IP依然有着强大的影响力，三部影片均进入综合排行前十行列。"①因而，成熟的类型片，较有影响力的电影IP是不容忽视的创作。近几年《我和我的祖国》《我和我的家乡》《我和我的父辈》等拼盘电影类型突出。《我和我的祖国》是2019年由陈凯歌担任总导演，管虎、薛晓路、徐峥、宁浩、文牧野等联合执导，运用书写记录的线索连接几个故事画面，讲述了新中国成立70年来普通百姓与共和国息息相关的故事。《我和我的家乡》是2020年张艺谋总监制、宁浩总导演的电影，其主线镜头是用各种"主播"图像的切换讲述《北京好人》《天上掉下个UFO》《最后一课》《回乡之路》《神笔马亮》5个故事单元。《我和我的父辈》是2021年由吴京、章子怡、徐峥、沈腾联合执导，由《乘风》《诗》《鸭先知》《少年行》4个故事单元组成，讲述了我们的父辈在革命、建设、改革开放和信息时代几个不同历史时期砥砺前行的故事，意在表达民族精神的传承。这一类型电影的特色是多个短故事拼接而成，描写小人物在现实生活中的喜乐、悲伤，在微阅读、快节奏的今天这应是一种较易赢得市场的创作样式，也是这几年中国电影界的一种尝试。宁夏文学的发展契机也如此。对于不断前行的中国文学来说，宁夏文学似乎过于保守，但宁夏文学需认清其传承中保留了一些颇具魅力的话语言说方式，在产业化发展中宁夏文学品牌的建立可以拓展文学话语独创性的新思考。

另外，影视是空间的艺术，在影视作品的拍摄中不断尝试新的技

---

①黄会林,黄昕亚,祁雪晶. 中国电影海外网络受众接受度的实证研究:2021年度中国电影国际传播调研报告[J]. 现代传播,2022(1):79.

艺探索，借鉴并融合多学科知识技能，在叙事中汲取文学创作的时间叙述方式，将时间与空间交融在一起，拍摄的影片因此引发社会思考并备受瞩目。在媒介交融中探索艺术的广度，促使影视作品产生了巨大社会冲击力，如诺兰的《信条》中借用量子物理中的量子时间讲述故事的时间与空间关系等。文学中诗人常将时间比作河流，用文学语言记录那些记忆的瞬间，而物理学家们将时间分为无穷多个瞬间，像未知的将来、现在和已知的过去首尾相接，电影将这两种想象用镜头描绘出来，形成自己独特的时空叙事特色。中国第六代导演管虎的电影《金刚川》有着诺兰电影的时空叙事特色，用海陆空三条时间线讲述故事，尽管评论者们各执一词，但回到时间元素的运用上，《金刚川》以桥为原点讲述了同一空间士兵、对手、高炮班的故事。时空交融的讲故事方式将内容的简单重叠变成空间镜头的叙述，这种创新手法就是技艺的创新。当然影视创作中还有很多因素需要考量，需要市场的营销，当然也要有影视集团投资、电影集团运营、作家改编、剧作家创作等多元融合，才能促成文学影视化拍摄或者是文学 IP 品牌化发展的共赢局面。这时影视叙事技巧及思维的创新就显得颇为重要了。

宁夏文学在与宁夏影视创作的跨媒介交融中不断尝试创新。首先，宁夏文学在保证其媒介特质的基础上，不断探索创作中的重要 IP 符号，在坚守中创新地书写适应艺术生产模式的故事。近几年，从文学创作氛围的营造上尝试创新，诸如宁夏文学周不断创立的品牌符号，就是宁夏影视活动经济运行模式的一种文学活动的创新。宁夏文学周的品牌营销中采取全程整合营销的方式，以 2022 年 12 月 8 日到 12 日的宁夏文学周为例，活动采取线上线下同时开展的方式，联合宁夏本地文学杂志、作家主编对谈、青年作家推介等活动共同推进，同时将影响范围波及全国各地文联及知名作家、评论家，共同营造了宁夏文学活动的氛围，借此培育本土文学接受群体，并从多方面多层次探索宁夏文学的创作问题，带动宁夏文学创作的发展，延伸文学创作热潮。调动本土资源，在本土受众中建立宁夏文学的品牌意识，宁夏文学周这一品牌的形成与宁夏电影、宁夏镇北堡西部影城品牌的形成异曲同工，这样才能实现从宁夏本土走向全国乃至世界文学梦想。立足本土，建立稳固的本土受众对宁夏品牌的信任与支持，才能更广泛地赢得全国受众，取得非常出色的市场回报。电影品牌承载并凝聚着受众长期的观赏（消费）满意度和忠诚度，受众对于那些具备品牌号召力的电影人、电影产业、电影企业总是充满信任与期待。诸如好莱坞电影市场、网飞投资的影视作品，以及中国的东阳正午阳光影视有限公司等市场、机构、公司都是受众信任与消费的品牌。一个地区乃至一个国家在电影的拍摄与发展中，就需要建构一个拥有稳定受众群的品牌。因而，宁夏文学周类似的活动应该不断开展并形成涟漪效应。2022 年，宁夏文学周采用线上线下相结合的活动方式，有效利用了网络迅捷及传播广的特色，通过银川发布、黄河云视、大象云播等平台直播，将宁夏文学周播撒到宁夏各地、全国各地。活动中还设有线上互动话题和有奖微调查等环节，促进受众收看并参与。活动板块丰富，脚踏实地地从接受群体入手，较大范围地汇集了宁夏的阅读和创作群体，如《黄河文学》创刊三十周年庆祝活动、第五届"阅读之星"颁奖和第二届宁夏青年作家创作工作会议等群体，仅"阅读之星"的获奖人数就达 414 人。"据不完全统计，本次活动浏览量及观看量近 90 万人次，其中'黄河云视'APP、'银川发布'APP、大象云播平台的直播累计观看量近 10 万人次；新华社宁夏频道开幕式的浏览量达 10.7 万人次，中国新闻网连续 6 次报道共计浏览量为 63.7 万人次。"①同时，这次的主办单位除宁夏文联外，还有中国作家协会联络

---

① 宁夏作家协会. "推进文化自信自强　铸就社会主义文化新辉煌"2022 云上宁夏文学周圆满收官[EB/OL]. 宁夏作家协会微信公众号,2022–12–15.

部、江苏省作家协会和中国校园文学杂志社，并获得了区外文学杂志社的支持，如《小说选刊》《散文海外版》《雨花》《小说月报》《扬子江文学评论》《散文选刊》《钟山》等。集结国内知名作家开展线上互动，如李敬泽、何建民、徐可、邓凯、李春雷、侯健飞、鲁敏等著名作家的致辞，李晓东、顾建平、庞余亮、何同彬等嘉宾与宁夏作家阿舍进行的云端对话，福建青年作家蔡崇达、江苏青年作家周荣池通过线上发言方式参与活动，促使宁夏文学周的活动在全国产生影响。最后，活动形式多元。"文学照亮生活"公益大讲堂（作家公开课）、作家书房、作家主编面对面、宁夏城市文学座谈会等活动分别从分享、对话、阅读与交流等不同角度进入文学，不仅深入探讨了宁夏文学的现状，也从创作思路、培育作家等方面引导受众观看，带领宁夏作家深入生活，讲好宁夏故事，凝聚中国文学力量。

所以，影视发展的路径让我们更好地审视宁夏文学的发展路径，这是一个需要宁夏全区合作打造宁夏文学沃土的活动。在创作群体的培育中成长，第五代导演在中国民俗电影《红高粱》《黄土地》等作品的成功是中国西部类型片的成功，然而"'新西部电影'从'西部电影'那里接过接力棒，它所面临的挑战的确非常多。……'新西部电影'实际上已经走到了城与乡两方面都不太着边际的两难境地。对于城市，那种宗法文化秩序无疑是对现代城市文明的曲解；对于乡村，传统道统文化恐怕也是对现代乡村社会的遮蔽与简化。其结果只能是对文化现代性思想诉求的误导"①。那么，宁夏文学在现代化进程中，城市文明进入现代书写时，如何对文艺创作饱含热情，并让自己坚守创作，而不是对市场的盲从？在中国当代文学创作中，城市文学是相对乡土文学而言的一种文学样式，是以城市生活、城市风貌为主要书

---

① 牛学智. 文化现代性是怎么慢慢丧失的？——重新审视"西部""新西部"电影及其"历史纪录片"[J]. 社会科学论坛，2022（5）：217-230.

写对象的文学。邱华栋作为城市小说的代表性作家，其小说中有着对于大城市的批评并迷失于其中的情感表达，同时又流露出对城市空间的认同与迷恋的复杂心理。当然关于城市书写的代表作家还有广州的张欣、武汉的池莉、上海的王安忆等，都是各种城市特色的现当代作家的典型代表。对于宁夏的城市来说，或者宁夏城市文学的创作来看，需要先找到城市定位。宁夏的作家多面临城市书写的转型，乡土特色几乎是宁夏文学的整体风貌之一，如何转变为讲述银川市、吴忠市、石嘴山市的故事，依旧需要作家在创作中思考。虽然说新传统不是凭空产生的，但继承中创新的意思是要结合文学活动，了解受众，整合城市文学传统并创造出更具文学魅力的作品，当然也包括开创传统，建立新的文学范式。因而，拘泥于以往或现实中仅有的话语，难以创造出自己的文学。安妮·埃尔诺获得 2022 年诺贝尔文学奖，瑞典文学院给出的获奖理由是，"以勇气和临床医生般的敏锐，揭示了个人记忆的根源、隔阂和集体约束"。这样的记忆与历史可能很多人都书写过，但安妮用一种全知的视角和一代人集体的感受来书写感受，其所表达的情感不是一个人的，不是一个时代的，而是和她同样经历这个时代的人类的集体记忆。这样的创新就是安妮自己的文学范式，也是文学创作中需要借鉴并学习的话语言说方式。

文学与影视作品的跨媒介交流融通，需要互相借鉴，文学需要借鉴影视拍摄的互联网思维。然而现代科技发展只是技术层面的提高，是手段，那么真正建立宁夏突出的品牌特质，就需要从"道"的层面来建立具有宁夏文学土壤的中国文学话语传承特色的文学艺术作品。文学语境的氛围可以促成文学话语的品牌，文学话语的交融与探索将是宁夏文学话语特色的构成因素。"创新"话语也始终是重要的因素，宁夏文学话语只有不断创新才能始终立于中国乃至世界文学的发展中。然而文学活动不仅需要从艺术活动中找寻"技"的提升，对于叙事技巧的借鉴，更需要进一步从"道"的层面来看。宁夏文学独具魅力的守成就是"守正"的根基，宁夏文学的特质就是这片土地上有一群仍旧乐于静心创作的作家，他们已经形成了自己的叙事特色，讲述着最具历史感和生命力的故事，展现着宁夏移民文化、脱贫文化乃至黄河文化的新风貌。这是宁夏建立宁夏文学的品牌之时，探索宁夏文学土壤特殊话语的创作特色，是多元且具有谱系的中国文学话语中的传承特色，是文艺创作的根性，是"道"的内涵。

从文艺活动来看，文艺创作的作品中必然带有作家、艺术家的价值观念，然而影视活动中受众的信任感，不仅来源于对于导演、制片人、出品人等方面的信任，也来源于影片鲜明的倾向性和价值追求，只有爱憎分明才能引起观众的共鸣与认可。因而，我们应从中华文化传承进入宁夏文学品牌的建立，开拓我国文化之根的新视野；从西部电影以及西部文学借助叙事技巧、情节框架等技艺问题的研究的单向性导入，转为互文性研究，创造宁夏文学与电影的合作与共同发展。比如电影图像到文学话语的审美转化，比对电影的叙事方式与中国传统文学中"诗化小说"画面等抒情结构的电影式叙事传统，将图像、节奏、画面转接的叙事方式及电影符号带入文学创作活动中，拓宽宁夏文学的创作视野，合力打造中国文化品牌，使其成为一种双赢互惠研究的有效实践，进而达到东方话语由宁夏到中国西部，再到世界的递进式审美研究。西方期待视野中的中国文学与中国电影是他性的，张艺谋的诸多电影作品就是带着原始中国走向西方的，其作品多被西方解读成一种陌生、神秘、前文明的东方景观。在全球化语境大背景下，不应一味揣摩西方"他者"的规范，而是需要重新解读中华民族文化、找寻西部审美空间的经典，通过梳理比对文艺作品的媒介共性和个性，感知中国形象；在文化传承中带动文化产业化发展，借全球化趋势将具有标识性的文学和其他艺术的品牌符号化，以促进中国文化的传播、创新与发展，完成宁夏文学递进式的审美传递，争夺真正"我性"中国的发言权。

　　研究宁夏当代作家作品的媒介语境不仅能够整理出宁夏当代作家话语创作的特色，也能够为文学作品细读提供更宽广的视野，用以解读剧烈变化的社会环境。透过语言跨媒介融合的深层意蕴分析比对文艺作品，才能更好地梳理中国传统文学的传承关系，并以此来促进具有标识性的中国西部审美符号传递到世界各地，促进中国文化的传播、创新与发展。因而，采取跨媒介的方式细读文本，在比对中完成理论与文本的整合，才能在与传统、与西部、与中国、与世界的交融中完成文学创作的丰富性探索，梳理出宁夏当代作家作品话语的独特性。

## 第三节　媒介符号：宁夏当代作家话语媒介的符号特色

　　媒介符号"首先不是一种方法，而是一种观点。……它的基础是明确承认每一种思想方法和研究方法都以之为前提的东西，立足于把这个为一切方法所共有的基础加以主体化的努力，这个基础无处不明白无误地支撑着这些方法，使之成为探索得以进展的真正手段"①。这一观点的来源是媒介的独立性，当文学媒介作为一种介质存在于文学活动的最外层，探索语言媒介的意义符号就需要首先进入介质的文化场，从而才能够完成对文学话语媒介符号的发展演变的梳理。文学媒介语言介质的符号意义被认为是"携带意义的感知"②，文学的媒介符号意义又需要从具有背景共识的语境里探索，那么进入文学文本后运用广义语言学范畴的研究思路，在跨文化、跨地域的研究中对比中国文化符号的特质，从中找到宁夏文学作品中文化符号的独特性，也即宁夏

---

①［美］约翰·迪利. 符号学基础［M］. 张祖建，译. 北京：中国人民大学出版社,2012:12-13.
②赵毅衡. 重新定义符号与符号学［J］. 国际新闻界,2013(6):6-14.

文学话语特色的独特样态与谱系，梳理出中国西部文学作品中反复出现的"风沙漫天的沙漠""简陋的村落"和"干涸的土地"等景观符号。

探索这些媒介符号意义所负载的内容，立足于这样的思想方法的研究，归纳起来就是中国学者叶舒宪先生在文化符号研究中提出的"大传统"与"小传统"的概念，"大传统"就是文学媒介的文化语境；"出现汉字后的文明传统是'小传统'，即甲骨文、金文以及后来的这一套文字叙事。……小传统文字编码的内容都是植根于大传统的"①。那么在宁夏当代作家作品的媒介符号研究中可以借鉴这个概念来探索宁夏文学活动中话语所携带的意义，梳理作家的表述及其编码的含义，找寻到宁夏文学作品中话语建构的自变量。因而，明确而自觉地以突破语言本位的观念走出技巧论是更好地践行跨媒介比较中"技"与"道"的交融，从更广泛的社会人文、心理思维乃至自然存在等背景之下探索文学作品中语言媒介符号的发展新路径，这就是宁夏当代作家话语评价的标准。

当然这些都需要对宁夏文学有着清醒的自知与不断的自我审视，才能找寻到文学艺术中被遮蔽而没能从现实中抽离出来的媒介符号，因而在宁夏文艺活动的有效实践中，在全球化语境大背景下，不应一味揣摩"他者"的规范意义，而是需要重新解读中华民族文化，在宁夏文学本土性、民族性、地域性的文化建构中，梳理比对宁夏作家作品中对于文学诗性的独特媒介符号的创造，找到宁夏文学自变量在传承话语中形成的特殊话语叙事方式，让其在纷繁复杂的中国文化瓦砾中、从"大传统"与"小传统"的交融分析里闪耀光芒。

在媒介符号发展中所呈现出的"大传统"是有关文化传承的原型编码，在这个具有背景共识的文化场所里物和图像叙事的代码就是宁

---

① 叶舒宪，章米力，柳倩月. 文化符号学：大小传统新视野[M]. 西安：陕西师范大学出版社，2013：2-3.

夏文学作品中媒介符号的生成基础，通过原型编码，在历时性的宁夏文化语境里，阐释其中生成的引譬连类特征，以及相互关联的具有动态性的中华文化继承话语特色，同时又在多重证据和多重媒介整合中，针对文化场域，整合出颇具特色的地域性文化符号。哈贝马斯认为这种比世界观、道德观、历史观等更为根本的民族"背景共识"，是一个民族的潜意识，在这种潜意识的具有共识的文化语境里，人们往往不会意识到这种社会共识基础的作用，当这些民族共识被遮没的时候，就需要在社会现实中排除掉政治、生计、习俗、时尚等干扰影响，透过各种证据去查证并统计出来。叶舒宪提出四重证据"传世文本叙事，文字文献、域外汉籍等历史文献；出土或传世的文物、实物等文本叙事；口传叙事资料；图绘图像数据，包括出土或传世的历史图片、插图、版画、年画等；仪式、场域等"，因此形成五种叙事——"文字叙事""口传叙事""物的叙事""图像叙事""仪式叙事、仪式展演人证、物证"①。这样多重解码的逆推就是宁夏文学话语特征的研究方法，即在具体文学文本的叙事中对应性地梳理宁夏文化语言中的原型叙事。

## 一、宁夏文学"大传统"中的文化符号

中国文化符号的研究起缘于 2009 年美国《新闻周刊》的调查，其中对代表中国文化的汉语、《孙子兵法》、中国烹饪、针灸、功夫等20 个符号的整理却并不符合中国文化符号的实际状况。王一川先生因此申报了国家课题"中国文化软实力发展战略研究"，开始对中国文化符号进行研究。他在研究北京市的文化符号时论述道："一座世界城市靠什么深入人的内心？靠它的最外显的符号。胡同，北京最知名的城市文化符号之一。……一座城市要立足，靠它的硬实力，也靠它的

---

① 叶舒宪,章米力,柳倩月. 文化符号学:大小传统新视野[M]. 西安:陕西师范大学出版社,2013:295-296.

软实力。城市文化的软实力，是指城市生活价值系统及其符号象征形式向外部释放的柔性吸引力和感染力。城市文化软实力，根据我个人的体会，可以分为四个层面，供大家参考：第一，外显层面。第二，外隐层面。第三，内显层面。第四，内隐层面。"①那么在研究宁夏文学的文化符号的"大传统"中就需要找寻宁夏这片土地上能代表宁夏文化形态及其最显著特征的那些凝练、突出且具有高度影响力的象征形式系统。宁夏回族自治区是我国五大自治区之一，位于丝绸之路上，历史上曾是交通贸易要道，也被誉为"塞上江南"，北倚贺兰山，南凭六盘山，黄河纵贯北部全境。根据这样的地理环境，按照民族文化符号的社会功能，可以找寻出宁夏地域文化符号的外显符号，如贺兰山、六盘山、贺兰山岩画、水洞沟遗址等，以及外隐层面的镇北堡西部影城等。同时宁夏内显层面的文化体制系统或者文化制度，以及内隐层面那些被藏起来但又最重要的文化价值系统，主要显现在黄河文化和丝绸之路文化等方面。

宁夏在黄河文化的给养中慢慢形成并构建了各种外显、外隐的文化符号（诸如文艺作品中的黄河雕塑、图片和描写等），这些外显符号又反向作用，成为黄河文化内隐价值的佐证资料。具体来看黄河流域及宁夏区域内的黄河。黄河发端于青藏高原的巴颜喀拉山北麓的约古宗列曲，流经宁夏等 9 个省区，最后流入渤海。古黄河从孕育到诞生经历了长时间地壳变动构造出的内外营力，宁夏区域内的河套就是最早的黄河。当青藏高原的湖泊开始聚集并流向低处时，与河套连接起来，最终形成黄河。宁夏区域内黄河的流经线路为从甘肃黑山峡到中卫流入，经吴忠、银川、石嘴山等市县流向内蒙古。清水河是宁夏境

---

①王一川. 文化符号与北京的世界城市软实力建设[C]// 北京市社会科学界联合会,北京师范大学. 前沿创新发展:学术前沿论坛十周年纪念文集(2001—2010 年). 北京:北京师范大学出版社,2010:232.

内黄河最长的支流，发源于六盘山，向北经固原、海源、同心等地，于中卫注入黄河。因而，黄河流域几乎覆盖宁夏全境，遂有"天下黄河富宁夏"之誉。也正是这样独特的地理优势，使得宁夏文化在多民族的融合中成为人类生存繁衍的家园。

文化语境是指和语言交际相关的所有社会文化背景。宁夏文学的黄河文化语境主要从两个层面分析：一方面是宁夏地域里祖祖辈辈沿袭下来的与黄河文化相关的风俗习惯，另一方面是指黄河文化形成的社会环境对语言使用做出的一些束缚和局限的规范。具体需要从特定的社会历史进程中留下的社会文化促成的社会历史文化语境中看，宁夏平原的农耕文明在民族发展过程中形成了迥异的特征。宁夏河套地理环境中生存群体使用语言的表达有着不同的束缚和制约，因而，透过这些源远流长的语言中的风俗习惯和人情世故，可以探索经过长期演变，某些特定词句和习惯用语被赋予的特殊情感和内涵的意义，这就是媒介符号的研究路径。当然这些特征里还有一些个体的思维模式和意识形态由于受到不同宗教信仰的影响呈现出的不同，以及每个个体的认知思维模式和意识形态在受不同文化的影响时所作出的反应，更多地表现为审美视角、世界观、人生观、价值观的不同，语言背后所蕴含的不同个人立场和需求等。所以每位作家的作品中会呈现出一致或不同的媒介符号特征，这就是宁夏文学自变量研究的意义。

黄河文化在宁夏境内与农耕文化紧密相连，宁夏平原的农耕属性可以从水洞沟遗址中查找证据，并充分证明宁夏平原仍然是农耕文化，其基本生活方式与宁夏南部黄土高原相似。宁夏水洞沟遗址位于宁夏灵武市临河镇，西距银川市 19 公里，南距灵武市 30 公里，北与内蒙古鄂尔多斯市相接，占地面积 7.8 平方公里。水洞沟是 3 万年前人类繁衍生息的圣地，属于雅丹地貌，是我国北方明代古长城、烽燧、城堡、沟堑、墩台等军事防御建筑的大观园，是我国最早发现旧石器时代的古人类文化遗址，被誉为"中国史前考古的发祥地""中西方文化交流的历史见证"。1919年，比利时传教士肯特在途经水洞沟时，落脚在"张三小店"。偶然间，肯特在水洞沟断崖上发现了一具犀牛头骨化石和一件经过人工打制的石英岩石片。不久，他在天津遇到法国地质古生物学家桑志华并把在宁夏的发现告诉了他。1923年6月，桑志华和著名学者德日进在结束对甘肃部分地区的考察之后来到水洞沟，一层层揭开了这部厚重的"历史书"。史前人类遗留的刮削器、砍砸器、尖状器、雕刻器等标本一个挨着一个，这是欧洲旧石器时代分期的器具，"应属于莫斯特文化期或欧洲奥瑞纳文化早期"。1960年夏季，中苏古生物联合考察队开进水洞沟，对遗址进行了第二次发掘。1963年，被称为"中国旧石器考古学之父"的裴文中亲自带队，又进行了第三次发掘。1980年宁夏博物馆、宁夏地质局联合考古队对水洞沟的考古发掘，则是第四次，共获得动物化石15种63件、石制品6700余件，以及少量骨器、饰物。专家们通过对遗址地层以及出土的动物化石、石器等文物进行综合研究分析，认为水洞沟遗址时代应为旧石器时代晚期，距今40000年至15000年，当时人类正处于原始群到母系氏族公社阶段。2003年至2007年，数十位专家学者满怀希望又进行了新一轮的考古发掘。这次，是由宁夏文物考古研究所和中国科学院古脊椎动物与古人类研究所联合组队，对红山堡东北角和瓮城进行了考古调查、发掘。红山堡内从发掘时保留的剖面，能清楚地看到当时守军堡寨的房屋基址、用火痕迹、动物遗骸，另外还出土了石磨盘、行军锅、旗墩、缸等物品。2014年6月10日至7月10日，宁夏水洞沟遗址举行第四届文化旅游节以及第六次考古发掘。来自中国科学院古脊椎动物与古人类研究所和宁夏考古所的专家，对水洞沟遗址进行考古发掘。水洞沟遗址记录了远古人类的繁衍生息，是迄今为止我国在黄河地区唯一经过正式发掘的旧石器时代遗址。长达近90年的漫漫岁月中，经过六次考古发掘，水洞沟出土的文物可以和欧洲、西亚、北非的莫斯特、奥瑞纳时期人类栖居地的石器相媲美。对这种地区相隔遥远但文化却雷同的现象，外国著名考古专家认为这是人类"大距离迁徙的同化影响"。水洞沟遗址所代表的文化，在阐述区域性石器技术传统的成因、远古文化的发掘和变异，以及人类在东北亚的迁移、扩散和交流等方面具有重要地位。同时水洞沟遗址出土的文物及其文化符号又可从器物方式如建筑、服饰、家具、公共设备等物质形态的符号追寻到宁夏地域内黄河文化与农耕文化的深层连接，并通过水洞沟的考古挖掘从深层考量这些文化符号的深层超功用的符号意义，溯源文化的源头，通过各种特定的图案、线条、造型等探索原始崇拜、族群祭祀、传统礼仪等张扬着符号表征的民族文化符号。宁夏历史中"黄河文化同化游牧文化并创造农耕文化的历史"证明，宁夏文化是多民族融合的文化，同时宁夏生存条件带来的忧患性只是较为共性的社会文化语境，"黄河文化也体现了它在这里的个性特征。注重内修因而必然不断丰富自我精神世界的道德情怀，及这情怀与猝不及防闯入的现代化之间的冲突；注重人与人之间和合亲睦的传统伦理文化秩序，及这秩序与传统农耕文化行将消失之间的矛盾；有求得安宁求得稳定的和谐文化、家国情怀，及这些诉求与城镇化而生的流行小市民自私自利个人主义文化之间的错位感"[①]。这就是透过社会历史文化、地理环境文化等语境来观照特定的社会历史进程中留在宁夏社会文化中形成的宁夏独具特色的文化背景。这也充分证明东西方文化的比较研究具有十分重要的意义，对宁夏文学话语特征的研究是需要在比较中完成的，进入全球化语境探索宁夏文学话语的特征才能更为贴近对其创作特征的挖掘与整理。

另外，宁夏贺兰山岩画被誉为"人类童年的语言"。在宁夏贺兰山

---

①牛学智. 黄河文化与宁夏文学[J]. 大西北文学与文化研究，2020(2)：71.

东麓，岩画这一古老的文化形式上记载了狩猎、祭祀、娱舞、争战等古人生活场景及动植物的图案，因而贺兰山岩画是新石器时代人类活动的遗存，具有多民族交融性。贺兰山岩画最早见于史籍记载的是北魏地理学家郦道元（约 470—527 年）的《水经注》。"河水又东北历石崖山西，去北地五百里，山石之上，自然有文，尽若虎马之状，粲然成著，类似图焉，故亦谓之画石山也。"①河水指的就是黄河，浑怀障在今宁夏平罗县境（兵沟汉墓附近）。石崖山就是今石嘴山一带的贺兰山，山上发现的岩画就是贺兰山岩画。20 世纪 60 年代，有人在贺兰山中发现岩画，这引起了文物部门的重视。从 20 世纪 80 年代开始，相关文物部门对贺兰山岩画进行全面的考古，初步调查其分布地点并进行了编号、记录、拍摄、临摹和拓印等工作。贺兰山岩画分布较广，北起贺兰山北端，南到腾格里沙漠边缘一带，目前已登记、拓描的有 2000 余幅，单体图像有 2 万个以上，仅贺兰口岩画的山口内外就分布有 5000 多幅，其中人面像岩画达 700 多幅。贺兰山岩画均为岩刻，内容极其丰富，构图奇特、形象怪诞，有个体图像，也有画面组合；既有人物像、人面像、动物、天体、植物和不明含义的符号及西夏文字等，又有游牧、狩猎、械斗、动物群体、舞蹈杂技、男女生殖器及交媾等。根据资料记载，世界上已有 150 多个国家和地区发现了岩画，它们在考古、历史、美学上的重要价值，已越来越多地引起了人们的关注。贺兰山岩画被发现以来一直被视为岩画宝库中的珍品，特别是贺兰口岩画，1996 年被列为全国重点文物保护单位，1999 年 12 月正式申报了世界文化遗产。贺兰山岩画不仅内容丰富，而且可以说是远古人类留下来的最古老的造型艺术瑰宝，有着极高的艺术欣赏价值。贺兰山岩画引发后人丰富猜想，有"古文字之说"，而文字是定型的，

---

① 郦道元. 水经注[M]. 陈桥驿,译注. 王东,补注. 北京:中华书局,2016:19.

画却在不同地方意义不同。北方游牧民族通过岩画来表情达意，甲骨文是汉字，而岩画是游牧民族的，后来的突厥、女真、契丹等少数民族都有自己的文字系统，但和汉字区别很大，岩画不是汉字的基础，而是前文字阶段的，它可能代表着某种寓意，但它没法传播、流传。越来越多的人开始认同并关注岩画艺术乃至其争论。贺兰山岩画最突出的内容是人面像，这种人面像岩画虽然在中国北方、南方都有，可是都没有像贺兰山那么集中，这一特点在世界岩画界也是很突出的。贺兰山岩画引发持续关注的同时也促使这样的艺术在宁夏地域的传播与传承，从而引发有关贺兰山的遐想。在宁夏文学作品中贺兰山意象一直存在，对于岩画中引发的故事也多是宁夏文学中对于历史的忧患意识，是历史图像中惠及于人的观照，亦如母体的依靠，所有历史长河都演变为人事景物的遐想，这种想象又多简单地回归这样一片土地上生活的样态，在雄浑和开阔的视野里形成一种促狭而固守的矛盾叙事特色。

　　位于宁夏回族自治区银川市西约 30 公里的贺兰山东麓的西夏陵也是宁夏重要的文化符号之一。"纵观历史长河，宁夏地区曾有 20 多个少数民族定居繁衍。其中有些民族到后来演变成汉族或其他少数民族，而有些民族迁到这里不久后，就再也找不到延续的脉络了。他们经过宁夏地区各种斗争和冲击碰撞的洗礼，最后都完全融入了中华民族大家庭之中。"①西夏陵是西夏王朝的皇家陵寝，其呈现出的不仅是外显层面的文化符号，也是宁夏地域多民族融合后的内隐符号的文化价值意义。西夏陵的营建年代约为 11 世纪初至 13 世纪初，其规模与北京的明十三陵相当，是中国现存规模最大、地面遗址最完整的帝王陵园之一。西夏陵不仅吸收了秦汉以来，特别是唐宋皇陵之所长，还受到佛教建筑的影响，使汉族文化、佛教文化、党项族文化有机结合，构

①杨森翔. 宁夏移民历史与文化[M]. 香港:华夏文史出版社,2021:66.

成了我国陵园建筑中别具一格的形式。它承接鲜卑拓跋氏从北魏平城到党项西夏的拓跋氏历史，初建时每个陵园均有地下陵寝、墓室、地面建筑和园林，独立占地都在 10 万平方米左右，形制与布局大体相同。陵园地面建筑均由角楼、门阙、碑亭、外城、内城、献殿、塔状陵台等建筑单元组成，平面总体布局呈纵向长方形，按照中国传统的以南北中线为轴、力求左右对称的格式排列。西夏是 11 世纪初以党项羌为主体建立的封建王朝，自 1038 年李元昊在兴庆府（今银川市）称帝建国，于 1227 年被蒙古所灭，在历史上存在了 190 年，经历 10 代皇帝。20 世纪 70 年代至 90 年代，宁夏考古工作者发掘了西夏陵帝陵 1 座、陪葬墓 4 座，清理各处碑亭 10 余座以及北端建筑遗址多处。2000 年底至 2001 年，又在国家文物局指导下，对 3 号陵月城、陵城进行了清理发掘，出土文物丰富多彩，其中有人像碑座、琉璃鸱吻及其他琉璃建筑构件、鎏金铜牛、大石马、迦陵频伽塑像等。在发掘清理过程中，共出土西夏文、汉文碑残块 3700 多块。因西夏陵被严重破坏，所有石碑均被人为地砸成碎块，因此出土的残碑极为破碎。7 号陵四碑亭出土，由 19 块残碑块缀合而成的一块西夏文碑额有重要价值。这些碑文无疑成为宁夏文学"小传统"中重要的文化符号之一。"小传统文字编码的内容都是植根于大传统的。人类不是因为有了文字书写才开始认识和表现世界的。在这种情况下，只要找到大传统的再现方法，找到进入文字书写以前的世界的方法"①，只有清晰地走入宁夏当代作家作品的文化语境，将多民族多文化交融特质作为评价标准，才能找寻到宁夏文学作品话语的独特性。

## 二、宁夏文学"小传统"中的媒介符号

在宁夏，黄河文化不仅具有历史文化语境的深层价值内涵，同时

---

①叶舒宪,章米力,柳倩月. 文化符号学:大小传统新视野[M]. 西安:陕西师范大学出版社,2013:3.

对其考古后展示出了颇具外显价值的传世文本文献，并从出土或传世的文物中呈现出了具有外显层面的图像数据、仪式、场域等。同样，贺兰山岩画、水洞沟遗址、西夏陵等外显层面的文化符号，在考古中发现其中深蕴着内隐层面的文化价值。这些媒介符号所展现的价值即宁夏文化的大传统，这些符号的梳理有益于整理文学文本小传统的文字编码线索，也能更准确地解码其话语含义。从每个文本进入文学现代性的语言交流，考察其美学传统的许多瞬间在现代性时间中的延续排列，才能够在多重解码的逆推中对应性地梳理文化语言中的原型叙事，更好地解读文学作品中文字符号的真正含义，完成细读后对宁夏文学话语特色的梳理工作。

宁夏文学在开阔与促狭的历史纵深线索里，在与农耕文化的交融中形成了一种既保留又创新的颇具乡土魅力的传承话语特色。因而，文学文本"小传统"的话语研究可以还原文学创作的第一现场，尝试从文本的交往对话中探寻文学谱系的变异，从而推断出具体书写中文学话语的传承、变形、误读及断裂等。在对于小传统的语言研究中存在"三种路径和向度"，即"语言的第一个层面：工具性""语言的第二个层面：思想性""语言的第三个层面：诗性"①，在三种跨域传统语言学和现代语言学的研究中进入对宁夏作家文本话语特色的反思，探寻其创作中语言应用的优势与劣势。

宁夏作家在语言工具应用上总体呈现出较为平稳、颇为扎实的语言功底。这与现代经济快速发展、物质充盈、娱乐至上的时代精神相悖，在思想层面相对守成，其话语言说则呈现相对保留传统的承继性。透过这些文学话语持久的呈现可以更为贴近中国语言文学书写的思考，"人们注意到，这种作用与语言的作用相比甚至具有了一种优先

---

① 高玉. "话语"视角的文学问题研究[M]. 北京:中国社会科学出版社,2009:24-33.

性：文学的语言往往首先是通过媒介或借助媒介而发生作用的"①。文学媒介特性这一观念的提出，使得文学文本中话语的研究脱离了语言学传统与现代的壁垒。文学语言是创作一个个丰富而传神的艺术形象的工具，也是能够将人类的情感、想象、文化呈现在文本中的媒介上，包括电子媒介在内，文学创作的各种媒介符号皆是小传统解码中首先需要清晰认知的。相较于其他诸种媒介形式，电子媒介又具有显著的建构力量，这是因为作为一种新兴的数字媒介，网络具有"无处不在"并"连接一切"的普遍性，可进一步消弭"真实"与"虚拟"的界限，并以此深切改写人们的感知方式，成为"人不可分割的构成"以及"人之为人的可能性的所在"②。因而，这些媒介因素都将成为宁夏文学小传统的具体背景，宁夏文学语言媒介的发展历变优先于文学语言工具性、思想性与诗性的研究。

文学语言的媒介呈现古已有之，在中国古代文论中就有相关论述。"言者，明象者也"，就是将文学媒介的语言特性融合在文学文本话语中的思考，作家所属时代、作家所要表达的情感、描摹的事物，就通过文学话语而彰显出来。刘勰的《文心雕龙》中就有关于"炼字"的"心既托声于言，言亦寄形于字"的语言观，也有文学语言的"比兴""章句""声律"等论述，并以刻工刻纹和乐工作乐为喻，说明语言修辞的重要性，"巧言切状，如印之印泥，不加雕削，而曲写毫芥"，还有"刻镂声律，萌芽比兴"的声律观。在西方，亚里士多德的《诗学》与《修辞学》中有关于文学语言修辞特性的论述。《诗学》中对字进行了分类："字分普通字、借用字、隐喻字、装饰字、创新字、衍体字、缩体字、变体字。"③《修辞学》从"演讲的艺术"即"散文的艺

---

① 王一川. 媒介与文学的修辞性[J]. 文艺争鸣,2003(5):8.
② 孙玮. 媒介化生存:文明转型与新型人类的诞生[J]. 探索与争鸣,2020(6):15-17.
③ 亚里士多德. 诗学[M]. 罗念生,译. 北京:人民文学出版社,1962:67-72.

术"的研究中涉及语言"修辞"的问题，基本上有关文学语言工具性的论述都是传统语言学范畴。进入现代语言学研究，思想性的特征就成为语言研究的新领域，西方的索绪尔、雅各布森等重要的学者都对文学语言的本体研究提出了相关见解；语言哲学领域的存在语言学、现象阐释学理论也都是关于现代语言学的相关论述。"从语言思想本体论的角度来研究哲学、历史、文学、伦理、道德等就构成了整个 20 世纪学术最重要的特色。"①语言的诗性是从海德格尔的有关人与语言关系的论述中得来的，他说"人是通过他的语言才栖居在存在之要求中"②。在中国语言环境的追求里，其文学话语的诗意性建构则具有传承性，可从炼字炼句的目的中生成，文学营造的"真境逼而实境生"则意为在对生活真实的描绘中，言语越真实越能创造出诗意的境界，这样一来，语言的诗性层面自然展露出来。

20 世纪语言学"自下而上"的研究方式为世界打开了另外一个视域，突破语言的工具论，探寻语言就是意义本身，思想就存在于语言之中而不是其外的理论。卡勒在《文学理论入门》中从五个方面论述文学：文学是语言的突出、文学是语言的综合、文学是虚构、文学是审美对象、文学是互文性的或者自反性的建构。③卡勒从文本出发，将文学看作语言形式这种程式的产物，文学叙述的语言就比其传达的信息重要。他的解构主义理念已经不再追问文学的"逻各斯"定义，即文学本质的探寻，而是开始反问什么因素可能使某些文本成为文学，旨在呈现多元和多变的状态，从文学的语言问题入手，使文学不再成为单一的终极性的理解，将文学自身属性在不断重新复活中激发出

---

① 高玉. "话语"视角的文学问题研究[M]. 北京:中国社会科学出版社,2009:29.

② [德]海德格尔. 海德格尔选集:下册[M]. 孙周兴,选编. 北京:生活·读书·新知三联书店,1996:1008-1009.

③ 赵宪章. 序言[M]//[美]乔纳森·卡勒. 文学理论入门. 南京:译林出版社,2013:9.

诗意精神，从而生成想象力和创造力。同样，在文学文本的研究中，文学语言层面是文学的最外层因素。波兰现象学派理论家英伽登就把文学作品的文本由表及里地分成四个层面。第一个层面是字音及其高一级语音组合，因而在文本的研究中不能忽略语言第一层面工具性的研究。然而，现代语言学的发展又将语言层面的研究拓展到第二层面——思想性视域。英伽登在文学文本四个层面的论述之后又补充了其可能存在的"形而上的特质"，如其中所表现的崇高、悲剧性、喜剧性、恐怖、震惊、玄奥、丑恶、神圣和悲悯等。但他认为这种"形而上的特质"仅仅在"伟大的文学"中才会出现。①英伽登的这一研究指向无疑指出语言研究中的哲学追问正是文学文本透过语言层面所需要获得的文本内蕴。语言研究的第三个层面"诗性"从研究的方法与要义来看都是与文学文本研究最为相似的，也是文学文本对话关系的理解。那么，梳理语言研究思路与路径，了解言语符号中深蕴的意义，便于厘清文学话语虚构的特色，从而接近文学话语小传统的诗性解码。所以，宁夏当代作家相对守成的姿态促使宁夏这片土地上留存着中国文学话语特色的传承。中国文学话语理论超越时空的概念与现代语言学、现代媒介学研究有某些一致特性，这也就形成了宁夏文学独特且丰富的创作环境与耐受性极强的创作精神，营造出了宁夏文学诗意的审美空间。

因而，宁夏文学的研究亟须从跨媒介交融的视角来审视大传统背景里的文学话语的小传统。"话语理论从根本上以现代语言学作为知识背景，以语言思想本体观作为理论基础，从而体现了一种新的语言观和哲学观。"②通过语言文字媒介符号意义呈现出的交流行为是创作个体对于其所处文化语境的现代性感受，文学创作者并不是向过去学

---

①童庆炳.文学理论教程:第五版[M].北京:高等教育出版社,2015:222.

②高玉."话语"视角的文学问题研究[M].北京:中国社会科学出版社,2009:57.

习，而是在大传统孕育的价值体系及建立的背景共识中进行现代化的创作。当我们在做宁夏文学的研究时就需要通过语言文字这一媒介符号去确认那些蕴含在文本深层的意义，必须通过文学文本中的媒介符号找到那些潜移默化影响作家创作的更为根本的、初始形态的宁夏地域所具有的民族共识，也即在宁夏当代作家话语语境中找寻文学批评的一种具有判断力的方式，在无数世代的语言交往中进行文化累积，形成一个民族地域不言而喻的判断标准。当不断累积分类后再对宁夏文学这个独特个体进行实证分析，文学文本话语中那些千变万化的思想中才能渐渐梳理出那些特立独行或局部的小潮流，也才能从更为宽广的视野进入宁夏文学话语特色的研究，进而探究其嬗变的基本样态。

# 第二章　宁夏当代作家话语特色

　　宁夏当代作家话语的独特性在于宁夏文学的守成与出新。前面章节中已经基本分析了文学话语媒介记忆、媒介符号和媒介交融的评价标准，本章将从宁夏当代作家的研究对象及研究语境的"三代耦合"，具体梳理宁夏当代作家话语"多元共生"的特色，从而进一步阐明宁夏文学守成与出新的话语独特性，以及后面章节里具体细读篇目间的逻辑关系。

　　宁夏文学的守成并非落后和退步的代名词，而是自然地理、人文环境等各种外部要素语境中，宁夏当代作家群体对中国文学传统的坚守，在充分尊重历史与传统的前提下进行有限度和渐进式的变革，是于世界中更具特色的创作理想。"三代耦合"中的三代是指宁夏当代作家老、中、青三代话语的传承特色研究；耦合是指宁夏文学研究中两个或两个以上的体系或两种运动形式间通过相互作用而彼此影响，联合起来成为宁夏文学创作特质的合力。在具体研究中，是从地理与人文的耦合中梳理宁夏老、中、青作家话语的代际性特质，探索在和谐、中庸及不极端语境中继承传统的宁夏当代作家的话语共性，以及呈现的"多元共生"话语特色，诸如认同话语、乡土话语、意识流话语及成长话语等。宁夏老、中、青三代话语语境符号的深层意蕴，具有谱系化的创作特征，同时又显露出每位作家话语创新的独特性，诸如白描、人物志、引譬连类、身份认知、网络民间性、狂欢化、意识流、家庭伦理观念等话语特征。传统是时空绵延涌动的过程，包含无数创新、反创新和不创新的现象及结果。相对守成的具有普遍性自然地域特色的书写中，宁夏文学的真实发展样态是，与传统、与西部、与中国、与世界的交融，并于其中蕴藏着宁夏文学承继传统与创新自变量，即宁夏当代作家话语的独特性。

人工智能的快速发展推动了社会各行各业的变革，人文研究的数字技术为研究者提供了极大便利，拓宽了研究思路。宁夏文学研究亦在科技加持下迎来了创新性发展的时代契机，宁夏当代作家话语特色的嬗变研究，显著加深了人类认知域对抗人工智能的复杂程度，极大增强了文学作品中话语叙事传承特色的探索域。在现代技术的"智能+"模式中，将作家生平事迹、小说文本与人物、文体与文论等数据综合比对，挖掘宁夏当代作家作品文本组织的话语特色，通过定量统计与定性分析，从而实现技术创新与文本研究相结合。技术赋能叙事传承路径的研究方法，为宁夏当代作家话语嬗变特色的研究增效，有助于发现更多其对于中国文学话语传承的路径与方法，从理论到文本地完型宁夏文学创作的发展特征，提出宁夏当代作家话语守成与出新的嬗变特色。

## 第一节 三代耦合：宁夏当代作家的创作综述

"宁夏文学是中国文学大家庭中的一员，有着自己的优长和特色。"[①]当今世界，现代化、全球化已成为不可阻遏的时代潮流，文学作品中记录并述说着地域内创作者们参与全球化、现代化进程的百味感慨，

———————————

①贺绍俊. 序：从实际出发的文学史叙述[M]//杨梓. 宁夏文学史. 银川：阳光出版社，2020:2.

从塞外到水乡，从平原到南疆，凡具有一定独特性文化的地域之中就有相应的地域文学。追踪、深察宁夏当代地域文化从分散走向整体的历时态渐变过程与开放包容的情感流动姿态，可以在回视、审美、眷恋的情感态度中找寻到宁夏当代作家作品中呈现出的具有时代特色的话语样式，这些别样的地域文化的现实面貌及其"选择性"变迁，就成为宁夏文学在"变"与"常"张力结构中构建的审美价值。宁夏文学的独特性是"宁夏地处祖国西北，以经济的发展来衡量，属于我国的欠发达地区。……大西北则是前现代的大本营，但这恰恰是中国走一条更具独特性的、更为健康的现代化道路的重要条件。中国的前现代不仅构成历史，而且仍是强大的现实存在，直接嵌入了中国的现代化进程。宁夏的这种独特性，使得宁夏作家能够以一种正面而积极的心态，吸收前现代文化的精华，延续文学传统，创作具有现代性的文学作品。"①

宁夏文学创作守成与出新潜在地影响着宁夏一代代作家的创作，汇集成整体风格。"前现代文化"特质成为其"守成"特色的根源性因素，结合开放且流动的文学发展，宁夏文学话语的历史延展性特色与内在审美精神的联系就显现出来了。首先，宁夏文学的媒介记忆语境勾勒出宁夏作为西北小省区且相对守成的独特性。宁夏境内有 9 个市辖区、2 个县级市、11 个县，合计 22 个县级区划单位，然而宁夏各个市、县（区）的文联创办的文学刊物就有 20 种之多，且各类文学奖项也从不同程度形成一种独特的选拔机制，为宁夏当代作家的创作提供了颇为良性的上升的创作环境。在地域文学的研究中，杨义提出了"三维耦合"②之说，即使人文之化成、文学之审美与地理元素互动、互补、互释，从而使精神的成果落到人类活动的大地上。由此，在进行宁夏

---

①贺绍俊. 序：从实际出发的文学史叙述[M]//杨梓. 宁夏文学史. 银川：阳光出版社，2020：2.

②杨义. 文学地理学的渊源与视境[J]. 文学评论，2012（4）：73-84.

当代作家话语嬗变特色的具体文本分析时，就以宁夏当代作家生存的人文地理环境作为研究基础，借助媒介记忆、媒介符号和媒介交融三个层面的宁夏当代作家话语评价标准；在具体创作特色的研究中，从地理与人文的耦合中梳理其独特的具有代际性的特质，于是本书称其为"三代耦合"，并通过作家创作文本中的具体话语特色探寻宁夏当代作家的传承特色。因而，媒介符号的研究不仅仅是一种方法，更是一种观点，是将宁夏当代作家放置于人文地理环境系统的背景中，考据其"前现代文化"形成的创作特色，分析宁夏文学对黄河流域文化的传承，于研究中揭示宁夏当代作家的话语传承及其文化符号中深蕴的创作者对传统文化认同的群体意识。

## 一、宁夏当代作家的地域创作特色

在中国文学的发展历程中，文学与地理的关联一直很紧密，《楚辞》就是因楚地而得名，《诗经》中"国风"便是以国域分类，而风、雅、颂也是以地理区域特色为编撰标准。鲁迅曾说过，"中国的人们，不但南北，每省也有些不同的"，因而"我还能看出浙西人和浙东人的不同"。[1]从 20 世纪中国文学的发展现状来看，沈从文 1933 年 10 月在天津《大公报》副刊发文批评上海一群半职业性作家"玩票白相""附庸风雅"却与"平庸为缘"。其掀起的"海派""京派"之争，将现代文学作品浓郁的地方特色推到众人面前。随之而不断发展的地域文学研究，在复杂的文学生态场域里，曲折争流、分合流动。20 世纪 80 年代初期，冯骥才的"津门"系列、贾平凹的"商州"系列等，在各自的浮动、碰撞、衍变、分裂和重组中，展示出自己蓬勃、复杂的生命历程。宁夏文学的研究亦如此。值得关注的是，在宁夏文学自然

---

①鲁迅. 致萧军、萧红(1935 年 3 月 13 日)[M]//鲁迅全集:第 13 卷. 北京:人民文学出版社,1981:79.

地理环境的分析中，评论家李生滨在《宁夏文学六十年（1958—2018)》中将宁夏文学首先界定为"后乡土时代"①，然后从银川市、石嘴山市、吴忠市、中卫市、固原市五个地理区域来概述宁夏文学创作的区域性特色。杨梓主编的《宁夏文学史》虽以时间为线索，但对具体文体作家的述评也涉及了地域特色的问题。可见，在宁夏当代作家话语特色的研究中需要将作家创作地理分布作为基础，在地理与文学的耦合中引入具体作家作品细读。宁夏当代作家创作地理分布状况与作家话语特色的研究耦合，是基于文本话语叙事特色的细读，找寻并梳理宁夏当代作家作品中的中国传统叙事样态的话语传承特质，诸如文本中呈现出的民间叙事、文化传承与现代书写等多元性特征，这些特质暴露出的是时代与传承的特殊性。因而，这种基于作家地理的细读，呈现出的是反线性的时间观，是去历史文本现场的考古，不是综合性分析，强调的就是偶然性，于断裂中找寻文本独特的话语特色，是宁夏当代作家总体特性形成的关键要素，在宁夏文学的研究中最终表现出了宁夏地域的整体创作样态及宁夏文学对于传统文化的群体意识。

由于地理环境不断位移，宁夏文学呈现出的独特性首先就是宁夏建省之初就具有的移民特色，使得宁夏文学从产生之初就有着极大的包容性与多元性，从而也形成了较为突出的整体性特色。相较于邻近的陕西和甘肃，学界一直认为宁夏的地域文学创作独特性并不显著，不同于陕西文学具有自带的根性的兼容性。陕西文学呈现出由乔山和秦岭所分隔的三大地理板块的创作。陕北沟壑纵横、干旱少雨、色彩单调的地貌特征，赋予了陕北文学苍凉悲壮、风格较为单一的特色；关中文学则以深邃厚重、质朴为主；陕南文学则多"水"性，以清丽飘逸见长。这片土地上孕育出了路遥、陈忠实、贾平凹等为代表的一

---

①李生滨.宁夏文学六十年(1958—2018)[M].银川:宁夏人民教育出版社,2018:1-7.

批知名作家。学者徐琳将陕西文学的地理基因呈现的文化传承概括为"苦难与崇高并存的陕北高原文化、饱受儒学浸染的关中平原文化、兼具秦楚之风的陕南山地文化"①。陕西极具特色的三大地域文化及其特有的人文风情铸就了陕西作家独特的创作风格。

　　甘肃与宁夏有着更紧密的联系，宁夏建省之前曾并入甘肃，泾源、隆德等县原属于甘肃省辖区，后划归宁夏。另外，宁夏颇具影响力的作家如张武、陈继明等，他们的祖籍是甘肃。太多地理与人文的相似性，让宁夏文学与甘肃文学的差别微乎其微。"所以对宁夏始名之前，统称为具有地域空间意义的'塞上'，就是要阐明这一区域的复杂性、开放性和包容性。"②著名学者雷达在接受访谈时，总结甘肃文学的特色为："特殊的地理环境造就了甘肃独特的历史文化形态，也孕育了甘肃文学的地域性和复杂的文化内核。只是由于自然环境的骤变、人对土地的过度开掘，以及战争，曾使得甘肃失却了往日的辉煌与繁荣，甚至成为中国西北部地区贫穷落后的象征。"当谈到甘肃乡土小说的不足时，雷达特别从三个层面进一步分析："一是抽离了地域性的乡土小说是没有生命力的；二是荒凉苦难、强悍坚韧、愚昧落后不是西部文学的专利或全部，更不是甘肃乡土文学的全部，将苦难崇高化，将农耕文明和游牧文明诗意化，在某种意义上，有违于历史发展的逻辑；三是作家首先要超越现实生存，用现代性来审视甘肃那片土地的历史和现实，把甘肃的今天放在地球村落中，放在历史的长河中来考察，而不一定站在甘肃本土执着坚守。否则，只能使甘肃的某些乡土小说停滞在生存层面，只能进行一些浅表层的叙述和思索。"③很显然，这些评价似

---

　　①徐琳.当代陕西文学的地理基因与文化传承[J].陕西文学研究,2019(2):186-192.

　　②杨梓.总跋:聚时品文艺,别后忆当年[M]//杨梓.宁夏文学史.银川:阳光出版社,2020:600.

　　③雷达,张继红.近三十年甘肃乡土小说的繁荣与缺失——雷达访谈录[J].文艺争鸣,2013(3):115-119.

乎也可放到宁夏文学地域性特质的分析中。宁夏文学与甘肃文学无差异处较多，诸如荒凉苦难、强悍坚韧和愚昧落后等特征可以相互替换，农耕文明与游牧文明的交融又是相似的文化交融特质，等等。甘肃学者张继红和郭文元将甘肃文学的地域特色又具体划分为"河西走廊与大漠文学、黄河文化与城市文学、陇东家族历史文学、甘南藏族宗教文学、陇中黄土情结与苦难叙事和陇右诗人群与精致格局"①等创作类别，这些具体呈现出的地域文学独特性又比宁夏文学的文化特质突出。

那么，宁夏文学的独特性又在哪里？著名学者贺绍俊在《宁夏文学史》的序言中评价宁夏文学具有"前现代性"特质，这正是宁夏文学的独特性问题。宁夏文学自然地理要素呈现的地域性融合造成了其创作样态的"前现代性"，在与现代性的交融中，宁夏文学呈现的是对于中国传统文化传承的共性，而非陕西和甘肃的各个地理分区的创作差异性。宁夏文学具有更为深邃的中华传统文化的精神价值，"它是由伦理道德、信念、理想、人与自然之间的生态关系、人与人之间的情感交流等构成的"②。这些特质可凭借宁夏当代作家作品话语特色研究中的评价标准，在细读中具体呈现，也就是宁夏文学的文化符号"大传统"相对稳定而集中，通过具体作家话语"小传统"的显现，最终可凸显出的宁夏文学创作的具体话语传承特色。

宁夏文学的守成特色源于这种相对稳固的地域整体创作样态。宁夏的川区和山区自然地理的富足与贫困，并未影响到宁夏文学的创作。宁夏位于我国西北地区东部，地处黄土高原与内蒙古高原的过渡地带，地表形态复杂多样，气候具有干旱少雨、风大沙多、日照充足等特点，

---

① 张继红，郭文元. 文学地理视域下的甘肃作家群与地域文化关系——甘肃文学的一种观察视角[J]. 唐都学刊，2015（5）：89-95.

② 贺绍俊. 序：从实际出发的文学史叙述[M]//杨梓. 宁夏文学史. 银川：阳光出版社，2020：3.

全区现有银川、石嘴山、吴忠、固原、中卫5个地级市，共9个市辖区、2个县级市、11个县。宁夏山区和川区的划分依据主要是宁夏全区分为北部川区和南部山区两部分。宁夏北部川区即引黄灌区，由卫宁平原和银川平原组成，是我国古老的四大灌区之一，海拔1100—1200米，依托首府银川、石嘴山等发达工业城市以及小城镇建设，素有"塞上江南"的美誉和"天下黄河富宁夏"之说。与北部川区相对应的南部山区，从广义上看包括中部干旱区和山区，地处灵盐台地、罗山周围山间盆地、黄土丘陵和六盘山地，海拔一般在1300—1500米，有固原市的原州区、隆德县、泾源县、西吉县、彭阳县，吴忠市的盐池县、同心县和中卫市的海原县7县1区，自然资源匮乏，生态恶化，经济发展滞后，科技文化落后，人们生活贫困，均属于国家级贫困县区。国家为了改善生态环境，因地制宜，结合退耕还林还草推动扶贫开发。"十二五"期间，宁夏回族自治区启动了生态移民工程，通过异地安家、异地创业、异地致富在实现国家扶贫政策的同时，也进一步实现了川区与山区的交融。

尤其值得注意的是，由地理自然样态形成并命名的"西海固文学"，成为宁夏文学地理交融现象形成的重要因素。西海固是宁夏的西吉、海原和固原三县名字的首字，最初归属于甘肃。"1953年11月1日，西海固回族自治区人民政府正式成立；1955年12月2日，根据《中华人民共和国宪法》的有关规定，西海固回族自治区改名为固原回族自治州。"①此后几经变迁，归宁夏管辖。西海固虽然是中国特困地区的代名词，却又无愧于宁夏文学的创作高地，西海固作家的创作产生了极大的影响力。1997年，由《朔方》负责召开的振兴宁夏文学讨论会上，很多固原地区作家在讨论固原地区的文学创作时，就提到

---

① 固原市地方志编审委员会. 固原市志：上[M]. 银川：宁夏人民出版社，2009：26-27.

"西海固文学"。《六盘山》杂志以同题散文专号为标志，中国作协创研部主任、著名评论家雷达为《六盘山》杂志题词，总结了西海固文学的特质。① "西海固文学"的概念被正式提出，并成为西海固地区出生的作家创作现象的唯一代名词。石舒清、郭文斌、马金莲三位鲁迅文学奖获得者分别来自海原、西吉，同时这里还走出了宁夏颇具声望的作家陈继明、季栋梁、火会亮、了一容等，这些作家的创作力及影响力最终波及了整个宁夏文学的创作。西海固地区创作人数多，文学作品的成绩斐然，并形成了一种独特的创作特色。宁夏文学由此而形成了深固保守地书写生存的苍凉、贫瘠的自然环境，创作者们更倾向于描绘悲剧感和苦难意识、忧患意识、生态意识等，并逐步构型了宁夏文学的地域整体特质。

宁夏的评论学者们对此也多有评价，如评论家白草认为，"强烈的祖国意识，对优秀传统文化的信念以及对苦难的书写，正是张贤亮贡献给当代宁夏文学的一笔珍宝"②。同时，"深沉的家国情怀，对优秀传统文化的坚守，苦难中积极向上的力量，多少可标示出宁夏文学的基本风格，而因身处僻远地理空间，宁夏作家因之更亲近了包括人性在内的自然，那种不期而至的、对内在生命的倾诉，不吐不快，似无暇修饰，沛然而出。文学与生命一体，这又是宁夏文学的另一面"③。评论家牛学智认为，"宁夏文学的确保持着很好的传统，坚守住了黄河文化重视现实、积极入世和强调伦理道德的思想；也具有吸收异质文化、开放包容、兼容并蓄的胸怀和视野；更具有直面苦难、关注民生的忧患意识"④。总体而言，宁夏文学在交融中形成了相对守成的创作样态，即于地域差异性中形成了一种创作合力，营造出宁夏所独具

---

① 钟正平. 西海固文学及其释义[J]. 固原师专学报, 2000(1):17.
②③ 白草. 宁夏文学: 家国情怀、传统文化与生命倾诉[N]. 文艺报, 2018-7-20.
④ 牛学智. 黄河文化与宁夏文学[J]. 大西北文学与文化研究, 2020(2):76.

的对于中国话语传承的特色，并成为西部文学中从黄土高原走向全国的独特风光。宁夏从建省之初，就具有自然地理环境的迁移性特色，很多作家从全国各地来到宁夏。宁夏著名的"两张一戈"中，张贤亮祖籍江苏，来自北京；张武祖籍甘肃，工作后来到宁夏；戈悟觉祖籍浙江，大学毕业后支援大西北，来到宁夏。他们用积极昂扬的语调、朴实的文字书写贫瘠与苦难，小说中多表现出生存环境对人的困境，在对自然地理的认同中显示出了反观中华传统文化的特质。继而，城市化进程又促使文学创作者进了城，很多文学创作者到了宁夏首府城市银川，诸如西海固著名作家郭文斌、石舒清、季栋梁、火会亮、了一容等，目前都在银川工作或生活，其创作环境发生了巨大改变，创作题材和主题也随之发生变化。在"出走"的乡土意识和叙述模式中展现人的冲动，表达对现实生存处境的强烈不满，并试图改变自身命运进而改变家乡贫穷落后面貌的强烈渴望，在个体生命走向成熟的探索时也由于他们相对"守成"的坚守，又影响了整个宁夏文学的创作语境，多元因素的融合促使宁夏当代作家的话语形成了地域创作的整体交融性特色。21 世纪以来，许多文学创作者离开宁夏，戈悟觉回了浙江，李唯去了北京，陈继明去了珠海，等等。这些宁夏文学颇具影响力的作家的离开，又带给宁夏文学一些新鲜的现代性的影响，呈现出对于宁夏文学地域性文化性格的超越和对中国传统文化的热切向往。

任何地域创作的多重影响因素都将成为作家风格形成的外因，正是这种地域书写的共性特质，让作家在外来影响侵入时，更多地从中国文学的传统进入创作思考，形成一种更为广泛性的文化传承，最终形成宁夏当代作家创作各具特色的话语叙述特色，而且还带有谱系传承特色的多元发展趋势。在宁夏当代作家话语特色的研究中，采用的方法是媒介符号的方法，就是力图通过这些共性，寻找媒介记忆中展现出的宁夏文学创作的话语独特性。这样不仅囊括了文化地理分布特色、社会政治因素，更重要的是运用了创作者的话语实践，或者说融入了宁夏创作群体思维的研究，最终找到作家话语形成的创作风格，以及其对于宁夏文学发展形成的影响作用等。

## 二、宁夏省级刊物的栏目特色及其影响力

媒介与文学的耦合研究，不仅涉及人文与地理，还涉及人文审美之间的互动、互补和互释。《朔方》杂志作为宁夏文联下属的省级刊物，对宁夏文学的影响不容小觑。张贤亮因受到《朔方》编辑的推介，才走向中国文学界并成为中国当代一位颇具影响力的作家。《朔方》杂志从创刊开始就有着宁夏文学代际传承的担当。张贤亮调入《朔方》后，薪火相传，扶持了一批年轻作家。发现创作人才、给予创作机遇不仅是杂志编辑的自身经历，也是他们肩负的责任。不拘一格降人才，现任的主编及编辑火会亮、曹海英、马占祥、许艺等，都是从宁夏各县市调入银川工作，他们的创作理念也都融入了其对于杂志栏目及篇目的选择里，同时也促成了宁夏文学的交融传承特性。

具体从杂志历史栏目设置来看，《朔方》杂志始终坚守自己的办刊理念，在时代潮流中设计栏目，不断增设各种板块。首先，杂志分外注意宁夏文学的区域创作，分阶段地开设宁夏文学创作地理专辑。以1986年《朔方》全年为例（见表2-1），具体包括3月的银川市文学作品专辑，6月的石嘴山市文学作品专辑，8月的银南地区文学作品专辑，9月的固原地区文学作品专辑。在1987年又增添了中卫文学作品小辑和宁夏电力系统文学作品小辑。可见，《朔方》在以一种确保涵盖宁夏所有区域文学样态的观照姿态来完成杂志栏目的设置。

表 2-1 1986 年《朔方》宁夏文学地理专辑

| 银川市文学作品专辑 | | |
|---|---|---|
| 体裁 | 作品题目/作者 | |
| 报告文学 | 《武林骄子——优秀回族武术运动员赵长军的故事》何新南 | |
| 小说 | 《他这一辈子》邓峨、《厂长和他的女秘书》于伟中、《赎罪》王景韩、《雪花飘飘》马岩(回)、《转弯》高耀山 | |
| 散文 | 《那个地方不平常》吴善珍 | |
| 诗歌（七首） | 《唐徕诗韵》 | 韩长征　刘秀凡(回)　马乐群　于全森　葛林(回)　贾羽(回)　薛刚 |

| 石嘴山市文学作品专辑 | | |
|---|---|---|
| 体裁 | 作品题目/作者 | |
| 小说 | 《靳老头的丧事》陈勇、《野鸭滩》金万忠(回)、《群艺馆,有三个积极分子》齐宝库、《男人的信息》朗业成(满)、《面前,是深沉、庄严、峭峻的大山》郑正 | |
| 儿童文学 | 《黑妮》刘岳华 | |
| 散文 | 《快乐的宿舍》俞本美、《净沙幽湖》万吉晨 | |
| 诗歌（七首） | 《煤城诗花》 | 马忠骥(回)　胡惠峰　王景彦　马东震　肖屏　王艾真　薛秀兰 |

| 银南地区文学作品专辑 | | |
|---|---|---|
| 体裁 | 作品题目/作者 | |
| 报告文学 | 《我们的厂长》陈葆梁 | |
| 小说 | 《宝刀》杨森翔、《秋天里的故事》杨少青(回)、《憨拴》杨东刚、《阿姑上坟》朱仲则、《理发》华锋 | |
| 散文 | 《壬戌重克》刘泂玉 | |
| 诗歌 | 《灵州诗群(十五首)》党学宏、杨森君、孟虎、洪立 (回)、杨云才、段怀颖、丁学明(回)《我不走》万宝琛,《牧羊人的路》柳凤,《枸杞点点红(三首)》胡志安、周宏、王晓晴 | |

可以说，《朔方》杂志早在 20 世纪 80 年代就从文学地理学角度关注作家创作，以及作家对于自然的观察与表达，作家对于自己所处地理空间的认识等问题。从 1986 年度的各个地域栏目作品可知，报告文学这种创作体裁在宁夏文学有着深厚的土壤，诗歌创作中贾羽、葛林、杨云才等诗人，散文创作的吴善珍，小说创作的高耀山、陈勇、杨森翔等都陆续成为宁夏文学创作领域不可忽视的存在。专刊的设置可以有效地结合时代进行创作，针对具体文体、文艺现象系统性地呈

现文艺状况，这为当下宁夏文学创作的地域性影响研究提供了较多的数据和资料。这些地理空间作品的栏目设置不仅集中了宁夏文艺创作者的合力，同时在反思地域性文艺创作之时，其栏目的同质性也清晰地表明杂志有意识地规范了宁夏文学创作的类型及方向。

《朔方》地域专辑的特色只是"专辑栏目"中的一种，杂志常常策划较多的小辑、特辑和专辑，从 20 世纪 80 年代的"纪念鲁迅诞辰100 周年""纪念马克思逝世 100 周年"这些专辑的设置至今，一直呈现出较强的针对性和时效性，往往是一些热点话题或本行业的热门话题的专辑。以 21 世纪以来《朔方》杂志出现的专辑为例（见表 2-2)，根据表格可以极为系统地看到杂志展现出的专辑特色。

表 2-2  21 世纪以来《朔方》的专辑、特辑栏目汇总

| 专辑、特辑类别 | 专辑、特辑名称 | 数量 |
|---|---|---|
| 采风特辑 | "5·23"采风特辑/宁夏青年作家西部采风特辑 | 2 |
| 作家作品专辑、特辑 | 每期一家/本期一家/张学东作品小辑/季栋梁作品小辑/三棵树作品特辑/西部推介/个人特辑/宁夏女作家作品特辑/宁夏公安作者作品专辑/上海首届作家研究班作品小辑/宁夏文学艺术院研修一期作品专辑/宁夏文学艺术院研修班诗歌小辑/鲁迅文学奖获得者新作/宁夏文学艺术研究院第四期文艺(散文)研修班作品专辑 | 15 |
| 纪念专辑 | 庆祝石嘴山建市 40 周年特辑/建党八十周年特辑/"抗震救灾 众志成城特辑"/"庆祝自治区成立 50 周年特辑"/"庆祝新中国成立60 周年特辑"/庆祝建党 90 周年专辑/悼念诗人雷抒雁特辑/"庆祝中国人民抗日战争胜利 70 周年"特辑/《朔方》出刊 500 期特辑/《朔方》创刊四十周年纪念专辑 | 10 |
| 新人专辑 | 宁夏诗歌新人/文学新人/新星一族/校园 80 后/宁夏文学新人作品特辑/宁夏大学人文学院小辑 | 7 |
| 区域专辑 | 陶乐县作品特辑/泾源县作家作品专辑/石嘴山市作家作品特辑/吴忠市作家作品专辑/同心县作家作品特辑/固原市作家作品特辑/西吉县作家作品小辑 | 7 |
| | "朔方文丛"评论小辑/宁夏 80 后诗辑 | 2 |
| 奖项专辑 | 21 世纪文学之星丛书入选者小说特辑/第四届鲁迅文学奖专稿/"西部大开发，宁夏新跨越"诗歌大赛专辑/首届《朔方》文学奖获得者新作联展/宁夏作家 2007 年获奖作品专辑 | 4 |
| 会议特辑 | 自治区第六届文代会专辑/西部笔会中短篇小说座谈会特辑/"文学宁夏"座谈会专辑/第二届日中韩东亚文学论坛特辑/"三棵树"特辑 | 5 |

这些小辑、专辑和特辑贴近生活实际，与时代同行，抓住时代脉搏，同时也给读者带来了一系列完整的作品欣赏或作家创作思考，在此基础上会激发读者的兴趣，也会吸引读者进行更为深入的思考。文学期刊一直都是作家、编辑、评论者和读者多方合作的产物，编辑在设计栏目板块时有目的地培养扶持宁夏文学创作者，同时也在滋养并培育阅读者的成长。这样一来，评论的导向与引领作用就极其珍贵，势必成为宁夏地域文化共性形成的一种助力。《朔方》杂志在 20 世纪 80 年代就意识到文学评论的重要性，针对文艺创作状况，在 1985 年的期刊中增设了"春风第一枝"这样一个文学批评的栏目（见表 2-3）。

表 2-3　1985 年《朔方》的"春风第一枝"栏目详表

| 1985 年 | 2 月 | 3 月 | 4 月 | 5 月 | 6 月 | 8 月 | 10 月 | 11 月 | 12 月 |
|---|---|---|---|---|---|---|---|---|---|
| 主持人 | 肖川 | 高嵩 | 吴淮生 | 高深 | 陈兴起 | 朱东兀 | 潘自强 | 张涧 | 何克俭 |
| 体裁 | 诗歌 | 小说 | 散文 | 诗歌 | 小说 | 小说 | 小说 | 散文 | 诗歌 |

这个栏目设有主持人，主持人都是区内外知名作家与学者。栏目中小说和散文大致都在 2—3 篇，诗歌多是 5 篇以上。针对栏目中的作品，要求主持人点评文章，指出文中存在的具体问题并提出修改意见。主持人肖川、吴淮生、高深、潘自强，都曾是《朔方》编辑部的主编、副主编和编辑，还有《通俗文艺家》的主编何克俭，宁夏大学中文系的教授朱东兀，《宁夏日报》编辑张涧和宁夏作家协会副主席高嵩先生，他们都是文艺创作者、批评者。他们用他们的创作实践帮助一些青年创作者，点评作品并给予修改意见。尤其是诗歌栏目中，学者们直接对作品进行修改。可以说正是由于这样一个栏目的设置，大幅度提高了创作者的状态，扶持了大量小说、诗歌、散文的年轻创作人才，让宁夏文学的创作者们建立了根深蒂固的中华优秀文化传承的理念，其话语特色因而相对稳固且持久。

相对于这种专栏性批评，20 世纪 80 年代《朔方》杂志中对文艺发展及文艺创作批评的文章数量呈现为，每期都设有 5 篇左右的评论文章。有对文艺发展的方针性批评，有对西部文学与宁夏文学的探讨式评论文章，也有具体文体和文本的点评式批评。不同文体的批评文章也很多，报告文学和散文也有，但总体态势不如小说和诗歌这两种文体的评论。将 10 年间的文学批评总篇目和诗歌、小说批评文章对比后发现，20 世纪 80 年代的前 5 年尤为突出，这与时代背景关系紧密。这一时期文艺工作者们对文艺创作的思考较多，后 5 年呈明显下降趋势。1985 年以前（含 1985 年）共 328 篇批评文章，1985 年后共 84 篇；1985 年一年的评论文章为 54 篇，可见 1985 年为转折点，20 世纪 80 年代前后期的差异非常明显。小说和诗歌两种文体的批评文章在伯仲之间，10 年间诗歌评论文章 104 篇、小说 97 篇，诗歌多 7 篇。由于张贤亮先生的小说在全国的影响力，20 世纪 80 年代前几年，小说评论文章以张贤亮的小说批评为主。1981 年对张贤亮《灵与肉》的评价文章有 10 篇，1982 年和 1983 年对张贤亮的《龙种》的评论文章有 8 篇，1983 年还有关于《肖尔布拉克》和《河的子孙》的评论文章 5 篇；1984 年着力于《绿化树》的评论并召开"《绿化树》笔谈会"，共有评论文章9 篇和 1 篇关于《男人的风格》的评论文章。1985 年以后多关注张贤亮的散文、游记和他的评论文章等。可见，知名作家对地方杂志和文艺创作的影响是显著的，进而对这一地区文艺批评的走向也有着至关重要的影响。同时20 世纪 80 年代的诗歌创作热潮对诗歌评论的影响更为突出，《朔方》杂志在时代地域等因素的背景中，杂志中诗歌评论的状况呈现出诗歌创作理论评论的数量占主体，具体诗人作品点评的批评文章数量增多，可见时代文艺创作的内驱力对一个民族的文艺创作影响是不可小觑的，一个地方杂志如《朔方》对文艺创作者创作的重视和对年轻人的扶持及其成长的帮助，对文艺创作的发展尤为重要。20 世纪 80 年代的《朔方》杂志不断更新专栏板块，从总体文艺批评到具体作品点评，从专刊专号到文艺地理分布状况研究，栏目众多，异彩纷呈，不仅为杂志提供了更多办刊思路，也为宁夏文艺创作、宁夏诗歌创作及评论的研究工作提供了较为翔实的可供参考性资料。

20 世纪 90 年代以来，对话体在文坛流行，用简洁晓畅的方式展开对文学创作的言说，吸引着读者，漫谈、随性的语调中传递着创作者的态度、感情和疑问。21 世纪开始《朔方》杂志就以对话体的访谈方式开设新栏目，于 2005 年第一期开设新栏目"访谈与对话"。到 2016 年底已经刊登的期数有 79 次，访谈文章总计 130 篇。开设这个栏目能够凸显作家主体，又建立了作家、批评家与读者沟通的感性文学现场，在这样一个现场，接受访谈的作家的言说是自由而又朴素的，访谈者所提出的问题与作家的创作息息相关。下面将选取 2014 年全年访谈与对话栏目进行分析（见表 2-4），探寻杂志中鲜明的特征及其与宁夏文学创作场域的关系。

表 2-4　2014 年《朔方》的"访谈与对话"栏目详表

| 期次 | 访谈题目 | 受访者 | 身份 | 访谈者 | 身份 |
|---|---|---|---|---|---|
| 1 | 漂泊是写作者的命运——与小说家陈然对话 | 陈然 | 作家 | 陈易 | 研究生 |
| 2 | 清水河畔的悲悯情怀 | 刘涛 | 批评家 | 张元珂 | 评论家 |
| 4 | 小说应当关乎当下、观照历史——与香港青年作家葛亮对谈 | 葛亮 | 作家 | 刘涛 | 评论家 |
| 5 | 朴素的作家　升华的文学：宁夏小说创作三人谈 | 鲁太光 | 张元珂 | 王雪 | 评论家 |
| 6 | 与西夏山河的隐秘关联 | 唐荣尧 | 作家 | 田鑫 | 作家 |
| 7 | 游走是对社会和生活的大阅读——《游走：从少年到青年》访谈录 | 张炜 | 作家 | 行超 | 编辑评论家 |
| 8 | 流不尽的无愁河——听黄永玉先生讲故事 | 黄永玉 | 作家画家 | 李辉 | 编辑作家 |
| 9 | 我们都是在迷宫中寻找出口的孩子——周瑄璞文学创作访谈录 | 周瑄璞 | 作家 | 弋舟 | 编辑评论家 |
| 10 | 写作是一种自我修行方式 | 张楚 | 作家 | 行超 | 编辑评论家 |
| 12 | 颤抖、童年、情结及其他由《颤抖》引起的关键词 | 李凤群 | 作家 | 刘涛 | 评论家 |
| 增刊 | 静水之下，不为人知的惊涛骇浪——张学东长篇小说《尾》访谈录 | 张学东 | 作家 | 张富宝 | 评论家 |

　　由上表可以看出《朔方》所刊登的访谈文章主要分为两类：一类是作家作品谈，一类是作家创作谈。受访谈的人主要身份是作家，而访谈的人大都从事文学批评工作。例如第 10 期刊登的访谈文章是《写作是一种自我修行方式》，接受访谈的作家是张楚，访谈者是行超。很多人认为张楚笔下的"桃源县""桃源镇"是他认为理想的生存空间，而张楚却说："如果我有这种意识，就不会取这么普通的名字，我应该取一个陌生化的名字，不断地在写作中加固它，慢慢形成一个自己的王国。'桃源'就是随便起的名字，我是个很懒的人，第一次这么写了之后就一直沿用。"①这样的访谈打破了读者和批评家对作家的"刻板印象"，访谈中也提到了张楚在平庸的工作中，在小小的县城中是怎样进行创作的，拉近了读者与张楚的距离。另一类则是将作家的作品作为主要访谈对象的对话。例如 2014 年增刊中刊登的访谈文章，接受访谈的是张学东，访谈者是张富宝。《尾》是张学东的长篇小说，入选了 2013 年度中国作协全国重点作品，张学东在这次访谈中不仅谈到了这部小说的创作动机与创作背景，也谈了自己的创作经验。他说："《尾》缘于我自己的一两次驾车出行的擦碰事件，事情本身不值一提，甚至算不上什么交通事故……总之，书中涉及到了我所有的生活和情感，得意、失意、喜悦、愤怒、焦躁、愁烦、忧郁、绝望、无奈、彷徨。"②通过这种访谈，让读者更加了解作者的创作意图。除了这两类以外，还有专题讨论，例如第 5 期的《朴素的作家　升华的文学：宁夏小说创作三人谈》。这次访谈没有访谈者，是鲁太光、张元珂、王雪三位文学评论工作者对宁夏作家马悦、季栋梁、张学东和马金莲的创作进行的讨论。在第 8 期还有较为特殊的一篇《流不尽的无愁河——

---

①张楚,行超. 写作是一种自我修行方式[J]. 朔方,2014(10):85-91.

②张学东,张富宝. 静水之下,不为人知的惊涛骇浪——张学东长篇小说《尾》访谈录[J]. 朔方,(文艺评论专号)2014 年卷:157-160.

听黄永玉先生讲故事》，这是 2013 年 10 月 18 日黄永玉先生在上海图书馆与读者见面会上的对话实录，由叶慧、金晓闻等根据录音整理。在 2013 年，"黄永玉九十画展"在中国国家博物馆开展，与此同时，耗时数年的长篇巨著《无愁河的浪荡汉子》亦正式出版，在国内文坛引起巨大反响。因而这期的"访谈与对话"栏目，特别刊发了黄永玉先生在上海读者见面会上的即兴演讲和他的故事。"访谈与对话"是《朔方》着力打造的一个栏目，目的在于彰显作家的创作态度，促进作家与批评家、读者的交流。在接受访谈时，作家也都表达了自己对文学创作的看法、对于文学的看法。读者也通过有质量的"访谈与对话"栏目了解作家及其创作，这为宁夏文学的创作及发展做了很多资料储备，在未来为宁夏文学的发展及研究保留了充足的媒介档案。

由《朔方》杂志的栏目设计理念可知，一直延续的文学地理专辑及人文审美特色栏目，对于地域文学体裁有着明显的引导，另外也显示出杂志对于创作的影响作用，因为各个地域推选的创作者最终都成为宁夏文学创作的中坚力量，那么他们的创作必然成为创作的主流。通过对杂志设置的小辑、特辑、专辑和访谈等栏目，可以看到《朔方》杂志的引领与导向作用。文学期刊一直都是作家、编辑、评论者和读者多方合作的产物，在编辑设计栏目板块，当杂志有目的地培养扶持宁夏文学创作者的同时，也在影响着地域创作风格的形成。尤其是《朔方》一直关注评论对于受众的影响作用。《朔方》杂志在 20 世纪 80 年代就意识到文学评论的重要性，针对文艺创作状况，设置各种文学体裁的评论专栏，其目的是提高宁夏文学创作整体的水平，但同时也制约了各种地域性风格的发展。21 世纪以来，《朔方》杂志又抓住对话体的访谈方式开设新栏目，近年来又增设"同期品评"栏目，杂志将阅读者这些潜在的创作者都作为文学创作群体来培养，但编辑和评论的观点无疑也将成为地域特色的重要影响因子。

## 三、宁夏当代作家创作的代际传承特色

宁夏文学的创作特色在合力中形成。自然地理、人文环境等各种外部要素的影响，结合宁夏各种媒介杂志办刊理念，宁夏文学呈现出具有普遍共性的自然地域特色，以及坚守中国文学于世界中的创作理想。从历史的角度看中国文学的现代性，宁夏文学保留了作家间"传帮带"的传统，具有谱系化的代际性话语创作风格也由此形成，"三代耦合"就是宁夏文学三个代际创作者对于中国文学话语的传承，并于其中呈现出人文与地理的审美互渗。

丁帆主编的《中国西部新文学史》中有着西部文学的分期，具体体例为西部文学的萌动（1990—1949）、成长期（1949—1979）、繁荣期（上、中、下）（1979—1992）、蓬勃景观（1992—2000）和新世纪的演进（2000—2017）等。在这些分期中，详细划分了具有代际关系的宁夏作家群体，宁夏"30后"作家张贤亮是放在了繁荣期上期，基本就是20世纪80年代；在蓬勃景观的20世纪90年代，宁夏"60后"诗人杨梓、杨森君、梦也、虎西山等和新小说群体陈继明、石舒清、郭文斌、金瓯、漠月、季栋梁、张学东等都列入其中；在新世纪西部文学的演进部分，编撰者认为"一批在20世纪最后的二十年活跃于西部文坛的宿将，诸如张贤亮……或者转入内陆，笔锋转向；或者渐入老境，作品数量日趋减少；或者逐渐从西部文学舞台上退隐。……一大批60年代出生的作家，此时进入人生和写作的成熟期，创作渐入佳境。他们中间有……郭文斌、石舒清等。进入新世纪后开始文学创作的'70后'作家后生可畏，势头强劲，他们连同为数不多的'80后'青年作家一起，成为西部文学的生力

军。他们中间有……马金莲等"①。杨梓主编的《宁夏文学史》是按照文学体裁分卷论述的，分为诗歌、散文、小说、文学研究与批评、儿童文学与纪实文学几个部分，在文学体裁的具体论述中将宁夏作家的年龄作为主要分段论述的标准，与丁帆《中国西部新文学史》中作家年龄段的划分标准基本一致。《宁夏文学史》的小说卷中，首先从张贤亮等一批成名于20世纪80年代，20世纪60年代前出生的作家进入论述。"在张贤亮的影响和带领下，一批中青年作家也相继加入，汇成汹涌澎湃的一条大河，呈现出异常活跃的态势，壮大了宁夏小说的创作队伍，共同推动着宁夏文学的繁荣和发展。戈悟觉、马知遥、张武、南台、查舜、张冀雪、李唯、王佩飞等成为宁夏文坛从20世纪跨越到21世纪的代表作家。"②参照作家年龄，继而论述"新世纪以来，宁夏60后代表作家有漠月、陈继明、季栋梁、郭文斌、李进祥、石舒清"③。"70后、80后作家在人数上比60后减少一半，比如新老'三棵树'从人数上来讲是四比二。金瓯、张学东、了一容、阿舍、马金莲是在全国有影响的作家，平原、曹海英、张九鹏、穹宇、翠脆生生、许艺取得了不凡大成就。"④参照两部文学史的作家出生时间划分标准，亦可通过年龄代际具体来看宁夏文学的话语特色，在研究中大致可将宁夏当代作家创作群体划分为三个代际，即老生代、中生代和新生代。

在宁夏当代作家话语特色的研究中，具体划分宁夏文学老生代的原则不仅参照两部文学史，还源自宁夏的文学现象。20世纪80年代，"宁夏出了个张贤亮"引发了中国文坛的注视，"两张一戈"的文学创作陆续引起反响。因而，宁夏文学老生代的作家有罗飞、吴淮生、路展、张贤亮、张武、戈悟觉、南台、马知遥、查舜、冯剑华、于秀

①丁帆. 中国西部新文学史[M]. 北京:人民文学出版社,2004:394.

②杨梓. 宁夏文学史[M]. 银川:阳光出版社,2020:299.

③杨梓. 宁夏文学史[M]. 银川:阳光出版社,2020:344.

④杨梓. 宁夏文学史[M]. 银川:阳光出版社,2020:382.

兰、哈若蕙、朱昌平等 20 世纪 20—50 年代出生的作家。张武祖籍甘肃、张贤亮祖籍江苏、戈悟觉祖籍浙江，他们多是因各种原因移民宁夏。他们虽都不是宁夏本土作家，但他们生活在宁夏，他们的创作中有着对于宁夏地域文化的认同，在其作品中交融并结合自然地理形成了宁夏文学整体性而又颇具特殊性的创作氛围，他们对传统文化保留与传承的状态反而更为强烈。因而，老生代作家的作品中呈现出了较为扎实的对于中国传统叙事话语的体认与坚守。

宁夏中生代作家有石舒清、郭文斌、杨梓、陈继明、季栋梁、漠月、李进祥、杨森君等 20 世纪 60 年代出生的作家，还包括金瓯、张学东、阿舍、闵生裕、马占祥、了一容等 70 年代出生的作家。他们从成名先后来说基本属于同一个代际。20 世纪 90 年代，陈继明、石舒清、金瓯以令人瞩目的文学成绩被称为宁夏文坛"三棵树"；21 世纪初，又有季栋梁、漠月、张学东被称为宁夏文坛"新三棵树"。因而，宁夏"70 后"作家从被全国认可的角度来看，与"60 后"作家的成名时间基本相同，可以放在一个代际中分析其创作特色。但从创作承继方面来看又有不同，例如陈继明与金瓯虽同为宁夏文坛"三棵树"，但金瓯一直尊陈继明为师。在小说集《鸡蛋的眼泪》代序中，陈继明说："十年前，金瓯来到我任教的一所成人高校读书，我是他的班主任，同时还带着'文学概论''基础写作'这样的课……金瓯继续称我为'老师'，当然主要出于礼貌和谦让。"①两位作家在意识流创作方面的成就斐然，是宁夏文坛较为特殊的话语传承样态，带有世界文学交融话语的创作特色，在他们作品的话语研究中，明显能够看出宁夏文学创作群体的话语承继关系。"70 后"作家群体与"60 后"作家一同在宁夏这片土地上成长，属于宁夏中生代创作群体，他们中间宁夏籍的

---

① 陈继明. "出息"的金瓯(代序)[M]//金瓯. 鸡蛋的眼泪. 石家庄:花山文艺出版社,2002:1.

作家也明显增多，当然也有甘肃、内蒙古、北京、新疆等籍贯作家，但他们都对宁夏这片土地情感浓厚、反思意识强烈，共同成为中国西部文学的中坚力量，担负着承上启下的作用。

宁夏新生代作家应该定义为 20 世纪 80 年代以后出生的作家，有马金莲、许艺、田鑫、马慧娟、王西平、兰喜喜、刘汉斌、王佐红等。丁琳（楼兮）、李敏（娆熙兮）、蔡启东（诸葛婉君）、马丽华（青椒豆腐）、赵磊（我本疯狂）、刘钰（双鱼游墨）等"80 后""90 后"网络签约作家，以及杨阿敏、李子园等宁夏高校原创文学大赛脱颖而出的"90 后"和"00 后"作家，他们是宁夏文学的新生力量。他们在宁夏的《朔方》等杂志的扶持下成长，是宁夏文学创作攀登高峰的希望，因而他们共同构筑为宁夏新生代作家群体。他们的祖籍多在宁夏，相较于老生代、中生代作家，他们多受过高等教育，却依旧承继并坚守着本土文学的创作。

从三个代际文学话语的继承与发展来看宁夏文学，张贤亮让中国文学认识了宁夏，宁夏文学在坚守中前行；石舒清、郭文斌、马金莲三位作家先后获得鲁迅文学奖；金瓯、李进祥、马占祥等作家先后获得全国少数民族文学创作"骏马奖"；路展、赵华等获得儿童文学奖等全国重大奖项等。可以说宁夏当代作家的话语有着深厚的文学蕴藉，能够在浮躁的现代社会不断涌现出丰硕的创作成果并为全国所熟知。他们的创作中独特的魅力并未消散在西部文学的话语中，而是在地域认同性的促使下明显呈现代际传承性的独特性，在认同中保留乡土的、诗意的，与意识流的、成长的话语特色。因而，结合宁夏地域文化交融的特殊性可知，文化在外力作用下其保留与传承状态更为炽烈，媒介交融给西部文学的发展带来了契机，也给宁夏文学平添了羽翼，宁夏老中青三代作家在中国传统叙事文化的体认与坚守中不断新生出强大的创新性，承继着宁夏文学的创作。

## 第二节　多元共生：宁夏当代作家的话语独特性

借助媒介记忆、媒介符号和媒介交融的宁夏当代作家话语评价标准，从地理与人文、人文与审美的互动中梳理宁夏文学的三代传承特质，即在文学话语媒介的具体研究中，运用媒介符号学方法细读宁夏当代作家作品，将宁夏文学发展进程中的诸多媒介信息，如《朔方》杂志中的数据资料等，放在历史演变中考证宁夏文学话语的特质。宁夏文学相对守成的创作传承中保留了极为多元的中国文学叙事话语，而宁夏文学话语的独特性也就在守成中呈现出创新性。具体呈现出的是宁夏当代作家对于中华民族身份的创作体认，对于中华优秀文化传统的话语认同特色、诗意书写的乡土话语特色、成长文学及旅行文学中意识流话语特色等。

然而由于宁夏当代作家人数众多，每位作家又同时具有多种话语特质，为了将宁夏当代文学全貌的特质研究与具体话语细读相结合，本书筛选了宁夏当代文学中最具某类话语特质的作家作品进行研究。本书在研究中找寻并梳理了宁夏当代作家对中国传统叙事话语的代际传承特质，将宁夏当代作家放置于人文、地理、审美环境系统中，对比世界与中国文学现代性发展，结合具体宁夏当代作家的文本，共时层面分析其话语特色中诸多"质"的因素，揭示规律，理清关系，发现其中相似的话语创作特色。同时，在梳理话语发展趋势时，针对作家的叙述转向与文化符号等特征，追溯宁夏文学话语叙事艺术的渊源，运用主题、题材、文体、人物、情节、风格、语言、技巧等创作方法，研究其与中国文学话语的因果联系，整体把握文学话语的艺术特征，并将"话语交融""话语冲突"和"话语交锋"的特质呈现出来，最终找到宁夏当代作家创作的谱系化及多样化的创作特征，以及具体话语的整体承继特色和创作个体的创新之处。从而总结出宁夏当代作家话语又具体呈现了简笔勾勒的白描人物志、引譬连类的抒情话语、女学生身份认知、网络民间性话语、狂欢化意识流话语、家庭伦理观念等风格。

## 一、宁夏当代作家的话语认同特色

宁夏当代作家的话语认同特色具体表现为对于时代、民族和地域的文化认同。20 世纪语言学的研究转向带来了哲学思维方式的转变，整个人类思想开始重新审视、反思语言的思想特质，语言已经不仅仅是工具，文学文本的语言也是一种表象。宁夏当代作家的话语认同特色的研究就是透过表象达到对语言背后的思想和实在的认知。宁夏文学的移民文化及地理变迁等特质表明，宁夏当代作家的身份以及创作观念的多元文化综合性，在交融中体认并不断形成一种对于黄河流域文化的认同态势。随着时代发展，宁夏文学自我坚守的创作，在广泛地涵盖小说、诗歌、戏剧、散文、报告文学、儿童文学等各种体裁的创作内容话语中，呈现出独特的对于中国文化传统的继承，在守成中接受时代的冲击，将所有新兴的创作潮流都内化在自我话语的建构中，形成了宁夏文学内在嬗变的机制。

从宁夏当代作家话语特色的评价标准进入，整合宁夏文学的"大传统"和"小传统"，通过媒介机制筛选各种数据后选取宁夏当代作家谱系里具有代际性的代表作家，对其作品进行细读，从文学话语符号的"小传统"入手分析，寻找多元创作中的共性与个性，即宁夏当代作家话语的认同特色及老中青三代作家话语认同的独特表达。在媒介记忆的平台里甄别宁夏作家作品，依据各种媒体上的信息及作品发表、获奖等多种数据比对分析后综合衡量，选取三个代际的具有话语认同特色的小说家的作品进行细读。如出生于甘肃的"30 后"作家张武，出生于内蒙古的"60后"作家漠月和出生于新疆的"70后"作家阿舍，他们移民至宁夏，在文学作品的创造中，反观自己出生地的生活，呈现的是对于中国传统文化认同的话语特色。

具体来看，老生代作家张武的小说具有乡村民族志的话语特色，叙述中其话语呈现出较明显的对于古典白描式笔法刻画人物形象的传承与体认。作家回溯故乡，在语言认知等方面展现出了独特的对于地域文化及宁夏方言话语的运用与认同。张武在其《看"点"日记》等官场小说中，承继了晚清讽刺与谴责小说等文体的话语创作特色，略带讽刺地揭露城市变革、机关生活、文艺群体的小说语言修辞等媒介特色，明晰地表达出了宁夏老生代作家对于中国叙事传统的认同与继承。张武同时代的作家作品中也多呈现对宁夏这片土地的认同。随着时代发展，20世纪40—50年代出生的作家在其作品中也有着相似的创作承继，诸如南台的《一朝县令》，以西北黄土高原的水泉县为背景，真实地再现了官场小说对于政治、经济文化的反思及话语传承特色；查舜、张冀雪、李唯等塑造了黄河岸边的人物群像，展露出女性觉醒、影视转化等话语认同特色。

后继者们，中生代的"60后""70后"作家呈现出的认同特色又各具魅力。选择漠月和阿舍的小说进行细读，源于其创作成绩，漠月被誉为宁夏"新三棵树"之一，阿舍近年来屡次获得十月文学奖、《民族文学》年度奖、宁夏文学艺术一等奖等奖项。再者，漠月作品中的阿拉善草原和阿舍的阿娜河畔是对于故土的眷恋，呈现出了较为显著的民族认同话语特色。漠月在小说中运用中国传统时空序列话语叙事，作家在记忆的时空里构建了一个独立于历史阶段的空间，采用中国古典小说的全知叙事视角，隐含的作者与叙述者并未分离，叙述者高居故事世界之上，灵活调动叙述内容，如中国传统说书人一样，将读者拉进故事，告诉读者这是一个真实的故事，让他们感受中华民族的独特。阿舍的小说则用女性独特的叙述视角细腻地感受生活，捕捉生活及历史的细节，并运用传统抒情话语描摹生活，创作了一系列能够唤醒时空共鸣的故事。她的长篇历史小说《乌孙》中，抒情话语叙事的特色尤为明显，在汉朝与乌孙历史关系的叙事线索中剥离出来了一条汉朝公主的叙述路径。阿舍用柔美虚静的叙述语境包容了历史史实的残酷及现实的艰辛，呈现出超脱的诗意感，在历史和现实世界的碰撞中形成了经验式的互动表达，即在物与我、身与心、言与意、文与情的跨越叙事中完成了中国现代抒情话语的古今承继与应用的思考。

宁夏文学的创作群体对于中华文化的守成体认，间接地影响并促成了宁夏文学创作环境守成中出新的特色，创作者发自内心地对于传统文化和故土的反思，也就形成了宁夏当代作家对民族话语传统承继的坚守。文学现代化的进程带来了许多弊端，如文学生态的急功近利、人文价值的丧失等。但宁夏老中青三代作家的移民身份汇聚在宁夏独特的人文地理环境里，表现出的却是非常稳定的对于宁夏地域及中国传统叙事文化的体认与坚守。具体通过张武、漠月、阿舍三位作家作品中文本语言的研究，从话语实践入手细读文本，比对具体作家作品话语叙事特色。三位作家的祖籍和民族等方面具有代表性，通过他们的文学创作可从文学地理学的角度观照宁夏文学的多元融合性，印证宁夏文学在历史变迁中与甘肃、内蒙古、新疆及陕西等地的亲缘关系，其作品多呈现黄河文化浸染的游牧及平原文化的交融特色。宁夏其他作家也从不同层面呈现出文学话语的时代、民族及地域的认同共性，并书写出了独具魅力的作品，诸如查舜的"梨花湾"、南台的"水泉县"、曹海英的"石炭井"、马慧娟的"红寺堡"等等。当然宁夏文学创作环境的创新性是于交融中碰撞，作家逐渐固定的叙事符号背后深蕴着其小说话语空间的坚守与认同。在历史文化传统和文化空间中探索宁夏文学作品话语认同特色，宁夏当代作家的话语显露出与世界对话的独创性思考，即创作个体自变量的话语独创性。张武、漠月、阿舍的作品在叙事传承与认同中，形成了自己独具魅力的白描勾勒、说书人叙述、传奇模式，以及"引譬连类"等话语独创性。细读这些作家的作品，有益于对小说家及小说创作在一个时代一个民族一个地域存在意义的研究，将促进宁夏作家文学创作的内省式反思，便于梳理中华传统叙事的传承线索，探索讲好中国故事的独特创作路径。

## 二、宁夏当代作家的乡土话语特色

宁夏评论家郎伟认为，"宁夏青年作家一直把创作的'根'深深扎根在自己所钟爱的土地之中，从本土生活深厚而丰富的地层中汲取无尽的源泉"，并指出"在宁夏青年作家创作的作品中，乡土生活似乎成了'永远的'创作母题"。①乡土话语特色的文学作品，在中国、在宁夏的创作中保留得极为完整。评论家李生滨将宁夏文学的创作称为"后乡土时代"，他认为这是农本家族时代的道德价值进入改革开放转型期后经历的现代化阵痛，并充满忧虑地认为这个纷乱而热烈的转型期是文学面临的挑战，需要警醒与反思的创作。②中国现当代文学中确实面临着从"乡土"到"后乡土时代"的断裂与转型问题，但宁夏文学中乡土话语特征却仿若远离这个纷繁复杂的现代性断裂，其文化坚守的特质似乎消解了转型的阵痛与断裂。老生代创作者高耀山、张武等作家的作品中描绘着家乡变迁，具有民族志的乡土守成特色；中生代创作者漠月、季栋梁、火会亮等作家用自己的笔触描绘着家乡人事景物的变迁，对现实的乡村生存境况充满敬爱与怀念；新生代作家马金莲、马慧娟、许艺等都在尝试运用不同的写作方式去思考乡村变迁带来的人性思考、人生价值等。这种质朴的坚守呈现出的诗意书写就

①郎伟. 写作是为时代作证［M］. 银川：宁夏人民出版社，2007：55-64.
②李生滨. 宁夏文学六十年（1958—2018）［M］. 银川：宁夏人民教育出版社，2018：1-7.

是宁夏文学的话语魅力。宁夏文学创作者的文化守成倾向消解了现代化转型的诸多问题。虽然在"乡土小说"中的乡土叙事颇为显著，但宁夏当代作家群体的散文创作中也有着较为独特的乡土话语的传承特色。

相对于西部乃至全国散文创作，宁夏当代作家的散文创作也呈现出了较为明显的守成态势，其话语在相对保守的环境中显现出了散文书写的文化保留、乡土气息等方面的独特性。在中国，从从古至今的分类观念看，散文的概念相对比较复杂。散文与韵文二分法的概念是指除了诗词曲赋有韵的文学样式外，其余都称为散文；现代中国文学四分法中诗歌、小说、戏剧及散文中的散文又有广义和狭义之分，广义的散文包括一般科学著作、论文、应用文章；狭义的散文是与小说、诗歌、剧本等并列的一种文体样式，包括抒情散文、叙事散文、杂文、游记等。①1992 年，贾平凹在创办《美文》杂志时提出西部散文的"大散文"创作观念，"静观卧虎，便进入一种千钧一发的境界"②，他希望散文创作避免浮躁之风，开拓散文题材，描写现实生活感受的大境界。"大散文"概念的提出是针对散文文体创作的当代理论，因为散文文体几近成为随处可见的创作文体，加上媒介及互联网赋能话语权的影响，散漫随意的书写方式让大家忽视了散文的文体特色，但当代多样化的审美趣味并不意味着创作的无标准，去中心化写作不意味着没有创作主体。传统媒介实际上对于创作主体在散文作品中呈现的主体精神和创作语言是有审美定位的。"散文实际是极难驾驭的文体，郁达夫说：'现代散文之最大特征，是每一个作家的每一篇散文里所表现的个性，比从前的任何散文都来得强。'（郁达夫《郁达夫文集》6 卷）周作人对于散文的个性问题的理解是：'言他人之志即是载道，载自己之道亦是言志。'（周作人《〈中国新文学大系·散文一集〉导言》）因而，所谓

---

① 童庆炳. 文学理论教程[M]. 北京:高等教育出版社,2015:217.
② 贾平凹. 《美文》发刊辞[J]. 美文(创刊 1 号),1992(1):1.

任意发挥，随意来写，不讲文体与语言的创作不能称为散文，我认为美的文字，自然的书写，独特的表达，充满个性的感悟或是冷静的洞察与思考才是散文的精妙。"①在文学现代化的进程中，中国作家面临着同样的问题，散文文体是创作主体最为直接而又艺术地表达情思的文学创作，回归传统，中华民族的文化与散文文本有着同源的奇特关系，不少哲学、历史学、伦理学、民俗学、文艺学等文化著述，同时也属于散文作品。宁夏散文创作主体在文本中呈现的话语传承特色与此相似。

因而，宁夏的散文创作不是贾平凹提出的"大散文"概念的西部散文特色，其话语的独特性就成了宁夏文学不同于陕西、甘肃而独具地域特质的文学。宁夏散文创作承载着中华文化的传承与传播，在相对灵活的话语中建构了相对独特的文体特性与审美规范，并在与多种文化著述相琢相磨、相差相异的过程中，形成了宁夏散文话语的守成特色。美国学者艾恺在《世界范围内的反现代化思潮》一书中阐释了人类现代化进程中，是以不断毁灭人类有价值的东西为代价的，因而，传统文化的意义与价值重估的意义颇为重要。所以中国学者黄健在张旭东《新人文理想的重建：中国新时期小说的文化守成倾向研究》一书的序中这样说道："现代文化的激进主义、保守主义（守成主义）和自由主义三大思潮与现代文学的关系。在我看来，文化上的守成主义（保守主义）并非落后、退步的代名词，而是一种与激进主义相对应的思潮，也就是说文化守成主义（保守主义）并不反对历史的发展与进步，而是主张在充分尊重历史与传统的前提下进行有限度和渐进式的变革，主旨是谋求中国现代化尽可能地避免过度猛烈的震荡，以较小的代价换取历史的持续进步。"②那么，宁夏这片土地上孕育的守

①王琳琳. 记忆微光与文学魅力[J]. 朔方,2022(5):157-160.
②张旭东. 新人文理想的重建:中国新时期小说的文化守成倾向研究[M]. 杭州:浙江大学出版社,2017:2.

成文学，裹挟着的是中华文化的传承，是乡土话语的独特表达，而乡土话语不只存在于宁夏的散文创作中，宁夏当代其他文学文体的创作与其具有一致性。

宁夏文学的创作主体也在传承中坚守乡土书写，但这并不意味着他们排斥创新思路。具体从宁夏作家的三个代际上的"50后"于秀兰、"60后"郭文斌和"80后"马慧娟的作品来看，于守成中出新，形成了宁夏当代作家话语乡土传承的独特性。于秀兰散文集《兰亭心雨》中首先书写了"乡土深情"，表达了作家对于故土的眷恋。在家庭生活的回顾时，作家将叙述空间向外延展，最终构型成具有女性独特的对于中国传统文化的诗意赞美。作家运用女性特有的细腻、清澈、柔美的语句，将自然美景融于充满诗意的乡俗风情中，关注女性，淡淡地娓娓诉说女性的生活压力与自我觉醒，素朴清雅的感受感染着读者。正如冰心散文的爱与温暖感动了许多读者一样，于秀兰的散文具有宁夏当代女性意识慢慢觉醒的发生学意义，不断历变的新时期女性知识分子，慢慢建立的社会人的身份，体现了作家内心自我意识的形成。在于秀兰散文中所彰显的中国传统文化中人与自然的生态关系，是其散文所独具的宁夏地域乡土承继的话语魅力。郭文斌的散文中也同样具有对于宁夏地域乡土的话语传承特色。作家对生活敏锐的观察力与感知力令他在散文中塑造了一系列传神的形象，通过身边的人和事来描摹并阐释中华传统文化对于节日、生命等方面的审美价值；运用精妙的话语修辞建立并巩固一种乡土认知范式，引领读者进入中华传统审美价值的传承话语体系，理解文字，感悟生命。马慧娟的散文创作主要产生于田间，对于乡土农耕生活的口语化叙事与抒情贯穿于创作始终，其散文具有民间性及口语化特质。于秀兰、郭文斌等作家皆是离开农村后，书写对于故乡的想象，而马慧娟写的这些文字，就是她真实的生存空间，表达的是农妇从事农耕时的切身感受。这种陌生化效果是其作品的独特魅力，其散文中还记录了生态移民、脱贫致富的真实历史事件，抒发了变革中普通人的情感，其散文话语更具民族志特色。因而，宁夏散文是在乡土话语的坚守中融合时代进步的思想，探索文学书写的独特，进而形成了各具特色的代际话语特色。他们或从女性文学发生学的视角传递细腻诗意的情感，或在乡土话语特色中尝试独特修辞的表达，或于网络间抒写乡村民族深情等。这虽不能成为散文创作的话语旗帜，但宁夏文学在代际性传承中谱写出各具特色的话语魅力，在松散且看似随意的表达里充分显示出了承继传统并不断摸索前行的散文话语创作理念。

### 三、宁夏当代作家的意识流话语特色

宁夏当代作家创作中不仅有着对于中华文化传统话语的承继，也有着兼容并蓄、借鉴创新的话语特色，在不断与世界的交流中内化并形成宁夏作家独具特色的意识流话语特色。意识流本是心理学术语，意识流小说是借用这一术语在小说创作中应用并形成的创作流派。1884 年，美国心理学家威廉·詹姆士发表的《论内省意识流心理学所忽略的几个问题》中提出人的意识不是片段的衔接而是处于川流不息的流淌中，体验和感悟生命的奇迹与脉动，所以称之为"意识流"。1918 年，英国作家兼评论家梅·辛克莱的小说《旅程》运用"意识流"创作后将其引入小说创作，很快成为现代主义文学中的重要潮流之一——意识流小说。在意识流小说中显著的特征是人的精神世界始终处于主导地位，通过人物内心的意识描绘来反映世界的变化，小说没有生动的故事情节，在看似杂乱而全新的时空叙事中传递人物细腻的情感体悟。因而意识流的叙述特征需要读者重组故事，全面了解小说的历史背景、演变过程及主题、形式、技巧等因素，在小说文本的词句、段落及篇章话语的组合中探寻视角转换的因素及特征，找寻叙事

者意识流的话语和人物之间的界限与关系，在视角转换时人物意识的暂停与实现，叙事者话语的继续。因而需要借用叙事学的理论基础，借用共时语言学的文本分析技巧，分解意识流小说中叙事者话语和人物意识呈现两者之间的视角转换过程及排列和变化关系。"意识流技巧，即反映人物意识流动的技巧，是指作家们为了展示人物头脑中各种稍纵即逝、难以名状的印象、直觉与顿悟而采用的诸如内心独白、自由联想、蒙太奇以及描写梦境与幻觉的创作技巧。"[①]20 世纪 30 年代中国"新感觉派"的刘呐鸥、施蛰存、穆时英等作家的作品就有意识流技巧的使用，后来销声匿迹，直到改革开放才再次进入文学创作领域。1979 年袁可嘉发表的《意识流》《意识流是什么?》等评论文章对意识流进行了比较广泛的介绍，后陈焜、高行健等人的著述都对意识流创作方法有所介绍，王蒙、刘索拉、李陀等作家创作出了一批优秀的意识流中短篇小说，在国内引起很大反响。21 世纪以来，更多侧重于文学创作里意识流技法的标新立异以及全新的观察生活的方式，而非固化的流派思维。

　　宁夏当代作家作品中西方现代、后现代创作方式的探寻最早源于老生代作家，张贤亮的很多作品都有创作形式的创新，《浪漫的黑炮》中元小说的叙事中双线并行的叙述线索颇具特色，不仅是对宁夏小说创作形式的探索，在中国当代小说形式创新探索中也位居前列。郭文斌的元话语书写思路有着叙述形式的创新探索；石舒清作品中意识流动话语特色是通过人物称呼变化转接等方法完成的，巧妙而传神；张学东小说中叙述者与人物对话关系中意识交流的话语特色较为独特，是批判性的反思。总体上观照宁夏文学中意识流动话语特色，是绚烂多姿、各具特色又各有创新的。宁夏当代作家创新的同时又在守成的

---

①李维屏,谌晓明. 什么是意识流小说[M]. 上海:上海外语教育出版社,2012:2.

态势中将创作方式融入中国叙事传承中，在各位作家的作品创作及自我创作反思的创作谈中都可看出，他们渴望突破，阅读了大量古今中外文学作品，熟读马尔克斯、普鲁斯特等作家作品，但其作品书写时仍然不忘植根土地、回归传统，在中国文化传统的传承中创作。因而，在对宁夏三代作家作品的意识流特色进行分析时选择"60后"陈继明、"70后"金瓯和"80后"许艺的作品进行分析，从谱系和代际上梳理宁夏作家话语的总体特色，以及淡化情节结构、谋篇布局上呈现的创新精神。作家在杂乱无章和支离破碎的感受、回忆与思绪中叙事，其中夹杂着中国时空观念的传承，因而需要重新整理文本中的时空关系，才能够弄清故事的来龙去脉，探索三位作家在交融与创新中创造的意识流话语特色。

具体来看，陈继明的意识流小说呈现出总体上离开、归来再离开的叙事模式，主人公通过旅居的方式倾诉其对于乡土的认同与体认。具体从陈继明的《七步镇》的话语特色来看，在作家东生回忆症的治疗、治愈及病根探寻过程中，作家构筑了一个开放的话语空间，充满想象力地完成了东生前世今生的叙述，清晰地解码了东生三种意识存在的话语特色，凸显出了社会变迁话语特色在文学作品叙事中的独特呈现，或者说个人精神世界的空间探源。在东生对百年历史时空深层意蕴的探寻中，小说话语从现代意识流动的叙述中反观了中国文学的话语空间，呈现出了文学创作的交融与多元性。金瓯的小说中创作主体的意识流话语也极为显著，叙事中常运用充满冲击力的文字将青少年的生活谱写成诙谐的狂欢化话语世界。狂欢化文学带有全民性、颠覆性和乌托邦理想特质，金瓯的小说中叙述人"我"在狂欢的场域里运用充满冲击力的人格和人物群像，构筑了一个简单而明了的朋友圈，其中有李红征、西、苏红等。这亦如广场狂欢的全民性，他们在滑稽诙谐中颠覆传统，呈现出具有乌托邦的理想对于中国历史的观照，并通过故事呈现了作家对于人类社会的现代思考。淳朴的人际关系为金钱所取代，平静和睦的生活为混乱喧闹的都市生活所破坏，人性的崇高被毁灭等现实，最终创造了一个充满冲击力的主体狂欢化的话语世界。许艺的作品中语言修辞具有复杂性，作家在选择文字的时候不断伴随自己的书写习惯形成特有的文字符号意义。许艺的小说中常常运用失语、逃亡、奔跑、疾病等叙事场景的隐喻来完成故事的讲述。找寻作家创作中习惯运用的符号，从符号的不确定性意义梳理其创作意图即可发现作家的创作个性，因而只有解码这些符号的含义才能获得作家的创作意图，同时这也是解码其女性意识流动话语的重要途径之一。

总而言之，宁夏当代作家话语传承特色建构在宁夏文学创作的氛围里，坚守着对于现实生活的关注，对于自身生存状况的体认，作家们多从自我视角观照生活，于旅途中反思民族文化。在具体作品的话语创新中又将传承的中国优秀文化转化为多元叙事方式的表达、叙事空间的转接、隐喻的应用等；现代与传统在继承与发展的话语创新中，增添了宁夏文学创作的多元性。

### 四、宁夏当代作家的成长话语特色

宁夏当代作家作品中成长者形象颇多，在叙事中形成了成长话语特色。中国的成长小说是舶来品，西方启蒙时期卢梭的《新爱洛绮丝》算是最早的成长小说。到了 18—19 世纪，歌德《威廉·迈斯特的漫游时代》等作品促使成长小说的主题和叙事模式逐渐成熟定型。中国古典文学中没有成长类型的小说，直到五四新文化运动，个人主义启蒙话语的形成，才在现代中国开启了成长小说的叙事。从五四新文学开始至今已过百年的文学发展中，中国成长小说伴随着个人与民族成长境遇的变化、旧我与新我的蜕变，折射出的是民族成长，并于社会历史间创造出颇具民族和国家成长的寓言。进入 21 世纪，中国成长小说又衍生出青少年在苦难与挫折中的成长，勇于应对现实假恶丑的突围，展现出刚毅果敢的成长性格。但在宁夏文学中宁夏当代作家作品中的成长者形象与宁夏独特地域环境紧密相连，当其与中国历史环境和中国现代社会发展状态对话时，相对守成的宁夏创作主体不断认知自我、体认世界，呈现出独特的成长话语特色。

宁夏作家作品中的成长者形象多为青少年，在社会文化语境中他们不断自我成熟，认知地域以外世界的变革，并不断引发自我主体精神的成长，从而形成一种成长者的话语叙事特色。在叙事学话语特征的研究中需要探究说话人与受话人的交往关系，说话人聚焦的视角和眼光不同，其叙述技巧和表达态度也有差异。"视角属于技巧问题，是为实现更大的目标而采取的一种手法。"①叙事者与叙事活动之间所结成的关系就是视角研究的问题，罗兰·巴尔特把话语的修辞特性、话语的语音与意义运用符号学方法加以分析，在叙述的交际中论述了叙事者和语境，并对叙事者视角的多种存在形态作了分析。"依叙事者内心历程的深入程度与方向的不同，展示内心视角的叙事者之间仍有所区别。"②在种种赋予叙事者了解一切情况的手法中，最重要的也最具特色的是，使叙事者具备某种内心视角并获得修辞效果上的力量。那么，叙事者可以是自己或某个人物形象，也可以是超越一切的如上帝般的视角。宁夏作家在叙事中就是运用各种角度，采用不同形式的"声音"分别表达叙事的态度和观点，既有中国传统"说话"里营造的情境，展露出作品中叙事者的成长样态，也尝试现代叙述视角的创新应用。那么概括宁夏文学中成长叙事的话语特征，于传承中创新的叙

---

①[英]瓦纳·C.布兹.距离与视角——类别研究[M]//王泰来,等,编译.叙事美学.重庆:重庆出版社,1987:126.

②[英]瓦纳·C.布兹.距离与视角——类别研究[M]//王泰来,等,编译.叙事美学.重庆:重庆出版社,1987:145.

述技法依旧需要通过不同创作主体融入世界和中国的独特理解，找到宁夏作家作品中的成长者视角并予以研究。宁夏老生代作家路展、刘和芳、吴音等儿童文学创作者，直接运用儿童话语及视角讲述成长中的心理变迁，或通过小动物、小植物的成长视角表达优良品质与道德品格的重要。中生代作家赵华的童话和科幻小说创作更是从亲情、友情等角度讲述成长中面临的问题并赞扬美好品德；金瓯、张学东、曹海英等作家笔下也多有青少年面临生活波折时反思成长问题的作品，作家多深入种种社会问题探讨人生价值并描绘生命的顽强等。新生代的马金莲等作家笔下探索的有当下农村留守儿童成长中与乡村、坚守等深奥词语的隔膜，话语中淳朴人性的道德体认表达的是深藏于这片土地的美好。这些宁夏颇具代表性的作家笔端共同构型出对于成长者的反思，这就是宁夏成长叙事话语独创性形成的根本原因。

在具体细读中，我们选取宁夏具有代际性的三位创作者，"30后"张贤亮、"70后"张学东和"80后"马金莲的作品进行细读，对文本中成长者及其成长视角的叙事予以分析，从中梳理宁夏独特地域中作家成长叙事的一致性特征，即叙述者与隐含作者之间道德感知、时间感受和知解力的叙述距离，但又在与现代叙述技法的对话中形成自我与内心的对话及社会道德观念讲述等不同话语特色。张贤亮的小说《早安！朋友》中叙述话语的独特较为特殊地呈现了宁夏作家对于青少年成长的关注，在叙事中呈现了成长小说叙事风格。虽此类作品不是张贤亮创作的主要构成，但成长叙事所负载的价值追求是其创作组成的一个方面。故事讲述的是中国人在20世纪80年代面临的成长之痛，在叙述中蕴含着激烈而愤懑的情感，强烈的叙述者声音带着"社会尺度代言人"的话语特色。作家让故事人物成为特定话语空间的颇具共性的存在，社会现实的意识形态作用明显，人物类型化特色凸显了特定时期中国"人"的个体概念的发现，深蕴着个性解放和人格平等问题。同时，张贤亮用他自信与强大的自我叙述者声音告诉家长、孩子乃至社会，教育中存在问题，让我们冷静地看到时代的变化、城乡差距、原生家庭与自我成长，以及未来属于孩子等问题，传递更多的声音，去叫醒那些睡着的人，并发出希望孩子能够珍视生命的呐喊。张学东的作品中多塑造青少年人物形象，并都具有成长特征。形式的创新在作家笔下极其丰富且多元，从时空叙事线索到人物性格塑造，呈现出了成长者形象的观察角度和叙述立场的变化。其长篇小说《家犬往事》以三年困难时期为故事背景，讲述了四个孩子和两只狗的成长故事。小说叙述话语的成长者视角和对话式叙述是其突出的创作特征。对话式叙事是指叙述主体在文本中构成的对话叙事关系，在这种对话中，对儿童运用了多元叙述视角，呈现出叙述情境中历史叙事时间构造与复杂文化空间结构创作的独特性，完成儿童的成长叙事。马金莲在小说《孤独树》中讲述了一个西海固乡村家庭里的故事。作家以农时为时间线索，在中国传统家庭叙述空间里，运用哲布成长的叙事视角，聚焦西海固祖辈、父辈和孙辈的生存故事，讲述了在这片土地上生活的人们承受的农耕生活丧失的痛苦。在城市与乡村的矛盾冲突中，作家将祖辈、父辈与孙辈的命运进行了鲜明的对照，呈现出了孙辈留守儿童的孤独心理、父辈的生活不易，以及祖辈留守的现实情景，唱响了一曲在现代化进程中乡土遗失的孤独之歌。在新时代文学书写的理念里，如何继承中国传统叙事特色而非唯西方论的观念，是宁夏作家在创作中的坚守。作品对于儿童的叙述、成长的创作探索，能看出作家对于新时代文学创作的思考，那么对这种成长者叙述视角的研究也将成为宁夏文学对于中国文学的成长思考。

总而言之，以上对于宁夏当代作家话语守成与创新特色的论述并不全面，只是选取了较为独特的几点展开分析。后面章节主要针对这个方面进行论述，将具体展开对老中青三个代际作家的作品细读。本书的研究主要是进入作家文学文本的言语层面考据，通过言语修辞的比对梳理，寻找话语传达信息的深层内容。如，张武对"桦林沟人"群像的白描勾勒，漠月"阿拉善时空"中的诗情画意，阿舍"引譬连类"与郭文斌"吉祥之书"的独特修辞，于秀兰"故乡记忆"的女学生描绘，马慧娟"生态移民"中的淳朴人性，陈继明、金瓯、许艺等作品时空话语中对于生存地充满反思的意识流动，张贤亮、张学东对话式叙述中的情意表达，马金莲满怀道德良知的眺望，等等。虽不能涵盖所有宁夏文学的话语特质，但能散点透视地在中国文学话语传承中阐释宁夏文学于世界中、中国中的嬗变特色，以及宁夏当代作家具有谱系传承的话语特色。宁夏当代作家热爱与坚守着文学创作，为了坚守而出新，努力地呈现出了独具特色的话语风格。借用诗人荷尔德林的诗句"人诗意地栖居"来描绘宁夏文学作品中呈现出的作家的情感和想象，他们持续的创作样态是引以为傲的，其相对守成的姿态促使宁夏这片土地上留存了各种不同文学话语的传承。在具有独特而丰富的创作环境与耐受性极强的创作精神的传承中，他们共同谱写并营造出了诗意的宁夏文学的审美氛围。但从另外一个方面来看，其思想性及独特性仍有不足。在城市化进程中，宁夏文学的创作环境又发生了巨大改变，极大程度地影响了作家话语特色的传承与发展。只有正视宁夏文学地域书写的共性特质，更多地从中国文学的传统进入创作，警醒地认知创作中自在性书写大过自为性书写的现实，更深入地思考历史及哲理的深度等问题，反思话语叙事，寻找自我划定的边际。只有将充满灵动与天然的审美特质化为简单的艺术创作，在对生活进行真实的描绘时不断创造出"言有尽而意无穷"的话语，宁夏当代作家方能绘出传统与现代、继承与发展、守成与创新的完全矛盾却又统一的宁夏文学生态。

# 第三章　媒介符号与文本细读：
# 宁夏老生代作家作品的话语特色

文学媒介符号的意义需要从具有背景共识的语境里探索，进入文学文本细读后，运用广义语言学范畴的研究思路，在跨文化、跨地域的研究中对比中国文化符号的特质，从中找到宁夏文学作品中独特的文化符号，即梳理宁夏文学作品中反复出现的"黄河""沙漠""村落""骆驼""马""沙枣子"和"土地"等文化符号。在宁夏老生代作家作品的话语特性研究中，可以借鉴这些方法来寻找并研究宁夏文学活动中话语所携带的意义，梳理作家的表述及其编码的含义，找寻到宁夏文学作品中话语建构的自变量。张贤亮的小说《灵与肉》及其改编的电视剧的细读运用媒介的研究方法，找到一代代黄河文化浇灌中成长起来的宁夏人对这片土地的文化认知，这正是宁夏文学作品研究中彰显跨媒介研究的重要意义。

因而，在宁夏当代作家作品的话语研究中，需要从更为开阔的视野和标准进入，运用媒介符号的梳理方法，来比对电影与文学，或者借用比较的方法对文学作品的话语符号进行历时与共时的传承与意义的分析；明确而自觉地以突破语言本位的观念走出技巧论，更好地践行媒介研究中"技"与"道"的交融，从更广泛的社会人文、心理思维乃至自然存在等背景之下探索文学作品中语言媒介符号的传承与发展路径。当然这些都需要对宁夏文学有着清醒的自知与不断的自我审视，才能找寻到文学艺术中被遮蔽而没能从现实中抽离出来的媒介符号。那么在宁夏文艺活动的有效实践中，探索宁夏文学作品中媒介符号的生成基础，通过老生代作家话语中的原型编码，在历时性的宁夏文化语境里，阐释其中的特征，以及相互关联的具有动态性的中华文化继承话语特色；从宁夏当代文学话语的发生场域探寻，在多重证据和多重媒介整合中，建立宁夏当代文学话语最初的颇具特色的地域性话语特色，在具体文学文本的叙事中对应性地梳理出宁夏当代作家话语的原型叙事。

## 第一节　媒介符号的比较研究

张贤亮的小说《灵与肉》发表在 1980 年 9 月的《朔方》杂志上，并荣获了当年全国优秀短篇小说奖。《灵与肉》的代表性源于其略带自传体小说的叙事特色，故事讲述了农场生活的许灵均毅然拒绝父亲带他出国，选择留在农场生活的故事。1982 年由谢晋执导、李准改编为《牧马人》，上映后荣获了文化部优秀影片奖、第六届大众电影百花奖最佳故事片等多项大奖。2013 年 6 月，张贤亮无偿授予宁夏电影集团小说《灵与肉》的版权。2018 年，宁夏电影集团与上海文化广播影视集团联合摄制了 42 集电视剧《灵与肉》，故事涵盖张贤亮多部作品。这无疑是一个最为合适探索宁夏几代创作者对这片土地文化认知的可比较案例。

张贤亮的作品中有着颇为明显的宁夏文化符号，这源自他对宁夏这片土地的爱。他在《安心银川》中这样描绘他心目中的宁夏。

　　1955 年 7 月我从北京以支宁移民的身份，携老母弱妹来宁夏，至今已有四十八年了……田间阡陌替换了都市平坦的柏油马路，赤脚板走在上面，一种与土地的肌肤之亲油然而生。黄河的波涛和被波涛冲刷下的大块泥土訇然作响，与岸边的风组成的和声，会使一个有诗人气质的年轻人感动得落泪。……远远的山坡上经常扬起龙卷风，孤傲挺拔，间或还有一两只鹰在高高的风柱周围点旋。风居然也有影子，像一把巨尺投射在山峦上，一寸寸地丈量着那条被称作贺兰山的山脉。山上没有树，坦率得惊人，然而移民坎坷的路上却布满淡紫色的马莲花，迎风摇曳，景色诱人。还有一种类似地衣的芦苇，俗名"趴地虎"……当然，外国有许多精彩之处，但在我看来似乎总是平面的。宁夏或银川却会在我视网膜上出现叠影，我的视线能够穿透她，像穿糖葫芦般地形成一条"时光隧道"即俗话说将她"看透"，从而，哪怕她一处单薄的线条，也非常厚重，非常丰富多彩。①

　　透过这样的表述，可以清晰地看到张贤亮对于黄河文化浸润的土地的眷恋，不仅如同许灵均不肯离开这片土地的爱国之情，更有着对于这片土地的独特理解。因而，通过张贤亮的小说和电视剧《灵与肉》中的文化符号梳理亦可观照宁夏文学作品中的媒介符号特征及宁夏当代作家话语自变量的独特魅力。

## 一、张贤亮的小说与电视剧《灵与肉》的话语特色

　　影视作品在改编文学作品时，一般不会将一部小说的全部内容影像化，而是侧重于文学作品的某些方面，选取小说的某些情节线索扩展或压缩，进而创造性地改写人物形象等。42 集的电视剧《灵与肉》的创

---

①张贤亮. 安心银川［M］//中国人民政治协商会议银川市委员会文史资料研究委员会. 银川文史资料：第 13 辑. 2004：20—23.

作改编就是以张贤亮小说作品为参照的改编，剧中保留了短篇小说《灵与肉》故事的主要叙事线索及人物形象，同时还汇集了张贤亮的《绿化树》《男人的一半是女人》等多部小说中的人物形象和情节结构。

首先从电视剧《灵与肉》的人物原型来看，剧中人物形象不仅谱写出了张贤亮的一生，也画出了张贤亮小说作品的众生相。其中主人公许灵均来源于小说《灵与肉》，电视剧不仅以其为主要人物形象，同时围绕这一核心人物，形成了一个发散式人物结构关系网。其中故事的主线索以小说《灵与肉》为原型，因而父亲许景由、妻子李秀芝、女儿许清和老放牧员郭𬳿子等人物都源自小说《灵与肉》。同时，由于《灵与肉》是短篇小说，内容相对简单，而改编为42集电视剧后体量增大，故事中又添加了许多人物与情节，大致都源自张贤亮的小说作品，多脱胎于其作品中的小人物，如谢狗来、孙见利和姜文明等人（见表3-1）。

表3-1　电视剧与文学作品人物对照表

| 电视剧 | 文学作品 | 异同 |
|---|---|---|
| 许灵均 | 《灵与肉》许灵均 | 同:电视剧中外貌、身世和经历与文学作品中基本相同。<br>异:电视剧的时间线延伸至改革开放后。 |
| | 《绿化树》章永璘 | 章永璘与许灵均的出身经历相同:资产阶级家庭且都经历过劳教。 |
| 郭𬳿子 | 《灵与肉》郭𬳿子 | 以小说为原型并于电视剧中多侧面描绘郭𬳿子形象:许灵均身边重要的长辈及帮助者，增添了宁夏坐唱的非遗传承人身份。 |
| 许景由 | 《灵与肉》许景由 | 以小说为原型并于电视剧中多侧面描绘父亲形象:文学作品中许父无名字，电视剧中沿用电影《牧马人》中许景由的名字。 |
| 张队长 | 《绿化树》谢队长 | 同:善良质朴的队长。<br>异:谢队长仁厚，张队长是老好人。 |
| 谢狗来 | 《绿化树》海喜喜 | 同:体量相似，拥有肌肉和力量;性格相似，西北汉子的豪爽和宽宏大度。 |
| 姜文明 | 《男人的一半是女人》章永璘 | 同:相同的人生经历，因写"反诗"被劳教且失去性能力。 |
| 曹守义 | 《男人的一半是女人》曹学义 | 同:名字相像，经历相似，都有当兵、做干部的经历。 |

　　电视剧中的许灵均以张贤亮两部小说中的人物许灵均和章永璘的人生经历为主要原型，剧中许灵均源自小说的"钟鸣鼎食之家的长房长孙"，从老师被划为右派遭受劳教之苦，之后身份由牧马人转变为老师、改革政策研究室的主任、影视文化创办的发起人等。可以说剧中许灵均人生故事的时间线较之小说拉长了许多，并融合了章永璘的人生经历，这些人物性格的融合变化使剧中的许灵均带有成长性，形象也更加丰满。同时，电视剧中郭谝子的形象也较之小说有所变化，剧中增添了对他身世的刻画。郭谝子身世可怜，以要饭为生，濒临饿死之际被一个卖场的瞎老汉救活，并收为徒弟，也因此学会了坐唱的本事而得以生存。正是这些悲苦的经历，让他极其同情许灵均这个身世可怜、苦难重重的孩子。他将许灵均视为自己的孩子，用心去关怀和照顾这个苦命的异乡人。剧中的郭谝子善良质朴，他是老放牧员、畜牧队队长，又是七队的车把式，他是危难中许灵均的救助者，同时还兼具着宁夏坐唱传承人的身份，多重身份让这一形象鲜活并具有了地域传承的特色。谢狗来性格直爽，脾气暴躁，讲兄弟义气。他将许灵均认作生死兄弟，经常帮助和照顾许灵均，为许灵均出头，哪怕一板砖拍在脑门上也在所不惜。这个敢爱敢恨的西北汉子虽是剧中增添的人物，但他与《绿化树》中的海喜喜具有跨越文本的互文性，身材与海喜喜相似，"他身躯高大，骨骼粗壮；在褐色的宽阔的脸膛上，眼睛、鼻子嘴唇的线条都很硬，宛如钢笔勾勒出来的一张肖像：英俊，却并不柔和"①。"随即，他倏地抬起头，眼睛里又闪出狞恶的暴躁的光，两腮颤动着，一手拽着我的叉杆，张开另一手的五指，宛如一只鹰要起飞时似的。面对这样魁梧的巨人，我又和他刚刚一样，开始张皇了。"②这个《绿化树》中让章永璘都要感到胆怯张皇的硬汉

①张贤亮. 张贤亮小说自选集[M]. 桂林:漓江出版社,1995:120.
②张贤亮. 张贤亮小说自选集[M]. 桂林:漓江出版社,1995:207.

似乎就是电视剧中的谢狗来，敢为兄弟伸正义。电视剧中的人物还有许多，多来源于张贤亮小说作品中的人物形象且具有融合性，这里就不赘述了。

另外，电视剧中许灵均的形象不仅融合了张贤亮文学作品中人物的经历，还将张贤亮的人生经历合理而全面地融入其中。下面将作家张贤亮的人生经历与电视剧主人公许灵均的人生经历进行简要比较，探索其重合路径（见表3–2）。

表3–2　张贤亮与许灵均人生经历对比

| 年份 | 张贤亮的人生经历 | 电视剧中许灵均的人生经历 |
| --- | --- | --- |
| 1936 年 | 生于南京。 | 生于上海。 |
| 1954 年 | 于宁夏贺兰县乡村插队务农。 | 无。 |
| 1955 年 | 任教于甘肃省委干部文化学校。 | 燕京大学毕业后在北京教书。 |
| 1957 年 | 因发表长诗《大风歌》，被打为右派后劳教。 | 因父亲是资本家，被打为右派，在宁夏劳改。 |
| 1979 年 | 获平反。与冯剑华结婚，次年生下一子。 | 获平反。与李秀芝结婚，生下一女。 |
| 1980 年 | 调入宁夏《朔方》杂志社担任编辑，专业从事文学创作。 | 调到银川政策研究室任主任，研究改革政策。 |
| 1980—1983 年 | 小说《灵与肉》《肖尔布拉克》获得了全国优秀短篇小说奖。《灵与肉》改编成电影《牧马人》。 | 对电影产生兴趣并考察研究。 |
| 1992 年 | 成立了镇北堡西部影城。 | 成立影视公司、影视城，带领乡亲文化致富。 |
| 2014 年 | 9 月 27 日因病去世，享年 78 岁。 | 无。 |

电视剧《灵与肉》的线索主要脱胎于许灵均和章永璘的人生，但因小说的自叙传色彩，电视剧中又融合了张贤亮的人生经历。具体从上表可知剧中许灵均和张贤亮的经历极为相似，同是出生于南方的大家族，毕业后任教，后被打为右派劳教，平反后调往银川工作，最后研究电影并创办影视城。可以说，编剧这一创造性的融入给电视剧的情节创作提供了丰富多彩的素材，成了串起整部电视剧情节发展的重要线索。小说《灵与肉》是作者自己创作的具有社会共识价值的文学

作品，而电视剧编剧所创作的故事则是以原著小说为基调，尽量贴合张贤亮小说中人物性格及人生经历的创作，但其中不免融入了编剧的理解和导演的拍摄，其中点缀的很多具有宁夏地域文化的镜头就显得颇为精彩，因而电视剧的改编创作是在多元合力中完成的。具体来看，电视剧中许灵均这一人物，他的出场仿佛是个人人针对的"坏分子"，谢狗来和孙见利挑衅他，梁大嗓挖苦他，姜文明敌视他，但随着许灵均展现出的人格魅力，一切都化干戈为玉帛。曾经针对他的人成为他的知己，纷纷施以援手，帮助这个物质匮乏又内心孤寂的男人在七队建立了属于自己的家庭，并克服了生活中的种种磨难，坚守梦想，完成了剧中扎根边疆故事的讲述。因而，电视剧中的许灵均这一人物更为丰满，多侧面的描写使得其人格魅力不仅在于他对劳动的热爱、质朴无杂的心灵、执着追求理想的信念，还对他在艰苦的环境和苦难的生活中没有沦入庸俗做了详细描绘。许灵均人物血肉丰满起来，并汇集出了知识分子的傲骨与气质。

电视剧《灵与肉》中许灵均的人生经历颇为复杂，身份和经历的多重融合也令情节复杂而富于变化。可以说电视剧在所有故事中保留了原著小说的主线模式，将大时代背景生活化，用放大的细节描绘出具体的人生故事。剧中具体设计了"七队"这一空间环境，让许灵均的足迹从农村（七队）到城市（银川），最后再回到农村（七队）。许灵均与李秀芝的婚姻以及与父亲重逢的情节符合原著模式，但在此基础上又进行了新的艺术加工，将许灵均人生故事的主要叙事空间放在了"七队"。剧中许灵均夫妻两人的结缘充满了意外和波折，同时还增添两人通过种种磨难后情感逐渐升温的情节，两人相遇相知的生活化描绘更为详细。另外，剧中大部分原创故事及个别次要人物都从张贤亮的小说中脱胎，但其成长性描绘则是在电视剧事件的叙述中完成的，例如胡子文事件主要讲述了胡子文与赵静当年的情感纠葛，以及他乡重逢后引发的矛盾冲突，此时剧作的主角许灵均在这里也只是见证人和调解人。作为一部时代剧，需要一些生活镜头的还原才能在创作中展现真实的时代氛围，勾勒出那个时代的基本生存环境。因而，整部剧作中发生在七队的故事就成为电视剧情节构成的主体部分。小说《灵与肉》中，许灵均是围绕"见父—拒父—回乡"这一中心事件倒叙其人生经历，叙述时穿插了许多许灵均的回忆。这个从小孤苦无依的孩子成长为新中国的教员后，赶上历史的热潮成了右派，下放到农场放马，善良热心的放牧员帮他"拣"了个四川媳妇秀芝，成家后生了娃。父亲回国后想带许灵均全家出国，但他决然地拒绝父亲，选择留在这片他深爱的土地。小说《绿化树》中主人公章永璘的出生及经历与许灵均极为相似，只不过此部小说中着力叙述了知识分子被流放到西北地区后的独特经历，以及遇到马缨花后感受到的无私与忘我的爱。同时，剧中又增添了姜文明这一形象，他的身上犹如《男人的一半是女人》中的章永璘，又似《男人的风格》中的石一士。姜文明是个怀揣理想却脱离现实的知识分子，爱好写作，他写的小说出版后改编成电影等，其人生经历比许灵均更像张贤亮本人，可以说这个人物脱胎于张贤亮的小说及其人生经历，但又有不同，其颇富正义感的性格魅力丰富着电视剧中的人物形象及故事情节。

电视剧《灵与肉》的镜头里常常有一些颇为常见的有关农村生活的细节刻画。当然这都是参照小说时代背景及社会现状的还原拍摄，最终完成的电视剧与社会现实的互文叙事。诸如白玉用铁锹给许灵均烙饼吃，就出自《绿化树》中章永璘的生活经验。"这时，炉子已经烧得通红了：烟煤燃尽了烟，火力非常强。我先把洗得干干净净的铁锹头支在炉口上，把稗子面倒一些在罐头筒里，再加上适量的清水，用匙子搅成糊状的流汁，哧啦一声倒一撮在滚烫的铁锹上。黄土高原用的是平板铁锹，宛如一只平底锅，稗子面糊均匀地向四周摊开，边缘冒着一瞬即逝的气泡，不到一分钟就煎成了一张煎饼。"①电视剧用影像的方式将这段情节用镜头呈现出来，同时为了镜头的逼真，还借鉴了小说及当时的生存现状，将烙饼的炉子还原，达到与时代契合的影像效果。小说中章永璘有一手好的起炉盘炕本领，"我在劳改农场跟中国第一流的供暖工程师干了一个月活，专给干部砌炉子——他也是'右派'，他当大工，我当小工。他曾教给我一个最简便的砌烟灶的方法；他还说，只要给他一把铁锹，其余什么也不用，他在坡地上就能挖出一个火又旺柴又省的炉灶：学问不过在进风口、深度和烟道上"②。其中炉灶的"进风口、深度和烟道"的细节都用影像的方式描摹出来，从而丰富了电视剧中许灵均的生活经历。

总而言之，电视剧《灵与肉》基本囊括了张贤亮的人生及其小说中的人物和情节，剧中还有一些颇为常见的地域文化符号，例如"宁夏坐唱""炉子"这些具有宁夏地域及时代意义的标识性符号等。电视剧与文学作品中的媒介符号承载的丰富文化内涵是国家、民族、地域独特性的体现，是历史中不断形成的表现形式。张贤亮小说与电视剧《灵与肉》中的文化符号充分验证了前面有关宁夏媒介符号的"大传统"，深蕴的是宁夏地域所独具的文化魅力。下面将具体从小说与电视剧文本的话语层面详细梳理宁夏媒介符号的"小传统"。

## 二、小说《灵与肉》中的文化符号

文学作品中的媒介符号是通过文本中语言文字的抽象特质探索其所蕴含的丰富内涵。小说《灵与肉》是极具西北地域特色的小说，在小说言语媒介的文化符号梳理中可以见到漫天黄沙的天气、黄土高原、沙枣树、沙枣子、白杨树、马兰花等文化符号。在社会变迁和人际交

---

①张贤亮. 张贤亮小说自选集[M]. 桂林:漓江出版社,1995:138.

②张贤亮. 张贤亮小说自选集[M]. 桂林:漓江出版社,1995:137.

往中，人们已经对生存环境中已有的或是习以为常的事件形成固化思维，如在交谈中提到这些名词或文章中出现一些符号，人们就会联想到其相应地区，如梧桐树与南京、黄鹤楼与武汉、四合院与北京等。那么，小说《灵与肉》中出现的文化符号与宁夏紧密相连，如前面提到的黄土、沙枣子等。首先来看沙枣子（树）这一文化符号，沙枣子（树）是沙土地的特产，"沙枣树精神"是宁夏大学的校训，其展示的是不畏艰苦、扎根西部、坚守使命等精神。张贤亮小说中的沙枣子（树）在文本中反复出现的频率，表明了文本中沙枣子（树）这一符号的意义和文化内涵（见表3-3）。

表3-3　沙枣子（树）的文化符号

| 次数 | 场景 | 内容 |
| --- | --- | --- |
| 第一次 | 清清问许灵均北京是否有沙枣子 | "有沙枣子吗？" |
| 第二次 | 写清清的心理活动 | 她认为好地方是应该有马兰花和沙枣子的。 |
| 第三次 | 许灵均临走时的环境描写 | 有一棵粗壮的沙枣树。 |
| 第四次 | 许灵均下车折沙枣子吃 | 很多年没有吃了，现在吃起来却品出了一种特别令人留恋的乡土味，怪不得清清要问北京有没有沙枣子呢！ |
| 第五次 | 秀芝说父亲没吃过沙枣子 | "她爷爷保险没有吃过沙枣！" |
| 第六次 | 许灵均的心理活动 | 他怎么会吃过沙枣呢?! |

　　沙枣子是沙枣树的果实，小说《灵与肉》中这一文化符号的描写均出现在第一章，出现的场景主要是在许灵均接到父亲回国的消息后与父亲相见时所展开的一系列景物描写和人物对话之中。作为宁夏文化符号的沙枣子主要是表现一种地域的归属感及坚守的使命感，很多文学作品中也有这样的符号表达。在小说《灵与肉》中由清清与许灵均的对话引出沙枣子这一文化符号，随着故事情节的进一步展开层层剥离，其背后的意义渐渐显露出来。首先是许灵均离开这片土地去北京见父亲后，处处流露出许灵均对环境的不舍和对沙枣子的眷恋。当许灵均见到光鲜体面的父亲时，并没有感到亲切，而是想到了秀芝说

的话，"她爷爷保险没有吃过沙枣"。当他离开时也用沙枣子作为父亲的评判标准，"他怎么会吃过沙枣呢"。这样看来，第一章中出现的沙枣子除了地域文化符号的含义外，更重要的是将简单的"沙枣"与"精神"相关联，变为西北人品质的评判标准。许灵均对于这片沙枣树生长土地的眷恋，对于清贫朴素且踏实的生活境况的自豪感，是许灵均心中烙刻的西北人淳朴而不畏艰苦的沙枣树精神，这与父亲雍容华贵与享乐的人生样态格格不入，沙枣子符号背后的意义因此而深入到了许灵均与父亲距离感产生的原因。许灵均的情感变化也随着沙枣子这一西北地域文化符号的描写而展开，许灵均从眷恋不舍到彻底扎根西北，最终与过去的生活决裂，许灵均的灵魂也在沙土地茁壮成长的沙枣树符号塑形完成后得到救赎和升华。

小说《灵与肉》中还有"白杨树"这一地域文化符号的描绘，白杨树是团结不屈、倔强挺立与不折不挠精神的文化符号。在许灵均离乡、回忆过去、回乡的叙述线索中，白杨树都在许灵均人生转变的重要时刻出现，其中深蕴的是许灵均对于西北这片土地的认知，是许灵均与这片土地难以割舍的情义。所以，小说文本中描写白杨树这一文化符号时巧妙地将其融入许灵均的情感表达中（见表3-4）。

表3-4　白杨树的文化符号

| 次数 | 章节 | 场景 | 内容 |
|------|------|------|------|
| 第一次 | 第一章 | 许灵均走前的环境描写 | 他知道三棵紧挨着的白杨后面。 |
| 第二次 | 第三章 | 学生为许灵均送行 | 默默地目送他的马车过了军垦桥,过了白杨林,消失在荒地的那边…… |
| 第三次 | 第四章 | 秀芝在家门口种白杨树 | 于是,她又在野地里刨了两棵碗粗的白杨树。 |
| 第四次 | 第五章 | 许灵均回家时的环境描写 | 只有秀芝栽的两棵白杨树高耸在一片土房子的屋顶上面。 |

"白杨树"散布在小说的四个章节中，成为许灵均准备进城、学生送行、回乡和秀芝在家门口种树四个场景中的重要文化符号。环境的

变化与许灵均内心情感的变化紧密相连，白杨树这一文化符号中深蕴的是对西北地域的归属感，是将自己完全融入西北地域生活的见证。许灵均在外地回忆过去生活时作者就通过对门前白杨树的描写表现其对"家乡"的怀念；回乡描写白杨树时则表达了许灵均对西北地域的认同感以及心灵的归属感。因而，张贤亮在小说中将极具地域代表性的"沙枣树""白杨树"等植被安排在合适的场景，并为其赋予了更多的地域文化精神内涵，承载的是黄土高原厚重记忆的符号；同时又将其与许灵均的心情变化相连，"沙枣树""白杨树"上饱含的是许灵均思想情感符号的意义。这些熟悉而又亲切的植被里汇集的是对于这片土地和人民深沉而厚重的情感和爱意，离别之际的"沙枣树""白杨树"已不再是地理区域的划分，倾注的都是许灵均对于黄土高原的深厚情谊。

人与自然的关系紧密，黄土高原的自然植被与这片土地上的人民的性格极为相似，张贤亮在小说《灵与肉》中所描绘的就是其中的相似性，并借此隐喻，借这片地域的文化符号表达情感。西北地区提供给人们的生存环境是严酷的，只有像"沙枣树"一样耐寒、像"白杨树"一样挺拔才能与严酷的环境斗争，战胜沙暴、严霜。这样的环境必定成为许灵均性格的重要转折点，因此而造就出了他坚韧、强悍但又不乏知识分子特有的柔情的性格。这种情感的变化，在张贤亮其他小说中也有充分的体现，一个人长期生活在这样的大自然和这样的民俗中，当然会不自觉地受到影响，粗野、雄豪、剽悍和对劳动的无畏，是适应这种环境的首要条件。这些植物在恶劣的环境中显示了它们顽强无比的生命力，这也似乎成为西北人精神的象征，彰显宁夏这片土地上劳动者与自然的和谐相处。同样，小说中还有很多人与动物和谐关系的符号塑造（见表3-5）。

表 3-5　棕色马的文化符号

| 次数 | 章节 | 场景 | 内容 |
|------|------|------|------|
| 第一次 | 第二章 | 人马相遇 | 他看见一匹棕色马掀动着肥厚的嘴唇在他身边寻找槽底的稻粒。 |
| 第二次 | 第二章 | 描写棕色马一系列动作 | 一会儿，棕色马也发现了他。 |
| 第三次 | 第二章 | 许灵均喂食棕色马 | 然后，他跪爬在马槽里，拼命地把槽底的稻粒扒在一起，堆在棕色马的面前。 |
| 第四次 | 第四章 | 许灵均回忆 | 突然，他想起了那匹棕色马，心里顿时感到一阵酸楚的甜蜜。 |

　　马历来是西北人的忠实伙伴，小说中"棕色马"虽然只出现了四次，但根据小说《灵与肉》改编的电影名为《牧马人》，可见故事中马与人之间的关系极为紧密。西北少雨干旱的气候不适宜大型动物的饲养，而马耐寒极好且适应西北干旱气候，它能帮助人们长途驮运重物。小说的第二章中出现了三次"棕色马"，此时，马已不是载物工具，而是许灵均心中最重要的朋友。那时，许灵均举目无亲且被所有人防备和疏远，只有棕色马对他不离不弃。

　　一匹马吃完了面前的干草，顺着马槽向他这边挪动过来。它尽着缰绳所能达到的距离，把嘴伸到他头边。他感到股温暖的鼻息喷在他的脸上。他看见匹棕色马掀动着肥厚的嘴唇在他头边寻找槽底的稻粒。一会儿，棕色马也发现了他。但它并不惊惧，反而侧过头来用漉漉的鼻子嗅他的头，用软乎乎的嘴唇擦他的脸。这样抚慰使他的心颤抖了。他突然抱着长长的、瘦骨嶙峋的马头痛哭失声，把眼泪抹在它棕色的鬃毛上。然后，他跪爬在马槽里，拼命地把槽底的稻粒扒在一起，堆在棕色马面前。①

　　许灵均孤立无援，人生最灰暗的时候，只有马的陪伴与抚慰。马用湿漉漉的鼻子嗅他的头，用软乎乎的嘴唇擦他的脸，触碰着许灵均的心灵。当一个时代人们只能与动物相依相伴、彼此信任，那抹无尽

───────────

①张贤亮. 张贤亮小说自选集[M]. 桂林：漓江出版社，1995：32.

的悲伤从描写中流露出来。所以第四次回忆之时的"棕色马"促使许灵均发出了"啊，父亲，那时你在哪里"的近似于绝望的呼喊。"棕色马"符号背后深蕴着的是许灵均内心的伤痛和精神上的孤独，也是作家借此对于人情冷漠的无声控诉。

　　总之，张贤亮对宁夏的环境、人和事都有自己独到的认知和理解，其作品中还有很多能够展示地域特色的带有宁夏自然风貌的文化符号，这里就不罗列了。这些文化符号的融入促使其小说在描写西北风貌或人物衣着言行时，都流露出浓郁的乡土气息，因而，以宁夏独特自然风貌作为故事背景展开的描写使其作品具有极为丰厚的民俗学价值。

## 三、电视剧《灵与肉》中文化符号的互文

　　张贤亮在作品中书写宁夏，并于创作中融入了许多极具宁夏地域特色的文化符号。电视剧改编时也颇为重视宁夏文化符号的图像化镜头，诸如小说中文化符号整理的沙枣子、白杨树、炉子、马等文化符号；剧中又有所变化，在改编中融入了许多地域文化符号的影像资料，如镇北堡遗迹、贺兰山岩画等。宁夏地域特有的文化符号在第一节中已经详细整理了，并从外显、外隐及内显、内隐等层面细分了宁夏地域文化符号的种类，如具有外显特征的文化符号有贺兰山、贺兰山岩画等；外隐层面的镇北堡西部影城等；内显层面及内隐层面那些被藏起来但又最重要的文化价值系统，如黄河文化、丝绸之路文化等。因而，电视剧的改编不仅尊重原著的地理环境，同时也详细地将宁夏一些较有特色的文化符号影像化，并于镜头中呈现。在文学与电视剧的比较中可知很多地域特征比较明显的文化符号是作家和编剧都意识到的，例如张贤亮在《绿化树》中描写的"镇南堡"。"镇南堡和我想象的全然不同……所谓集镇，不过是过去的牧主在草场上修建的一个土寨子，坐落在山脚下的一片卵石中间，周围稀稀落落地长着些芨芨草。

用黄土夯筑的土墙里，住着十来户人家……土墙的大门早被拆去了，来往的人就从一个像豁牙般难看的洞口钻进钻出……今天逢集，人比较多一点，倒也熙熙攘攘的，使我想起好莱坞所拍的中东影片《碧血黄沙》中的阿拉伯小集市的场景。"①实际上，这里描写的"镇南堡"就是宁夏镇北堡，张贤亮不仅在作品中反复描绘，在现实生活中他也更为重视。当他意识到其历史价值后将影视城建立于此地，于是有了"镇北堡西部影城"，也有了"中国电影从这里走向世界"。电视剧则充分还原了这些古朴、原始、粗犷、荒凉和民间化的影像。剧中许灵均眼中的镇北堡"既苍凉又雄壮，既破败又堂皇，残缺也是一种美，就像是断臂的维纳斯。你说要在这拍电影，得多悲壮，多浪漫"。镇北堡给许灵均种下了一颗电影的种子，亦如张贤亮。张贤亮将镇北堡介绍给谢晋导演，自那以后，镇北堡和电影成为宁夏颇为重要的文化符号。另一个重要的文化符号是贺兰山岩画，虽然张贤亮的文学作品中并未出现，但这是宁夏独有的文化印记，其文化符号的意义在前面已经详细论证，这里只从文艺作品的相互印证入手分析，就不赘述了。

电视剧中另外一个典型的文化符号是郭谝子的"宁夏坐唱"，又名"宁夏道情"，是运用三弦、二胡或板鼓进行弹唱的艺术。宁夏坐唱最重要的传承是演唱者对于宁夏地理人文的熟稔，因为唱词都来自演唱者的编写，有点类似今天嘻哈音乐里的 free style。唱词既可以唱人，也可以唱事；唱词长短不一，不求对称；唱词语言质朴，多夹杂方言俚语。"坐唱"顾名思义是坐着边弹边唱，演唱时尾音拉长，多用语气词，如"呀""啊""嘿哟"等，具有明显的宁夏话语特色。剧中为"宁夏坐唱"配音的是宁夏坐唱的非遗传承人，十几首宁夏坐唱为故事情节及情感渲染增色，第一集里的《宁夏川》、第十集和第四十二

---

① 张贤亮. 张贤亮小说自选集[M]. 桂林:漓江出版社,1995:151-152.

集中的《鸟成对，喜成双》《喜鹊唱红了贺兰山》等将宁夏的风貌及喜庆的气氛表现了出来，第五集中即兴表演的《唱谢狗来》《唱孙见利》更是将坐唱的特色展露无遗，显示出了极高的民俗价值。张贤亮的小说中虽未涉及"宁夏坐唱"，但他同样注意到了这些充满地域特色的民歌，并将其作为辅助性线索叙事，例如小说《绿化树》中海喜喜唱的就是河湟花儿。花儿是一种民歌，流传在青海、甘肃、宁夏的广大地区以及新疆的个别地区，被誉为大西北之魂。花儿又称"少年"，男青年唱的叫"少年"，女青年唱的称花儿。小说中还提及马缨花唱的"信天游"，这也是西北地区典型的民歌形式。这些在剧中展现或在文学作品中呈现的文化符号，其效果异曲同工，都是在文本话语中表现出宁夏地域文化独特魅力的"小传统"。

　　小说和电视剧的环境是黄河流域，黄河文化都深蕴在人物性格及情节里，那些容易被忽略的如土坯房和黄土地等就是黄河文化的外显，即文字和镜头中常常出现的颇具宁夏地域风格的文化符号。小说和电视剧中还原农村生活细节的场景描绘，使这些文化符号具有互文性。如剧中白玉用铁锹给许灵均烙饼吃的镜头里互文的是小说文本《绿化树》中章永璘的生活经验，土坯房里的独特的生存境况，特殊的炉子与蜂窝煤。另外，在电视剧改编中，对许灵均与伙伴马的情感也做了互文，与小说中棕色马不同的是，在电视剧中许灵均抱着的是白马，抱马痛哭的画面成为剧中为数不多对主人公脆弱情感展露的镜头。许灵均来到七队和离开七队时白马两次出现，一来一去，一迎一送，白马之于许灵均的意义就不言而喻了。再如睡马槽、上山放牧、重新成为老师这些小说中的经典段落也在电视剧中还原，甚至在细节的处理上更为感人，这些细节化的情节处理，透过"马槽""放牧""教师"等符号及符号存在的场景，多层次地展现出了地域文化内蕴与人物情感变化的心路历程，从而在情感及氛围感上做到了黄土地及黄河流域文化的互文。值得一提的还有剧中出现的《资本论》。这是影响作家张贤亮一生的书籍，他的不少作品中都曾提到过《资本论》。在《绿化树》中，章永璘就将一本《资本论》放于枕下；在《男人的一半是女人》中也有不少探讨马克思主义哲学的情节，但电视剧受限于影像表达，只有片段解读，许灵均对其深刻性的理解和认识略显不足。总之，在清水里、血水里、碱水里泡过、浴过、煮过的主人公许灵均生命力顽强，在不断的磨砺中将自己的灵魂与西北这片苍凉而广袤的土地结合，谱写出了一系列独具地域魅力的文化符号。

张贤亮的小说与电视剧《灵与肉》中有许多媒介交融的创作，在小说和电视剧中呈现了许多黄河文化浇灌中成长起来的宁夏人。由此观之，这正是宁夏文学作品中彰显的媒介符号的独特意义。同时，在影视剧和小说的比较中不仅可以看到宁夏作家张贤亮对于这片土地上媒介符号潜移默化的应用，也能通过影像与文字符号比对出媒介交融的影像特色。因而，在宁夏当代作家作品的研究与批评中需要从更为开阔的视野和标准进入，运用媒介符号的梳理来比对并观照文学，才能更准确地从文学作品中梳理出其话语符号的媒介意义，才能够多元地分析并找到宁夏文学话语的独特魅力。

## 第二节　张贤亮小说里的成长话语特色

在宁夏文学谱系中，张贤亮的小说创作突出而卓著，他将宁夏文学的创作带入了中国文学创作的行列。张贤亮对宁夏文学创作的影响不容忽视，前面媒介符号比较文本中已知他的文学视野与创作体认影响着 20 世纪 80 年代及宁夏文学创作者的写作，他的成就犹如普罗米修斯的火种，向着希望，成就了一批批坚守写作的宁夏创作者。上一节媒介交融地比对了张贤亮的文学作品与电视剧《灵与肉》的媒介符号特色，本节将回到其文学本体进行研究。张贤亮的代表性还显现在其作品中成长叙事话语的特色，诸如"章永璘"等人物形象的精神成长等。本节将细读小说《早安！朋友》，小说中叙述话语独特，较为特殊地呈现了宁夏作家对于青少年成长的关注，在叙事中呈现了成长小说的叙事风格。虽此类作品不是张贤亮创作的主要构成，但成长叙事所负载的价值追求是其创作组成的一个方面，对其叙事风格与特色的梳理利于宁夏文学中成长者叙事、成长者视角等叙事特色的整理与研究，并可借此对中国叙事传统予以回溯。

## 一、强大叙述者声音里的青少年成长

叙述视角是叙事者与叙事活动之间所结成的关系。文本中的叙事者可以是作家自己，可以是故事中的人物，叙事时这样的叙事者会受到限制，只知道自己的事情而不知道他人的；同时也可以是超越一切的叙述者声音，即如上帝的视角，无所不知。张贤亮小说《早安！朋友》中的叙述视角拥有强大的隐含作家的叙述力量，让读者在这个作家创造的世界里阅读上帝视角掌控万物的故事。正如开篇作家自己所表达的态度："本书纯系实录。地名从略。人名虚拟。写到人物心理活动部分，作者有权代表全知的上帝。让年轻人认识自己，成年人理解自己的孩子吧！至于我，我愿迎着每天去学校的学生道一声：'早安！朋友。'"①作家用这种强大的叙述者声音完成此部成长小说的叙事，并用文字媒介营造的叙述空间传递青少年成长中的问题并企图进行道德教育。然而对张贤亮此部小说独特的叙述视角进行分析梳理后，可以发现这种话语的叙述视角所隐含的符号意义与叙述方法带有中国

---

① 张贤亮. 一切从人的解放开始[M]. 银川：宁夏人民出版社，2008：228.

叙事传统特色，因而对于张贤亮叙述视角的研究将从中国叙事传统承继与发展路径的探索开始。

中国传统叙事的叙述声音往往营造一种似真的效果讲述故事，正如韩南（Patrick Hanan）教授将中国古典白话小说"说话"对形态的拟仿称为"虚拟情境"，意指"假称一部作品于现场传送的情境"①。这就是研究中国古典白话小说的一种路径。中国古典白话小说呈现的特殊话语语境，是在"说—听"间通过说书人的声音营造一个虚拟情境，并在其中讲述故事，这种叙述声音带给接受者颇具说服力的真实感。"意即在说话的情境中，'人物化'的读者和'预设的'或理想的读者的反应之间有了一种巧妙的默契关系。因此只要说话人的修辞策略是与'似真'而非值得商榷的'真理'有所牵连，则接听者心悦诚服的姿态便谕知我们说话人是值得信赖的。"②那么，张贤亮这部小说《早安！朋友》开篇的"作者声明"就如中国说书人一样，开篇以"话说……"引领听众进入一个虚拟情境的真实故事，结尾处"写于书中的人物上大学、工作、死亡和住院一个多月之后的一九八六年十月"的叙述者声音，无疑将传统章回体结尾模式"欲知后事如何"的话语，改为更具现代可信度的故事中所谓真实的叙述时间。同时故事中人物已经死亡的话语符号暗示着作者就写到此处，具体内容以及作者想在文中负载的精神成长，就需要读者在这个真实的情境中慢慢领悟。

学者申丹在叙述视角的研究中提出"若要合理区分视角，首先必须分清叙述声音与叙事眼光"③。叙述声音就是讲述故事时候发表的言论及态度。叙事眼光就是故事讲述的角度，可以是故事中人物的视角讲述故事，可以是隐含的作家讲述故事，也可以是故事中人物年幼时或成

---

①转引自王德威. 想象中国的方法：历史·小说·叙事[M]. 天津：百花文艺出版社,2016:81.

②王德威. 想象中国的方法：历史·小说·叙事[M]. 天津：百花文艺出版社,2016:87-88.

③申丹. 叙述学与小说文体学研究[M]. 北京：北京大学出版社,2001:186.

年后的回顾视角。探索叙事眼光的目的就是要区分出文中话语叙述动作的发出者状态，叙事眼光的或隐或显状态以及叙事眼光的动作发出者身份就决定着是否与叙述声音相重合，这样的区分有益于探索故事讲述中话语隐含的符号意义。为了探寻张贤亮小说文本话语符号隐含的意义，需要详细区分文中叙述视角所采用的方式。作者张贤亮为了营造真实情境，首先运用了强大的叙述声音发表言论，构建了一个完整而真实的虚拟故事情境。在叙事过程中，这种全知的充满隐含作家态度的叙述声音无处不在。"事情是这样开始的""但事情并不是她想象的那样简单"①等，这样的叙述判断表明了隐含的作家对文本的叙述掌控。

　　《红楼梦》第十九回开篇"话说贾妃回宫，次日见驾谢恩，并回奏归省之事……以赐贾政及各椒房等员，不必细说"②。这里的"话说"与张贤亮小说中"事情是这样开始的"叙述颇为相似；"不必细说"与"但事情并不是她想象的那样简单"也异曲同工。但"不必细说"指的是事情不必说；"不是她想象的"是对他人情感的判断，这些许的不同加大了张贤亮小说中叙述声音的力量，反而削弱了中国叙述传统的真实性效果。结合叙事眼光来分析文本的叙述声音将能够更为准确地把握住作者叙事视角的效果。又如《红楼梦》第十九回黛玉劝诫宝玉后，书中这样写："宝玉总没听见这些话，只闻得一股幽香"③。对比张贤亮小说中"不是她想象的那样简单"的叙事眼光，《红楼梦》中宝玉自己觉得的角度使得故事中宝玉与黛玉的矛盾并不激烈，相反张贤亮小说中隐含作家的叙事角度觉得不是她想象的判断就颇为强硬。这也许是作者有意而为之，但这样的叙事眼光带来的阅读效果略有阻碍，略显强硬，接受者阅读时就会感受到犹如家长式说教的话语特色。再如

---

① 张贤亮. 一切从人的解放开始[M]. 银川：宁夏人民出版社,2008:228-229.

② 曹雪芹. 红楼梦[M]. 长春：时代文艺出版社,2001:136.

③ 曹雪芹. 红楼梦[M]. 长春：时代文艺出版社,2001:143.

鲁迅笔下的"长妈妈"是一个睡觉时在床上摆个大字，脱了裤子可以退敌的女人。如此不堪的情节，作者巧妙地运用孩童的叙事眼光讲述故事，加上长妈妈自己视角的表达使得人物个性丰满且独特，她身上质朴勤劳的农村妇女特质也未失去光芒。因此读者能从叙述中接收到作家创作的是那个时代公共空间赋予人物的愚昧等内涵，隐含作家在作品中的深思也因此显得形象而自然，读者反而更容易接受文中的批判性。

无论是中国古典小说叙事特色，还是现代小说叙事特征，叙述视角的叙述声音与叙事眼光的分析是多重的，其深层效果的表达亦如此。前面只是对某些话语语句的分析，《早安！朋友》整部小说构成的叙述者姿态及其深层意蕴才更具特色。中国古典小说虚拟情境中说话人观点的叙述声音和说话人焦点的叙述眼光就是叙事的态度，说话人似乎总是以"老练豁达的旁观者，对着我们娓娓诉说着他的故事"，另外"说话人很巧妙地同时扮演了两个角色：一为偷窥者……另一为社会尺度的代言人"①。因而旁观者的偷窥身份就是叙事眼光，旁观的社会尺度代言人身份就是叙述声音，叙述声音的深层表达与偷窥者身份形成一种叙事的张力，引领读者对待世间各种情感事件都有更深层的判断。中国古典叙事传统运用这种巧妙的叙事方式将许多难以言说的社会现实委婉地表达了出来。张贤亮的小说中创造了这样一种"真实情境"的叙事，其中有传承中国叙事传统的意义。但当进入新时代后，中国传统叙事方式也受到了各种冲击并于此基础上有所发展，张贤亮的叙事也是如此。仅仅用"社会尺度代言人"的角度来分析《早安！朋友》中说话人的叙述眼光及态度是不充分的，因为有关很多现实问题的探讨，作家是发出呐喊的。自五四以来新文化"人的发现"，中国现代文学重要的叙述内涵发生变化，这正是作家张贤亮想表

---

①王德威. 想象中国的方法:历史·小说·叙事[M]. 天津:百花文艺出版社,2016:89.

达的，这也与古代叙事有着不同的内涵。

张贤亮讲述的故事是中国人在 20 世纪 80 年代面临的成长之痛，蕴含在叙述中激烈而愤懑的情感、强烈的叙述者声音带着"社会尺度代言人"的话语特色，但作家在其中蕴含的心理眼光、意识形态眼光明显增多。所以在分析中还需考虑到中国叙事传统的发展，也就是在当代叙述的充盈与发展中探寻张贤亮小说中运用的叙述声音和叙事眼光，更为全面地判断作家独特的叙事方法与态度，因而要从叙述眼光里蕴含的三方面含义来分析，"一是心理眼光；二是意识形态眼光；三是时间与空间眼光"①。诸如文中徐银花样貌描写的视角，开篇是用班长曹卫平的叙述眼光叙述，一位古板、心有城府、认真行使权力的班长形象跃然纸上。当王文明与徐银花事件发生后，曹卫平开始在内心推敲班里各种动向，以及此事件发生时自己是否有责任。为了推卸责任，他也毫不留情地贬损徐银花的样貌，从而表明自己不可能想到如此样貌的女同学会被非礼。"徐银花，将来最好的出路是到电影厂里当特型演员。还没有二十岁就胖得出格，不仅从正面看，从侧面也是这样：两头小中间大。只是因为她不招人惹人，不使人讨厌，才没人给她起外号。不然，她准叫'枣核儿'。徐银花还格外壮，面孔红润，两臂有力，是块义务劳动的好材料。要不，她还是进'三八'公司给人当保姆去吧。"②作家用班长城里人的叙述视角讲述了一个农村姑娘的样貌与身材，因而这个选择让故事人物成为特定话语空间的颇具共性的存在，社会现实的意识形态作用明显，人物类型化特色凸显特定时期中国"人"的个体概念的发现，深蕴着个性解放和人格平等问题。徐银花在群体叙述眼光中的形象是进入城市的暴发户的子女，为了融入群体竭尽全力花费金钱讨好同学们，当被王文明袭胸后，开始从身体认知的个性解放中自我觉醒，尽管最

①申丹. 叙述学与小说文体学研究[M]. 北京:北京大学出版社,2001:189-190.

②张贤亮. 一切从人的解放开始[M]. 银川:宁夏人民出版社,2008:235-236.

终以失败告终，自杀身亡。但我们不能否认的是，张贤亮用他的自信与强大的自我叙述者声音告诉家长、孩子乃至社会，教育中存在问题，让我们冷静地看到了时代的变化、城乡差距、原生家庭与自我成长、未来属于孩子等问题。"借着说话人的全知视景所设定的'适中距离'，这些作家似乎超越了个人经验的层面，而到达了一个更广大、更可以公开的意义范围中。"①从这些激烈的文字中能够接收到作家想要传递更多的声音，去叫醒那些睡着的人，并发出希望孩子能够珍视生命的呐喊。作家用反讽的姿态告诉大家，悲剧是自己的，生命逝去带给别人的只会是一场荒诞的哀悼会变成联欢会的结果。

## 二、青少年成长之痛的两种叙述解读

《早安！朋友》中徐银花与王文明事件是故事叙述的主线，如戏剧冲突集中的组合事件，创造了丰富的表层结构。正是由于张贤亮叙述话语的这种独特，文本中可以从时间线索和心理线索两个维度来划分其表层结构（见表3-6）。从时间线索来看，事件的发生即第一章开始就打破了平衡结构，进入故事的讲述，也就是高考前发生的一个事件引发班内的调查与变动。在高考进行时，故事主人公一死一疯为故事的结束；用同学们河边追悼会为终点，为故事画上了句号。最终以高考后班内同学各自归宿为新的平衡状态。但是，对于青少年成长的思考不仅是成长时间的问题，也是成长心理的问题。本文的故事又是以年轻人的内心成长为叙事核心，从心理层面重新梳理其叙事结构，发现徐银花与王文明事件就只成为青少年成长中的一条线索，是叙述的引子。因而徐银花与王文明事件的开始、影响、调查与处理只是故事平衡状态被打破的事件，也就是说到第三章才真正完成故事的开启。接下来青少年心理成长故事的多重样态，才

---

①王德威. 想象中国的方法：历史·小说·叙事[M]. 天津：百花文艺出版社，2016：89.

是故事的叙述内容，是打破平衡阶段。故事结尾的新的平衡是用年轻人理智与情感的青春萌动，用"追悼会真的变成了联欢会"的生命活力哀悼死亡，用庆祝年轻人即将开启的新征程，完成故事的叙事。

表 3-6　表层结构的两种模式

| 表层结构 | 平衡 | 打破平衡 | 新的平衡 |
|---|---|---|---|
| 第一种：时间线索 | 第一章：故事的开端——高考前。 | 第二章至第八章：故事的发展——面临高考。 | 第十章至第十一章：故事的尾声——高考及之后。 |
| | 1—4 节 | 5—21 节 | 22—31 节 |
| | 王文明袭胸事件。 | 王文明和徐银花事件引发的一系列事件。 | 最终徐银花自杀，王文明疯癫；白思弘召集大家开追悼会祭奠徐银花。 |
| 第二种：心理线索 | 第一章至第三章：故事的开端——高中生情感问题。 | 第四章至第十章：故事的发展——高中生情感演变及结果。 | 第十一章：故事的尾声——引发高中生对情感问题的思考。 |
| | 1—9 节 | 10—30 节 | 31 节 |
| | 王文明与徐银花事件引发的班内情感调查。 | 王文明与徐银花的心理变化及结果；班内同学的各种情感关系。 | 致敬逝去的青春，畅想未来。 |

　　两种叙述结构皆能成立，但第一种表层结构的分析中过于关注高考这一时间线索里引发的王文明袭胸事件。进入深层结构的文化空间关系分析，王文明与徐银花两人的事件即占主导叙述地位，这一结论将忽略文本叙述话语所呈现的多重叙述眼光蕴含的深层意义，也就是由此引发的思考将不那么重要了，对文本深层结构的解读将有所偏离，文中其他小事件构成的叙述空间也会略显混乱难以归类梳理，对于特定年代年轻人的成长心理的深层心理剖析将会被替换为成年人有关"性"主题的叙事，这无疑会将此部小说纳入张贤亮叙述的定式分析中，很容易过分夸大小说中的"性"问题。20 世纪 80 年代的现代观念不单纯是阶段论意义上的古代、现代、当代，文学创作的手法是"可以把一种技术抽离出经验的混沌，通过它把时间强行悬置起来，以达到某种形式的自律性和强度"①。加

---

①张旭东. 访谈：从"现代主义"到"文化政治"（中文版代序）[M]//张旭东. 改革时代的中国现代主义. 崔问津，等，译. 北京：北京大学出版社，2014：7.

上前面的分析,作家强大的叙述声音将故事拉入真实生活的叙事判断,使其对叙事传统的继承式评价声音变得颇为显著,尤其是这种生活中真实事件实录的小说创作形式,往往在评论中被忽视,使得张贤亮小说研究中对其叙事艺术形式创造力的研究不够全面。因而,从第二种心理线索分析故事的表层结构就显得更为妥帖,从中可以发现并梳理张贤亮艺术形式的创新特色。这条线索中年轻人的心理成长,包括事件两位当事人的心理成长如果是作家真正要讲述的故事,这一心理历程的叙事将伴随着非常复杂的叙述空间,也就是年轻一代的成长。其中包括两个女孩对婚姻爱情以及婚外恋的亲历,高考压力下孩子们的友情与爱情,年轻人内心涌动的异性吸引,年轻人已经开始面对的各种社会压力等。当我们从文本叙述视角审视这个故事的第二种表层结构的构成方式时,我们获得了另外一种角度的理解,同时也有益于对张贤亮此部小说的多重解读(见表3-7)。

表3-7　心理线索的表层结构

| 第一章至第三章:故事的开端——高中生情感问题。 | | | | |
|---|---|---|---|---|
| 1节 | 2节 | 3节 | 4—8节 | 9节 |
| 事件起因:王文明摸了徐银花的胸。 | 事件发展:老师和同学们荒诞的场面。 | 事件调查:吴子安老师询问王文明原因。 | 班内早恋、暗恋等情感关系。 | 事件处理结果:王文明因其"流氓行为"被勒令退学。 |

| 第四章至第十章:故事的发展——高中生情感演变及结果。 | | | | | | | | | |
|---|---|---|---|---|---|---|---|---|---|
| 10—12节 | 13—14节 | 15—16节 | 17—18节 | 19—21节 | 22节 | 23—24节 | 25节 | 26—28节 | 29—30节 |
| 事件当事人王文明和徐银花对婚外恋的状态。 | 两个女孩子吕宝辰和姜旗旗对婚外恋的体认与感受。 | 高考压力下的友情观(郑聪和汪明惠)与爱情观(姜旗旗和罗晓莉)。 | 两位当事人王文明与徐银花真正的感受。 | 两男一女(白思弘、霍曙光与吕宝辰)的情感纠缠。 | 高考考生苏爱华的怪病。 | 当事人徐银花性知识缺乏导致自杀。 | 生存压力下的成长(洋马进入师范院校)与毁灭(王文明进入精神病院)。 | 暗恋老师的情感困境中学生孟小云的情感幻想与教师吴子安的教育使命。 | 高考后白思弘向吕宝辰表白失败。 |

| 第十一章:故事的尾声——引发高中生对情感问题的思考。 | |
|---|---|
| 31 | 白思弘召集大家开追悼会祭奠徐银花,最终追悼会变成了联欢会,成为年轻人逝去青春的庆典。 |

从心理线索的表层结构可知王文明袭胸事件只是为了引出高中生情感问题的叙述的引子，当王文明被勒令退学后，故事才真正进入讲述。那么故事的发展不是一段具有先后顺序的系列事件，而是通过各种情感关系的具有内在联系及构成关系的故事内容。麦茨在分析影片的叙事结构时提出了八大组合段（syntagmatique）概念：非时序性组合段、顺时序性组合段、平行组合段、插入组合段、描述组合段、叙事组合段、交替叙事组合段、线性叙事组合段。①如果我们运用麦茨的电影符号学理论来看此部小说，那些零散的没有前后顺序的小节就能够更好地组合起来。因而可以理解前面时间线索的表层结构只是传统叙事和惯性思维的阅读习惯的理解。如果将作品的叙事用画面蒙太奇转接特色和镜头组合段的方式连接起来，那么心理及意识形态等深层叙事特色就自然地流淌出来了。

　　具体来看，本文是用麦茨的"交替叙事组合段"完成"平行组合段"的叙事。因为文中情感线索的平行组合有很多条，如王文明和徐银花事件的线索、孟小云暗恋吴老师的线索、白思弘追求吕宝辰的线索、吕宝辰与周围男性关系的线索、姜旗旗的情感理解线索、洋马等同学生活中情感关系的线索等等。这些平行线又是交替地完成叙事（见表3-7）。如王文明和徐银花两人的相关事件是通过 10—12 节、17—18 节、23—25 节三个组成段落完成心理阶段描述的。10—12 节是两位当事人自我认识的开始，懵懂中了解自己的身体；17—18 节是在表达各方压力与隐含的社会状态，忽略了两位当事人真实的感知，青春萌动的当事人的爱意被周围"社会尺度代言人"的叙述掩盖，作家巧妙地通过日记等叙事眼光的变化表达出了当事人的感受；最终，在 23—25 节中作家又用两个人的毁灭来表达叙述态度，声讨对人性的压抑，呼吁社会需

①[法]克里斯蒂安·麦茨，等. 电影与方法：符号学文选[M]. 李幼燕，译. 北京：生活·读书·新知三联书店，2002：98.

要理解与支持青年人的心理成长，以及自我解放式的体认。这正如前面叙述视角分析时提到的，人的发现是作家隐含在话语符号背后想要表达的意义。另外，情感关系的复杂性还在于，作家不仅对青少年婚恋观、爱情观、友情观进行叙述，还对青少年婚外恋、暗恋等心理问题通过具体事件进行叙述。如道德重负里暗恋老师的事件，高考压力下无法阅读等心理问题的事件，冷静地压抑情感于高考后表白的事件等。有关情感成长的内容太过丰富，作家用短短的篇幅完成了画面转换和镜头转接，叙述了青少年心理成长中会遇到的各种心理问题，正如开篇作家自己说的："让年轻人认识自己，成年人理解自己的孩子吧！"作家也正是用这样的话语特色让我们看到了一位通过事件审视年轻一代的隐含叙述者。因而，张贤亮先生此部小说所构型的成长者叙事不仅仅是对这个真实事件的实录，更为重要的是对一个时代的社会、人生以及成长之痛的剖析，带有强烈的价值观输出以及对于生命的敬畏之情。

## 三、青少年成长话语的多重叙述空间

话语的统一与其说建立在一个客体的永久性和单一性的基础上，不如说是建立在这样一个空间中，在此，各种各样的客体浮现出来，并且处于不断地变化之中。这种不断变化的空间就是青少年成长类小说叙事的特色。青少年个体能否在社会公共领域、公共舆论中不断成长，并与其达成共识，在各种媒介信息的传播过程中与其所建构的亚媒介空间的文化表征具有一致性，青少年的成长才与其相匹配，并获得幸福，否则只从个人单向度意愿出发，最终将注定失败。文本中用现象学还原的方式创造了青少年生存的多种文化的叙述空间。

首先是高考空间。以时间线索为依据划分文中的表层结构时，参照的是高考时间线"高考前—面临高考—高考到高考结束"，在这个话语空间中可以现象学地还原 20 世纪 80 年代高考对青少年的影响。海登·怀特的后现代历史叙事学中认为历史叙事不仅是关于过去事件和过程的模式，"一个或一组特定的历史事件被纳入某个叙事性的话语结构，就意味着它在一定程度上以特定的方式与其他事件，并且与某个更大的整体联系在了一起"①，也将是形而上学层面的陈述。这种叙事方式不仅是对所报道事件的再生产，也是象征符号的综合体。文本中对于 20 世纪 80 年代高考的历史空间的叙述就带有历史叙事的特色，我们需要还原当时的话语空间才能够理解作家在这里有意将故事放置于此的叙事原因。首先，高考的时间线将高考无处不在的语境建立了起来。接着高考是"无形的战场"，在第六章 15 小节中，高考压力下的友情如此脆弱，两个要好的女生郑聪和汪明惠，为了高考考出好成绩，互相隐瞒并私下里偷偷努力，最终引发矛盾。还有就是在第九章 22 小节讲述了高考带给学生苏爱华的疾病，仿佛隐喻着社会的疾病，因为这个病是如此怪异，学习成绩极好的苏爱华高考前突然看不了"，"。当同学小云和晓莉看望她时，她们的聊天中晓莉的语句都带有惊叹号的感觉，并预言了徐银花不好的结局。接下来在 23 小节中徐银花极其糟糕的情况描写里，作者也不忘加上徐银花变窈窕的原因还有如果高考肯定考不上了，未来的磨盘般的命运眼瞅着就要向她身上压来，她因而去普济寺求签，只好祈求神明的保佑。25 小节处描写洋马高考成绩很好，却选择了本省的师范院校，其主要原因是家庭情况不好，好多弟弟妹妹，家庭压力大，妈妈是不想让他再读书了。当然在小说结尾处，第十章的 29、30 小节中塑造了一个懂得轻重缓急的白思弘，因为他认为大学的门是步入贵族生活的开始，所以他为了高考能够取得好成绩，住在宾馆复习；同时他将内心所有少年的情感萌动都放到了高考后，接到通知书后为了给吕宝辰写求爱信，又住到了宾馆。直到第十

---

①彭刚. 叙事、虚构与历史：海登·怀特与当代西方历史哲学的转型 [J]. 历史研究,2006
(3):23-38.

一章的 31 小节，结尾处悼念死去同学的哀痛也无法抑制住同学们畅想高考对未来生活的影响。20 世纪 80 年代高考的录取率是 20%—30%，与今天 60%—70%的录取率相比是极低的，人们期望通过高考改变命运，所以在这个时代背景里张贤亮有意识地丢弃了作为高考时间建构的深度模式，不愿意简单地书写高考这一扁平的现实，很大程度上期望挖掘时代视域里更广阔，也更具思想深度和批判性的现实。这就是张贤亮能够成为当代全国优秀作家之一的原因，他始终不断尝试并实现自我创作的突破。

因而，张贤亮在小说里又着力创造了一个围绕王文明和徐银花事件展开的社会空间。教室里同学们各种样态汇集而成的社会空间形态，如在文本的第一章 4 小节中用教室里仿演《阿 Q 正传》的情节，塑造了一个中国人看热闹的场景，其中不同人物的不同样态对当事人造成了无形的伤害。教研室外偷听的老师、教导主任胡淑兰老师、班主任吴子安老师和当事人共同构型出社会空间状态。王文明"我想睡觉"的回答和吴老师为他争取的退学处理营造了一个持有保守观念缺少性教育的学校环境，虽过分夸大了教育环境的问题，却也将时代变革时期青少年身心健康成长的问题暴露在众人面前。青少年性知识缺乏，导致性与道德混同的特殊时代，使得徐银花陷入迷茫的性懵懂，走入性发泄的手淫后不断经受道德谴责，最终走向自杀的结局；也使得王文明在爱与性的冲动下犯了错误，最终因内心的自我谴责而走向精神失常。两位当事人在这样一个突发事件后不断开始审视自己的情感，爱也许早已埋下，但没有爱的教育令他们迷失了方向。王文明觉得自己需要赚钱才可以去见徐银花、徐银花装着两百块钱去找王文明的小事件，就是两人自我的成长，但社会空间形成的压力使他们无法挣脱并最终坠落，造成一死一疯的结果。

这个事件的社会空间是否真的正确，是否能够如此坚不可破，在

第二章中，也就是第一章事件起因和第三章事件处理结果间插入的5、6、7节，看似不相关的人物事件，却与第一、三章共同构造出了事件的社会空间，将王文明与徐银花事件放到了这个时代的社会空间里，让读者进入文本探寻一个有关青少年恋爱的社会问题。这也就是表层结构的划分中，将这三章作为故事开始部分的原因。具体来看，第二章的三个小节里勾画出了三位女同学对于早恋、暗恋、陷入已婚男人婚外恋的爱恋空间，用她们的亲身经历与感受补充了青少年的"早恋"心理。第一位是班长鲁卫平，绰号"名人名言"，文本中通过她的视角向老师汇报班内"早恋"名单，并将她的内心呈现给读者。如此遵守规则的"正统"的好学生暗恋白思弘，为了这份爱找机会与白思弘接触，不惜泄露老师的"早恋"名单以及罗晓莉的名言"广种薄收，择优录取"，以期望获得白思弘的关注与好感。第二位是吕宝辰，从北京来的漂亮女孩，绰号"皇后"，女生昵称"宝宝"。原生家庭缺爱的状况导致她与钢琴已婚老师有了爱恋关系。第三位是孟小云，青春萌动中被吴子安老师"忧郁文弱的气质打开了体内某种神秘的生物密码"[1]。暗恋吴老师是从高二开始的，在文中结尾处也交代了她终身未嫁，并用她的书稿将这份爱一直保留在精神层面的事实告知读者。这份成长中的暗恋因社会道德的某种规约而畸形，乃至50年后都还在治愈。正如书中叙述者声音发出的呼喊"年代越久，幻想覆盖层越厚；时间能磨灭对现实的记忆，但不能磨灭青春的幻想"[2]。最终也只能慨叹一声"啊，这个老太婆"[3]。叙述者声音想要通过这场暗恋表达的就是这个孟小云一直活在她不能实现的幻想里。

在这些话语空间的建构中，作家将具有自己标识的社会空间样态

①张贤亮. 一切从人的解放开始[M]. 银川：宁夏人民出版社,2008:248.

②张贤亮. 一切从人的解放开始[M]. 银川：宁夏人民出版社,2008:327.

③张贤亮. 一切从人的解放开始[M]. 银川：宁夏人民出版社,2008:328.

不自觉地刻画在人物身上和人物的话语中，以及一些写作时流行的书籍、电影中（见表3-8）。

表3-8　具有标识性的语句及引用

| 章节 | 人物 | 奇特的描写 | 现实生活中事物的引用 |
|---|---|---|---|
| 1—2 | 同学们和老师 | 感叹号"！"的"惊"。<br>不可遏制的"笑"。<br>老师的训斥"真邪乎！" | 土耳其电影《除霸雪恨》<br>松下广告中的波斯猫<br>三味书屋的冬烘先生 |
| 1—3 | 吴子安<br>王文明 | 王文明说："我想睡觉。"<br>作案经过，那是一句陈述句就能说完，连第二个"。"都用不着。<br>动机？只能归结为一个名词——"流氓"。 | 金庸<br>梁羽生<br>琼瑶<br>《男人的一半是女人》 |
| 1—4 | 同学们 | 教室里仿演《阿Q正传》。 | 《阿Q正传》 |
| 2—5 | 鲁卫平 | 鲁卫平向老师汇报班内"早恋"名单。 | 果戈理笔下的波留希金 |
| 2—6 | 吕宝辰 | 从北京来的漂亮女孩看王文明与徐银花事件是过来人的熟悉，听徐银花的哭声中并未有委屈、受辱和孤独感，与自己多么相像，于是没说一句话地悄然离开。 | 张行《迟到》（1984年发行，陈彼得填词谱曲）<br>《火烧圆明园》中的刘晓庆<br>《警花出更》中的女警察<br>《四世同堂》中的李维康<br>日本片《铁骑士》 |
| 2—7 | 孟小云 | 孟小云崇拜、暗恋自己的老师。 | 波留希金　《项链》中的小公务员　阿Q |
| 6—16 | 姜旗旗<br>晓莉 | 晓莉高一被表白，高二被纠缠，旗旗帮她彻底解决了问题。 | 张瑜式的微笑<br>潘虹式的苦相 |
| 8—19 | 白思弘 | 地主家孩子，父亲做生意，倒卖电子表、服装，后做电器，发家致富。自己力图要做贵族，与家庭格格不入。<br>培养一个贵族需要三代人的时间。 | 电影《铁面人》<br>洛克菲勒<br>包玉刚<br>松下幸之助 |
| 8—21 | 宝宝图图 | 图图总有反叛精神，被爸爸教育，爸爸记忆中深刻的痛在图图那里只是一堆没有生命的符号。<br>图图说："凡在历史上起过大作用的我都欣赏。"<br>"中国需要法律"。<br>"历史属于你们，未来属于我们。" | 张海迪<br>鲁迅《鸭的喜剧》："寂寞呀，寂寞呀，在沙漠上似的寂寞呀！"<br>王蒙<br>蒋子龙 |
| 9—22 | 苏爱华 | 学习好的苏爱华看不了"，"。 | 山口百惠　刘晓庆　索菲亚罗兰　阿兰德龙　《野鹅敢死队》《日出》 |
| 9—26 | 孟小云<br>吴老师 | 究竟是爱自己的吴老师，还是爱自己的幻想。 | 弗兰西斯<br>马休斯 |
| 11—31 | 被白思弘召集去祭奠的大家 | 祭奠仪式中畅享高考对未来生活的影响。<br>把个追悼会真的变成了联欢会。<br>我们在小说上，在电影上看到过很多悲剧，其实悲剧在我们身边就有，在我们同学中间就有。 | 《威尼斯商人》<br>《赤壁怀古》<br>《穷人的专利权》 |

张贤亮非常喜欢在自己的作品中大量引用自己看过的书籍、电影，以及时下较为流行的歌曲和明星等。通过对文本内容的梳理，从表格中可以看到作者所撰写小说的时间及其现实环境，张行的歌曲《迟到》、《火烧圆明园》中的刘晓庆、《警花出更》里的女警察、电影《铁面人》等，都是能够体现 20 世纪 80 年代人们休闲娱乐生活获得更大的自由度后，所接触到的各种艺术样式。同时作家也从精神层面有着自己的理解，比如其中引用鲁迅先生及其作品，金庸、梁羽生、琼瑶等作家作品，以及对自己作品《男人的一半是女人》的推介等。通过对这些文化符号的梳理，无疑可以看到在 20 世纪 80 年代的语境里，中国文学的知识层面以及整个中国的意识形态都发生了巨大变化，年轻人在这个氛围里经历了整个"文化热"的发展及变化，"这种似乎属于纯粹形式领域上的新的空间想象，同一种集体性的历史冲动密切相关。这种冲动就是尽快摆脱一个落后封闭的社会，去拥抱、拥有和创造一个真正现代的生活，包括它的技术、制度、观念和文化"[1]。在 21 世纪，网络如此发达的时间节点上，我们知晓世界各个角落发生的事件不足为奇，但作家作品中所展现的是一个特定的社会空间，用这样丰富的见闻来隐喻小说中有关现实生活的"文化热"，也足见作家张贤亮对现实的认知，对中国文学现代性解读的深刻，当然这也成了作家写作的一种标签。诸如文本故事中图图和白思弘的身上似乎有着作家成长经历的影子，孟小云多年后撰写回忆录的情节又似作家自我身份的影像。这就如同张贤亮另一部小说《男人的风格》里的作家石一士，仿佛就是在写作家自己的人生经历。当然章永璘系列也是如此，所以小说中青少年的成长心理中不仅有家长身份对于孩子的理解，同时也兼具这时代发展中作家创作心理的成长与体悟。

---

①张旭东. 访谈：从"现代主义"到"文化政治"（中文版代序）[M]//张旭东. 改革时代的中国现代主义. 崔问津，等，译. 北京：北京大学出版社，2014：4.

因而，在对张贤亮这部成长小说的独特叙述特色进行分析梳理后，发现这种话语的叙述视角所隐含的符号意义与叙述方法在中国叙事传统特色语境中，小说的叙述结构又颇具创新特色。在张贤亮的研究中需要"借助文学形式的具体性打开一个多重的形式空间、历史空间和哲学空间"，提出总体性问题，在这样的高度上，"文学才能够'回归'历史"①。张贤亮叙述的中国叙事传统的继承研究与其文学创作创新发展路径的探索的综合性分析才更具价值，将这一研究成果放置于宁夏文学、中国文学的文学场域里，具有中国特色的叙事艺术才能够彰显出来。

## 第三节　张武小说中叙事传承的话语认同特色

在宁夏文学的历史里，张武的小说创作成就亦不容忽视。作为 20 世纪 80 年代宁夏文学界"两张一戈"中的张武，其文学成就记载在一本本铅印书籍中，铭刻在一代代宁夏文学的创作者心中。在媒介快速发展的今天，图像冲击着文字，文化记忆的形式发生变化，回溯式的文学研究范式也在随之改变。打开张武小说的记忆空间，从历史溯源的视野探寻宁夏文学的形成及特色，那么张武小说的研究成就是其中非常重要的一环。张武的小说创作继承与发展了中国传统叙事，但作家显示出了不同的创作路径，有着晚清小说的叙述传统，无论是人物的描绘、还是讽刺的应用等方面皆是如此。本节具体从运用中国古典白描式笔法刻画人物形象、卷轴式展现乡村发展等方面分析张武的乡村题材作品；从略带讽刺地揭露城市变革、机关生活、文艺群体细节

---

①张旭东. 访谈:从"现代主义"到"文化政治"(中文版代序)[M]//张旭东. 改革时代的中国现代主义. 崔问津,等,译. 北京:北京大学出版社,2014:31.

等方面分析张武的机关和文艺群体题材作品。最终通过张武小说叙事传统的地方色彩与宁夏文学的语言认知等方面进行分析，通过小说语言、修辞等媒介特色的传承分析其对中国叙事传统的继承与创新，从而试图梳理一条宁夏文学创作独特性的叙事路径。

## 一、简笔勾勒的白描式人物志

张武的小说叙事略带晚清小说的史传特色，"真正体现晚清小说师法于史传传统的是不正史之阙的写作目的，以及由此引申出来的以小人物写大时代的结构技巧"①。张武的小说从生活取材，将人生经历真实地描绘成作品中的人物，并采用白描手法，简笔勾勒出形象而逼真的人物群像，从而将时代变革蕴于其中，呈现出时代人物志特色。

"白描"原为中国画技法，"指仅用墨线勾描物象而不着或少着颜色的技法。而在古典小说中，'白描'也用来指以最简练的笔墨不加烘托地描绘形象、达到'传神'目的的手法"，进而"可以简要概括为自无而有、虚中见实、以形写神、以少总多和气韵生动等美学原则"②。中国古代描写技法在中国现代白话小说中的地位是随着小说这一文体地位的变化而发生了实质性的变化。所以现代"新小说"的发端，也就是白话文的出现使得中国古代描写方法出现了较大的变革，即现代小说有意地将写法忽略，而强调人物事件描摹的深层启蒙意义。"自梁启超于世纪初借鉴西方现代小说模式而倡导'新小说'、'小说界革命'以来，原本在古代仅仅属于'街谈巷议'或'道听途说'的'小说'，就立即被提升到'大说'的高度。……小说却被知识分子视为'大说'，即大说特说，当做他们向被蒙昧大众从事诗意启蒙的极有魅

①刘云春. 历史叙事传统语境下的中国古典小说审美研究[M]. 北京:中国社会科学出版社,2010:239.

②王一川. 汉语形象美学引论[M]. 广州:广东人民出版社,1999:54.

力的工具，从而一跃而成为文学家族的中心或主要文体。"①然而，宁夏作家张武笔下描摹和勾勒的一系列真实生活中的人物群像相对固定保守，不具时代先锋的立意与启蒙的姿态，但对晚清小说创作传统的承继与中国传统小说白描创作方法的保留反而相对完整。总体看来，张武文学创作的素材来源于曾经生长的乡村、农牧畜牧的相关生活、机关工作的环境和作家生涯等真实经历的生活。②这些经历构筑成了作家笔下的一系列白描式人物形象，也标注出了作家从生活取材的创作特色，形成了乡村、政府机关和文艺群体题材的三种创作类型。有学者把张武的创作阶段分为前期乡村和后期官场，这并不准确，因为1996 年出版的小说《罗马饭店》显然不属于作家的前期作品，但故事内容却属于乡村生活系列，所以应该说作家生活的全部就是他文学创作的全部。

作家早期创作的《红豆草》与茹志鹃创作的《百合花》风格特色颇为相似。《百合花》讲述解放战争时期小战士送文工团战士去某地前线包扎所后，因借被子而引发的故事。作家刻画了战争年代人与人之间真挚的友情，赞美了平凡而崇高的品格，表达了对人性回归以及真善美的呼唤。《红豆草》则是因劳模大会上采访省委书记女儿许琴而展开的叙述。许琴从畜牧兽医专业毕业后选择到农场工作，她不愿接受采访但写了一篇有关农场工作的书面汇报，即后面的故事。小说由许琴的视角展开叙述，农场生活中一个个扎根农村的人物形象跃然纸上，作家刻画并赞美了有"牧草皇后"之称的红豆草一样平凡而伟大的品格，也表达了对人性真善美的赞誉。但两篇文章不同的是，茹志鹃将百合花意象化，并诗情画意地刻画了人物、事件及情节。张武

---

① 王一川. 汉语形象美学引论[M]. 广州:广东人民出版社,1999:56.

② 张武创作的《越境者》题材来源于国家安全部档案,这类故事不属于小说文体,因而不在研究范围内。

《红豆草》的叙述则具有原生态的叙述特色，"史"的特色显著。红豆草试验田的文献资料中这样叙述："我们于 1980 年在宁夏固原、同心等地进行试验，生长良好。为大面积推广种植，已开始建立红豆草种植基地。"①所以相较于"百合花"意象的创造，"红豆草"的史料价值更浓。小说《红豆草》写于 1983 年 6 月 14 日，与文献资料中记载的时间吻合，小说中细致入微地描绘了红豆草的试验与种植，朴实而生动地叙述了真实的生活现状，深深植根于土地的文字有稗官野史的叙述价值。文献资料中记载的红豆草有益于保土、蜜源、观赏、动物饲用等作用，在宁夏引进种植时显示出了较强的适应性，并大面积推广。小说中则颇为形象地描述为，"种红豆草的试验田在一个叫做甘草梁的山峁后面"，红豆草"草秆有出穗时的燕麦那样高，给风一吹，如流水行云，涌起层层波浪。天然牧场要都能达到这个水平，也就很可观了"。李宁技术员因为领导拔了牧草试验地的几根草，大发脾气："你们不晓得，红豆草难繁殖得很。种在好地里，日照充足的时候，才只有十分之一的草能开花，而这十分之一又有多少能接籽呢？我见你揪了花，就急了。"②读完这段文字后，哪怕并不熟悉草业知识的读者也完全能够将红豆草形象化，也能理解种植红豆草时那些不为人知的艰辛。为解决动物饲料及保土固沙的生态环境改善等问题，无数平凡而伟大的人扎根农场，默默地奉献与付出。不同于文献资料中简单冰冷的数据，作家详细记录了农场的这些发展变革，描绘了美好而生动的人性，塑造了一系列与农场发展休戚相关的人物群像。其中有细心的场长，他为了农场劳心劳力；也有放牧点的罗金一家，他们一家人从事放牧工作却只有一人拿工资。"罗金五十多岁了，由于终身放羊，也不可避免地感染了布氏杆菌病。只是他自身的抵抗力强，在不知不

---

①周泽生，李立，黄旭，董鸿运，栾维科. 红豆草的饲用价值[J]. 饲料研究，1983(6):37.
②张武. 黄昏梦[M]. 北京:中国文联出版公司，1986:256.

觉中熬过了危险期。现在两腿发直，行走困难，起坐更难，手指关节也肿大起来，形同枯树枝。本来不太高的个子显得更加瘦小了。"①作家白描式地勾勒了一位平凡而伟大的牧羊人。鲁迅说"白描"没有秘诀，"正如传神的写意画，并不细化须眉，并不写上名字，不过寥寥几笔，而神情毕肖"②。小说中正是用简洁的语句，巧妙地选取"熬""直""肿大""瘦小"等词语，虽不具有诗情画意的色彩，但朴实的语句如同这个淳朴的牧羊人，并将其平凡的人生活灵活现地书写在生活中。农场的生活相对闭塞，信息不发达，对于文字的渴望与植根于土地的文学种子，让热爱这片土地的牧羊者更具生命力。罗金的女儿罗泉极具文学天赋，罗泉常常写诗，也用诗赞誉"我"（许琴）。"我想起来了/不用形容，无须比照/你就是那抗旱又耐寒/深深扎根在山里的红豆草"③，小说用这首诗歌结束了故事的叙述。这个红豆草的故事发生在一个没有文学滋养的农场，但对文学的渴望以及那些深藏在这片土地的文学如红豆草一样扎根在西北山区的泥土里，这已不只是寓意和象征，而是这片土地上真实的故事，具有人物志的叙述效果。

在中国现代小说传统里，对"原乡"主题的创作，或者说乡土文学、寻根文学的创作可谓历久弥新，持续呈现，佳作频出。因为在中国传统文化中"故乡""乡愁"是作家的原乡情结，在叙事传统中农耕生活导致国人较为留恋土地和家园，出门必然造成有违人性的骨肉分离，因而人们更愿意遵循"父母在，不远游"和"一动不如一静"的古训④。但现代小说中的"原乡"主题已发生变化，种类颇多。沈从文笔下的故乡已不是真实的湘西，作家在讲述故事的时候重塑了湘西的地理环境，展现了时空交错的具有社会历史意义的复杂人文关系。

---

①张武. 黄昏梦[M]. 北京:中国文联出版公司,1986:250.

②鲁迅. 鲁迅全集:第6卷[M]. 北京:人民文学出版社,1981:382.

③张武. 黄昏梦[M]. 北京:中国文联出版公司,1986:290.

④费孝通. 乡土中国[M]. 北京:北京大学出版社,1998:12-21.

然而，张武的小说则不同，其作品中的原乡是一种真实的记忆，是农耕生活中传统写实主义叙事的继承，不带乌托邦的幻想与重构，颇为真实地描绘了作家曾经生活过的乡村，具有乡村人物志的特色。张武写的小说里有很多桦林沟人的故事，这类作品汇集在一起就绘出了张武家乡的人事景物。《桦林沟人》《镇山虎》《九九归一》等中短篇小说和长篇小说《罗马饭店》一起画出了桦林沟的人际关系图。

具体来看，《桦林沟人》中用写在前面的"序"帮作家表达观点与态度，告诉读者这篇小说就是在写桦林沟生活的人们，并希望为他们"名扬天下，传之后世"①，也期望能如《红楼梦》那般记录桦林沟人家族的兴旺。文中描绘的人物各具特色，五爷爷有一双会编东西和做东西的巧手；三叔是农村的土郎中，传说颇会术法，三嫂是一位民办教师并兼任生产队的会计；刘胡子是外来户，当了生产队队长后带领乡亲们贯彻三中全会政策并搞副业；四叔四婶是桦林沟开宾馆的首批专业户；八叔八婶是牛场的放牧员，与狼搏斗、狼口夺羊的事迹上了报纸；等等。小说的结尾处作家自觉无法用文字绘完这片土地的所有美好，流露出了对这片土地上质朴人性的眷恋之情。小说《罗马饭店》也是以桦林沟为背景，写了 20 世纪后期，农民罗金花和她丈夫率先开办罗马饭店，成了村里首富的故事。乡村生活中人与人之间的风情描绘中展现了当代农村在改革大潮中真实奋进的境况。"这是现在存世的老人讲的历史，故事里的故事。年轻人并未亲历，对故事的相信程度也很低。后来随着时代的变迁，店业曾几起几落，兴衰无常，到了 20 世纪 80 年代，又出现了转机。第五代继承人马成贵和他的妻子罗金花，时来运转，遇上了改革开放的新时代，夫妻同心并力，光复祖业，再度振兴，开始了中兴史。"②《罗马饭店》开篇的文

---

① 张武. 黄昏梦[M]. 北京:中国文联出版公司,1986:291-350.

② 张武. 罗马饭店[M]. 银川:宁夏人民出版社,2010:2.

字中就表明了作家的态度，这是"中兴史"，记录的是桦林沟从衰落到兴盛的历史。

　　对照小说《桦林沟人》中出现的人物，以及其他作品中的人物，很多桦林沟的重要人物反复出现在《罗马饭店》中，并从其不同侧面勾勒，最后不断融合为一个不同凡响的人物形象，诸如拐爷、五爷爷、三叔、刘胡子等。小说《镇山虎》中围绕为拐爷著书立传的情节展开了对拐爷更为详细的叙事。[①]拐爷是后山梁的"镇山虎"，文中勾勒出了拐爷对后山梁的影响力，这是前面两部小说中涉及却未详细描绘的。在一个无形的功绩图中后山梁的老老少少对拐爷无比尊重，事无巨细地请示拐爷，为他著书立传成了桦林沟人的一份责任。结尾处一呼百应，甚至有些盲从的行为，令人深思不已。除了拐爷，作家还塑造了许多生动鲜活的人物形象，他们生活在桦林沟，各有传奇人生。在小说《尕五爷全传》中讲述了"尕五爷是个普普通通的老百姓，活了一世人，从未迈出桦林沟一步。这样的小人物也配立传，而且是'全传'，不是太可笑了么？好在尕五爷已经过世，盖棺之后回述他的一生，从小到老，50余载，历史也几经沧桑，尕五爷随着世事的车轮，尝尽了人间酸甜苦辣，用'全传'二字概括，大约也可以马虎过去了"[②]。前面作为镇山虎的拐爷要立传，结果作家没完成，而作家却为尕五爷立了全传，这样的开篇显然颇具深意。老支书在悼词中这样评价尕五爷："进才这一世，就活了个《三字经》。得意在《三字经》，吃苦受罪也在《三字经》，死了还留下了《三字经》。"[③]可见，尕五爷颇爱《三字经》，虽因《三字经》遭受危难但坚持热爱，就连遗嘱也是用三字经形式写成的。他将毕生献给了林场的建设与保护，《造林三

---

①张武. 净土[M]. 北京：作家出版社，1999：103-148.

②张武. 净土[M]. 北京：作家出版社，1999：149.

③张武. 净土[M]. 北京：作家出版社，1999：194.

字经》就是他的人生心得与体会，这也许就是作家写"全传"的目的所在了。小说《九九归一》中主要刻画的是吹唢呐的尕杨，这个民间艺人有些像《桦林沟人》中的三叔，他有些迷信，他给人治病，他会吹唢呐，他的唢呐"能把心里想的意思用曲调表达出来……把歌词吹得清清楚楚，悠扬婉转，钻心动人"①。他的唢呐声中有着民间花儿曲调的传承，有着他自己的人生经历，作家运用白描手法不加雕饰地再现了生死体悟中质朴的人性。

如此这般的桦林沟人在张武的小说中无形地编织成了一个网，作家用对这片土地眷恋的笔触逼真地描摹出了桦林沟以及生活在里面的人，直接明了，情味活现，足以动人。鲁迅认为《世说新语》在魏晋风行的深层原因是"记人间事者已甚古，列御寇韩非皆有录载，惟其所以录载者，列在用以喻道，韩在储以论政"②。张武的小说就是"记人间事"，是对中国古代小说人物生平记录传统的承继，也是张武小说风行并被称为宁夏文坛"两张一戈"的原因。当然，作家笔下的机关及文艺创作群体的生活状态也多采用白描手法刻画人物、记人间事，但描绘中更为突出的特点是作家的讽刺幽默，我们将在接下来的论述中详细梳理这类作品的特色。

## 二、诙谐讽刺的小说叙事传承

"'史传'传统与'诗骚'传统共同制约着中国叙事文学发展的理论构想。"③晚清小说的种类较多，受到史传与诗骚影响的小说在创作上各有创新、各具特色，"晚清小说家在翻译西方小说的时候也往往用史记笔法解读其中的叙事技巧，林纾就是一个典型，他在翻译狄更

---

① 张武. 新闻天地[M]. 银川：中国文联出版公司，1989：345.

② 鲁迅. 中国小说史略[M]. 郭豫适，导读. 上海：上海古籍出版社，2004：37.

③ 陈平原. 中国小说叙事模式的转变[M]. 北京：北京大学出版社，2003：247.

斯等人的小说时候，就悟出不少穿插导引的技巧"①。《儒林外史》与《官场现形记》作为晚清讽刺小说的代表，其讽刺程度略有区别。鲁迅提出了晚清的"谴责小说"概念，他认为晚清的讽刺小说如《儒林外史》，带有批判意味，描写社会黑暗，但《官场现形记》这样的作品更为尖锐地抨击社会现实，已经超过了讽刺的范围，属于谴责小说。张武的小说受到了晚清小说叙事的影响，简表勾勒的人物具有史传叙事特色；同时对于晚清讽刺与谴责小说中讽刺内容与讽刺手法的继承也颇多，不仅是农村生活，在官场变迁以及文人相处等环境变迁的叙述中也有体现。其农村生活题材作品创作中的幽默讽刺，略带调侃意味，亦如作为叙事者的吴敬梓对《儒林外史》中文人恢复既往地位的努力心存暧昧，作家对桦林沟人满怀热爱，讽刺也就浅尝辄止了。但进入机关生活题材的叙述后，故事颇具冲突，讽刺谴责性加强，对于人生经历的多重描写中加入了价值观的探索，但表意不明的结尾又暴露出了作家略带幻想的处事方法，以及对事件本质的认知不清。因而，张武小说中描写机关生活和文艺创作群体类型的故事，总体创作特色呈现出的依旧是人物形象的简笔勾勒且生动传神，有史传特色，同时讽刺幽默特色也尤为突出。

张武的小说集《黄昏梦》中《眷恋》《黄昏梦》《干部下乡来》等小说虽然写了机关干部，但这类作品中作家张武是将机关作风融入乡村农场的大背景中进行叙述，与乡村淳朴人性的对比描绘，使其讽刺效果并不明显，这里就不详细分析了。具体来看下面的作品，张武的小说集《净土》中《热风》《净土》等篇和小说集《新闻天地》中的《新闻天地》都是记录文艺生涯的小说；小说集《净土》中《弥留之际》《人物》等篇，小说集《潇潇春雨》中《庭训》《第三把手》

---

①刘云春. 历史叙事传统语境下的中国古典小说审美研究[M]. 北京：中国社会科学出版社，2010:239.

等篇和小说集《新闻天地》中《小土屋》《楼里楼外》《草原旧梦》等篇都是描写机关生活故事的篇目。在这类作品中张武多用幽默讽刺的言语风格呈现叙述效果，诙谐中悲喜交集的效果随着叙述场景的变化逐渐浓郁，所以作家在讲述这类故事时，喜欢先设计一个与人紧密相连的空间环境，而且能在其中体现地域文化特征的精神内涵，如经济变革场、职称评定场、领导病危场、疗养场、客厅文化场等。"形而上者谓之道，形而下者谓之器"，即作家透过器物和现象表达本源和本体的意义。"器"的内涵不仅是技巧方法，也涵盖某一时代观念、思潮的空间内容，即作家描写的文学与社会文化关系等形成的公共空间环境；"道"就是内在的文学精神，是对空间场所萌生出的认同感与不和谐感带来的冲突以及诙谐幽默的效果，即讽刺与谴责的目的。所以作家首先划定的空间场所极其重要，这是作家的选材，符合现实生活时代观念的空间环境，展现了作家对生活及时代变革的敏锐感知力。

《热风》中作家选用小标题形式描绘了十一届三中全会后的文联众生相。从《丑话说在前面》《美中不足的遗憾》《女作家初露锋芒》《文艺家的困境》《曲线救文的热潮》《书法绘画显神通》《全面彻底的改革开放》《老同志提出新问题》《民研会长忙于采风》《一堆乱麻》《花明柳暗又逢春》等小标题中可以看出作家张武划出的空间场所是改革开放后的文联，从文联大门挂着众多牌子开始叙述，用诙谐幽默的方式讲述文艺界的大师们为了搞活经济，各显神通，各搞副业。通过对讲座、表演、评奖、书画作品展销会、青年歌手大奖赛等创收活动的精确白描，蕴含的"道"就在踏实创作与各显神通搞活经济的不和谐中显示出来，讽刺效果明显。《净土》中讲述了司空凡因评职称而四处奔走的事件，围绕"文人会"这个文人间聚会的空间场所展开故事的叙述，高雅艺术和人间烟火的对比与冲击效果形成笑中带泪的讽刺效果。司空凡上访时遭遇的男女门房将人与人之间的普通关系升级为作家与读者之间的关系，但这一切都抵不过女婿寻找关系后才能最终解决职称评定的残酷现实。司空凡评上了职称，文人会也得以继续，一切虚假都赤裸裸地显露出来。《弥留之际》是围绕书记王维山死亡事件的始末描绘的官场众生相。急救室外的空间环境就是叙事场所，副书记曲政要求医生尽力抢救却又一定要等北京医生到来后才最终宣布书记死亡，以及各具特色的外贸局局长、警察局局长、明星市长以及作家等人在急救室外的等待，焦急的外貌与内心真实的想法组合在一起，庄严与滑稽形成了强烈对比，展露出的是荒唐可笑且略显讽刺的效果。《人物》里《一个企业家的故事》和《门房老人的回忆》两个故事是用叙述人"我"串起来的，"我"因写企业家的故事而失眠了，所以去疗养。在疗养院的空间里引出故事背后隐藏的原因，简洁而尖锐地刻画了创作与盈利的现实，并撕破市委门房老贾头百事通的现状给人看，引人深思。《庭训》里勾勒了高辉一家四口在客厅看电视聊天的场景。客厅作为家庭空间的呈现，却混合着机关的领导作风，父亲高辉让儿子服从领导派遣、让女儿安心在家的干涉行为让读者看到了20世纪80年代的机关领导的家庭对话，两代人的差异是年轻人的朝气与时代的契合，老一代的领导作风与保守滞后，在这样强烈的矛盾与冲突中展露出了作家对不和谐的人和事进行婉曲而又锋利的讽刺。总体看来，这类作品的创作特色是作家张武在讲述故事时首先设置了与时代、事件、人物紧密相连的环境，较为深入地展露了地域文化、时代精神等特征的精神内涵，运用晚清讽刺小说的巧合与漫画式描写等艺术手段，在庄严与滑稽的强烈对比中呈现出讽刺效果。

晚清讽刺与谴责小说的文体创作特色也较为突出，创新地融入了轶闻、游记、答问、日记、书信等文体于叙事中。张武小说中问答的叙事形式较多，这个将在下面详细论述，这里主要分析他的小说中融入的书信和日记文体特色，例如小说集《炕头作家外传》里，《故乡纪行》就用了三叔给"我"写的信作为开篇引出后面的故事；《回到农村以后》较为特殊，整篇小说就是一封年轻牧工的爱人写给牧工的信，小说的结尾就是信件的落款——"玉玲 6 月 30 日"。这可以说是充分发挥了信件的文体特色，正如作家自己所说，信件内容的私密性不强才拿出来给读者看，因而信件的内心情感表达与动人之处并未呈现，并不具特色。"在接触西洋小说以前，中国作家不曾以日记体、书信体创作小说。"①张武小说引入书信文体形式的创作，模仿性强，效果不佳，但张武发表在《人民文学》上的《看"点"日记》的日记体叙事则较为成功。现代小说的日记体着重发挥对人物内心情感的直抒胸臆，五四时期《狂人日记》《腐蚀》等作品明显从时间、空间上带有表达自我及浓郁的心理氛围。然而《看"点"日记》明显具有记录的特质，与五四时期的日记体不同，更似中国文人的日记体小说。唐代李翱《来南录》、宋代欧阳修《于役志》、明代王樵《尚书日记》等中国古代日记的"文笔朴实，只'足以存掌故，资考证，备读史者之参稽'者。也即是说，中国古代日记更偏于'史'，而不是'文'"②。张武的《看"点"日记》是用序和日记的组合结构完成叙事的，写在前面的"序"就是作家为叙事设置的机关官僚作风的公共空间环境，后面的日记就是叙述人"我"代徐江书记下乡蹲点的记录。从 2 月 24 日"我"先下点到 2 月 28 日徐江书记进点开始记录，书记 3 月 8 日去县里开会后回省，直到 6 月 2 日轻车简行地来一次，徐江书记下乡蹲点的故事结束了，但"我"的日记却不知要记到何时。作家在叙述中对于外在时间、叙述节奏和结构意识上并未做更多的探索，也未发挥日记体小说擅长的人物内心精神世界的透视优势，而是对于徐江下乡蹲点的过程以及"我"替代蹲点时发现的问题做了翔实的记录。《官场现形记》中讽刺

---

①陈平原. 中国小说叙事模式的转变[M]. 北京:北京大学出版社,2003:192.

②陈平原. 中国小说叙事模式的转变[M]. 北京:北京大学出版社,2003:194.

内容涉及官场之弊，抨击了封建官僚体制、官员的奴性、家国意识的丧失等，刻画了各色参与钱权交易的贪官形象。《看"点"日记》中作家着力谴责徐江书记的官僚作风，其中大胆直露的讽刺和对官僚作风漫画式的艺术加工与《官场现形记》颇为相似。作家将现实中存在的官僚作风翔实地描绘出来，可作为现代的"官场现实记"。徐江书记的工作排场极大，随行秘书、警卫、记者共15人，作家对随行司机玩扑克、警卫的工作安排、记者抓拍领导劳动照片等荒谬的言行，进行了白描式的简笔勾勒并大胆讽刺。书记随行警卫外貌与身份的不和谐，以及其机警行为的不妥帖又暴露出了书记下乡蹲点事件的荒谬。"这位富有警卫工作经验的处长，是个精瘦面貌，长条个子，看上去弱不禁风的人。但他智多见广，头脑机敏，两只眼睛老是滴溜溜乱转，又不住地眨巴，不知道他在想什么。他缠着我，一会儿问社情，一会儿谈安全，像审问我似的。"[1]再有如3月2日书记下地劳动，作家在"我"的留点日记中详细记录了记者为拍照的百般努力，多角度抓拍。3月3日书记面对农村实际问题不作为时，日记中记录了书记说的话："我可不给你们许愿，也不管批条子。这些事我解决不了啊！"[2]接着书记却让秘书给省委办公厅李成打电话解决自己孩子补课的事情。此时，作家借用叙述声音反讽道："无愧是书记的秘书，办事多干练呐！"[3]3月10日书记回省后再没有下乡蹲点。4月8日书记回机关20多天，"我"写了三次书面汇报都没有回复，书记来电话叫我回机关，回去后书记不听汇报而让"我"将蹲点材料给他们以便整理出书记的讲话稿。6月2日，书记匆忙地下点后赶回去庆祝女儿考上留学生的谢师宴。我继续替书记蹲点。故事到此结束了，"我"却不知书记将何时结束深入群众的蹲点活

---

① 张武. 潇潇春雨[M]. 银川：宁夏人民出版社，1985：79.

② 张武. 潇潇春雨[M]. 银川：宁夏人民出版社，1985：84.

③ 张武. 潇潇春雨[M]. 银川：宁夏人民出版社，1985：85.

动，日记何时可以记完，这些日记记录的民生事件何时才能得以解决。

张武小说的创作具有晚清讽刺小说的传统叙事特色，作家采用日记体的功用性写法是晚清谴责小说融入古代日记体的创造性书写，抨击了领导的官僚作风，还原现实的意识明显。在叙事中作家首先将故事放置在一个公共空间环境里，创新地选择那些具有时代特色的场所，如文联大门挂的牌子、文人会的那桌饭、医院抢救室的门外、机关干部下基层的排场等。同时这一公共空间又是时代社会问题的场所，在其中作家充分调动各种讽刺艺术手段，如夸张、巧合、漫画式描写等，完成空间环境塑造。然后作家将其想要表达的文学精神，如文联这一场所的文化精神与经济变革的时代精神汇集在一起形成空间精神，如文人吟诗作赋与作家为评职称奔走上访等时代新型场域，机关领导宣传为民办事与只为自己谋利的官僚作风等精神，在人物群像的勾勒中集中呈现人际关系与社会变革冲突中带有的诙谐幽默效果等。最终引发读者从中得到否定和贬斥丑的精神和情感愉悦，从而达到警诫教育或暴露、鞭挞、抨击的目的。

### 三、文学地方语言的认知机制

中国文学现代性的发端是在鸦片战争后，中国告别古典制度进入现代化进程，白话文取代了文言文，新文学携带着西方现代理性和科学精神完成了中国现代小说创作模式的建构，中国文学研究的理论范式也随之变革。史学家海登·怀特的"历史诗学"理论打破了文史哲的叙述壁垒，史料选择的亲和度和辩证的叙述张力给文学研究带来新的启发。中国文学研究跨越历史与文学的差异性，重新审视中国文学创作及研究的"他者"叙事理论，回溯并探索中国古代文学传统的史传精神及史传叙事特色，从而在历史叙述的选择亲和性中探源中国故事的传统叙事特性及独特的审美精神，并找寻中国文学语言传统的认知机制与认同模式。在中国文学现代性的进程中观照宁夏文学研究，发现宁夏文学作品的一些独有特色，即地方语言认知的叙述特色颇为浓郁，这种对于中国民间叙事传统相对保守的姿态促使宁夏文学在中国文学叙事传统的语言认知方面具有代表性，张武的小说创作就是其中之一。

张武 1938 年出生在甘肃，1957 年从甘肃省临洮农校动物饲养专业毕业后来到宁夏工作。1965 年他的小说《红梅与山虎》刊发在《人民文学》11 月号中，这是宁夏文学较早的破圈作品之一，是载入宁夏文学历史的事件。1979 年，《人民文学》连续发表了三篇张武的小说，在全国引起反响，这是那个时代的文坛颇为少见的事件，张武成为颇受瞩目的作家。他写作的主要内容是他的家乡以及宁夏的人事风物，因而从生活环境和写作对象的角度来看，张武是一位地方性作家。20 世纪 80 年代的中国知识界对全球化是理想主义式的拥抱，是基于民族国家内部视野并带有明显西方色彩的文艺创作，但张武文学创作特色显现的是"民间立场"，即作家在生长的土地上孕育的思想感情、生活作风以及用语习惯等方面形成了其作品中的地方文学话语认知特色。正如张武的小说《红豆草》中的罗泉一样，这本是一个文学资源极度贫瘠的地方，但天然的文学感知，民间民俗的孕育，自然而然地形成了宁夏作家独特语言叙事的创作风格。因而，张武小说语言的地方特色颇为浓郁，体现在方言的应用、秦腔和花儿等民间文艺的推广，以及"三字经"、古诗词和现代诗歌的创作融入等方面。

首先，张武小说中方言词语应用的特色较为突出，但由于他出生在甘肃，工作及文学创作都在宁夏，所以他的方言是甘肃、宁夏等多地的夹杂语体，小说中的很多方言应该具有西北地域特色，而不具有宁夏方言的特指性。同时其小说方言词语应用的亲切感，使得那些浓郁的黄土底色中的厚重、淳朴的人性更为自然地呈现出来。以 20 世纪

80 年代的小说集《黄昏梦》为例，其中"谝谝""差点脱气""捎话""编谎""舒服得很""撂了""明摆着""咋搞的吗""窝棚里""溜直的柏油路""撵走了""脑瓜子""疙瘩""窝囊气""落得一顿骂""瓢子""土坷垃""孝敬""闹饥荒""搞副业""扣帽子""的确良"等较具地域、时代特色的词语随处可见，这些民间方言词汇的应用在中国小说叙事传统中有着自我生长并传承的道路。"宋一代文人之为志怪，既平实而乏文采，其传奇，又多托往事而避近闻，拟古且远不逮，更无独创之可言矣。然在市井间，则别有艺文兴起。即以俚语著书，叙述故事，谓之'平话'，即今所谓'白话小说'者是也。"①从鲁迅论述白话小说兴起的诸多因素中可见市井、俚语等方言的应用是民间叙事的独创之处。然而中国新文学的现代小说叙事自五四以来就长期因现代化进程中的欧化腔调而为人诟病，郭沫若读《李家庄的变迁》后称道"最成功的是言语。不仅每一个人物的口白适如其分，便是全体的叙述文都是平明简洁的口头话，脱尽了五四以来欧化体的新文言的臭味。然而文法却是谨严的，不像旧式的通俗文字，不成章节，而且不容易断句"②。所以宁夏作家张武的叙事特色属于民间叙事传统的继承，其方言话语方式的本土认知渐渐呈现出了具有宁夏地方色彩的文学独特性。20 世纪 90 年代的小说集《净土》中，"谝闲传""兔羔子，还敢倒打一耙""浆水面、臊子面、甜醅、凉粉、油炸糕""碎鬼""哪达""臊毛""眼睛也麻达了""糊涂杆子""羊杂碎""剜我""灌面肺""吸溜""油辣子""跳蹦子"等带有宁夏标识的方言土语明显多于 20 世纪 80 年代的作品集。这种方言土语的话语，呈现出地方色彩与方言的传统语言认知性叙事特色，使故事人物生动、言语有趣。

张武小说中方言的生动有趣是从作家独特的叙事节奏中流露出来

①鲁迅. 中国小说史略[M]. 郭豫适，导读. 上海：上海古籍出版社，2004：71.
②郭沫若. 关于《李家庄的变迁》[M]//郭沫若，等. 论赵树理的创作. 沈阳：东北新华书店，1949：21.

的，小说《红梅和山虎》中有一段这样的描写：

山，好高哟，爬了半天才到半中腰上……小猪崽儿白蹄儿，一个一个地直蹦起儿。小猪崽撅撅嘴儿，一个一个地拱地皮儿。抱起那个小调皮儿，心里美滋滋儿。哎——起早贪黑没呀么白费力儿，哎嘿呦！①

这段小说中的文字中明显具有口语式叙事的特色，如"山，好高哟"，似歌谣、似赞叹的话语，目的是描绘叙述者要去小李庄的路上看到的景色。"抬头看，望不到顶，山路蜿蜒像一条大蚯蚓躺在眼前"中，"看""望""山""前"等"an""ang"的元音的声响并未给崎岖山路的行走以疲倦感，反而为后面红梅和山虎的故事做了叙述环境的渲染，令人充满期待。朱光潜说："文学须表现情趣，而情趣就大半要靠声音节奏来表现。"他还说："领悟文字的声音节奏，是一件有趣的事。……我读音调铿锵，节奏流畅的文章，周身筋肉仿佛作同样有节奏的运动……我因此深信声音节奏对于文章是第一件要事。"②因此，读张武的小说，总会有民间歌谣融入其中，方言式的话语歌词令节奏流畅动听，儿化音的应用俏皮感颇强。"蹦起儿""撅嘴儿""调皮儿"等词语活灵活现地将小猪崽儿的生命力表现了出来。同时，重叠词语的应用"一个一个地""撅撅嘴儿""美滋滋儿"令声响性变强，铿锵的调子让文字的自然色彩更浓，唱响了生态之美的颂歌。作家这样的叙事特色不仅在景色与动物的描绘中有，在人物的描绘中更显著。在《炕头作家外传》中有这样一段炕头作家的外貌描写：

因为他给人的印象太平庸、太呆笨，太不搭眼了：矮个驼背罗圈

---

① 张武. 炕头作家外传[M]. 银川：宁夏人民出版社，1981：77.

② 朱光潜. 散文的声音节奏[M]//吴泰昌. 艺文杂谈. 合肥：安徽人民出版社，1981：82.

腿，大头方脸扁鼻梁。一张四方阔嘴，只会吃喝，不会说话，见了领导更加讷讷，还爱红脸，像个女人似的。两只因患沙眼而红肿的小眼睛，总是紧紧盯着脚尖子。常年四季穿一身破旧灰制服，象征着他那灰溜溜的命运。脚下蹬一双老婆做的大布鞋，走路时一步三点头。不知是为了创作苦心构思，还是为家庭生活熬煎，总是双眉紧锁，一副愁相，蔫蔫糊糊，一年三百六十天，有谁见到过他笑一次？这样的人，能写出文章来吗？可是，自从那位大学生广播了报社记者采访方贵的消息，并把他命名的"炕头作家"推广之后，人们才抱着半信半疑的眼光研究他，探索他。①

文中三个"太"字的应用，巧妙地契合了"炕头作家"的身份塑造，声响性极强，后面长短句交错的应用中，尤其是短句子带来的叙述节奏的变化，如"灰溜溜的命运""一副愁相，蔫蔫糊糊"等叠词的加入，小说中描摹的人物形象便呼之欲出。

其次，张武小说中这种方言式语言在叙事线索中呈现的特点是口语式语言勾勒出的一系列生动传神的人物形象，采用类似说书人全知视角的民间叙事传统讲故事。"中国小说一直到19世纪末仍基本上采用全知视角连贯讲述一个以情节为中心的故事并不难。"②但是在中国现代小说对于古代白话民间文学的继承策略上"采用近乎说书的语言以及与此相关的叙事模式，以扩大读者（听者）面——这就是'赵树理道路'在20世纪小说史上仍有其历史地位的原因"③。说书人如何说给听众，说与听之间信息传递的方式就是"赵树理道路"的特色，具体叙述模式为线性叙事与口语叙事的特色。张武小说的叙事特色就是"赵树理道路"，但又有着明显的区别。赵树理的创作具有自觉性，

①张武. 炕头作家外传[M]. 银川：宁夏人民出版社，1981：237.
②陈平原. 中国小说叙事模式的转变[M]. 北京：北京大学出版社，2003：276.
③陈平原. 中国小说叙事模式的转变[M]. 北京：北京大学出版社，2003：284.

而宁夏作家的创作多源于非自觉性，且张武小说的史传叙事色彩更浓，人物话语及人物志特色显著。

线性叙述"是对古代文学叙述方式的一种概况，就是指那种由远而近、从上到下、自大至小或先物后人的讲述方式"①。这样的方式主要源于说书人借此能运用想象与声音填充故事，便于吸引听众接受。张武的小说《红梅和山虎》中运用叙述人全知视角讲述了他去小李庄的故事。开篇由远及近地写了景色和歌声，两种感官的描写，先看到了"好高的山"后才听到远处的歌声，继而看到唱歌的"英俊小伙子和一群羊"。到了小李庄后队长将"我"安排到"女秀才"家里，这是由物到人的叙事，先看到家中各种书籍、母亲，听到别人的评价，才最终看到千呼万唤始出来的"女秀才"红梅，原来是带路的"英俊小伙子"。之后由早到晚展开叙述，早晨赶路遇到"英俊小伙子"到晚上才匆匆回家吃饭后又去学习的"女秀才"红梅，以及白天帮忙的"山虎"喂羔员讲述了羊羔饲养培育，晚上又合着步子与红梅共同去学习。结尾处"一牙新月爬上山顶，清澈的月光洒下来，使山庄变得那么洁白明晰。红梅山虎打头，一伙青年人合着步子，挨着身子，有说有笑，高高兴兴地向生产队的文化室走去"②。这段描写更是将生命与宇宙融为一体，从"景色"到"人物"，从"人物"到"动物"的和谐统一，最终叙事的视点落脚到青年人身上，意在言外的故事内蕴已经从故事中流露出来。这篇小说就是作家张武采用说书人口语化的叙事，完整地体现了从远到近、由早到晚、从物到我的线性叙述特点，勾勒出一幅美丽乡村青年的求知图。

那么，再看张武小说的口语叙事。口语叙事指的是叙事语言具有口语化，叙事顺序是由口语对话完成的，即在讲述故事时，情节的变

---

① 王一川. 汉语形象美学引论[M]. 广州:广东人民出版社,1999:81.
② 张武. 炕头作家外传[M]. 银川:宁夏人民出版社,1981:89.

化是用人物对话完成的，叙述语言和人物对话没有明显差别。小说《两个羊把式》就是用人物对话完成故事的讲述。

"这咋办呢?"老汉急得连饭也吃不下去了。

"别愁，说不定是万能混去了，自己队上的羊，一定在哩。"看圈的这样劝他。老汉一想，也对。

他在山上放了十几天，才回到庄子上来。回来门不进，水不喝，第一件事就是找万能问那只胖羯琚狸的下落："老任，你群里混来我那只胖羯子没有?"

"没有呀，丢了吗?"万能显得很惊异的样子。

"就在你走的那天丢了。哎，都怪我太马虎。"老汉懊丧地说。

"算了吧，出山的羊，入地的铧，那还有没个闪失? 谁也保不了这个险。我的两个羔子也丢了，队长也没说啥。"万能显得很自在。

"哦，我倒忘了给你说，你那两个羔子丢在井上，我拾去了，现在群里，你去抓吧。"

万能高高兴兴地找回了已经"报销"了的两个羔子。只是沈马虎不太高兴。他既不赞成万能那种不负责任的说法，又觉着这个羊丢得有路数。

"没关系，大家信得过你，只要狼没吃，再向别的庄子上打听一下，一定能找到。"队长劝慰他说。

"羊在不在，咱说不上，不过事情一定要弄个水落石出。"老汉认真地说。[1]

通过节选自《两个羊把式》中的一段对话，我们已经可以知道这

---

① 张武. 炕头作家外传[M]. 银川:宁夏人民出版社,1981:97.

第三章 媒介符号与文本细读：宁夏老生代作家作品的话语特色

篇小说讲述的是两个牧羊老汉一个丢了羊与一个找到了羊的故事。那些牧羊中的惊险与牧羊人的淳朴，还有那些隐秘的不为人知的不负责人物和丢羊的蹊跷等情节与心理变化都在对话中完成。同时还有一些作家表述过程中仿照传统说书人的语言进行的叙述。诸如《"炕头作家"外传》的小序中，"'炕头'也算是有名的出场人物了，后面又跟着'作家'的衔头，实在无须我来替他作传。因为他的干部档案里已经有一份十分完备的自传"①。这个颇有说书人特色的开场，节奏感强，话语交代清楚，听众也就知道后面的故事是在讲一个什么人的故事了，听不听已经可以做决定了。"谁知好景不长。过了两月，公社评比检查"②中一个"谁知"将听众代入情节变化中，现场讲述的效果强。口语叙事还体现在歇后语的应用上。《"炕头作家"外传》中"在这种场合，'炕头'一向是洗耳恭听，间或笑笑，很少发言的；即使有人动员，他也是紧闭双唇，不吭一声。真有点哑巴进庙堂的样子"③。歇后语的应用让故事多了几分生动与精彩。

最后，"叙事中夹带大量诗词，这无疑是中国古典小说最引人注目的特点之一"④。张武小说的这一语言特色更具标识性，他的小说中夹杂诗词的最大特色是，这些诗词都是作家自己创作的，创作的方式有古典诗词方式、"三字经"的顺口溜式、民歌歌谣形式、花儿曲调等。张武小说中古典诗词和现代诗词融入的讲述特色较为显著，前面《红豆草》中从罗泉写的诗可见，是作家应和小说而创作的诗歌而非节选，这可能与张武的诗人身份有关，信手拈来的诗歌创作平添了文学的生动性。张武小说的民歌民谣除了如《红梅和山虎》中插入的歌谣形式外，还可以从其民间方言口语的节奏上看，大有民歌民谣的朗朗

①张武. 炕头作家外传[M]. 银川：宁夏人民出版社，1981：234.

②张武. 炕头作家外传[M]. 银川：宁夏人民出版社，1981：258.

③张武. 炕头作家外传[M]. 银川：宁夏人民出版社，1981：242.

④陈平原. 中国小说叙事模式的转变[M]. 北京：北京大学出版社，2003：223.

上口的特质，这里就不详细论述了。对于花儿曲调的应用，《九九归一》中吹唢呐的尕杨的民间艺人身份和对花儿曲调的传承，以及《"炕头作家"外传》中炕头作家以生活为原型创作、记录花儿，午间大家围坐在一起唱花儿。

杨五郎出家五台山，诸葛亮下了个四川；锄田的社员地边坐，'花儿'里送上个'少年'。""大豆地里的洋芋花，连开了三年的虚花，听曲的同志哥莫笑话，小妹是才学的离家（外行）。

"山里的鸡娃红冠子，长大了把明（者）叫哩，对唱的同志别客气，大着胆子（者）唱去。"①

作家不仅在作品中塑造了一系列民间非物质文化遗产的传承人，也把这些曲调、唱词保留了下来。

当然，在传统文化的融入创作中"三字经"式的顺口溜更是其文学才能的民间性展露。虽然在《尕五爷全传》中描写的尕五爷酷爱"三字经"，但文中也创作了大量的"三字经"。如：

《遗嘱》

| 张进才 | 五十六 | 一世人 | 活到头 | 从幼学 | 至年老 | 谨做人 |
| 勤务劳 | 四十载 | 新社会 | 凭双手 | 足衣食 | 当保管 | 尽其职 |
| 守果园 | 亦顶力 | 凡公事 | 诚而勤 | 无私欲 | 唯尽心 | 父生我 |
| 独根苗 | 少兄妹 | 无妻小 | 村领导 | 允我情 | 有一事 | 作声明 |
| 果园发 | 众人功 | 非是我 | 一人能 | 奖励金 | 始未动 | 我死后 |
| 献于公 | 取于林 | 用于林 | 多栽树 | 留子孙② |

①张武. 炕头作家外传[M]. 银川：宁夏人民出版社，1981：238-239.

②张武. 净土[M]. 北京：作家出版社，1999：193-194.

《造林三字经》

| 庄稼汉 | 勤为本 | 欲发家 | 栽树林 | 桦林沟 | 阴湿地 | 雨水丰 |
| --- | --- | --- | --- | --- | --- | --- |
| 地气足 | 插竹筷 | 也发枝 | 各样树 | 都适宜 | 梨和杏 | 经济林 |
| 用嫁接 | 好收成 | 杨和柳 | 能用材 | 作橡桁 | 离不开 | 松柏桦 |
| 生长慢 | 耐阴寒 | 种南山 | 同是树 | 性不齐 | 分阴阳 | 地势宜 |
| 春夏栽 | 秋冬管 | 不爱惜 | 也白干 | 树与人 | 理一般 | 养和育 |
| 紧相连 | 栽和护 | 是两步 | 心力齐 | 方巩固 | 畜莫啃 | 人不砍 |
| 长成林 | 绿满山 | 结了果 | 可卖钱 | 好处多 | 万万千① | |

《农具保管三字经》

| 农业社 | 家业大 | 人手多 | 事情杂 | 管农具 | 有章法 | 库加锁 |
| --- | --- | --- | --- | --- | --- | --- |
| 没麻达 | 物归类 | 有定处 | 使用完 | 还原处 | 半截绳 | 一张权 |
| 来不易 | 爱护它 | 进出库 | 手续全 | 使用时 | 节又俭 | 保管员 |
| 责任重 | 大小物 | 账目清 | 有破损 | 勤俭补 | 添置新 | 要慎重 |
| 新和旧 | 一样用 | 对集体 | 如家庭 | 管和用 | 一条心 | 视笤帚 |
| 胜家珍② | | | | | | |

这些精彩的创作共同构成张武小说的话语特色，这里实在不能穷尽，只有列举到此。但张武小说的地方色彩对于文学的意义，在新的历史条件下更应该重新审视，从而思考宁夏文学的某种独特的风格和宁夏文学作品中回归传统的特色。

---

①张武. 净土[M]. 北京:作家出版社,1999:186-187.

②张武. 净土[M]. 北京:作家出版社,1999:163.

## 第四节　于秀兰散文中建构的乡土抒情话语

1950 年，于秀兰出生于宁夏西吉，1979 年开始文学创作，笔名兰溪、雨晶，著有小说集《流逝》，散文集《芳草落英》《兰亭心雨》，报告文学集《只要光明作证》《心灵的颜色》等。1968 年高中毕业后，她上山下乡，经历颇丰，1970 年参加工作后当过工人，任过教师，伴随创作的不断成熟，1985 年调到《宁夏政协报》任记者、编辑，1992 年任银川市文联《黄河文学》杂志社副主编，副编审。在宁夏当代散文创作中，于秀兰属于较早从事文学创作的优秀作家之一，她的散文作品《系在钥匙上的铜铃》获宁夏回族自治区优秀文学奖，《那片闪光的黄土地》获 1992 年中外文学艺术作品文学类优秀作品一等奖，散文集《芳草落英》获自治区文学创作二等奖等多个奖项。于秀兰的散文在宁夏当代散文作家中颇具代表性，优渥的生活环境让她从小接受了良好的教育，在文学的天地里承继了中国现代女性散文作家创作的话语特色。因而，从她的散文话语符号的梳理中不仅可以看到女散文家的创作发生及其特点，还可以作为宁夏文学对中国传统文学创作承继的经典个案，以此考量宁夏这片独特土地所孕育的文学火种与文学创作的勃勃生机。

### 一、女性身份认知的散文话语

于秀兰的散文话语具有中国现代女作家散文创作的发生学特质。女性文学的发生学视角是学者张莉提出的一种颇具创新的女性文学研究视角，这一视角的研究不仅关注女性文学的话语特色，而且注重其产生的根源。晚清民初，中国女性问题被知识分子发现后提出了"戒缠足""兴女学"的主张，教育部颁布的《壬子癸丑学制》又以法律的形式认可了女子教育，女子求学的障碍得以减弱，中国现代女性的女学生身份出现。当她们走出家庭、进入学堂才完成了社会身份的第一次认知，在这种被动的认知中女作家的自我才慢慢在他者的认知中形成。"只有意识到中国早期女性解放运动实际上只是中国女学生的思想解放运动，中国早期的女性文学实际上只是中国女学生的文学。……如果说西方女性文学在整体上自始至终都是一条'向自我''向女性'的道路发展的话，迄今为止的中国女性文学则是沿着一条'向他者''向社会'的道路发展的。"①于秀兰出生在 20 世纪 50 年代，宁夏省全面解放后于 1958 年建立回族自治区。于秀兰得益于颇为优渥的家庭环境，接受了良好的学校教育。外出求学、远离家乡后于秀兰才慢慢形成了"向他者""向社会"的身份认知。"中国现代女学生标志着中国女性从'自然人'向'社会人'的转变，但这种转变还不是整体意义上的转变，女学生的文学也不是整体意义上的社会文学。……中国女性文学实际是在这种女学生文学的基础上逐渐向外浸润的，但从学校教育空间向任何一个方向的扩散，遇到的都是在家国同构的中国社会中生成和发展起来的伦理道德观念的挤压和封堵。……在这时，中国的女性与中国的女性文学实际是沿着向他者、向社会方向发展的。理解他者、迁就他者，理解社会、迁就社会，实际是这个发展阶段的总趋势。"②长期存在的痼疾让中国现代女性在进入学堂后才获得社会空间的拓宽，但女性仍然是男性话语的"贤内助"，是"自然人"的身份，是他者话语的女性身份。所以，我们在探索中国现代女性文学的时候不能采用西方理论来观照，中华传统文化的

---

① 王富仁. 从本质主义的走向发生学的女性文学研究之我见(代序)[M]//张莉. 浮出历史地表之前:中国现代女性写作的发生. 天津:南开大学出版社,2010:9.

② 王富仁. 从本质主义的走向发生学的女性文学研究之我见(代序)[M]//张莉. 浮出历史地表之前:中国现代女性写作的发生. 天津:南开大学出版社,2010:11-12.

宗法—父权制是封建时代家庭制度的核心内容，是致使中国女性一直处于附属地位的重要原因。回顾传统，只有中国的理论视角才能看清中国女性文学的发端。中国旧时女性所受教育，多是培养合乎礼教标准的贤妻良母，《礼记》中"未嫁从父，即嫁从夫，夫死从子"的观念最为多引，汉代《女诫》、唐代《女论语》、明代《内训》、清代《女范捷录》等著作都是对女性各方面约束的文字，中国的女性创作者只能在个性压抑的状态下成长、创作。"当第一代的妇女写作者们以群体关注的方式书写那些看起来'无意义'的妇女生活……她们用文本书写的方式再现那些妇女生活：小脚妇女、疯女人、闺阁女子、为情感伤怀的太太们，使她们进入历史。"①于秀兰在创作初期敏锐地从女性视角出发观照家庭与生活，传递母性、爱等方面的情感，探索女性进入历史书写的方法。她的散文集《兰亭心雨》分为乡土情深、感念亲友、观景抒怀和感悟生活四个部分，作家将其生活的全部书写在作品中，表达对于故乡、家人等周围生活的眷恋之情。这些女性感受生活的方式看似是"无价值""无意义"的书写，但对女性命运的明显关注，亦如中国第一代女作家，慢慢通过"我"的发现、"我"的情感流露与价值判断融入社会，成为一种书写的历史。所以，中国女性"社会人"身份的觉醒带来了中国女性作家的话语权力，她们首先关心社会问题，之后才慢慢书写自我，回归家庭生活的感怀。

于秀兰散文集《兰亭心雨》首先是通过书写"乡土深情"表达对于故土的眷恋，然后才进入"感念亲友"和"感悟生活"的情感表达。在家庭生活的回顾时，作家将叙述空间由此向外延展，体现了内心自我意识的形成，关注母性与女性中慢慢建立的社会人身份，最终构型成具有女性自我意识的散文话语。具体来看，于秀兰在散文文本中构

①张莉. 浮出历史地表之前：中国现代女性写作的发生 [M]. 天津：南开大学出版社，2010：242.

筑的父母形象具有多面性，细读其笔下的父亲形象，可以渐渐厘清这类作品是作家最初自我意识的形成，这与后期女性身份的自我觉醒是不同的。散文集中描写父亲的文章有《父亲》《深切地怀念》《此刻，世界又向我走来》《一种回忆不知从哪一天开始》等文。作者从散文集第一篇的《父亲》开始进入回忆，这位 96 岁高龄的父亲是一位认真、严谨的老人，努力尽职地促进民族团结的老人。《深切地怀念》中的语句勾勒出了父亲的形象。"生活中的父亲是一位平易近人，细腻而又趣味无穷的老人"，"父亲格外的喜欢孩子"，"父亲不仅对我们子女的爱好给予尊重和及时的指导帮助，而且对儿女们的婚事，他也从不包办，十分理解儿女们的选择"，"父亲一辈子乐善好施"，"父亲学识渊博，不仅精通阿文、波斯文，而且记忆力极好"，"生活中的父亲是一位极平凡随和的老人，然而工作中的父亲却是一位严肃认真一丝不苟的人"①。这位父亲形象在作者笔下高大而丰满，毫无缺点。福勒在探讨《米罗的维纳斯》的永恒魅力时，认为不管是艺术家创作过程还是观众欣赏过程，都潜藏着对于缺失部分的修补冲动。作家于秀兰在自我不断认知的过程中所创造的文学作品里的完美父亲形象就带有这种修补的冲动心理，或者说是在作品中只描写了那些美好的记忆，塑造了完美的父亲形象。然而，细读中又可以发现《父亲》的字里行间又透露出隐藏的含义，"如果母亲尚未起来，他就笨手笨脚地给自己准备简单的早点，随后便拎着文件袋，挂着拐杖悄悄地出门了"②。这位父亲不善家务，这是西海固地区很多中国式家庭的现状，女主内男主外的社会身份认知中，男子几乎不进厨房，女子也无法坐到饭桌上平等用餐。结合《命运如潮》一文中提到的，"我的父亲有两房妻子，两个妻子和孩子们都共同生活在一个

---

① 于秀兰. 兰亭心雨(一)[M]. 银川：宁夏人民出版社,2010:85-89.

② 于秀兰. 兰亭心雨(一)[M]. 银川：宁夏人民出版社,2010:83.

家庭里"①。我的母亲比父亲小二十多岁,父亲对母亲很好,"晚上父亲做完他的事,就帮母亲纳鞋底、绱鞋,而且常给我们补袜子、补衣服"②。但我的朋友都会惊讶于我父亲的这一行为。在《感谢生命》中作者尤其写道:"在我的记忆中,母亲从来没有违背过父亲的意愿。只要父亲一吩咐,她就会立即去办。我有时回家,觉得母亲那样耐心地操劳,心里很是过意不去,当我流露出不忍时,母亲反而说我不该这样。"③这类文字中隐含的是男尊女卑的社会现实,在这样的言语行为中显露出的不仅是作家对于父亲美好形象的自觉塑造,也流露出作家女性身份懵懂的觉醒意识,是对男尊女卑社会现状的摹写再现。作家散文话语中虽未带有评价,但父亲家中两房妻子的介绍,小朋友侧面描写中的惊讶表现,我对母亲辛劳的不忍等情感都呈现出了女性作家身份"向社会"的转变,这些细节的身份及生活习惯的描写,也在自觉与不自觉间形成社会性身份意识的自我觉醒。

"中国的女性文学,总体来说,既更多一些社会政治色彩,也更富有'家'性、'母'性、'妻'性、温柔的女儿之性,一句话,这是中国女性文学的天性。"④在社会各界尤其是男性思想家提出的女性受教育及做有知识的"国民之母"的要求时,女作家们始终围绕现时现世的人伦情感进行书写。于秀兰作为宁夏 20 世纪 70 年代末开始创作的女作家,由于生活环境、文学创作氛围等因素的限制,致使她们如同中国现代第一代女性写作一样,对于中国女性"我"与"自我"的关系进行重新确立。"这一时期的女性文学,在继承'五四'女性文学的传统和借鉴西方女性主义文学的创作中,呈现重建个人自主性的努力,着意书写曾经被遗忘的女性内在感觉,从而带来'女性自觉'

①于秀兰. 兰亭心雨(一)[M]. 银川:宁夏人民出版社,2010:121.

②于秀兰. 兰亭心雨(一)[M]. 银川:宁夏人民出版社,2010:85.

③于秀兰. 兰亭心雨(一)[M]. 银川:宁夏人民出版社,2010:96.

④阎纯德. 二十世纪中国女作家研究[M]. 北京:北京语言文化大学出版社,2000:22.

与'人的自觉'自然地交融。"①于秀兰散文着力描摹了母性及女性情感。随着创作不断成熟，其散文又呈现出了对于女性生存现状的社会评价，"在女性话语的建构中，表现出这样几种明显的趋势：对女性命运的关注，对女性价值的母性力量的肯定，以及对女性美的认同"②。在对女性身份的认同与书写中，作家于秀兰的散文话语不断建立对社会的关注，从不自觉到自觉地书写母亲和女性形象。

于秀兰歌颂母亲、赞誉母爱，在描绘母亲的文章中可以感受到的是作者对于女性身上"为母则刚"的赞美。结合"感念亲友"与"感悟生活"板块的文章来看母亲形象与女性形象，母亲总是最辛苦、最具有安全感的存在；女性总是最爱唠叨、最美丽的，她们柔弱如水"而攻坚强者莫之能胜"。无论是在最艰难时期母亲爱护我们儿女的强大，还是我为人母、朋友为人母后对于子女来说的依靠与安全，散文集呈现的皆是作者对于母性形象的赞美，其中也流露出了"自我"觉醒的女性意识。作家在《生活是公正的》一文中写道："曾在一本格言中读到，幸福是什么？回答：幸福是有事做。我明白了母亲精神好的原因，一辈子她都让自己处在一种忙碌和有事做的状态中。正如有人说，忙得顾不上生病，忙得也顾不上叹息和忧伤。从母亲身上我悟到了健康长寿的真谛。同时，从母亲身上我也真正体会到了，投入什么便会收获什么。一个对生活充满热爱的人，一定会享受到生活那博大而丰厚的回报。相信，生活是公正的。"③书写母亲是中国文化中古已有之的观念，《老子》中对"母"德的颂扬最多，开篇就有"'有'，名万物之母"，可以说以母喻道，"天下有始，意味天下母"。这是远古家庭重视女性的观念，于秀兰赞扬母性、描摹女性的散文较多，流

---

①黄晓娟，晁正蓉，张淑云. 中国当代少数民族女性文学研究. 上海：上海文艺出版社，2014:6.

②王贵禄. 高地情韵与绝域之音：中国当代西部散文论[M]. 北京：中国社会科学出版社，2019:217.

③于秀兰. 兰亭心雨（一）[M]. 银川：宁夏人民出版社，2010:113.

露出的赞誉与关注标示了其散文话语自我意识的不断觉醒，正如她在小说集《流逝》的后记中写的"我是有意地要用我的笔去表现女性、去描写女性、体恤女性、同情女性、歌颂女性"。在"感悟生活"板块中的一系列以女人命名的文章，如《女人，那美丽的生灵》《女人欣赏女人》《女人爱美》《女人，生活的一份色彩》《女人需要什么》《女人需要关怀》《也谈女人的唠叨》《女人平稳、平静就是福》等，已经明显具有了女性的自觉意识。于秀兰观察生活中的女性并坦言注视女性时能从女性身上找到独特的姿韵，对于女性的赞美在表达时也从不吝啬辞藻，"发现未死方生中的女性文化的浮现与困境，发现女作家作品中时隐时现的女性视点与立场的流露，寻找女性写作者在男权文化及其文本中间或显露或刻蚀出的女性印痕，发掘女性体验在有意无意间撕裂男权文化的华衣美服的时刻或瞬间"①。这就是于秀兰散文话语的建构特色，一种伴随着女性身份不断自我认知与形成而完成的散文话语建构。因而，20世纪90年代于秀兰在其创作谈里这样表述："我一开始写作，是由于我家下放到西吉，当我看到山区那些妇女的艰辛生活时，就想把她们写出来。女性活得确实很难，书写、呼唤对女性的理解和宽容，我意识到这是我的责任。女性确实生活在困境中，社会对她们的要求很高，她们一般都有多重角色，活得很累，我愿意借自己手中的笔，为女性地位的改善和女性的真正解放贡献点力量。"②这时的作家显然已完成女性自我意识的觉醒，其社会身份的形成标示着作家已进入成熟的创作阶段。

## 二、细腻感性的诗意话语

女性似乎在一种个体指认中成为某种固定模式的代言，为了突破

---

①戴锦华.涉渡之舟:新时期中国女性写作与女性文化[M].北京:北京大学出版社,2007:16.
②冯剑华,等.女作家八人谈[J].朔方,1998(3):71-74.

爱情、婚姻、家庭等日常问题的创作局限，在 20 世纪 80—90 年代女性作家群体高扬个性化书写和私人化创作，彰显女性自我观念，从题材等方面大胆尝试，以挑战男性话语。"尽管自叙传式的写作始终是女性写作的重要方式之一，但它甚至无法成为一种获得指认的、哪怕是指认为边缘的声音；它更多地被指认为某种时代症候或社会象征。"①然而，这样的浪潮对于作家于秀兰的影响是"社会人"的形成及民族认同感的建立，尚不能达到对社会时代症候的指认，因而在其作品中更多呈现出的是中国现代第一代女性创作者如冰心等作家一样的写作特征。她们走进学堂，关注女性生活，并用女学生所特有的细腻与感性话语发现生活，诗性表达。"冰心作品的读者群开始由市民和青年学生慢慢转变为文学爱好者、新文学作者及文学批评家。……读者们更注重阅读后的精神感受，这些感受包括：爱、温暖、同情、感动、空灵、可爱、清丽、温和、清澈……"②在于秀兰的散文中可以发现许多如冰心作品一样面向自然的回归，尤其是散文集的"乡土情深"和"观景抒怀"两个板块，颇显女性细腻、空灵、清丽等婉约之感；"感念亲友"和"感悟生活"板块对于爱、温暖、同情与感动的情怀描写得颇为细致，其散文的感性特色、诗性话语建构特色与冰心作品接受群体的需求相吻合。叶灵凤在晚年回忆中提到："我正读了《繁星》，被那种婉约的文体和轻淡气氛所迷住了，回来后便模仿她的体裁写了两篇散文，描写那天晚上看戏的'情调'。写成后深得几位爱好新文艺的同学的赞赏，我自己当然也很满意，后来还抄了一份寄给那位女主角，可惜不曾得到什么反应，但是，从此我便对新文艺的写作热心起来了。"③这段回忆录显示了冰心对于一位文学青年的影响，当跨越时代，在宁夏文学

---

① 戴锦华. 涉渡之舟：新时期中国女性写作与女性文化[M]. 北京：北京大学出版社,2007:10.
② 张莉. 浮出历史地表之前：中国现代女性写作的发生[M]. 天津：南开大学出版社,2010:269.
③ 叶灵凤. 读书随笔[M]. 北京：生活·读书·新知三联书店,1988:11.

创作的氛围中观照，女作家于秀兰就如同叶灵凤一样，散文话语表达时承继了颇为婉约的文体和清淡的气氛，于相似中呈现的是女性作家创作的一种源流，非确指冰心，而是指冰心散文于这一类散文创作的代表性。

具体来看，于秀兰的散文"观景抒怀"板块里的文章，首先是将生活中的小感触运用排比等修辞方式和长短句等较具节奏性的语句表达出来，显露出女性细腻、柔美、清丽、空灵的感受。如《心中的小路》中的文字。

我走着，不希望这条小路中断。路边有频频点头的麦海的致意。采撷一滴沉甸甸的海水，填补空虚的心底。我走着，品着，渐渐的，我荒芜的心田，流入一泓甘霖，生出一片嫩绿……

这种力，像冬日凛冽的劲风，推我去感受痛苦，去战胜磨难，在大自然神奇的造化中体味生命的伟大；在生机无情的消敛中感受到它为完美的新生而蓄积能量的庄严。这是一种耐人寻味、教人智慧的崇高感受。我走在这条毫无色彩，毫无诗意的小路上，却真正地萌发了诗的情思，正是这种蠢蠢欲动的热流，使这条坚硬的小路充满神韵，充满盎然生机……①

文中"我走着"一句中3、2、3、5、5、5的语句字数变化，让文章具有鲜明的节奏感，"流入""生出"的诗化语句又增强了文章的画面感。同时作家于抒情中也不忘将生活中的教化意义融入其中，对于凛冽，对于艰苦的毫不畏惧之情，用诗意的小路来与其抗争的语句表达。这样小感受小情怀的文章较多，如《思念》《孤独》等文，皆巧妙运用排比句式，让文章节奏感强，读起来朗朗上口，清新淡雅。

思念仿佛是一汪明净的湖水，在思绪的吹拂中翻动起涟漪；思念

①于秀兰. 兰亭心雨(二)[M]. 银川：宁夏人民出版社,2010:15-16.

是一只羸弱的小鸟在情感的狂风中鼓动着双翼；思念像一团火，愈思愈烈；思念似一团麻，愈理愈乱；或许思念是忏悔者痛楚的低低的呻吟，是慢慢深更的惊梦望着跳跃的昏黄的孤灯。①

当你孤独地来到人世时，孤独便似影子般无时无刻不跟随于你。孤独虽看不见触不着，但却顽固地真实地无处不在地环绕于你，感受于你。②

除了这些直接以情感命名的散文外，作者在《夕阳》《细雨》《微风》《露珠》等一系列写自然的散文中也同样表达了诗意的情怀，于细小景色中感受生命的道理，虽不及"圣人见微以知萌，见端以知末，故见象箸而怖，知天下不足也"，但视角却颇为相似，运用女性特有的细腻感受描摹生活中的道理，于细微处见道理。女人爱花，在《痴人说花》《花石寄友情》《龙舌兰》等文中作家写了各种各样的花。花草在作家笔下从观景、寄相思到自己种植，着力描摹了生活中人与自然和谐相处的重要特质。女性温柔似水，寄情花草的女性形象也在其中刻画成形。养花经历，爱花如爱生命的情感虽不具有大情怀，但这类写景抒情的散文也是散文发展历程中的一种样式，清新而淡雅。于秀兰的这类散文可谓独辟蹊径，于小感悟中寓道理，从小小的搬家中感悟人生，从小小的品画、品茗中理解生活，如《依恋》《品画》《品茗》等文。

我已搬了好几个家，一个家一幅图画，几个旧家的情景连起来，仿佛是一幅耐人咀嚼的温柔的画卷，仿佛是生命的写照，是人生历程的点点足迹。③

---

①于秀兰. 兰亭心雨(二)[M]. 银川：宁夏人民出版社,2010:23.

②于秀兰. 兰亭心雨(二)[M]. 银川：宁夏人民出版社,2010:26.

③于秀兰. 兰亭心雨(二)[M]. 银川：宁夏人民出版社,2010:22.

此文中作家将家喻画，一次搬家在回忆中就是一幅画，这样人生如"画"的感受只有热爱生活的柔美女性才能书写出来。在《品画》一文中作者则写道，朋友各有喜好，画中老树、落叶、明净的湖水、无限苍穹中的远山等，各有不同。

但是一幅画，不论从哪个角度，哪个层面，哪个意蕴上说，如果能给人以精神上意境上的享受，能予人以生活的哲理，智慧的启迪，深邃的想象，那么这幅画的效果也就达到了，那么这幅画也不失为一幅好画。①

这一观点颇似熊秉明《看蒙娜丽莎看》中名画观赏中的道理，虽未触及看与被看、物与我互为主体的关系，但已经从浅表层讲述了接受者的个体差异给予绘画作品的再创造。

又如《品茗》一文中的独特见解：

细细品着滋味浓厚、香气馥郁隽永的茶水，丝丝缕缕的古筝声伴随着茶香环绕茶室，与友人相聚，谈天说地，如临仙境。②

此文读起来有种《陋室铭》的现代感，"斯是陋室，惟吾德馨。苔痕上阶绿，草色入帘青。谈笑有鸿儒，往来无白丁。可以调素琴，阅金经。无丝竹之乱耳，无案牍之劳形。"文人雅士所喜欢的情境在作家的散文中处处可见。但于秀兰的散文也不止如此，在其女性自我意识不断觉醒的过程中，开始有一些明显关注生活、关注现实，对现实有所评价的文字，尤其是她对于宁夏地域改革变化的敏锐感知和视野是其散文颇具特色的地方。如《春到塞上》一文中抒发了改革开放的春

①于秀兰. 兰亭心雨(二)[M]. 银川：宁夏人民出版社,2010:29.
②于秀兰. 兰亭心雨(二)[M]. 银川：宁夏人民出版社,2010:30.

风吹到塞上宁夏的感恩之情。"塞上春的步伐虽然走得慢，但她毕竟带着塞上独有的精神，特有的风采真正地来到了塞上。"①作家运用颇为女性的感知描摹了这种社会变革时期的独特风貌。《百川归海》一文中认为祖国统一是必然的，如百川归海一般亘古不变。这无疑是在表达作家民族身份认同的爱国情怀，虽未豪言壮语，但百川入海的比喻又将宁夏川独特的地理样貌融入了其中，巧用心思。《南郊，那片美丽的湖水》《沙湖抒怀》等文写塞上七十二连湖和沙湖的美景。《游贺兰山小口子》从贺兰山小口子的历史变迁写起。《养在深闺人未识》写西吉的火石寨，这个珍藏人文历史及独特地理风貌的地方，以及那些不为外人所知的遗憾等。

总之，于秀兰的散文始终围绕现时现世的人伦情感进行书写，多是景中蕴情、情中含景等诗意作品。其作品在审美情趣上多倾向于细腻、柔美、清丽、空灵，抒情主人公多为善感、柔情的形象。作家少有气势雄浑、壮怀激烈的作品，些许哲思及融入历史叙事的作品也皆是女性话语的诗意表达。

### 三、故乡记忆的乡土话语

在中国近现代历史进程中，中华民族先进知识分子勇于肩负"启蒙""救亡"的历史使命，从而推动中国从农业社会向工业社会的现代性转变。但中国进入"新时期"，才真正走向"现代化"道路，所以，20世纪80年代中期的"文化寻根"开启了文化热。乡土文学的创作是五四以来的文化及文艺创作的延续与发展，由于不同语境，有了新的特质与内涵。从20世纪90年代开始，中国市场经济体制变革，一系列问题随之产生，开始冲击着文学艺术创作，但乡土话语并未消亡。

---

①于秀兰. 兰亭心雨(二)[M]. 银川：宁夏人民出版社，2010：54.

于秀兰在她的散文集《兰亭心雨》中专设了"乡土情深"板块，其中有 27 篇散文，从篇目名称中即可获悉作者想要表达的思乡之情，她用一种女性的视角，独特地表达了对中华民族的认同及民族之根的寻觅。

作家在散文中书写故乡景色，《故乡的夏》《故乡的雾》等篇皆用"故乡"命名，且开篇就写道："故乡的夏常常让我怀念，尤其是在酷暑之日。"[①]"我喜欢雾，尤其是家乡的雾。"[②]作家在景色的回忆中勾画出了故乡夏日的凉爽，夏日独特的早晚清冷午后温热，以及夏日夜晚的繁星点点与街头的风味小吃。所以，作家满满的眷恋就在开篇这抹熟悉而亲切的氛围里弥漫开去。巧夺心思的编排，作家想为散文集营造细腻而绵长的思乡之情。接下来作家描绘出的是故乡风景图，故乡是一个自然风光美丽、历史悠久、物产丰富的地方。《我也说那山》一文就是如此，对素有"拉不完的穆家寨（即西吉）"美称的家乡赞誉不已，它是美丽、物产丰富、历史悠久的地方，那里还有很多美味的小吃。《啊，大山》《因为有了回忆》《留在心窝的热土》《喜悦》等文从故乡风土人情的表达切入，抒发了对这片土地的眷恋及赞美之情。"天天吃着待客的饭"就是乡村朴实话语的重温，淳朴人性的记忆，作家在书写中多用记忆回溯的方式来抒发这种眷恋之情。故乡有父母的记忆，也有着历史文化的记忆，因而在散文话语的回溯中将固原的历史地理文化融入其中。《那片土地不会忘记》里记载了民主战士孙寿名烈士的故事，这个在家乡南关街头居住的民族英雄有着腥风血雨的人生。

我慢慢地流连在南关街头，一个看上去像新入学不久的小姑娘，从我身边经过时……问我："阿姨，您找谁？"我望着她如苹果般的小脸蛋，沉思着回答："我在找过去的一位英雄。"

①于秀兰. 兰亭心雨(一)[M]. 银川：宁夏人民出版社,2010:3.

②于秀兰. 兰亭心雨(一)[M]. 银川：宁夏人民出版社,2010:6.

我走在故乡的街上，满怀敬意，满怀欣慰……①

在《泾源之行》中作家则在文中记录了泾源的堡子山、龙云亭，以及成吉思汗避过暑的老龙潭、凉殿峡等美景，将历史巧妙地融入了对故乡景色的书写，浓浓的思乡之情融于其内，作者的故乡也立体成形了。

作家的散文关注家乡的变化，书写女性生存现状。《愈来愈浓的绿色》中写了一个叫作珠珠的女孩，"仿佛一股熏人欲醉的野山花香味朝我迎面扑来"，但这个充满鲜活生命力的女孩子在"我"还未来得及欣赏够她的美丽时就陨落了。虽然作者并未叙述这个如大山遗珠的女孩子是如何死亡的，但"我的心一阵隐痛，一股细细的苦涩从心底泛起"。从"我"的感受中可获悉，时代的进步并未真正深入每个角落，艰苦的生活拖垮了这个年轻的生命，女子的命运自己无法掌控，嫁人后陨落的痛在文中悄然升起，遗憾虽在，但作者希望"绿云"愈来愈浓。此处，"绿云"已是作家赋予的希望之意，农村生态变化的绿色植被，珠珠努力劳作的土地长满绿色庄稼，希望鲜活的生命永远绿意盎然。《城里人的悲哀》一文描写了一个在农村生活的大嫂，这个没上过什么学的妇人的一席话令"我"震惊不已，原来"时代变了，山里人已经用新的眼光在重新审视城里人了，那么城里人也不能老用旧尺码来衡量山里人"②。家乡的变革从自然风光延伸到了人的变化。《飘来的乡情》是写道路的修建，故乡基建过程中曾经的乡间小道已经没有了，但思念却未逝去，乡间的变化都在记忆里。同时另外一组对比文章《回娘家》和《车过六盘山隧道》集中写了家乡交通的变化。前一篇描写了自己由大武口回西吉比同宿舍舍友回上海还难，人家经由北京三天就到了，"我"回西吉最顺利也得五六天，第一天由大武

---

①于秀兰. 兰亭心雨(一)[M]. 银川:宁夏人民出版社,2010:31.

②于秀兰. 兰亭心雨(一)[M]. 银川:宁夏人民出版社,2010:61.

口到银川，买票第二天能到中宁，第三天到固原，第四天才能到西吉，第五天再搭乡下的公共汽车才能到家，其间过吴忠时还得坐摆渡过黄河，可以说是跋山涉水。然而第二篇类似的文章中描绘了打通隧道后，回家的路近了，交通便利带来的不仅仅是不用绕道回家，更是时代的变革，这种亲历的感受使得散文的话语中凝聚了作家浓浓的喜悦之情，以及作家对故乡深深的眷恋。

作家在散文创作中有意运用如"杏花""黄土地""绿云"等意象来书写乡土眷恋。前面已经说了绿云的意象，这里再不赘述了。作家爱花，其散文中多见花朵，且家乡的杏花在作家笔下独具寓意。《街旁有棵小杏树》一文中以家乡一棵羸弱的小杏树自喻，"这棵小杏树，把我低落的意识引向记忆的深处"，让"我"在恶劣环境里不甘寂寞地生存着。"我"从六盘山麓来到黄沙滚滚的贺兰山下，"那块土地像一匹引颈长啸、奔腾不息的野马一般令人神往，建设者的雄心，征服者的好奇与好胜，已使我们牢牢地扎根在这块'遍地无青草，风刮石头跑'的塞外荒原上"。沙石地里种下的小杏树"不仅仅是对远方亲人思念的寄托，更重要的是对黄沙漫漫，沉沉古原的美好的向往和憧憬"。当小杏树剔除病虫时，"也似乎净化了我的魂灵，感受到一种力的鼓动"①。《杏黄枝头》中"杏花"是"我"童年的记忆。"山杏树"这一早春的使者不仅像孩童们春闹图中的景致，生动鲜活；它孕育的果实也是馋嘴女子的零食。故乡杏树从顽强生命力的寓意到其社会功用的显现无所不能，作家对于山杏的赞誉溢于言表。《花落自有花开时》也是讲述杏子的散文，从汪玉良老师讲述他家乡唐汪川的大结杏说起，牵引着"我"回忆起年少时家乡杏林的"老太"，快乐的童年记忆已逝去，珍贵的唐汪川大结杏如同老太一样要留在记忆里了。

---

①于秀兰. 兰亭心雨(二)[M]. 银川：宁夏人民出版社，2010：17-20.

"花落自有花开时"，可贵的是人们已经在补救，老太坟前的杏树也开结出了绝种的甜杏。人与杏都融入了"浓绿的云中"。此文中杏花、杏子和绿云等意象皆有出现。"黄土地"上记载着黄土地上人民生活的现实与生存的境况，作家通过家乡黄土地的变化隐含着对于中华民族的认同，以及对时代变革里乡村人民努力、团结等美好品质的歌颂。在《呵，那片闪光的黄土地》一文里作者讲述了"于有正大哥""宝珠姐"的生活艰辛，伴随着"农村人进城开眼界"后，日子终于得以改善。于是作者感慨："生活啊，果真像一个万花筒，它的变化令人眼花缭乱，捉摸不定。我像一只被炸雷惊起的小鸟，震动过后，才发现大地是一片翠绿。"①这片黄土地上生活的父老乡亲团结互助，在时代变革来临之际，农村人的辛勤劳作最终让黄土地闪闪发光。

另外，作家于秀兰较具特色的散文话语是在书写中融入了独特的人的记忆，在书写中无论是声音等人物媒介的延伸，还是花朵、土地、铃铛等带有意义的媒介，都负载着作者对于故乡的思念、回溯与重塑。她的这类散文成绩斐然，如《系在钥匙上的铜铃》获宁夏回族自治区优秀文学奖；《那片闪光的黄土地》获1992年中外文学艺术作品文学类优秀作品一等奖等。具体来看，《春雨丝丝》中写故乡绵绵春雨中牵动"我"追忆的那声悠长而嘶哑的叫卖——"热——羊肉包子"和"卖——樱桃——啰——"。这反复出现的几次叫卖声将记忆带回了"我"小时候的故乡街头，"这些家乡古老的情调，永远萦绕在我的心中，使我不能忘记自己的'根'"②。作家也许未及深思，只是用女性特有的敏锐观察力将对故乡的思念记录在自己的散文中。这些传统文化几近消逝，这种深巷子里的叫卖声应是中华民族的"根"。《系在钥匙上的铜铃》由一个钥匙上的铃铛写起，那个金灿灿、黄亮亮的虎头

---

①于秀兰. 兰亭心雨（一）[M]. 银川：宁夏人民出版社，2010：17.

②于秀兰. 兰亭心雨（一）[M]. 银川：宁夏人民出版社，2010：10.

铜铃不是一个简单的钥匙扣，而是自由、独立的声音。妈妈把系有铃铛的钥匙给了嫂嫂，是打破旧有家庭模式的分家行为，象征着新政策给农村带来的变化。结尾处作者保证回城后"即刻买上它一盒，几十个，几百个这样的铜铃带回来，带给山庄的乡亲们"，这意指的已不是铜铃本身，而是故乡欣欣向荣的变革。在《那片土地待开垦》《荒漠里也有一片绿草地》和《故土难离》三篇散文中，作家讲述了"我"和侄女"西叶"的故事。"我"幼时颇具舞蹈天赋，但父亲阻挠终未走上这条道路；西叶外出打工却因恋家而无法安心劳作；年逾不惑的"我"也因恋家而无法在沿海城市工作；等等。这些故事中流露出作家对于扶贫需要先扶智的理解，同时其视野又不拘于此，将胸怀放在了更为广阔的领域，家乡真正的发展要从人自身的视野上努力，才能真正有所改变。这样充满哲理深度的情感，作家仅仅运用感觉类话语抒发出来，觉得这只是故土的羁绊，但对于"50后"作家来说，已实属不易。

对于中国传统文化的诗意赞美是作家于秀兰众多创作手法中的一种，将自然美景与美好和谐的乡村人情世故融于充满诗意的乡俗风情中，运用女性特有的细腻、清澈、柔美的语句描绘家乡，淡淡地诉说女性的生活压力与自我觉醒。作家运用素朴清雅的感受感染读者，而非充满冲击感的表达，对于变革、对于自我觉知，对于当代中国的觉知慢慢在话语中流溢出来，这显然是一种散文的美。正如冰心散文的爱与温暖一样，于秀兰的散文具有宁夏当代女性意识慢慢觉醒的发生学意义。从于秀兰的散文中可以看到不断历变的新时期女性知识分子对中国古典艺术空灵冲和的艺术美的继承。尽管进入21世纪以来，这类文章不被世人所推崇，但散文中人与自然的中华传统生态关系是于秀兰散文独具的美学魅力与现代意义。

# 第四章  媒介交融与文本细读：
## 宁夏中生代作家作品的话语特色

随着时代发展，艺术媒介不断变革，文学所蕴含的精神和意识在艺术交融间发生变化。在宁夏影视活动与文学活动相交融的语言聚合场中，两种艺术交融且互相促进。影视与文学的媒介在影响中相互借鉴，文学活动的研究不能仅仅停留于媒介本体的研究，需运用跨媒介研究的视角，分析宁夏文学创作环境的复杂性，并由表及里地进入话语媒介的比较与研究。宁夏中生代作家的创作环境已然发生巨大变化，其话语叙事特色的研究更需在时代背景中多元地观照文艺创作现象，再进入文本话语特色的分析，才能够探索并解析出两种不同艺术类型交融中形成的话语独特性，即在宁夏地域独特的语言聚合场里运用影视媒介话语特色反观宁夏中生代作家话语叙事生成特色的研究。

电视剧《山海情》与报告文学《西海固笔记》的媒介传播环境极为相似，同为描写西海固生存现状的作品，在叙事技巧"技"的比较中能够凸显出两部作品坚守的"道"，即西海固人民的文化精神品格及中国的脱贫攻坚战。可见，宁夏的中生代作家在时代浪潮中具有坚守的精神内涵及中华传统文化当代意义表达的话语特色。回到文学文本与影视文本的媒介交融研究范畴，跨越媒介研究文学文本，反观宁夏文学作品创作形成及其话语特色建构，宁夏当代作家话语研究将获得更深广的发展与契机，尤其是在市场经济兴起之时，梳理成长起来的宁夏中生代作家群体的话语特色更具时代价值。

宁夏中生代作家是宁夏文学创作的中坚力量，也是一直活跃在中国文坛的生力军，他们中优秀作家颇多，其作品中可选择细读的篇目也很多，因而此章节体例略为厚重。宁夏文坛在 20 世纪 90 年代涌现出陈继明、石舒清、金瓯"三棵树"；21 世纪初，又有季栋梁、漠月、张学东被称为宁夏文坛"新三棵树"，继而逐渐发展壮大成宁夏的文学之林。其中石舒清、郭文斌先后获得鲁迅文学奖，金瓯、李进祥、马占祥等作家先后获得全国少数民族文学创作骏马奖，宁夏这片土地不断成为中国西部文学的中坚力量。可以说，宁夏虽是小省区却有着深厚的文学创作蕴藉，能够在浮躁的现代社会不断涌现出丰硕的创作成果，并为全国所熟知。宁夏影视与文学从小省区走出，有着撬动全国的文艺活动，两者的成功如在目前。面对新时代的文艺创作，宁夏影视已率先远离前沿领域，宁夏文学如何在坚守中前行已经不是作家个人创作的问题，在市场运行规律中思考文学创作，需在宁夏文学品牌建立中找寻宁夏文学自己独特的话语传承特色，并在深度交融及各方面合力作用中探寻其将来的发展路径。

## 第一节　媒介交融的技与道

电视剧《山海情》并非依据《西海固笔记》改编而成，两者不具有媒介交融的可比性，但网络售卖此书时的推销语是"《西海固笔记》：季栋梁长篇报告文学、热播大剧《山海情》背后的'闽宁镇'扶贫故事"。这种促销模式的经济环境就是当下艺术创作的生产环境。近年来，影视与文学媒介的交流日益频繁，媒介交融的环境却相对复杂，但文学艺术活动从艺术生产到艺术消费的流通中完成艺术作品的创造。如果以此为基础比对两种媒介的品牌营销，则电视剧《山海情》与报告文学《西海固笔记》具有可比性，以这两部作品为例可探索比较环境中其特殊的"技"与"道"。

另外，两部艺术作品都具有影像志特色。影像志是指用影像记录、展示、传播的历史记忆，西海固的影像志是从地方志的角度展示中国西海固的生存环境、历史变革及脱贫攻坚。电视剧《山海情》是一部"技"与"道"融合的优秀影视作品，更是一部记录中国西海固移民脱贫故事的影像志，其以地方故事影像留存的方式记录了中国时代变革下西海固人民的生存现状。长篇报告文学《西海固笔记》是宁夏作家季栋梁创作的"西海固传"，是一部用文字记录的中国西海固生存环境的"影像志"。两者的西海固影像志特色具有相似性，但两者的艺术特色各有千秋，无法比较，在这里只着重分析电视剧叙事中"技"的特点，希望其可作为文学创作的参照；同样《西海固笔记》中"技"的特色也由此推之，略作介绍。本节将着力揭示文学与影视作品坚守的"道"，即西海固人民的文化精神品格及中国的脱贫攻坚战，从而说明宁夏中生代作家在时代浪潮中坚守的精神内涵，以及中华传统文化的当代意义表达，这也正是宁夏中生代作家在中国文学大家庭中的优长与特色。

## 一、电视剧与报告文学的媒介传播环境

2021 年 1 月 12 日，通过五大卫视、三家网络平台同时播出的电视剧《山海情》（原名《闽宁镇》）引起社会强烈反响。《山海情》是由东阳正午阳光影视有限公司出品，孔笙、孙墨龙担任导演，王三毛、未夕、小倔、磊子、邱玉洁、列那编剧的作品，2020 年 7 月 28 日在

宁夏正式开机，于宁夏、福建两地拍摄，10月25日结束了90天的拍摄正式杀青。《山海情》播出后豆瓣评分9.4。首轮5台联播CVB（广电收视率）的综合收视率为1.504，基本都排在收视率的前五。截至2021年8月29日，爱奇艺播放指数21.7，播放量估算7.2亿；腾讯视频前台播放量4.8亿；优酷后台播放量2.9亿，合计14.9亿。香港TVB于2021年7月29日购入《山海情》，在免费数码电视频道85频道无线财经·资讯台全港首播。台湾则由LiTV线上影视同步播出。阿拉伯语版《山海情》2022年12月6日在埃及新日间电视台正式播放。至今，电视剧《山海情》的关注度仍不减，在国内的重复播放量依旧，东方、北京、浙江、东南、宁夏、深圳、CCTV-8、江苏、广东、河北、黑龙江、湖南、山西、贵州、天津、江西、吉林、西藏、辽宁、安徽、内蒙古、河南、甘肃、湖北、新疆、青海、康巴等台依次展开了20多轮黄金档和下午档重播。《山海情》还收获了大量奖项，如获第27届"白玉兰"奖的"最佳中国电视剧""最佳摄影""最佳男配角""最佳女配角"4项大奖；获第32届华鼎奖的"2020—2021中国电视剧满意度调查百强榜单"第2位；获中共中央宣传部第十六届精神文明建设"五个一工程"优秀作品奖；在第33届中国电视剧飞天奖、第31届中国电视金鹰奖、第13届澳门国际电视节"金莲花"奖中均有获奖奖项；等等。

这样的收视率和获奖成果最初源于其主旋律电视剧的推介，各大卫视平台黄金段播放，并伴有各大报刊推出的剧作相关新闻、消息的报道和评论文字。播出后，社会反响尤为强烈，剧本、表演、拍摄均获得观众一致好评，西北方言版尤甚。福建和宁夏两地文联又及时携手共建，在电视剧播放之时组织两地评论家推出短评文章。2021年1月15日，开播后的第三天，福建和宁夏文联、作协的微信及"学习强国"等网络平台迅速推出两地专家学者的评论文章，实时地迎合受众的观剧热潮，持续发酵相关话题，引导观影。截至 2021 年 1 月 30 日，全剧播完后的第七天，两地网络短评活动才渐渐收尾。与此同时，2021 年 1 月 27 日国家广电总局组织的电视剧《山海情》创作座谈会在京召开，采取线上线下互动模式，参演人员、业界专家学者纷纷在各地联合展开讨论，分别从电视剧创作背景、主题立意、艺术表达、制作品质、现实意义等层面进行了深入分析。继而中央电视台、《人民日报》、《光明日报》等重要媒体推出相关报道。2021 年 2 月 5 日，由宁夏回族自治区党委宣传部主办、自治区广播电视局承办的《山海情》座谈会在银川召开，座谈会上闽宁镇的群众代表和专家学者对《山海情》的影视创作进行深入分析和交流。至今，在知网平台以《山海情》为题目检索，报刊文献资料有 100 余篇，硕士论文 4 篇。由此可见，从电视剧的发行开始，媒介运行模式充分显示出颇为完善且全面的营销策略，这样的模式符合国家《关于加强新时代文艺评论工作的指导意见》中的指导方针。2021 年 8 月 19 日，由中国文联理论研究室、中国文联文艺评论中心共同主办的文艺评论工作推进会在《中国文艺家》杂志社召开，会议深入学习贯彻中宣部等五部门联合印发的指导意见，提出需要结合影视媒介的特点，用好网络新媒体评论平台，围绕影视作品及时迅速地开展线上线下的互动评论。福建与宁夏两地文联携手开展的电视剧《山海情》线上互动评论与线下座谈会，不仅引导舆论、市场和大众，更是福建与宁夏文艺评论阵地建设的实践，是文艺工作指导意见的前期探索与创新案例。

长篇报告文学《西海固笔记》出版后同样受到了社会的广泛关注。2022 年 4 月 22 日上午 9 点，"季栋梁长篇报告文学《西海固笔记》研讨会"在北京出版集团想心空间召开。中国作家协会书记处书记邱华栋说，"季栋梁呈现出了一部文学性极强，扎实深情且具有特殊社会意义的文本"，"原生态再现中国脱贫攻坚伟业的新时代大历史"。与会学者专家也都发表了自己的阅读感受，深入挖掘了此部报告文学的意义。各种获奖信息纷至沓来，如入选"2021 年度北京市文化精品工程重点项目名单"和首届"十月年度作家作品"等，入选 2022 年"中国好书"榜单、中华读书报春季书单（文学）、新浪好书推荐 2022 年2 月推荐图书、《中国出版传媒商报》开年好书推荐及 2022 年第一季度影响力图书等多个重要榜单。光明网、中国作家网等平台也相继推出评论文章。2 月 21 日，银川市新华书店"文学照亮生活"——季栋梁《西海固笔记》新书分享会在银川举办，线下研讨联合微信视频号和抖音号同步直播。研讨持续发酵，十月文艺、宁夏广电新闻中心、北京出版集团、掌阅科技等网络平台陆续在线上循环播放采访及创作谈相关视频。2023 年初，由北京文学期刊中心《北京文学》编辑部隆重推出的"中国当代文学最新作品排行榜"，《西海固笔记》也进入榜单，成绩斐然。

　　电视剧《山海情》的媒介传播方式及推广效果不容小觑。电视是一个经济、政治、社会及文化势力交汇的冲突性传媒。电视剧是电视媒介衍生的艺术产品，《山海情》在各种传播合力下收获的成绩及经济效益颇为显著。报告文学《西海固笔记》的媒介传播方式虽陆续展开但远远不及电视剧的营销模式，因为影视是和经济收益紧密相连的，这正是文学媒介需要思考的问题。艺术消费促进艺术生产，文学消费活动能带动更大范围的创造，经济活动益于文学创作活动的完成。可以说相对于很多文学作品，《西海固笔记》已经在拓宽艺术生产的传播方式，如果作家能够高度重视文学作品的传播，对于中国作家与读者来说是利大于弊的。另外，自 1958 年我国播出第一部电视剧《一口菜饼子》至今，60 多年来创作及研究都有了突破性进展。电视剧《山海情》这类现实类作品其叙事颇具特色，虽剧本及拍摄是于短时间内创作完成的，但电视剧巧妙地将宁夏西海固脱贫的故事叙述出来，并以其非虚构的叙事特色使影像具有了媒介史料价值。报告文学《西海固笔记》的非虚构叙事特色赋予文字媒介的史料价值更为宽广，记录了西海固地区发生的故事，并运用方志记述的特色完成书写，其内容涵盖了西海固的历史事实和现状，电视剧《山海情》中有关西海固脱贫攻坚的历史事件也只是书的一部分内容。当然，作家或编剧、导演实事求是地客观记述事物，展露出了这片土地上生存的生命，其所记载的内容是经得起时代和历史考验的，两者的表达方式虽有差异却又异曲同工。

## 二、电视剧《山海情》的叙事技巧

电视剧用影像记录，文学透过文字构型出影像，《西海固笔记》中关于生态移民部分的故事与电视剧《山海情》里的故事极为相似。细读之后，电视剧《山海情》文本俯贴大地的话语特色与宁夏当代作家的乡土话语特色颇为相似，其影像志特色可从扶贫时空、真实人物形象与互文世界的建构等方面具体分析，凸显出电视剧《山海情》叙事的独特技巧。

首先，重述扶贫时空的影像志。影视作品是运用影像构成的叙事，然而影像叙事中所有视觉的表达方式都是拍摄者对世界的一种重述。电视剧《山海情》也不例外，此剧是对中国脱贫故事的影像重述。《西海固笔记》则是全景式、多角度重述西海固的历史巨变，不仅原生态地再现了中国脱贫故事，同时还从亲历者视角讲述了故乡土地的淳朴与厚重，在走访中回溯土地孕育的美好并对此致以庄重的敬意和深沉的爱意。

从西海固移民脱贫影像叙事来看，西海固是《西海固笔记》中追根溯源记录的内容，而不是电视剧《山海情》中主要讲述的影像空间。但电视剧为了剧中脱贫故事的叙事完整性，用前两集来完成西海固移民、吊庄等历史来源的背景叙述，虽然只有寥寥几个片段，却真实地还原了西海固移民脱贫故事的文化历史空间。干涸的土地、黄土坯搭建的房屋、挖水窖存雨水的生存场景是西海固人实际生活现状的一种影像记录；兄弟三人穿一条裤子、村民杀扶贫鸡吃的事件是电视剧对西海固扶贫事件的影像回放。关于西海固的影像记录有很多，都是从不同侧面记录西海固这片土地的贫瘠、西海固生存的困苦和西海固移民生活的社会历史文化状况。诸如张贤亮为宁夏回族自治区成立30周年撰写的电影剧本《我们是世界》，1988年上映，影片讲述的就是20世纪80年代西海固在联合国帮助下引渠灌溉的故事。2012年的纪录片《永远的西海固》以西部移民工程为背景，记录了西海固这片土地上即将消失的村落和移民的生活。当然这样的影像还有很多，与此片共同构筑了对于西海固的记忆重述。媒介现象学认为影视作品创造了一种亚媒介空间，这是探寻现实世界现状真实性的重要方法，它们通过影像媒介符号展示了一个窗口，通过窗口看到其中隐秘的内在之物。①因而，电视剧《山海情》的影像重述，在历史纵深感上让人看到了西海固历史沿袭的贫瘠以及脱贫工作的艰难。吊庄移民的方式重在解决土地的贫瘠，但原住民不肯离开故土和"等靠要"的问题就是电视剧通过影像要打开的亚媒介空间。2020年底，当西海固的西吉县宣布彻底摆脱贫困之时，电视剧《山海情》无疑通过影像的亚媒介空间让世界看到了中国的"脱贫攻坚战"与中国提出"精准扶贫"的重要性。《西海固笔记》则更详细地将西海固的扶贫故事放在西海固的历史中讲述，前面五章"声名显赫的西海固""西海固因何如此贫困""西海固是个大地方""红旗漫卷西风""我的生活记忆"从历史进入叙述，将西海固的历史渊源及"西海固为何如此贫困"的原因娓娓道

①[德]鲍里斯·格罗伊斯. 揣测与媒介:媒介现象学[M]. 张芸,刘振英,译. 南京:南京大学出版社,2014:74—80.

来，作者用拉家常的方式带领读者走入历史深处，用西海固生活中的细节敞开暴露出西海固令人震惊的贫穷与苦难。同时文本中又加入了对西海固丰富文化底蕴的追溯，将古长城、丝路古道、安西王府、九边重镇等重要历史文化融汇在文字中，尤其是红军长征登临六盘山到将台堡胜利会师的故事，蕴含的是西海固贫瘠土地上为何会开出如此绚烂的文学之花。直到第六章"百万大移民"作家才开始讲述这片土地发生的"脱贫攻坚战"，所以说文字的容量更大，西海固扶贫也只是书中有关西海固众多故事中的一个。

电视剧《山海情》片头片尾的影像颇具匠心，由右至左展开，运用画卷的方式打开西海固移民脱贫的文化时空。《西海固笔记》文字记录的影像特色只能依靠话语的魅力呈现出来。媒介现象学中认为"图形与颜色的组合对一般的观察者来说是看不见的，因为他将自己的注意力聚集在绘画的主题上。尽管如此，一幅画的基本元素决定了每一幅画对观察者所产生的作用"[1]。文字的色彩和图像需要阅读者透过文字想象出来，而电视剧则不同，其创作者有意识地用片头片尾的影像构筑一个影像时空，完成每一集的有关闽宁镇西海固移民脱贫故事的重述，为观众营造了一种再阐释的空间，从而凸显其媒介现象学的影像史料意义。《山海情》的片头是用蒲公英在风中飘散开始，接着宁夏小燕子合唱团《渴死了要喝凉水》的充满童稚的曲调响起，蒲公英形状的风圈布满片头的各个画面，梵高般如同流动音乐的笔触与现实生活的隐喻完美结合，将剧中拍摄的风沙、吊庄移民的"干沙滩"用有型的画面吹拂过每位观赏者的内心。还有那些剧中人物经过风沙吹拂而皲裂的面庞，以及葡萄和菌草种植等丰收的图像，都为剧中人物、环境的变化进行了现实的写意化介绍。尾片如同中国北宋张择端

---

① [德]鲍里斯·格罗伊斯. 揣测与媒介：媒介现象学[M]. 张芸，刘振英，译. 南京：南京大学出版社，2014：105.

的名画《清明上河图》，用绵延不断的贺兰山脉贯穿整幅画卷的始终，以"变迁"为题写下了这样一段话："这是一幅荡漾理想主义浪漫、蕴涵现实主义真切的画作。从秃山困地走到绿色金滩；从一息尚存走到生机勃勃；从穷山僻壤走到富饶美好。这不是理想，而是一个人一群人的真实经历。更是时代大潮写给每个人波澜壮阔的史诗。"同时伴以黄色调为主的"干沙滩"图像，剧中演职人员此时迅速滑过画面，令人仿若看着为闽宁镇这片土地上挥洒汗水的每个人，不曾出现在显耀的位置，但都在默默地付出，坚韧地工作与生活。之后，画卷色彩随着镜头的逝去逐渐变为绿色调，正应和了《花儿一唱天下春》的曲调与寓意，好像能够看着黄河水引渠灌溉，闽宁镇开荒种树的树苗和庄稼慢慢长大、慢慢变绿。画卷结尾处是闽宁镇的鸟瞰图和一段"山海情"的诗句，从而为整部剧画上圆满的句号。可以说，这是中国当下影视作品审美创作的一次较为独特的融绘画、音乐、文学于影视作品的创新，这种独具匠心的设计方式能把观众代入剧中，让他们不自觉地跟随拍摄者的视角，鸟瞰闽宁镇的生活、西海固移民迁徙和生存环境的变化，然后慢慢融入该剧的史诗叙事氛围，一同见证闽宁镇西海固移民从"干沙滩"到"金沙滩"的变迁。

其次，塑造真实形象的影像志。电视剧，特别是流行的影视作品，必然能够透露出一个文化族群的审美需求。在后工业时代知识创新和变革的标准下，现实类电视剧对历史事件制作技艺的评价指向的是能否获得一个文化族群对创作图像的社会认可度。电视剧《山海情》就是 21 世纪以来文化族群审美需求的一种反映，剧中图像的真实性感受是所有观众对于这部电视剧制作技艺最直观的审美认知。这种真实性感受还表达了这个文化族群对于此剧的认同感，这种"采用影视手段记录世界上存留下来的形形色色的人类行为文化模式已经是一种迫切的国际需要……记录下正在进行的现代化建设，对当今社会的发展也是一种迫切的需要。……没有这些影视人类学资料，人们将不可能做这样深入的研究。这种可视的影视人类学资料不仅能全面、细致地捕捉社会交流以及用其他方法不能获得的人类社会的细微之处，而且能记录下那些不被重视和未曾想到的资料。这样就为重估过去的结论提供了依据"①。因而，电视剧《山海情》具体从生活在戈壁与沙尘中的人物外貌的真实感、人物性格的真实样态、生存场景的真实呈现等方面呈现其影像志特色。《西海固笔记》也同样从"楔子"开始就拉开了西海固"千山万壑叠翠，花田花海争艳"诗画图像的序幕。二者完全不同的媒介方式，在影像效果上截然不同，然而在形象描摹和情感汇聚上却具有相似性。

从人物形象的图像视觉上看，电视剧因真实地还原了闽宁镇生活的人物外貌，并因此而受到各界好评。他们穿着风沙洗过的服装，脸上有着未褪去的高原红，图像充满了现实生活的感染力。剧中人物外貌大致有两类，并未发生改变的人物形象和发生巨大改变的人物形象。这一分类的依据是剧中主要讲述了闽宁两地的山海情，也就是宁夏与福建两地生存环境的变化而带来的外貌形象的变化。并未发生改变的主要人物是剧中黄轩饰演的主角马得福等西海固移民，黄轩一贯以来都是奶油小生扮相的演员，在此剧中毫无形象，黑红色皮肤，风沙吹得皲裂的嘴唇，质朴的言行，都真实地还原了宁夏西海固移民的人物形象。祖峰饰演的白校长尽管是南方人，但由于常年在高原生存，皮肤是黑红且带有风沙吹过的粗糙感。剧中很多生活在闽宁镇的人物虽然离开了西海固，两腮的高原红逐渐淡去但风吹日晒的沧桑并未褪去。这些并未改变的人物样貌增强了剧中人物的现实叙事感。发生巨大改变的形象有福建挂职县长陈金山，他出场时西装革履，初到宁夏时因

---

① [美]理查德·瑟伦森. 影视记录，人类知识和人类未来[M]//[美]保罗·霍斯金. 影视人类学原理. 王筑生，编译. 昆明：云南大学出版社，2001：376-377.

干燥而流鼻血，慢慢开始穿休闲服、运动装，即使爱干净但因风沙和缺水也让其外貌大打折扣。这越来越亲民的形象，仿佛隐喻农民对他从不信任到信任的转变。还有白麦苗这一发生巨大改变的形象，通过她与得宝、水旺在宁夏涌泉村、吊庄的山坡和福建大海边三个地方图像的比较可见，三次相聚的镜头是具有重复图像叙事的隐喻。宁夏涌泉村的图像是三个人相同的西海固样貌；吊庄山坡上用得宝的自行车和给麦苗的油饼子这些符号特色呈现出吊庄移民生存状况的改变，但他们的外貌并未发生变化。而在福建海边，麦苗的高原红慢慢褪去，皮肤细腻，着装时尚，与小时玩伴的样貌已截然不同。但物质生活条件同样变化的得宝却因未离开黄土高原，其样貌并未变化。剧中这些西海固移民因生态环境变化，样貌变化与没有变化，可以进一步理解为，这些从图像上记录地域生存环境变化对人的外貌的变化以及变化原因的解读，是具有人类学意义的影像志。

从人物性格的图像叙事看，人物性格与地域、时代密切相关。剧中真实地还原了闽宁两地携手帮助西海固移民脱贫致富道路上的人物群像。剧中以马德福这一扶贫工作者为主要叙事线索，马德福的人物样貌在剧中并未呈现巨大变化，他的性格也没有改变。他是一个出生于西海固的农村孩子，为了改变家乡，他执着追求，任劳任怨，嘴边常说的一句话就是"我是来解决问题的"。为了给吊庄移民通电、引渠灌溉，他用西北汉子的执拗与坚韧处理并解决扶贫工作中的基本生存难题。一波未平一波又起，如何帮助乡亲们脱贫，在县长抛出来的高速路上"快车道"的升官诱惑时，酩酊大醉的马德福来到白校长家，用他的"醉言醉语"感动了电视机前的观众，他坚守住了自己的本心，坚决不搞形式主义，为乡亲们卖不出去的蘑菇找到了希望。福建来闽宁镇帮助农民脱贫的一群人中有吴月娟、陈金山、凌教授，还有很多人，他们不求回报，面对乡亲们的质疑和不理解依旧坚持初衷，帮助闽宁镇的农民脱贫致富。当凌教授要离开宁夏去新疆的时候，乡亲们拿着自家晾晒的枣子、炸的油饼子去送凌教授，这些微薄的礼物让我们看到了凌教授帮助乡亲们种菇脱贫的理想洋溢出的光芒，他用他的真心与无私付出获得了吊庄移民的认可，凌教授的性格图像也如此这般闪耀地留在了荧幕上。当然，电视剧中还刻画了另外一部分人群，在西海固生活的乡亲们，他们淳朴、善良，但他们也怯懦而蒙昧，"扶贫"要"扶志扶智"的重要性在这群人物的性格刻画中也体现了出来。李大有比很多同乡要有想法，是涌泉村老支书的儿子，生活也相对富裕一些，但面对种蘑菇这样的脱贫项目时，不相信凌教授并给乡亲们泼冷水，当得宝种蘑菇成功时又表现出对赚到钱的得宝的艳羡。然而，当自己并未获得高额利润时又抱怨、狂躁、愤怒，将所有责任推卸给别人，一把火烧毁了菇棚。但他也有自己的坚守，绝不为获得暴利而给枸杞熏硫黄。当然，剧中还塑造了许多如这般传神的人物，用真实的镜头记录了中国脱贫攻坚战中各式各样的人物性格，也让观众看到了人类发展进程中的那些历史影像。

从历史事件的图像上看，这些重大历史事件的图像形成了西海固移民脱贫历史的叙事线索：西海固生存状况、西海固移民、吊庄初建、闽宁村奠基、福建劳务输出、菌菇产业推广、闽宁镇成立、扬水站竣工、葡萄酒基地建成等。此剧历史事件图像叙事的最大特点是共情性和纪实性，这正是影视作品对于文学作品的借鉴，剧中最具震撼力的闽宁村奠基图像资料，巧妙地运用了共情性叙事，不同于新闻报道图像资料的效果，受众不是以旁观者的态度了解这一历史事件，而是把观众代入吊庄移民的生活现状中，跟随摄像机回到历史现场。此时镜头中的奠基仪式已经不只是吊庄移民的希望，而是每一位观赏者心中的希望，从而达到共情，使其成为大家所共有的信念。因而也使得此剧的影像资料超越了图像本身，在还原历史事件的时空氛围里呈现出了强烈的历史感和震撼力。剧中还有很多这样重大的事件，但此剧的创新之处却并不只在于此，而是创造性地还原了很多琐碎的、小的、历史上也许都不值得记录的事件，但对于那片土地的生存者来说那是改变他们命运的重大事件。诸如涌泉村的村委会，在剧中详细记录了两次"具有重要意义"的会议，一次是第一批吊庄移民跑回涌泉村的动员会，一次是全村搬迁政策的推广动员会。第一次会议在老支书"没有奔头才是真的苦"这样掷地有声的话语中结束；第二次在李家族长"有争有吵还有的谈，没的谈就直接走了"的坚决反对下，搬迁难跃然纸上。农村的家族、声望等传统文化的样态就在这两次动员会中体现出来，其史料价值可见一斑。

最后，建构互文世界的影像志。电视正在通过包罗万象的社会、政治、经济、文化等问题形成强大的文化辐射，给人们提供各种解读角度和可挖掘的内容，并用其视像文化中图像、声音、空间、时间等方面的特质组成了完整的互文性世界。电视剧《山海情》的互文影响研究可成为电视媒介对于扶贫这一社会现象创作的参照性研究，在与社会彼此成像的过程中又将体现为一种超越电视剧本身的互文关系，这必将成为后来者对前人文本承袭性参照的影像资料。电视剧《山海情》的影像志特色也将从接受与再创造中体现出来，作为文学作品的《西海固笔记》亦如此，在文艺创作的传承中积聚了丰富的民族文化，尤其是这些具有历史意义的故事，再创造的过程就是一种互文的建构。同时文学语言的蕴藉性促使小说比电视的覆盖面更广，互文世界也更为丰富。

从语言代码和非语言代码来看其互文性。以影视剧创作中的语言代码为例，剧中的语言代码是由台词与语音共同完成其互文效果的。就语音方面看，电视剧《山海情》创造性地发行了两个版本，原声版和配音版，配音版的方言让中国观众感受了方言剧的魅力。导演孔笙也曾直言，在方言的选择上运用泛西北性的陕北方言和福建普通话配音是考虑到受众群体的接受状况，此剧也因方言的效果增加了可视感和收视率。剧中的台词幽默而接地气，诸如"一年一场风，从春刮到冬，大风三六九，小风天天有"，"未来这个好，未来那个好，未来是啥吗？未来就是还没有来吗"，"啥奋啊斗的，我奋不了斗不了，谁能奋斗谁奋斗去"，"你看看，把人都咬成这样了，再去，蚊子把人都吃了，我现在想明白了，把咱这伙人吊到那去干啥去了，就是给蚊子改善伙食去了"。这样的台词还有很多，生动地还原了乡土生活氛围，尤其是对"风沙"和"蚊子"的描述，非常贴切地描摹出了西海固移民的生存困难。吊庄移民从山区到平原，风沙卷起的石头和蚊子是他们未知的困难。还有福建普通话的"治沙"与"自杀"的沟通困难，在剧中都用特有的笑对生活的台词来完成叙事。剧中的非语言代码更是贯穿此剧始终，如西北农民蹲在房头捧着大碗吃面、抖着双手一毛一毛地数钱等。正是这些严谨而高标准的制作使观众与曾经的记忆重合，并赢得了观众的收视率。

扶贫工作的互文。前面已经分析了电视剧的主要叙事线索（西海固移民的历史进程），这一时间线索背后还有另外一条扶贫叙事线索。整部剧以马德福这一西海固走出的扶贫工作者为线索完成故事的讲述，通过马德福扶贫工作的艰辛，使很多如他一样的扶贫工作者在观赏中完成互文。与很多扶贫影视剧不同，此剧没有塑造英雄式扶贫工作者，扶贫的艰辛是"情动于中而形于言"，是生活中每一位扶贫工作者的样态，也让人物与情节变得动情而合理。诸如剧中马德福两次被打，一次是李大有种蘑菇赔钱后要回涌泉村，马德福去劝说过程中被打；一次是镇政府不解决问题，欠薪的农民工扔石头打伤马德福。马德福被打后，扶贫工作受挫，但他的做法没有被无限夸大，第一次是以小辈身份自然而然地原谅大有叔的做法，也正是由于马德福在涌泉村出生并成长的经历使得他面对很多艰难境况时都能以包容的心态来处理，难以忍受的情绪迸发点较之一般人要高，直到全村搬迁动员受挫时才爆发。因而第二次被打后，马德福因无力改变，内心开始彷徨，想要调离闽宁镇，直到老领导来到闽宁镇后，老领导用他的付出与生命给马德福的扶贫工作以信心与坚守，并促成其一直工作在闽宁镇。这样书写底层扶贫工作的情节，无疑增强了观众与现实世界、与所有扶贫工作者的对话能力。

生存场景的互文。这一互文的形成归功于电视剧《山海情》的导演及制作团队，他们注重打造细节，试图参照时代特色勾勒银幕影像，从感性的角度回溯当代中国西海固移民的生存场景。20世纪以来，电视已成为生活中不可或缺的一部分，我们的成长似乎也粘连着影视时态的变化，人的经历中影像回溯及影像记忆较为深刻，影像也比语言更容易给人以认同感，看到和成长经历相似的影像，情感的触动性也会增大，此剧中生存环境还原的制作方法就带来了较为明显的互文效果。据采访资料看，剧中为了准确而真实地还原文化历史空间，拍摄现场一直是搭建乡村的场景与拍摄同步进行，从土坯房建造到砖瓦房，从田间到山脊，扬起的风沙都是真实场景的同步拍摄，可以说是用影像重述了一幕幕陈年的记忆。这也给很多生活在宁夏与福建两地的、在西北生活过的、来过银川的观众建构了对于此部电视剧的情感期待。剧中还有一些宁夏地域性产业的拍摄场景，如蘑菇产业、葡萄酒产业、枸杞产业等，从整体上制作了宁夏地域产业构图的影像，但由于拍摄时间及播放时间的限制不能详细叙事，也不能让观众知道这片土地上得天独厚的产业，留下了些许遗憾与再述这一影像故事的叙事空间。剧中最具创造性的是一些乡间民俗百家宴的情节安排，以及涌泉村李家先人收留马家先人的故事等。这些民俗故事的影像场景还原，用图像记录了西海固移民一代又一代的根。此剧结尾，当马德福他们这代移民的孩子回到那片退耕还林的西海固，回到与 20 年前的荒地已是天壤之别的绿树成荫的涌泉村，让观众的思维和情感跟随这一历史步伐，回溯人类的现代化进程，并看到了人类生存境况的改变和人类不可失去的根。

## 三、报告文学《西海固笔记》的叙事技巧

电视剧《山海情》的叙事技巧是在以小事切入叙事的镜头里还原并重述西海固移民的脱贫故事。故事中人物形象、人物性格、历史场景的真实再现，以及剧中台词、语音语调等真实生存场景，历史事件、现实生活的互文建构等叙事技巧颇为成熟，其中不乏对于文学作品叙事技巧中共情等因素的借鉴，皆成功地展现了影视叙事的"技"。进而，透过"技"真实地再现了西海固移民努力生活的场景，以及国家扶贫政策支持及福建帮扶等背景的"道"。电视剧是将这段福建、宁夏携手的山海情通过影像留存了下来，用镜头记录了这些亲历者所要讲述的中国西海固移民的脱贫故事，文学亦如此。宁夏中生代作家季栋梁的长篇报告文学《西海固笔记》是宁夏作家记录西海固脱贫攻坚、乡村振兴的故事，其中涵盖了西海固的历史讲述，也有游历者回访这片土地的再观照，是具有史料意义的优秀作品。

文学的影像志特色是运用语言文字构造文学想象空间，其独具的话语特色构筑了西海固历史叙事的独特世界。《西海固笔记》全书共十九章，一章聚焦一个西海固的问题，从"楔子"开始对西海固的诗画图像进行描绘，层层递进，环环相扣，将西海固农民在经济上摆脱贫困和精神上得到洗礼的巨大变化与重大历史事件结合叙述，从历史与现实的对比中展示了西海固人民脱贫致富、"脱胎换骨"地追求幸福生活的时代乐章，表达了作家对西海固历史孕育的美好赋予的深沉爱意。这部长篇报告文学运用的是全景式叙述，多角度地抒写了西海固的历史巨变及其背后的时代缩影和精神嬗变，文字记录的经验

完全是对于宁夏西海固及西海固扶贫历史经验的重述，原生态的重述能够直接使其成为具有参考借鉴价值的中国扶贫史料。总体而言，电视剧与文学两种艺术样式都是运用各自的媒介来描述西海固这片土地所发生的事情，对西海固人民及历史事件的描述各具特色却又起到了异曲同工的效果，都从"技"与"道"的层面完成了西海固影像志的记录。

影视作品是运用影像构成的叙事，电视剧《山海情》用视觉表达拍摄者对世界的一种重述，影像拍摄颇具匠心，还原真实场景的镜头和片头画卷的打开方式，建构了西海固移民脱贫的文化时空。由电视剧这些"技"的方式反观《西海固笔记》，从叙述技巧来看，电视剧在影像效果的营造上直观、冲击力强，在语言表达上虽具特色却远远不及文学创作中的言语表述；人物形象和历史事件的叙述中两者都从小事入手，但作家季栋梁的多重身份和视角的叙述无疑增添了文字的想象力；在内容涵盖上文学的文字记叙相对更丰富一些。

具体来看，《西海固笔记》中语言媒介营造的画面特色是依靠作家的话语魅力呈现出来的，作家季栋梁的话语言说方式的地域方言性特色颇为显著，文本中充满了不同以往苦难叙事的言说角度，营造了独属于季栋梁的西海固传。该书从"楔子"开始就描绘出了一个贫瘠而丰盈的西海固，"千山万壑叠翠，花田花海争艳"的诗画图像也略有电视剧影像叙事的特色。作家在接着的故事讲述中运用诙谐幽默的方言土语进行细致描摹，"山高沟壑多，出门就爬坡；隔沟扯扯磨，亲嘴腿跑折"，"床铺着一层白花花肥皂泡一样蓬松的碱泡，走过去，鞋全白了，仿佛鞔了一层孝布。河床上再无别的植物，只长着碱蒿，碧绿茂盛，叶如松针，掐一枝下来，汁液粘在手上少时便点点白坨，极涩苦。羊牲口对这丛丛碧绿不屑一顾，这也是它能茂盛的原因"。作家在这些话语中营造的图景是乡土的、民间写实的，作家在干净、简洁与细腻的语言叙述中将故事带回到西海固的土地上。同时作家又善于将民间孕育和流传至今的民谣、民歌、俗语、谚语、顺口溜等民间文学材料互文地应用在文字中，进一步将西海固的故事放到了充满生命力和泥土气息的民间生活中，展露出的是西海固地区的山高沟深路险，还有西海固的生存境况，如童年饥饿感等都极为传神地描摹出来，过年献供的馒头外面会裹着一层白皮，孩子们扯皮吃。民谣中有"要吃苞谷饭，除非老婆坐月子""家无隔夜粮，冬无御寒衣""猫儿吃糨子，总在嘴上抓挖"等，这些文字中传达的是一代西海固人对于艰难生活的深刻记忆，让阅读者仿若身临其境，尤其是对于有过相似经历的阅读者来说，这就是记忆回溯的乡土记忆。全书每个章节都重述着西海固不同历史时期的故事，进而又在历史线索中完成了一种作家与读者再阐释的整体空间，凸显出了文学媒介话语的影像志特色。

《西海固笔记》的叙事技巧还体现在叙述视角的转换上。作家首先用这片土地上的成长者身份，以游子回归乡土、重新发现乡土的叙述语调营造了充满欣喜与自豪情感的氛围，无论纪实还是写意，都融入了亲历者的童年记忆及多次采风路途中的见闻。季栋梁成功地将作家与体验者、采访者等多重身份融于一体，在西海固影像志的描摹中带领读者亲历、游历、回溯、观照与思考，从而通过文字中闪耀的乡土话语将这片土地上发生的事件及背后的原因记述下来。《西海固笔记》共有十九章，内容积极丰富，前面五章"声名显赫的西海固""西海固因何如此贫困""西海固是个大地方""红旗漫卷西风""我的生活记忆"从西海固的历史渊源带领读者走进西海固的生活，追溯西海固丰富的文化底蕴，如古长城、丝路古道、安西王府、九边重镇等。直到第六章"百万大移民"才进入对西海固"脱贫攻坚战"的讲述，其文字容量比电视剧大，而电视剧《山海情》中的西海固扶贫也只是书中有关西海固众多记录的故事中的一个。因而书中虽与电视剧影像效果的互文性一致，在形象描摹和情感汇聚上具有相似性，但书中将脱贫故事放置于西海固历史的互文，更多元地描摹社会历史事件，进而营造出更深沉的共情性和纪实性效果，并增添了文学地域特色话语及诗性话语的情感氛围。尤其是在西海固脱贫攻坚内容的叙述中，作家季栋梁既有国家战略布局的视角，更有西海固人艰苦卓绝奋斗景象的描绘，详细叙述了移民修梯田、种药材、植树、治沙、扬黄灌溉、开窖工程、劳务输出、种植菌草、放养滩羊等，将西海固脱贫攻坚的整体过程运用细节描绘出来。书中包含着电视剧中"梯田建设""盐地治沙""扬黄灌溉""开窖工程""劳务输出""菌草种植""滩羊银行"等重大历史事件的叙述，同时作家又于叙述中详细讲述了如何将彭阳经验、蔡川模式、生态移民、劳务移民等经验转换为西海固脱贫攻坚、乡村振兴的经验，完成了诸多生活常识变为变革经验的溯源。

《西海固笔记》中作家塑造的人物形象生动传神，三言两语就将采访对象勾勒成型，描摹了这片曾经贫瘠、荒凉的土地上拥有乐观坚忍、爽朗豪壮性格的人物群像，他们既是真实而亲切的，又是自然而伟大的，他们身上有着中国农民的勤劳朴实，有着宁夏这片土地上的成长者的坚忍执着与不屈不挠的独特品格。作家季栋梁总是于走访中风趣幽默地讲述西海固地区的山高沟深路险和贫困生活的苦与乐。采风中偶遇老汉"漫花儿"，老汉唱的花儿曲调中饱含着西海固人民的乐观、坚忍。这些话语营造出了如空气一样弥漫在西海固人民血液中的场景，覆盖了西海固人民衣食住行的全部。作家在不同人物身上塑造出不同的闪光点，用人说事，用事塑人，书中不仅有《山海情》里的林月婵、林占熺等来自福建的扶贫干部形象，还有李志远、白春兰、李耀梅等，讲述他们和恶劣环境、贫困生活抗争，每一个人物的故事都是一个典型案例的缩影，人和事相互印证，人物形象具体而鲜明，对于细节描摹精准到位，事件真实而有意义。

《西海固笔记》通过实实在在的生活变迁，全景式多方位地反映了西海固地区的巨大变化，以及巨变背后的时代缩影和精神嬗变。作者不仅原生态再现了中国脱贫攻坚伟业的新时代大历史，同时还在西海固的故事里充斥着人类生存环境的现代之思，以及对于故乡土地的爱意，等等。这正是其成功并火爆的原因，读者也借此了解了西海固，了解了闽宁镇的脱贫故事，以及那片土地上自救与他救群体的付出。通过文字仿若回看西海固脱贫的历史，感受着西海固人民的淳朴与愚昧、善良与懦弱，作家季栋梁的话语言说方式的独特性正是如此。宁夏影视与宁夏文学媒介交融中所要固守的宁夏之根是于媒介比较中需要尤为关注的，宁夏文学话语的独特魅力在"技"与"道"比对中渐渐显露出来。

## 第二节　郭文斌散文中乡土话语的文化价值

中生代作家郭文斌的小说成绩斐然，《吉祥如意》先后获得"人民文学奖""小说选刊奖"和"鲁迅文学奖"，长篇小说《农历》获得第八届"茅盾文学奖"提名。但他的散文创作成绩也不容忽视。郭文斌的散文力图建构一种价值体系，即完成"元话语"的文化回溯，在散文集《永远的乡愁》的篇目选择及编选逻辑中，就透露出了作家对于文化价值的深入思考。"本土文化的'精义'被认为包含在文学与语言的传统中。"[1]在宁夏中生代作家的创作群体里，郭文斌的散文话语中承载着本土文化及中华优秀传统文化的传承，其散文话语运用极为独特的修辞，赋予了形象生动而传神的文化特点。郭文斌曾担任央视

---

①［美］艾恺.世界范围内的反现代化思潮:论文化守成主义［M］.贵阳:贵州人民出版社,1991:226.

540 集纪录片《记住乡愁》的文字统筹、撰稿、策划等工作，他说这些工作让他更加深入地思考乡土的魅力。因而，探寻郭文斌散文的话语特色，追溯作家散文话语中乡土价值建构的创作路径，有利于宁夏文学话语的自变量与宁夏文学创作共性的寻找，以及宁夏乡土价值的思考。

## 一、乡土话语体系的寻找与建构

郭文斌两部散文集《永远的乡愁》（2016 年长江文艺出版社出版）与《中国之中》（2021 年百花文艺出版社出版）选编的文章相似度较高，因而选取这两部散文集的编选文章进行对比，探寻郭文斌散文话语体系建构的特色。两部散文集的"代序"皆是汪政与晓华的《面向价值的写作》，文中认为郭文斌的写作是一种建构性的，是一种对于价值的寻找或重建。①评论家牛学智在评价郭文斌散文集《守岁》时使用了"元话语"概念，认为郭文斌散文中有一种"元话语"，"是置身于当前人们的精神生活，通过《易经》《礼记》等经典话语的转换，恰当地象征性'兑换'人们的焦虑、郁结，精神上的空虚感、无聊感被化解、被融化的话语去向——对于郭文斌这方面的散文，其'元话语'特征，很大程度表现为对中国本土经验和传统文化价值观的文学性处理"②。因而，本节在探寻郭文斌散文集的话语体系的时候，用"价值寻找"和"具有中国传统文化价值观的'元话语'"更为准确，然而其话语价值可从篇章的逻辑建构及具体篇目的梳理中获得。

首先，从散文集的编选逻辑上看，2021 年散文集《中国之中》的编选中，作家显然是从散文集的题名出发，对于篇目的筛选及顺序进行了深入思考与衡量，采用情感范围由小及大的方式梳理篇目，最终

---

①汪政，晓华. 面向价值的写作（代序）[M]//郭文斌. 中国之中. 天津：百花文艺出版社，2021：1.

②牛学智. 在尘境中寻找真境[J]. 法制资讯，2012（7）：88.

落脚到文学创作观《想写一本吉祥之书》的提出。具体来看，散文集《中国之中》除了序和跋，分为五个部分，但最后两部分的划分参照《永远的乡愁》中的编排可知，其目的是提出作家自己的创作观，因而下面具体从四部分内容来看。首先第一部分选择了母亲、儿子这类叙写亲情的文章作为散文集或者作家散文话语体系的原点，从《荞花盛开》（又名《一片荞地》）到《大山行孝记》。第二部分，作家慢慢将散文书写扩大到了自己生存环境周围的文化传承，从《点灯时分》到《想起了旧房子》。第三部分，作家从地域文化氛围上升到生命的感悟，这类文章是从《生命就像一缸米》到《既敦又煌，莫与之高》。最后两部分的编排先表达了文学创作应该是什么样子的，诸如需要记住乡愁、传承文化，但又要放眼中国，记录中国之中等，然后提出自己的文学创作观，从《文学到底是什么》的思考到《想写一本吉祥之书》的观念建立。

2016 年出版的散文集《永远的乡愁》相较于《中国之中》出版得要早，彼时作家的文学创作观念尚处在不断探索与建立的过程中，由乡土出发探索中华传统文化中的乡愁，其乡土特色更为浓郁。散文集共分九个部分，用板块的形式归为五类。由于 4、5、6 三个部分都在写生命的感悟可归纳为一个板块，7、8、9 三个部分可归纳为文学观念板块，因而此部散文集具体可分为节日板块、亲情板块、地域板块、生命感悟板块和文学观念板块五个部分。作家将有关节日的系列散文放到了散文集的最前面，而散文集《中国之中》的编选则着力探索社会关系上的话语关系，由小及大地设计篇目，在孺慕之情、父子之情、夫妻之情、师友之情的叙述中完成人与人之间基本社会关系的建立，之后再进入这些社会关系的深层民族审美无意识，即中国文化传承的独特话语，所以将具有传统节日特色的篇目放到了第二部分。作家在此部散文集中将颇具乡土气息的中国节日作为开篇板块，由此可知其散文创作中文化传承、传统节日的重要地位。此板块中编选的是蕴藏各种个人化情感书写于传统文化和民俗文化底色的作品，如《清明不是节日》《红色中秋》《腊月，怀念一种花》《守岁》等。1928 年 5 月在《杂拌儿·跋》中周作人提出关于"中国新文学源流"来自明末公安派的观点，认为"公安派的人能够无视古文的正统，以抒情的态度作一切的文章，虽然后代批评家贬斥它为浅率空疏，实际却是真实的个性的表现"①。这标志着周作人在文学及学术探讨中寻找"西方文化与东方传统文化的共同点……他所追求的'生活之艺术'就不仅有英国绅士味，而且更具有中国传统的封建士大夫色彩，同时显示着他的个性特征。周作人将外来文化民族化和个性化的努力，标志着他的思想趋于成熟"②。因而，散文本真的个性追求、审视传统文化价值而非盲目追求西化，不仅是周作人散文观的成熟，也标志着中国现代散文审美观念的形成。郭文斌在散文创作的过程中始终探索并审视中国传统文化价值，却又不失个性，这种守成主义创作反而促成其作品具有现代散文观念。郭文斌"他对中国传统节日的深情书写让人印象深刻，大年、元宵、清明、中秋……这些乡间的美好传统节日，在他笔下无不氤氲着一种古典而浪漫的气氛，给人温馨而陶醉的审美之感"③。他笔下已不是贫瘠干旱的西海固了，而是一个流淌着中华文化的故乡景观。当读者首先读到这些充满中国乡土气息的节日散文时，对于作家那个美丽的故乡已充满了不一样的想象。

散文集《永远的乡愁》的第二部分是亲情板块，也是《中国之中》的第一组文章，包括从《一片荞地》到《大山行孝记》等篇目。郭文斌在散文中描绘了在文化现代化的进程中三代人的矛盾，祖辈固守土

①周作人. 知堂序跋[M]. 长沙:岳麓书社,1987:314.
②钱理群. 周作人:东西文化汇流中的历史抉择[M]//曾小逸. 走向世界文学——中国现代作家与外国文学. 长沙:湖南人民出版社,1985:549-550.
③张旭东. 新人文理想的重建:中国新时期小说的文化守成倾向研究[M]. 杭州:浙江大学出版社,2017:123.

地，子辈与孙辈的生活已城市化，然而在孙辈与祖辈两代人对于乡土文明的认同与皈依中，乡土文明和乡村伦理在都市化物欲的侵袭中回归传统伦理价值，一切矛盾得以化解。《大山行孝记》中描绘的孙辈，即"我"的儿子在孝顺方面"制订了近期计划、长远规划"①，无论是给老人洗脚、吃老人剩饭，还是备用书籍的购买、版税捐赠，都在点滴间汇聚成了儿子对"我"的馈赠，从儿子的言谈中"我"慢慢学着用一种"安详"的态度建构行文中的价值观念。"曾有朋友问我，怎么老是那么知足。我说儿子已经把我的心装满又有何求？也有朋友问我，怎么听不到你的抱怨？我说，此生已经拥有这样的儿子，又有何怨？"②在郭文斌笔下，贫瘠的土地上孕育和生长的年轻一代身上流淌着中华文化的基因，他们更具传承与弘扬传统文化的意识，他们在与祖辈保守和顽固的乡土思维交流时，他们身上的传统美德、传统伦理与人性的追求化解了现代性的矛盾与悖论。

第三部分为地域板块，由《安详银川》《花事》《想起了旧房子》《风景》等篇组成。张贤亮在其散文中一直提出"心安即福地"的观念，在郭文斌散文的地域板块中也有着同样的期许。西海固是作家生存与生长的土地，眷恋故土之情无须赘言，但作家将这种故土的眷恋延伸到了城市，描绘了"安详"的银川、充满"蛋黄色"想象的办公室，并在《风景》中写了宁夏的沙湖、西塔、太阳神岩画、水洞沟遗址等十景，将地域的广度延至历史，追溯了炎黄子孙的传承。文化学者费瑟斯通认为对家园的依恋是对某种失去的东西的怀念，对稀缺物的需求，这是"刻意的乡愁"，是一种乡土乌托邦的建构。然而由于宁夏地域的特殊性和经济的并不发达，在城市化过程中，商业文明带来的精神困境相对要小，无论是地理环境还是人性，作家

---

① 郭文斌. 永远的乡愁[M]. 武汉：长江文艺出版社，2016：87.
② 郭文斌. 永远的乡愁[M]. 武汉：长江文艺出版社，2016：99.

创作中流露的是安逸与淳朴，而非城市工业化造成的虚无。《安详银川》中这样描绘，"银川的美丽是文学的"①，"在这里，有我十五年的光阴，连同十五年的梦想，还有那些牵挂在心头的人事，甚至一街一巷"②。作家对于银川的情感描绘又交织在父母对于银川情感的变化中，从父母最初对故土的眷恋和在首府城市银川生活的不适应，到最后银川成了"我"乃至父母生命的落点，此时富裕、和谐、开放的银川给予人们的是生命的归属与生活的安详。因而作家笔下的乡土情怀不是城市与乡村的分别，不是刻意营造的现代文明带来的"擅理性"而导致的"役自然"，他要追寻的是民族精神价值的归家，这就是作家在散文中努力建构的价值。

第四部分生命板块要复杂得多，散文集《中国之中》对文章的选编做了很多调整，删减了此部散文集中的很多篇章。而此部散文集由三个部分内容组成，从大到小地阐释了生命感悟，《生命就像一缸米》《静是一种回家的方式》等篇中作家表达的就是对生命境界的感悟。《好老师是一盏灯》《怀念一位把人们从梦中叫醒的老人》《雷抒雁老师和他的第二故乡》《用怀念为先生守灵》等文章都是生命中需要铭记的一个个"生命"，是对周围那些带来帮助、散发光芒的生命的慨叹，如雷抒雁老师、张贤亮先生等。评论家吴周文在《散文审美与学理性阐释》一书中提出中国现代散文的观念首先就是"人本主义为主体的散文观"，并列举了李大钊在《我与世界》中的观点："我们现在所要求的，是个解放自由的我，和一个人人相爱的世界。"胡适提出"须使个人有自由意志"。周作人极力倡导"个人本位主义"，并总结为"个人的发现与人性的觉醒，既是五四思想革命的内驱力，又构成了五四文学革命的内在机制"，进而"在实践上确立了它的个人本位主义的

---

① 郭文斌. 永远的乡愁[M]. 武汉：长江文艺出版社,2016:100.

② 郭文斌. 永远的乡愁[M]. 武汉：长江文艺出版社,2016:103.

基本观念和散文的文体观念"①。这些有关散文的观念让我们可以更好理解郭文斌散文集的生命板块，作家将生命体悟纳入书写，对于人的记忆、人性的认知犹如对于文字的敬畏与珍视，作家全力书写这些生命的追忆，感恩他们的相知相助，流露出的是对人性之美的求索。

最后一部分文学观念板块也是由三部分组成，从对于文学的理解到文学应该是"乡愁"的，更是"中国之中"的编选传承，表达了《真快乐零成本》和《想写一本吉祥之书》的文学观。作为一名作家，显然，作家希望从中华文化中寻找，从《文学到底是什么》谈起，作家将写作喻为农民播种，在读者心中发芽、开花、结果。因而，作家从文学的载体说起，表达了作家的职责，最终抒发了文学深蕴的文化传承是文学根本的价值观。作家期望从自身找原因，不要盲目揣测文学即将死亡的原因。《提防不洁的文字》《以笔为渡》《如莲的心事》《在尘境中寻找真境》《文学的祝福性》《好散文当是生命必需品》等篇章都是从文学的文字、作家的职责、文学的意义等方面建构作家自己的文学创作观，因而将《记住乡愁，就是记住春天》《中国之中》《传统文化即能量管理》等文章放到了这些文章的后面，意在指明作家寻找的方向。相较于散文集《中国之中》由小及大的思考方式，此部散文集更能够梳理清楚作家的文学创作观、生命感悟、精神还乡和文化传承几个组成部分。这些作家的散文话语中审美价值观念的构成，是作家诗意地栖居的林间空地。

## 二、巧用修辞的乡土话语魅力

修辞学的重要内容是对辞格的研究，如比喻、排比等辞格的应用对于文章风格的形成具有重要的意义，因而对修辞的一般理解是修饰

---

①吴周文. 散文审美与学理性阐释[M]. 广州:广东人民出版社,2016:3-7.

文词或语词的艺术手法。修辞是使语言表达产生美感效果的形式安排，使语言能最有效地传达讯息、感动听众和读者的策略。散文集《永远的乡愁》中显示出了辞格使用的独特性，可从辞格的形象功能和认知功能两方面看郭文斌散文创作的独特语言魅力。

首先，郭文斌的散文中的辞格运用具有形象激发特色。"很多辞格，如比喻、比拟、夸张、摹绘、通感、借代、象征、移就等，具有鲜明的形象突出效果，有效利用它们可以大大增加话语的形象感染强度。"[1]郭文斌散文的独特魅力就是巧用修辞激发形象特色，创造了许多具有乡土气息的传神比喻，诸如"红色中秋""蛋黄色的办公室""生命就像一缸米"等。这些极具形象感的题目创造性地运用了比喻、摹绘、象征等修辞手法。《红色中秋》中形象的比喻已超越了读者想象的阈限，展露出汉语修辞形象在其散文创作中的传承与突破。《红色中秋》的开篇这样写道：

当城里大大小小的店铺争相打出月饼广告时，我就闻见了中秋的味道，一种在月饼之外的中秋味道。

一挂车就往记忆深处开去，开向故乡，开向童年，开向一种冰凉而又温热的意境。

月饼，准确些说，在我成为城里人之前，只在词典里品味过，想象过。我对中秋的所有记忆，月饼始终只是一个提示。

有一两个西瓜和数十只梨什么的已经觉得相当地阔绰了。以致我至今仍将中秋和一个西瓜画等号，和一种冰凉画等号。

无法叙述当时是怎样战胜让人不由得打一个个激灵的一刀将西瓜切开的那种冲动的。

那一天就比涎水还漫长。太阳简直就在原地踏步。我能闻见我身

---

①李军. 话语修辞理论与实践[M]. 上海：上海外语教育出版社,2008:161.

体里焦急的味道。我将切瓜的刀擦了又擦，将盛瓜的盘子抹了又抹。用量角器将西瓜按家里人分成等份，准确到毫米。然后一遍又一遍地想象着刀切进西瓜时的情景。太阳落山时分，我看见这种黏稠而又轻盈的想象一片通红。

这种红色和月亮有关。

先要献月亮。①

这段描写好似一首诗，诗情画意间描摹出团圆的感觉。散文的题目是将中秋用红色来形容，如果望文生义，红色则带有热烈、喜庆之意，也有革命信仰的寓意等。然而读了开头，便发现这些描摹已然超越了自己的期待视野，文中运用的比喻是将"中秋和一个西瓜画等号，和一种冰凉画等号"，独出心裁、别开生面地将所有读者的想象拉进了非常具有地方特色的画面中，感受着宁夏这片土地上西瓜丰收后乡村对于食物和节日的敬畏，然后那些红色的汁液慢慢流淌，画面由实景进入虚景，红色渲染天空，红色献给月亮，乡土气息从文字背后流溢出来。在此篇散文中作者不仅描绘了我们所熟识的中秋之夜，家人们充满仪式感的团圆与庆祝，又将西瓜的分割与对食物的敬畏寓于其中，隐喻了对于一切未知的崇敬。读者在其营造的语境中感受到无数个团圆之夜背后是中华民族先烈的鲜血，西瓜鲜红的汁液是丰收的温暖与解暑的冰凉，在抛头颅洒热血的炽热与寒夜的冰冷间获得多重感受。所以作者说："这是一种寄托，一种希望，一种勉强的酬谢，但又不能具体。"也许，他也要慢慢理解"中秋"文化，慢慢品味宁夏这片土地上生长出的鲜红而冰凉的西瓜。

《蛋黄色的办公室》一文则描绘了宁夏城市生活的感受。

---

①郭文斌. 永远的乡愁[M]. 武汉:长江文艺出版社,2016:8.

这是黄昏，太阳的一只脚还没有从山头迈下去，善解人意的窗户将蛋黄色阳光的余息悄无声息地笼罩在办公室蛋黄色的静物上、粉白墙上，营造出一个无比静谧一洗人间烟尘的梦幻世界。说仙界没有仙界的灵动和烟岚，说人间没有人间的嘈杂和浮尘。①

此篇散文中运用白描式的语言摹绘出了一个笼罩在黄色阳光里的办公室，作者巧用移人于物的修辞方式将"善解人意"移就到"窗户"上，恍惚间办公室有了生命力，在夕阳里幻化成作者的梦，一个远离喧嚣和尘世的美好的梦，思绪在万物流逝中飘洒开去，汇聚为内心的宁静以及作者的渴望"不想、不做、不求、不怕"。梦醒了，"办公室还是那个办公室"，勾画出了城市的生活景观。

《生命之河》中运用了拟人化的描写，"太阳躺在黄河上分娩，一河的太阳崽子"②，将太阳喻为人类的始祖，黄河之子、炎黄子孙的比喻形象化地将古今文化相连，文字中表露出作家在历史的长河中摸索探寻的精神历程，情感饱满而充盈。具体有"醉卧沙场君莫笑"的热血男儿；有"横槊赋诗，固一世之雄也"的豪迈英雄；有"宠辱偕忘，把酒临风"，忧心天下的士大夫信条。最终作家将情感落到期望自己不要"为过河而过河"，要在现实中感受"实在"。然而这个"实在"是什么？作家没有做更多的解读，作家祈望在生命中感悟"宁静""安详"，渴望建立一种价值，在不断流淌的河流中，在生命之河中接近那个最终。就如同《生命就像一缸米》中的感悟。

越来越深切地感到时间是物质的，具体的，就像手上的粉笔，只要你写，它就会短下去；又像阳光下的雪，即使你不动它，它也会薄

①郭文斌. 永远的乡愁[M]. 武汉：长江文艺出版社，2016：106.
②郭文斌. 永远的乡愁[M]. 武汉：长江文艺出版社，2016：110.

下去。总之，现在在我心里的时间它是量化的。而对于一个人来说，它有一个总量。就像一缸米，只要你用，它总会完。①

　　此文中作家将生命比喻为一缸米，希望用有限的生命书写出有意义的文字，而不是浪费生命、虚度光阴。"像手上的粉笔"和"像阳光下的雪"两个比喻运用排比句式，层层递进，最终发出不要为金钱而写作的呼声——"文字是能看得见的时间"②，用以警醒那些不珍视生命的写作者。接着在《人生就像一次刺绣》中作家将人生喻为一次刺绣，"人生就像一次刺绣，每一针都不能落下，每一针都不能错误，这就需要我们时时刻刻守本分，在现场"③，用此告诫人们尊重生命，善待一切，珍视朋友，从而度过一生。当然，郭文斌散文中这类具有创造力的辞格形象还有很多，他开拓性地将文学作品中的形象与农事农时相连，运用充满乡土气息的想象力生动地摹绘出习以为常的现实，在这些辞格应用中激发了具有显著特色的乡土形象，并为其传统价值探寻提供了独特的话语书写路径。

　　从辞格认知功能上看，散文集《永远的乡村》中也可以梳理出许多从认知上给予读者传统节日乡土文化常识的辞格。在中国古代，素有"小学""大学"之分，"大学"以诗书礼乐为主；"小学"以文字音韵为主，是文字学、音韵学、训诂学的总称。郭文斌在《文学到底是什么》中说："文字不但是一条回家的路，也是打开自己的一个方式，是一串串钥匙。"④因而在其散文创作中，尤其是以中华传统文化节日为题的散文中，总是从字形开始建构作家理解的"说文解字"，然后运用各种辞格的认知功能展开作家自我对于传统文化的认知与价值观念的建

---

①郭文斌. 永远的乡愁[M]. 武汉:长江文艺出版社,2016:132.

②郭文斌. 永远的乡愁[M]. 武汉:长江文艺出版社,2016:133.

③郭文斌. 永远的乡愁[M]. 武汉:长江文艺出版社,2016:142.

④郭文斌. 永远的乡愁[M]. 武汉:长江文艺出版社,2016:198-207.

构。"比喻、比拟、拈连等辞格能够打破人们固有的认知习惯，提供新的认知途径，从而深化人们的认识。"①在《清明不是节日》一文中作者对清明这个节日的理解，首先从"清明"的字源开始，"'山''水'同在为'清'，'日''月'同在为'明'"②，再延伸到文化的孕育。这看似浅白的从言语层面进入的对"清明"二字的解读，恰如新文化运动倡导的白话文一样，作家从认知层面企图普及一种理解，建设一种散文观念。《守岁》从"年"这一远古怪兽的传说到中国守岁的民俗，将中国传统文化的时空关系作为情感抒发的爆发点，"岁"是时间，那么"守"就是空间。这个时空是家人共同缔造的，是"古人劝归的一声长调"③，作家又巧妙地将对文字的理解融入炎黄子孙共同遵守的盛典中。《大年，中国人的心灵底片》《愿人人都能顺利返乡》两篇都是写大年的习俗，其中说除夕叫过夜，这个"过"字，是一寸一寸地感受时间挪动的意思，而"守"是在一寸一寸地守护着的时间。作者结合拍摄纪录片《中国年俗》和《记住乡愁》的经历，从不同层面讲解中国年和中国人对于民俗的珍视，"在大年这个时间的轮回港口，我们每一个人事实上是预演了一次返乡，练习了一次返乡"④。中国人对于文化传承的努力亦是在这些过年的习俗中不断追溯"乡愁"与"返乡"的文化源头。

　　作家在辞格的认知上不仅回归传统，也期望通过打破辞格的认知习惯和人们思维的认知习惯，最终从精神层面建立新的认知范式。"如果说人们在社会生活中时常遭遇假象对于真相的欺骗或掩盖的话，那么，典型形象正可以起到透过假象而洞见真相或真理的特殊认知作用。"这方面的范本无疑首推《狂人日记》中的经典描写，"由鲁迅小说开创的这种表层假象/深层真相的认知逆反范式，成为当时及此后很长时

①李军. 话语修辞理论与实践[M]. 上海：上海外语教育出版社，2008：162.
②郭文斌. 永远的乡愁[M]. 武汉：长江文艺出版社，2016：6.
③郭文斌. 永远的乡愁[M]. 武汉：长江文艺出版社，2016：14.
④郭文斌. 永远的乡愁[M]. 武汉：长江文艺出版社，2016：55.

段现代中国文艺典型化中占据主导地位的一种认知范式"①。王一川先生在这里论述的经典形象具有的个性化特征及认知功能让我们更加深入地理解了郭文斌散文集《永远的乡愁》中生命感悟板块的文字。作家用农事叙事并抒情，反思生存的土地所赋予的财富，运用朴素的比喻以及对于生命的感知带领读者进入中国传统时空观念感悟的生命，建构自己对于生命的认知。同时作家也有着更为深入的思考，尤其是《从假象中出来》一文颇具特色，就是一篇教会我们如何读懂《狂人日记》这样充满假象认知范式的哲理式散文。这篇散文分为"一个无法用文字表达的地带""也许连吃都是一个多余""行善和持咒""母亲给我四百元""在经典诵读班上想到的""生命是一个同心圆""从假象中出来""觉之粗细长短深浅""宇宙本是一爱字"等 11 个小节。此文在散文集《中国之中》中删除了"行善和持咒""在经典诵读班上想到的""生命就是一个黑板""云世界"4 个小节，使此文更为精练，散文的哲理感悟和核心价值更为集中。此篇散文各个部分主要从写的文字背后、吃的食物背后、母亲给钱的背后、生命中执着的背后寻找真相，然后告诫读者要从假象中出来，从错误的感知中出来，寻找并建立一种宇宙的爱。"母亲给我四百元"中讲述了母亲给我四百元压岁钱，我愉快地收下后母亲笑呵呵地走了。然而当母亲给妻子钱时，妻子表现得很生气，母亲很尴尬。作家闲话家常式地讲述了这样一件小事后面蕴藏的爱的哲学。钱多钱少已不是重点，重要的是老人表达亲情的方式，以及我们如何行孝才能让老人得到情感的回馈。作家希望我们跳出现实物质的桎梏，看到背后的真相，在细节中感受生活并建立爱。这种文字间的感悟让读者更好地理解了作家想要帮人们打破已有的认知范式，形象生动地把生活中艰深的哲理浅显化，发现并理解如鲁

---

① 王一川. 现代中国文艺典型范式变迁 80 年——从认知式典型到认知溯洄式典型 [J]. 中国文艺评论,2022(6):68–80.

迅小说表层假象里的深层真相，从而理解作家抒发与建立的爱的真谛。

## 三、中华文化传统的元话语

随着时代的发展，现代学者认为修辞学研究的领域不仅存在于社会科学领域，也存在于自然科学领域，也就是说人类思考的基本方式就是比喻性的，人类语言的言说方式就具有表意性，一切概念的形成与比喻的运作机制相似。因而，分析文学作品的话语特色，不仅需要分析话语辞格的特色，也需要从语言文字作为媒介传递信息的工具，即更广泛的层面来理解修辞进入形象的研究方式，完成作家与读者的话语沟通，从而在文本语境中深入理解作家文学作品的内涵。作家的言语行为方式中修辞是作家创作过程中应用的一种修饰文辞的艺术手法，追寻话语构成的"元话语"才是由表及里的研究。"元话语不完全是一个语言现象，而是一个修辞和语用现象。元话语手段具有多功能性"，具体来看包括"元话语模式以及识别和编码元话语手段的标准。Hyland认为只有在语境下才有意义，因此元话语必须作为社会活动、价值观和理想的一部分来分析。这种分析能揭示并且有助于解释某个社会群体特有的话语结构模式"①。因而，在郭文斌散文集《永远的乡愁》的修辞话语特色研究中需要继续深入地从语篇、语境中解构其深层文化传承特色。应从郭文斌散文"元话语"的语篇分析入手，细读作品，详细分析其元话语模式里的编码手段及方法，分析作家作品"元话语"语境中的审美价值，以及作家如何将标志性的"元话语"联结在篇章语境里，并运用恰当的修辞传递给读者。"元话语的研究必须从功能分类和语篇分析开始，把元话语看作语言使用的中心而不是附属品。"②从"元话语"

①杨信彰. 导读. [M]// ［英]Hyland,K. *Metadiscourse*(元话语). 北京:外语教学与研究出版社,2008:4.

②杨信彰. 导读. [M]// ［英]Hyland,K. *Metadiscourse*(元话语). 北京:外语教学与研究出版社,2008:4.

的功能分类来看，本文的第一部分从散文集的编选理念分析时，已经详细地从节日板块、亲情板块、地域板块、生命感悟板块和文学观念板块五个部分详细分类说明郭文斌散文话语体系的建构特色；第二部分已经对郭文斌散文中修辞的辞格功能进行了分析。因而，这里着重对其语篇构造的语境及其中华文化特色进行分析。

首先，节日系列板块的文章中作家营造的语境就是中华传统文化中的节日，让读者在系列节日的篇目中建立一个四时八节的图谱。正如其小说《农历》中以十五个农历节日为时间脉络，完成了一个从元宵到大年和上九的农历节日体系叙事。在这组节日系列散文中，作家讲述了"年"的传说、"请"门神的妙用、"过"年的巧妙等。

《点灯时分》由元宵节的热闹讲起，渲染出中华文化中元宵节闹元宵的场景，并营造出乡村元宵文化的特别之处。这个本来应该是具有浓郁中国狂欢特色的节日在作家笔下多了些许静谧，用荞面做的灯盏缠着半截麦秆的棉花在清油里燃烧。这盏灯发出的光赋予了家乡元宵节庆的宁静，最后带着淡淡的哀伤发出"天下没有不灭的灯"①的慨叹！作者将弟弟的死亡融入热闹非凡的场景中，慢慢带领读者熟悉中国文化语境，元宵节又称上元节，接下来就是中元节，七个月后弟弟的死亡就成了文中的一个隐喻，宁静与安详只是期望铭刻的一种方式，作家真正要诉说的是故乡土地的荒芜，人们离开家乡，家园失守的体悟，以及对于中华文化传承的迫切感。

《清明不是节日》是对清明这个节日的讲解，从"清明"二字的来源到文化的孕育，庄子的生死观"视生若死，视死若生"和孔子"朝闻道，夕死可矣"中"道"的理解，将简单的节日无限延伸至中华文化的深层空间，得出为什么"清明不是节日"而是"炎黄子孙的人格"

---

① 郭文斌. 永远的乡愁[M]. 武汉：长江文艺出版社，2016：2.

的结论，最终建立其散文话语的中国人文精神。

《腊月，怀念一种花》开篇作家为读者营造了一个四季如春的花城，"腊月，在故乡，曾经是一种花盛开的季节"①。然而，在作家的故乡西海固，那是一个风沙与黄土的生存环境，能够在寒冷的冬天过个丰衣足食的大年已属不易。但作家用他的语言带领读者领略了一种不一样的幸福感受，他期待腊月里花朵盛开，而贫瘠的西海固是开不出花朵的。当我们进入作家的语境里，结合读者已有的知识，便知道中国新年的庆祝方式是贴红红的福字、对联和窗花，就会懂得作家写的"腊月里盛开的花朵"不是鲜花而是窗花。作家于文中不断颠覆读者的期待，腊月窗子上巧夺天工的"喜鹊啄梅"不是母亲而是父亲剪出的。西海固的父亲形象本应该是面朝黄土背朝天的劳作形象，但作者巧妙地描绘了一位戴着老花镜拿着剪刀，剪出传神窗花的父亲。此时，作家的散文空间构型完成了所有关联事件的图景组合，即人类从来都不会被生活打败，怀抱幸福就会有一个个不平凡的"美"，腊月的窗花铭刻出的是"劳作"的深层意蕴，是中国独特的审美精神。

散文《我的大年我的洞房》中过年如同洞房花烛夜一样的热闹难忘。从制作蜡烛、纸糊红灯笼、剪纸贴窗花开始，到吃长面、吃火锅、放炮仗、赶庙会、唱大戏等一系列庆祝活动后结束，"这个'年'，它是'土'里长出的一朵花儿，它姓'乡'名'土'，它本来就和这个一厢情愿者是两路人"②。字里行间流露出了作家对植根乡土的节日文化的留恋之情，只可意会不可言传。散文结尾处作家用记忆的泪水温习大年，对文化民俗即将流逝的扼腕痛惜溢于言表，却需慢慢领悟。

《全本戏》中通过"大年是感恩的演义""大年是孝的演义""大年是敬的演义""大年是'和合'的演绎""大年是'天人合一'的演

①郭文斌. 永远的乡愁[M]. 武汉：长江文艺出版社，2016：10.

②郭文斌. 永远的乡愁[M]. 武汉：长江文艺出版社，2016：21.

义""大年是祈福的演义""大年当然是喜庆和快乐的演绎""大年最终是教育和传承的演绎"等部分完成大年文化的讲解，最终得出"大年是一出中国文化的全本戏，是一出真善美教育和传承的全本戏，是中华民族基因性的精神活动总集，是华夏子孙赖以繁衍生息的不可或缺的精神暖床"[①]。作者希望通过民俗整理及民俗画面的还原，带领读者进入中华民族的文化场域，理解中国文化的奥义，懂得生命的真谛。

其次，亲情系列板块中作家依旧采用乡村生活的行文，将传统的情感关系及处事方式描绘出来，主要运用线性方式，情感细腻而真挚地借助修辞中状物的手法，选取一个较具特征的事物进入摹写，然后将浓郁美好的乡土气息贯穿始终，让人感受到故乡文化传承的消逝。然而作家没有盲目呼唤精神返乡，而是在乡村生活的回望中思考中华文化的传承与价值留存。

《一片荞地》一文线性叙述了娘病重后的弥留状态，直到离世。作者用叙述人"我"在现实与回忆中的追溯串起了娘病重前后以及最后死亡的境况。从害怕失去满足娘需要的机会到开始回顾娘的过往，有送儿子离别的场景、娘失明后忍受的痛苦、疾病让娘丧失的最后尊严等细节刻画，最终汇集出了一场生离死别的现场，以及"子欲养而亲不待"的悔恨之情。文中的修辞将细腻而痛彻心扉的情感弥漫到字里行间，娘失明后"我"的悔恨、病重后我内心的痛苦、离开后"我"的恍惚等多重情感的叠加，死亡的伤痛最终留给了活着的人。作家继而又将时时昏睡的娘突然醒来后的思维混乱喻为小时候迷路的"我"，也描绘了睡梦中忍受着疼痛的母亲，于似梦似醒间不断询问她生命中重要的事情是"荞花该开了"。娘离世前念念不忘的是荞麦做的凉粉，

---

①郭文斌.永远的乡愁[M].武汉:长江文艺出版社,2016:44.

在这片弥留之际依旧念念不忘劳作的土地。在这个语境营造中，一位乡土孕育而生长的"娘"的形象刻画了出来。同时在《永远的堡子》和《布鞋底》中的"母亲"形象，亦如一种补写，共同谱写出了乡村任劳任怨与善良的小脚"母亲"形象。不知辛苦只懂劳作的"母亲"拥有简单的爱，作者以乡村被淘汰的布鞋底为切入口，写出了一种颇具乡土气息的手工制作对于母亲的意义。当叙述人"我"回顾布鞋曾经的重要，以及时代变革后无所适从的母亲仍旧纳着鞋底时，"我"说："我能穿吗？母亲抬起头来，非常意外地看着我。"①可见已知的落寞在亲人些许的关怀中获得了温暖，尤其传递了对于长辈的爱是需要呵护与沟通的道理。母亲的劳作在我简单的需求中获得了极大的心灵慰藉，母亲到了城市依旧坚持不间断的劳作，这样优良的品质将"乡村母亲"这一形象雕刻成型。

另外在地域板块中，作家借助对外物的刻画，将生命价值形象化阐释，最终提出自己的文学观念。《我是一杆什么笔》是一篇作家攀爬贺兰山的感想之作，抑或是写作的誓言。"深入贺兰山，其实是深入石头。"作家在贺兰山历史的长河中，描绘了坚固的石头记载的时代变迁，作家愿意继承这磐石的精神，书写出自己体悟的人生，"做一次真正的笔。才知道做一次真正的笔是多么不容易，需要带盐的墨汁和孤寂"。"做一支真正的笔。而要做一支真正的笔，就要先将心变成石头"。"既然是一杆笔，就得离开笔架。再回首，迎着的是笔架山深情的目光。我不知道以一种什么方式向她告别。"②作家希望自己是一杆有价值的笔，离开笔架，肆意书写塞上江南千年的情感。贺兰山、塞上江南等地域特色是宁夏独特的地理环境，融入地域乡土特色的书写就是郭文斌散文的"元话语"。

①郭文斌. 永远的乡愁[M]. 武汉:长江文艺出版社,2016:78.

②郭文斌. 永远的乡愁[M]. 武汉:长江文艺出版社,2016:112-114.

同时，生命板块中作家也喜欢用农事叙事与抒情，为乡土所负载的生生不息、代代相传的财富呐喊。作家成了这片土地的代言人，他朴素的比喻以及对于生命的感知，绽放出了乡土的生命力，并用自己对于文字的敬畏与珍视书写了一系列对于生命的体认，并带领读者进入中国传统时空观念，感悟生命。

在《生命就像一缸米》中，作家希望用有限的生命书写出有意义的文字，"文字是能看得见的时间"①，而不希望自己浪费生命，虚度光阴。"越来越深切地感到时间是物质的，具体的，就像手上的粉笔，只要你写，它就会短下去；又像阳光下的雪，即使你不动它，它也会薄下去。总之，现在在我心里的时间它是量化的。而对于一个人来说，它有一个总量。就像一缸米，只要你用，它总会完。"②作家最终发出了不要为金钱而写作的呼声，用以警醒那些不珍视生命的创作者。

生命的感知涵盖着对于时间的理解，在《时间果汁》一文中，"时间过于和蔼，过于大方，过于从容"，"沿着呼吸可能走进时间"，"一个人只有进入时间，才会进入味道"③。作家对于时间的感悟源于最朴素的身体感知，中国古代是通过太阳射影的长短和方向来计算时间的，也用水漏沙漏来计时。时间又称为"光阴"，最早的"圭表"不仅可以用来计时，还可以用来排出二十四个节令的日期，这是中华民族农事活动的重要依据。因而，作家对于时间感受的文字是从农时和生活出发的味觉、触觉的感知，然后汇集在一起发出珍视时间、珍惜生命的写作慨叹。

在《不知道的人在说知道》中，作家进一步运用朴素的自由观来解读生命的自由，表达了释放自我、珍惜眼前、做自己想做的事情就

---

①郭文斌. 永远的乡愁[M]. 武汉:长江文艺出版社,2016:133.
②郭文斌. 永远的乡愁[M]. 武汉:长江文艺出版社,2016:132.
③郭文斌. 永远的乡愁[M]. 武汉:长江文艺出版社,2016:135-138.

是生命自由的观点。《小生命　大启迪》中大道至简，用小故事讲述大道理，说人们对生命的理解越来越复杂的时候，小孩和小狗的做法就是最原始本性的展露。这样的类比让我们可以更好地理解郭文斌散文集的生命板块，他将生命体纳入书写中的目的与意义，将对于人的记忆、人性的认知汇入郭文斌散文审美价值的"元话语"中。

最后，文学观念的提出是作家散文集的压轴之作。郭文斌在《文学到底是什么》中提到，写作犹如农民播种，在读者心中发芽、开花、结果。因而作家从文学的载体说起，表达了作家的职责，最终抒发了文学深蕴的文化传承是文学的根本，并期望作家从自身找原因，而不要盲目揣测文学即将死亡的原因。"文学和文字在一定意义上讲就是帮助人们清洗心灵灰尘的一个载体，这是文学在'本来面目'上的一个意义。"那么，"文学要向太阳学习"。"作家的职责就是把一份光辉散发出来"，"一个真正的作家，包括文化人应该向这个世界发出正直的声音，那就是爱，没有区别的爱"，由此"文化是道路，是方向，文学亦然"①。进而从文学的真善美出发，判断一流作家和二流作家：一流作家从心灵的真，从生命的原点出发进行创作；二流作家只是玩文字游戏，不触及心灵的文字是触摸不到文学的真谛的。最终作家提出自己的创作观，《想写一本吉祥之书》。至此，其元话语在行文中建立，在乡村生活中理解中华传统文化的节日、情感、生命以及周围的一切事物。

总而言之，郭文斌散文创作的独特源于其散文话语的修辞特色，郭文斌对于生活敏锐的观察力与感知力令他在散文中塑造了一系列传神的形象，让读者对于他所描绘的充满乡土气息的地域充满想象，也让我们开始重新审视这片生存的土地。作家还努力将自己散文的话语建立在乡土语境中，通过身边的人和事来描摹并阐释中华传统文化对

---

① 郭文斌. 永远的乡愁[M]. 武汉:长江文艺出版社,2016:198-207.

于节日、生命等方面的审美价值，期望通过自己的话语修辞建立并巩固一种认知范式，引领读者进入中华传统审美价值的传承话语体系中，理解文字，感悟生命。

## 第三节　陈继明小说旅居空间叙事的话语特色

陈继明是宁夏"三棵树"代表作家之一。1963 年生于甘肃甘谷，12 岁来到宁夏，后就读于宁夏大学中文系，先后在宁夏电视大学、西北第二民族学院及北京师范大学珠海分校任教。出版中短篇小说集《寂静与芬芳》《比飞翔更轻》，长篇散文《陈庄的火与土》，长篇小说《途中的爱情》《一人一个天堂》《七步镇》《0.25 秒的静止》《平安批》等。《七步镇》运用拼图式的推理叙述完成叙述人东生对主体意识的时空探索，深入思考生活的时间感、生活的意义、死亡的不可逃避等问题，叙事中巧妙地将前半生经历与如何进行创作融入其中，这都表明此部小说的叙述具有半自传式特色，本节将借《七步镇》的细读，分析作家创作及其话语叙事特色。

《七步镇》中叙事话语的主体性意识颇强，在作家东生回忆症的治疗、治愈及病根探寻过程中，构筑了一个开放话语空间，充满想象力地完成东生前世今生，或者说个人精神世界的空间探源。学者卓拉·加百利文认为文学文本虽颇具时间性特色，但也必须去追溯文本的"空间"再现，只有意识到叙事文本中空间的语言转化，与时间共同完成情节，才能够探源文学创作。空间是读者在阅读中将记忆综合在关系系统完成叙事文本故事重构的过程。①因而，依据卓拉·加百利文的时

---

①［以色列］卓拉·加百利文. 朝向空间的叙事理论［J］. 李森,译. 江西社会科学,2019（5）:32-43.

空理论梳理陈继明《七步镇》的时空关系，探索文本中个体在追溯历史时完成的空间价值探索，并厘清作品的叙事线索及叙述主体话语意识，这将更为清晰地解码文本故事的话语特色，理解文本通过叙述人东生的旅居话语空间，最终追溯展开百年历史叙事时空的深层叙事结构。因而文本的细读将有益于作家陈继明《七步镇》的小说创作研究，也能够透过小说话语的现代特色，观照宁夏文学创作群体的话语交融与多元性特色，凸显社会变迁对文学作品话语叙事特色的影响。

## 一、地理空间变动中主体意识的话语轨迹

卓拉·加百利文在《朝向空间的叙事理论》一书中提出有关叙事文本的三种空间建构，即地形层、时空层和文本层。借用这一理论来分析小说《七步镇》，解码在东生前世今生的故事中对于人的本质的探索。首先从文本的地形层即地理空间设置中探索作家陈继明的创作意图。地理空间作为背景存在的静态实体空间，其存在样态较为复杂，还可以是相互对立的空间存在概念，如村庄与城市、现实与梦境等。《七步镇》文本的地理空间是珠海和故乡甘谷，而非东生的今生与前世或者现实与历史。地理空间是故事的叙述背景，东生的现实（今生）与梦境空间（历史）是故事具体展开及运动的轨迹，属于时空层探讨的问题，且东生梦境故事的调查是在故乡甘谷这一地域完成的，甘谷是背景空间，东生的梦境则不是。

首先从《七步镇》文本叙述内容的梳理来看，五卷内容具体为：

卷一，前不久，回忆症患者东生去澳门开会时认识心理医生王龄，经过王龄催眠治疗后病愈；同时与认识的女博士居亦展开爱恋，为恋人开始减肥。

卷二，2015 年寒假东生回故乡探寻潜意识里的前世，新旧记忆交织在返乡的途中。此生的回忆有对儿时玩伴死亡的忏悔，被迫离乡而

缺失的母爱，三次婚姻的遗憾等；前世记忆中有关李则广的故事，李则广参军后做了土匪，后投奔胡宗南（蒋介石嫡系），在马家堡子当土匪时杀人无数，罗丑女侥幸逃脱等。后居亦随养父母来到甘谷，东生准备与居亦游历后去重庆寻找她的生父生母。

卷三，新学期开始了，上课填表让东生开始厌倦现在的自己。第三个我出现（前面卷一为新我，卷二为旧我），东生失语了，居亦带着东生探寻国外人皮书的馆藏并治疗失语症。2016 年秋天从国外回来，东生下定决心去弄清楚自己的前世。

卷四，东生回故乡寻找前世的相关资料。家乡文化和历史故事显露出来，金三爷的故事也出现了。

卷五，详细了解金三爷的故事。李泽光表弟回忆伏龙山与日军战斗，5 连指战员死亡的过程，最终将李则广的一生拼接完成。冬天到了，回珠海。冬天结束了，东生开始新的写作。

从五卷内容看，表层叙述时间为 2015—2016 年的故事，其间囊括了东生前世今生的百年历史回溯。文本的地理空间是故事的描写空间，是背景，这个故事的背景涉及珠海和甘谷两地，从珠海到澳门的治病属于在珠海的生活经历，这里就不单独划分了。从时间层面来说，"这一系列过程都产生了一个效果，就是要用一种'现在'去重新组织过去；更确切地说，是要用一种'未来'的标准去重新安排现在的一切，以便'现在'能够融入未来的秩序"①。这是一个集体性的内化心理，是身处现代化进程中个体的焦虑。小说叙述人作家东生生活在异乡珠海，虽然意外收获爱情，但始终难以割舍原乡情结，在回忆症治疗之后，东生回到故乡甘谷寻访前世的记忆。开篇东生作为作家反复重申，"小说写作是需要这样一个前世的，一个藏在未来的前世，一

---

① 张旭东. 全球化时代的文化认同:西方普遍主义话语的历史反思[M]. 上海:上海人民出版社,2021:115.

个未曾出现的前世，小说写作的全部任务就是找到自己的前世"①。现在时间里叙述的有关东生前世今生的故事，运用的是未来的秩序，重新审视现在与过去发生的事件，这就是文本的深层意蕴。未来的秩序首先就在地理空间的转换中呈现，"位置媒介就是这样一种记忆媒介，它所具有的特性将人在物质空间中的移动痕迹储存下来，成为可以不断回溯的符号地图和意义轨迹。时间以空间的形式被保存起来。物质空间的媒介属性以保存并传播记忆的方式呈现"②。从珠海到甘谷地理空间的变化就是时间性探索的背景转变。

在具体分析文本前需要首先厘清作家陈继明和文本中叙述人作家东生的关系，东生只是陈继明小说中创作的人物，并非其本人。尽管此部小说具有半自传式叙事特色，两者都是作家，身份相同，身世相似，但文本中探寻自己前世今生的东生只是陈继明创作的人物，"我小说中的人物，是在我的叙述里出生并长大的，他们不是来自我的设计，不是来自我的写作大纲，而是来自我的叙述，来自我和叙述之间的复杂关系。我的小说既不是我的自白，也不是我人物的自白"③。文本中的这段话可作为一种参照，是作家陈继明在文本中通过叙述人表达的观点，同样也不是他本人的观点，而是人物与叙述之间建立的复杂关系，所以后面的分析是从文本的表象出发，参照陈继明的人生命运变迁解读作家东生的人物性格及命运，通过对隐含的作家、叙述人、叙事声音的视点及叙事间隙的分析，接近陈继明创作时的主体意识。

文本的地理空间即故事展开的地理空间珠海和甘谷，这是东生的居住地和故乡（与陈继明生活经历相似）。东生的回忆症治愈后在珠海收获了与居亦的爱情，于是从珠海回到故乡甘谷寻找前世经历，

①陈继明. 七步镇[M]. 北京：人民文学出版社,2019:15.

②李耘耕. 从列斐伏尔到位置媒介的兴起：一种空间媒介观的理论谱系[J]. 国际新闻界,2019(11):6-23.

③陈继明. 七步镇[M]. 北京：人民文学出版社,2019:179-180.

珠海作为与故乡甘谷对立的异乡，是爱情及回溯历史的推动之源，其叙述的目的就是为了牵引出对于故乡甘谷的记忆。故乡的记忆就是发疯的根源，是"回忆症"不敢触碰的地方。文中反复描述故乡为一个道德存在。

> 故乡，更像是一个道德存在，而不是一个实实在在的地方，要么被迫逃离，要么衣锦还乡。①

> 事实再一次证明，故乡是一个道德存在。……人的一切权利都可以剥夺，拥有故乡的权利不能剥夺。……记忆在他们的生命里。他们发疯的根源往往不在近处，而在远处……正如我想发疯的根源在前世。正是记忆（包括传说），让我们成为不同的人。②

东生话语中深思的是故乡背后的主体意识，个体在历史"此刻"完成的空间价值探索，故乡文化的传承就是现代化进程中的个体焦虑，东生害怕遗失、不肯忘记的就是作家陈继明在这里表达的个体精神追问，在人的本质探索中作家确定了一个价值论的标准与地域，那就是故乡甘谷。故乡甘谷是一切历史的发生地，在历史语境中有前世的故事，也有前半生的故事，这里展现的是人性的文化力量，是东生自我乃至整个人类个体思想的回溯。在这种历史回溯的话语中，文学与政治、个人与他者相互作用，所有新与旧、传统与现代的思想相互交锋，个性、自我意识在碰撞中升华为人格精神的拷问，所以说"故乡是一个道德的存在"。

东生决定在这个回忆症治愈后的假期回趟老家，就是想去故乡寻找病症的根源。"故乡其实是一个出口，我们通过一个具体而微的出口来

---

① 陈继明. 七步镇[M]. 北京:人民文学出版社,2019:90.

② 陈继明. 七步镇[M]. 北京:人民文学出版社,2019:139.

到这个世界上，于是我们一生都忘不了那个出口。"①故乡将个体与世界相连，每个人都享受着民族地域的给养，并借此走向更广阔的地方。故乡与病症的根源联系在一起，东生过去回故乡都要绕过县城（甘谷县），这和幼时玩伴小迎的死亡有关；也不会去七步镇，因为到那里就会头疼。但这次他回乡却准备经县城回七步镇，"原来，回到七步其实是回到一个特殊的地方，一个不可替代的小角落：离海棠很近又不是海棠，半是故乡半是他乡，然后，躲在这样一个因为特殊所以温暖的小角落，默默哭泣"②。这种忍受疾病的自我挑战消解在近乡情怯的感受中，然而忘不掉的故乡早已物是人非，真正回到故乡后的东生，反而有种流浪的感觉，躲在七步镇流浪。作家陈继明将自己的故乡记忆与东生的话语相连，追随着东生的前世今生，在历史与现实的时间回溯中体悟生活的时间感，探索活着的意义、死亡的价值。陈继明年少离开故乡，在宁夏读书工作，如今生活在珠海，在回忆中构筑了故乡的记忆，如同叙述人东生在回海棠探寻前世的故事时表达的情感，"这趟旅行将是完全敞开的，和我的回忆症一样一旦开始就不会结束，时间和空间暗暗合并了起来，成为时空长廊。……所有的插曲都是因为时空有限，或者记忆有限，而被错误地以为是插曲"③。哈贝马斯说现代性的"时间性压力"，就是来自未来的并向未来的想象趋同的压力。陈继明想要通过叙述人表达的就是这种压力，"回忆不仅位于历史和统治中心，而且在建构个人和集体身份认同时都是秘密发挥作用的力量"④。因而，真正归故乡后，叙述人东生开始运用未来的思考重新梳理历史时空，建构个人与集体身份的认同。然而当东生不断出现疑惑，身份

---

①陈继明. 七步镇[M]. 北京:人民文学出版社,2019:109.

②陈继明. 七步镇[M]. 北京:人民文学出版社,2019:119.

③陈继明. 七步镇[M]. 北京:人民文学出版社,2019:180—181.

④[德]阿莱达·阿斯曼. 回忆空间:文化记忆的形式和变迁[M]. 潘璐,译. 北京:北京大学出版社,2016:64.

认同并未实现之时，回到珠海的东生才引发了新的疾病：失语症。

伯格曼的电影《假面》和希区柯克的电影《爱德华大夫》是文中提到的两部电影。《假面》讲述的就是戏剧表演艺术家伊丽莎白失语的故事。照顾伊丽莎白的护士艾尔玛从滔滔不绝到表露真情，最后在伊丽莎白的逼视下越说越恐惧，失去了语言表达能力。这和东生的"失语症"如此相似，且文中从开始治疗"回忆症"时就预言了回忆及对回忆的表达就是语言的无力，东生回珠海后的失语是从开篇回忆症的治疗开始就酝酿的思考。"我们只是不知不觉上了语言的贼船，不知不觉做了语言的俘虏罢了……用催眠唤起前世回忆是否只是一种语言效果？"①东生作为作家，写作就是运用言语创作。回到故乡的东生，记忆空间回溯失败，自我精神的归乡也走向了失败，陷入了失语的困境，无法运用语言穿越有意识的大脑，表达情感和灵魂的深处。电影《爱德华大夫》中描述了年轻的精神病医生彼得森帮助精神病患者寻找自我的过程，影片以影像记忆为主，几乎没有语言，因为隐喻无法运用语言来表达。东生亦如这部电影一样，不断寻找自我，在寻找中迷失，东生的失语不是偶然的，是通过失语来隐喻无法表达的内心深处。东生在故乡艰难地寻找自我，失败后开始自我怀疑。文中提到的另一部影片《法国中尉的女人》的文学作品与电影同名，讲述了女主人公萨拉在现实的荒诞、丑恶、冷酷中，不断认识自我、挣脱传统束缚，最终寻找到了自我所喜爱的生活。这也许就是作家陈继明的影像暗示，利用影片让读者理解东生在不断自我否认中坚持追寻，从而展开对自我的反思与对创作的执着，"连这部小说，实际上也是施暴。对亲爱的读者诸君的施暴。但我已经欲罢不能了"②。陈继明想通过东生的不断自我突破，在历史中寻找前世的记忆，隐喻的并非语言的"施暴"，而

①陈继明.七步镇[M].北京:人民文学出版社,2019:24.

②陈继明.七步镇[M].北京:人民文学出版社,2019:148.

是想通过自己的思考引领读者进入人性的叩问和那些难以言表的情感，牵引读者思考人将怎样生活，探索死亡的不可逃避性，重新审视人类的将来，以及如何让每一个瞬间都带来独一无二、不可重复的意义。

## 二、谈写作与讲故事的两条时空叙事线索

卓拉·加百利文的时空空间是由叙事的行动和动作形成的空间结构，也可以简单称作"时空"，它包括共时和历时两种关系。依据时空层理论进一步分析《七步镇》的时空话语叙事特征，两条叙事线索中的表层故事是在三层空间三重叙述身份的交织中完成的，历史与现实时间里李则广和东生前半生故事的交织叙述完成了东生前世今生记忆的主体意识重构。所以，作家东生的爱情故事与前世李则广的历史故事只是本部小说的表层叙事线索，而与回忆症相关的文学创作则是时空关系的存在意义，也就是文本故事线索的另一条隐含叙事。

首先需要借助时空理论梳理文本表层的叙事线索。文本共五卷。首先讲述了东生的病症名为"回忆症"。然后为了探寻病因，东生的"前世"回到故乡。在故乡病因"追寻无意义"后东生失语。在世界各国历史探寻后病愈，东生继续寻找（前世今生）。最终收集完成前世李则广故事的拼图，以及东生前半生故事的回溯（少年离开故乡躲避灾难，求学与工作，三次婚姻的失败，父母离世等），结尾处东生开启了新小说的创作。根据时空层理论的共时关系来看，需要首先探索叙述点上的运动是切断与空间已有的关系，还是继续保持特定的空间关系，从而判断空间的状态。依据文本叙述内容可以梳理出三层运动空间：一层是东生现在进行的空间，与居亦的爱恋关系；一层是东生的梦境和回忆的空间，前世的杀人与前半生爱恋等；一层是甘谷的历史事件空间，金三爷的故事等。这三层空间的叙述虽然是交织在一起的，但各自都保持了运动间叙述点的相连而与其他空间的切断关系。

三重空间的行动元东生具有三重身份：第一重是作家东生；第二重是虚构的东生，梦境和回忆中的东生；第三重是调查家园历史故事的调查者东生。

时空理论的历时关系即指方向、轴与力量，指特定叙述文本的空间发展存在一定的方向或运动轨迹，如"梦境"与"记忆"是回溯的方式，叙述文本的运动方向就是从现在到过去，其目的是通过抗拒遗忘，赋予存在意义。这就是说必须通过"权力域"跨越空间"轴"的活动赋予事件以一定的秩序和形式，从而通过力的轨迹掌握事件运动的方向，判断空间转换的意义。那么文本中与三层空间相对应的时间线索有两条：一条是历史时间，一条是前半生的经历。第一条时间线索完成的是东升的梦境和历史事件两重空间的时间线，由唐朝公主人皮鼓的故事和金三爷的故事、李则广的故事组成。另一条时间线是东生的前半生（与陈继明的前半生基本吻合），是现实空间和回忆空间的时间线。因而，小说的时空关系就是通过东生的行动回溯前世今生的故事，这个故事的引发"力量"是东生的"回忆症"，调查者身份的东生企图调查"回忆症"引发梦境空间中涉及的人物事件，从而来完成前世今生历史时间内的故事溯源，所以东生的梦境空间反而不是隐藏的叙事线索而是表层叙事的时空线索。

调查者东生在文本中促使虚构的东生与作家东生交往对话，从而完成东生主体精神人格的建构。具体来看，"梦有文本性和叙述性的构成要素，即选择（聚合轴操作）与组织（组合轴操作）"[①]。尽管梦是人类各种感官渠道的心像，但在文学作品中叙述出来的文本已经脱离心像本身，是一种再叙。梦中的事件与讲述梦中事件的叙述主体"我"具有双重性，其营造的空间中的故事非现实中叙述主体的真实感

---

① 赵毅衡. 广义叙述学[M]. 成都：四川大学出版社,2013:51.

受，但作家陈继明利用调查人东生收集的有关唐朝公主、金三爷、李则广的纪实资料，在叙述中打破了文学作品的虚构性，让读者进入故事，了解了一个个"真实"故事的底本资料。在电影《爱德华大夫》中滑雪片段表达的就是视觉无意识深处的影像与现实的重合，潜意识变为有意识，梦境最终转为清醒，精神疾病才能治好。也只有在多重空间力量的推动下这个梦境中的自我才能与现实的自我重合起来，渐渐找到真正的自我。电影中多次提到弗洛伊德，此部小说中也提到弗洛伊德的潜意识，按照弗洛伊德的理论，梦属于浅层次欲望的浮现，而深层的欲望体现在梦中经过加工的形象而非语言，形象无意识层面的表象则能窥到本能无意识。因而，作家东生的叙述始终伴随着虚构东生有关梦境的探索，这就是自我精神的溯源，是无意识向有意识行动的力量。调查者东生的纪实性叙述就成了一种伪装的叙述者，让一个不合逻辑的主体意识极强的意识流动话语变成一种可信的事实，让梦境变为真实存在。本部小说中讲述的表层故事就是在三层空间三重叙述身份的交织中完成的，叙述人作家东生在故乡甘谷与异乡珠海的现实故事，通过调查中拼凑的情节完成调查者东生追寻梦中东生前世记忆的主体意识的重构。所以，作家东生的爱情故事与前世李则广的历史故事只是本部小说的表层叙事线索。那么，文本在叙述中叙述主体将探寻的结果用零散获得的资料完成调查者东生对于故事的讲述，读者同作者一样，慢慢揭开历史的谜底，在资料的拼凑中完成故事的重组，其效果是叙述中带给读者需要重组的冲动。但这条表层叙述线索中隐含着另外一条故事线索，与回忆症相关的文学创作就是故事线索的隐含叙事，即隐含的作家贯穿始终的有关如何写作的思考。

在谈文学创作这条隐藏叙事线索中，隐含的作家、叙述人东生、人物、叙述者声音都参与其中，探寻回忆症的病因与写作的联结关系。作为隐藏的叙述路径，探寻其叙事形成的线索就是在揭示小说文本中作家的"元叙述"，也是底本和述本的关系，东生的回忆症引发的前世今生的故事只是叙事的述本，"写小说的过程被写成小说，聚合操作比喻性地放到了组合中。暴露叙述痕迹的叙述，这种手法往往被称为'元叙述'"①。探讨如何进行文学创作就是《七步镇》的"元叙述"，就是东生前世今生故事后面隐藏的叙事线索，就是底本的内容了。英国作家约翰·福尔斯的长篇小说《法国中尉的女人》是文中提到的电影作品的原著，但小说不同于电影文本，在小说文本中设置了两重叙述视角，隐含的作家以叙述人身份站在前台讲述作家应该如何创作，女主人公萨拉的故事只是另外一条叙事线索，结尾处作为叙述人的作家又站出来为故事写了三个结尾，也就是萨拉的三种生活。隐含的作家讲述写作的线索就是"元叙述"，萨拉的故事就是小说的述本，结尾处本应是底本的资料，叙述的三种生活的可能性通过隐含叙述告知给读者。《七步镇》通过叙述人作家东生的叙述行动探寻回忆症病因，在作家东生的话语中慢慢暴露出隐含的作家有关文学创作思考的痕迹，这条隐藏的线索就如同《法国中尉的女人》中隐含的作家讲述文学创作的元叙述一样。《七步镇》文本中的底本在故事情节的叙述中，在述本隐含的选择中可以看到其中的端倪，可借此反推底本的特色，但底本可能有多重组合及结果。这里需要找到的是《七步镇》的作者陈继明选择材料并组合的叙事特色，也就是陈继明的"元叙述"。

小说《七步镇》从开篇叙述人东生的叙述行动中就提出了有关创作的态度和观点的问题，这就意味着开篇就开启了隐藏叙述线索的讲述。"小说写作是需要这样一个前世的，一个藏在未来的前世，一个未曾出现的前世，小说写作的全部任务就是找到自己的前世。"②那么李则广的故事则是小说写作要探寻的历史空间，东生的回忆症与小说

①赵毅衡. 广义叙述学[M]. 成都：四川大学出版社，2013：132.
②陈继明. 七步镇[M]. 北京：人民文学出版社，2019：15.

写作纠缠在一起，对于前世李则广与东生前半生的回忆是小说写作的源泉，两者是统一的道德体还是分开的拷问就是小说写作的深层意蕴，自我精神追溯与探源则是写作任务。符号专家赵毅衡认为底本/述本转换中有三个层次，这不是时间的先后而是逻辑的顺序，"底本1——材料集合（聚合系的集合，没有情节）；底本2——再现方式集合（已情节化，即故事已形成）；述本——述本（上述两种选择的结果，文本化）"[1]。借用从底本到述本的逻辑关系分析，是为了更好地将文本中文学创作的观念与表层故事线索相对应，也就是探索隐含的作家在文本中传递出的创作观点是如何在表层故事叙事中实践的，这将更好地厘清作家陈继明的创作特色。《七步镇》叙事的底本在开篇的叙述中就暴露出来 "回忆症"与"写作"的纠缠，具体来看，卷一对于回忆症的思考就是，"对于一个回忆症患者来说，坠入回忆却殊为危险，如同灾难，他们会深陷其中不能自拔，会反复纠缠事件的每一个细节，有时会对其中一些关键的细节做出修改，以便演绎出更好的结果，或者更坏的结果"[2]。这里能够推测出的底本资料是作家所找到的回忆症资料，回忆症有着回忆细节的特点，文学创作中叙事的或好或坏很大程度取决于细节的描述，陷入回忆症细节纠缠中的病人可能是精神病患者，但在这里作家陈继明将这一病症与文学创作相连，那些难以忘记的事件运用想象构筑出来就成了创作的初衷，一种优良的品质，因而小说构筑的是一个回忆症患者东生前世今生的表层故事。"东生首先是一个回忆症患者，其次才是一个写小说的人……接下来的故事可能和写作关系不大，和回忆症瓜葛甚多"[3]，接着作家又说，"至少有一半的作家是被回忆成就的，散文家的比例就更多一些"[4]。文中两段

①赵毅衡. 广义叙述学[M]. 成都:四川大学出版社,2013:141.
②陈继明. 七步镇[M]. 北京:人民文学出版社,2019:2.
③陈继明. 七步镇[M]. 北京:人民文学出版社,2019:8.
④陈继明. 七步镇[M]. 北京:人民文学出版社,2019:63.

文字的对比阅读后可知，似乎东生的回忆症和写小说关系不大，与作家身份的关系紧密。但底本的故事如何情节化又都是回忆症造成的，因此可以推出那些零散的资料和片段的调查资料最终成就了作家的写作。最终作家陈继明也给出了判断，"作家是被回忆成就的"，意指回忆症与文学创作是有直接关系的，写作者对于记忆的回溯与思考就是回忆症引发的，所以表层故事里从东生的前世到前半生的回溯，就是东生的回忆症引发的思考。但过激的行为和过度深入的思考将影响作家东生的生活，那么这种不安与躁动的深层驱动力应是作家陈继明想要通过七步镇故事表达的观点。

> 回忆症对我生活的方方面面构成了影响。如果不是回忆症，我可能会写出更多更好的作品；如果不是回忆症，我可能过着完全不一样的生活。①
> 回忆症，死不了，活不好，主要症状无非是忘不了一些事情，尤其忘不了那些"没有理由的死"。②

这不仅是对于死亡的探索，还是由回忆症引发的有关写作的探索。如何看待死亡，怎样书写死亡，这样的叙述再一次深入回忆症的治疗与病因，实际上就是作家探寻写作的过程。只有将那些过往回忆起来，反思现在的生活，才能更好地创作。文中透过心理医生王龄的话语做了详细阐释。

> 我不用神通看病，而是经由知识和经验看病，和你写小说一样。……我是另一个你，我们相互依赖，共同发现秘密，一起回到记忆的远端，寻找埋藏在记忆深处的病因。……高科技取代了人，挤掉了

---

①陈继明. 七步镇[M]. 北京：人民文学出版社，2019：27.
②陈继明. 七步镇[M]. 北京：人民文学出版社，2019：43.

人。……军人和土匪至少有一点是一致的，都有可能杀人无数。……你说小说的前世和人的前世不同，小说的前世在未来，不在过去，我觉得很有道理。①

写小说需要进入人类的历史，思考现代社会的困境，运用将来的秩序体认自我的身份，尽管迷茫但不玄幻，梦境的前世只是为了更好地说清楚现实的苦痛。所以，回忆症带给作家的想象与创造是可以通过文本具体叙述推断的，只要运用知识和经验找寻人类最深处的道理就可以进行创作，然而东生写作的困境就如同探寻回忆症的病因一样，需要在回忆中找寻自我，在创作中不断探索主体意识。

写小说的人，是长期生活在迷信中的人，迷信未来，迷信不可能，迷信持久，迷信等待。……一直以来我就是这么想的，我写的东西不够多不够好，我可以把一部分原因归于回忆症。现在回忆症好了，我没懒惰和拖延的借口了，我应该久久地坐在书桌前来赌赌自己的迷信。②

我是一个作家，一个二十岁就开始写小说的人，想象是我的本能，想象甚至已经是我的大脑结构，是我的基因。③

学习写作很多年之后的某一天，我突然认为，1975年冬季的那个早晨，应该算我写作的开始，因为，一个"文学自我"在那一天苏醒了。我认为，孤独的自我就是文学的自我。孤独和文学的关系正如花蕊和蜜蜂的关系。④

我像一个被我本人软禁起来的人，唯唯诺诺，瞻前顾后，写了一些根本不需要思考和选择的故事。……三十年里，我还算勤奋，但是，我

①陈继明. 七步镇[M]. 北京:人民文学出版社,2019:44-47.
②陈继明. 七步镇[M]. 北京:人民文学出版社,2019:78-79.
③陈继明. 七步镇[M]. 北京:人民文学出版社,2019:82.
④陈继明. 七步镇[M]. 北京:人民文学出版社,2019:145.

写了一堆全无个性庸常极了的作品。将它们统统付之一炬，毫不足惜。①

还记得，当初想当作家的时候，我心里最向往的并不是作家的成就，也不是作家的名声，而是写作这种行为明显的避世性质——作家可以不和繁杂强悍的外部世界打任何交道，一个人躲在家里，仅仅靠一支笔，就可以生存。②

这是如东生一样的很多写作者在创作中需面对的问题，陈继明亦如此。东生成为作家与回忆症有关，三岁开始的回忆症展露出来的就是写作的天赋，这也是其坚持创作的动因，所以故事才是运用作家身份的叙述人追寻前世来完成讲述的。当这些抽离出来的事件拼凑在一起后，就可以看到东生的创作困境，不断追寻前世的无力也就是在呈现写作的困境。底本的叙述可以推出很多结果，诸如作家放弃写作，然而文本却写道东生从故乡回来就患了失语症，这表明作家在情节安排上让东生重新思考语言表达的意义而非放弃写作。结合述本内容反推底本资料，作家陈继明在这里企图通过两个维度的资料深入思考写作，一方面是东生的写作困境，另一方面则是东生的写作观点。前面已经大致找到了"病因"回忆症及东生的写作困境，下面详细梳理一下东生的写作观点。

文本中作家东生没有放弃写作，东生对于自我的认知更高，一直努力突破自我寻找更多的表达方式，期望完成小说的讲述，所以东生说小说中的人物是我的设计，而不是我的自白。那么东生的小说创作亦如陈继明的创作理念，创作文本中的叙述人是不是作家本人呢？随着东生思考慢慢深入，陈继明想通过东生告诉读者，东生只是陈继明想象出的人物，是作家内心涌动的叙述力量的外显。透过文中东生在和居亦的一段聊天，可以进一步了解作家的创作观念。

①陈继明. 七步镇[M]. 北京:人民文学出版社,2019:155.

②陈继明. 七步镇[M]. 北京:人民文学出版社,2019:153.

居亦说理解我说的，"小说的前世不在过去，在未来。也理解了布尔加科夫的观点，小说并不来自纯粹的自我，而是相反，从自我中解放出来，才能进入真正的写作。"

我说："我出生于海棠，这已经是被迫的，上一世我出生于十里外的七步镇，这也是被迫的。写作需要一个稳定的观察点，它只能是海棠不能是别处，所以，海棠又是被迫成为海棠的，海棠再三地被迫成为我小说中的样子。"

她又说："我觉得，从故乡和作家的关系这个角度来看，所有的作家可以简单划分为两类。一类是和故乡平行的，作品不高于故乡的作家。一类是流浪在外的作家或者在故乡流浪的作家，比如贝克特，是用法语写作的爱尔兰人，卡内蒂，是犹太裔英国人，还有布罗茨基、奈保尔等人。"①

作家东生此时就是流浪在外又在故乡流浪的作家，那么故乡对于东生或者陈继明的创作来说，已然不是一种唯一，而是文学创作中自我精神的寻找之地，是要在自我释放后反思的历史与民族，在新旧思想交锋中获得认同感，这样的创作理念促使表层故事最终得以完成。东生失语症治好后首先做的事情就是回到七步镇继续完成前世故事的调查，进而文中又对小说美学进行了分析，并通过东生的表达颇为独特地显露了出来。

两性关系的美学和小说美学很相似，那就是，意义是用暗示、幽默、含混达成的。小说语言的任务是激发联想，构成蛊惑，而不是提供信息，解答疑问。小说里有一种整合的意义，必须在看完整部小说后才能勉强知道，任何一个局部单独看都是欠准确的。……小说的任务不是说正确的话，而是说在此时可以说的适当的话。小说里没有正

①陈继明. 七步镇[M]. 北京:人民文学出版社,2019:178-179.

确，只有适时和适当。是否适时和适当，由复杂多变的语境决定，由上下文的关系决定。这正是小说区别于其他文体的关键所在。①

那么，读者如果想了解故事的全部，想知道陈继明到底在写什么，就需要将整本小说看完后结合上下文语境再思考，才能接近作家的创作初衷。当然这里作家想通过叙述人东生的解读表明东生对于文学创作的体认是身心融合的感受，东生不在意他对于前世的寻找是否准确，他只是想表达他对于个体精神的自我寻找，以及对于主体意识身份认同的一种思考。这个述本的底本中可以推导的结果极多，也就是陈继明在这部小说的创作过程中所处的现实世界，即我们现在生存的时代，物质工业化的侵袭，彼岸世界的迷茫，精神物化等现象造成人们焦虑的生活现状，遗忘历史已经成为一种表征。作家陈继明想要表达的，或者说底本中可以见到的，在述本中作家不断深入思考的问题，如道德层面的谴责，爱的无力，国家集体的认同，以及不断关注自我，才能连带牵引读者进入现实深处思考，等等。因此，文本故事的叙述时空关系颇为复杂，厘清创作小说这一辅线叙事后才能帮助我们理解作家陈继明的创作意图，小说的"元叙述"才能凸显出来。

同时，作家陈继明又从另一方面将文中叙述人作家东生的小说作品与自己的创作重合，如文中提到的《一个少女和一束桃花》《圣地》《灰汉》等，认为作品中的人物可乘（《北京和尚》）、杜仲（《一人一个天堂》）、灰汉（《灰汉》）、懒汉灰宝（《芳邻》）等都有圣徒气质，并评价其为"东生式受难""中国式受难"。这里的东生就是陈继明，但此底本也只是文中借用的例证而已，如同借用电影《假面》《法国中尉的女人》的名字作为材料一样，都需要在文本中形成整体后才能够看

---

① 陈继明. 七步镇[M]. 北京:人民文学出版社,2019:204.

清全貌，也就是结合陈继明所有创作作品及创作观念才能够知道他的创作风格与小说具有的气质。"一个作家的梦境也有其特殊性，有小说特有的气质。"①人性具有复杂性，小说中描写的一切细节，包括梦境都逼真地负载着创作者的态度与创作意图，有层次地剥离出来，从述本的显示中探索底本的筛选，就是理解作家写作意图的重要途径。因而，结尾处当一切都尘埃落定，作家东生决定坦然面对自己，开始小说创作，并写了新小说的开篇，这也在间接表明作家陈继明创作一贯的坚持，超越的艰难和其创作探索的永不终止。当然其近几年的创作成果颇丰，继《七步镇》后，陈继明先后写了《0.25 秒的静止》《平安批》两部长篇小说，可谓高产。相对于小说《七步镇》结尾表明的立场与态度，作家陈继明已经非常清楚地用其创作的一部部小说告诉大家他对于文学创作的个体思考与精神追求。

### 三、文本空间中不可靠叙述主体的精神追问

依据卓拉·加百利文的文本层理论，文本空间是文本所呈现和架构的空间，它受三个要素的影响：一是语言的选择性及其效果，意指语言不能传达空间所有信息，空间的言语存在不确定性，需要读者在叙事的间隙填充与重构；二是文本的线性时序，指在语言时间的连续中建构空间信息，传达信息的时序也将影响空间图景的轨迹变化；三是视角结构，即文本聚焦的视点会影响叙事空间的重构，语言的空间视点需通过叙事行动的空间位置和作为一个整体世界空间关系的位置来判断。这样看来，文本空间是基于地理层和时空层完成的视阈建构，是作家在叙事的过程中选择的语言方式、时间线索和视角结构，阅读中需要确定叙述主体的时空视阈，才能准确判断隐含的作家想要表达的真正含

---

① 陈继明. 七步镇[M]. 北京：人民文学出版社，2019：212.

义。那么，资料的组合，叙事语境的可归约性、社会历史语境的差异性，以及叙事过程中叙述主体传递信息的不确定性，都将造成对于文本理解的差异。《七步镇》的文本空间是基于地理层珠海和甘谷的主体意识探索，时空层讲故事和谈写作的两条叙事线索完成的视阈建构。当我们从文本中抽离叙述线索，整理叙述视角的多重影响因素后发现文本中运用意识流话语、梦境的影像回溯、史料的引用，以及大量电影及小说作品名字的介绍等方式进行叙述，叙述主体在意识、梦境、资料等空间中转换，所呈现的空间架构极大程度地受到语言不确定性和叙述视点难以判断等方面的影响。那么，当读者无法还原作家创作时聚焦的视点时就会呈现不可靠的叙述，并获得不可靠性的信息。

多种可能的阅读视阈将形成不可靠叙述，"如果一个同故事叙述者是'不可靠的'，那么他关于事件、人、思想、事物或叙事世界里其他事情的讲述就会偏离隐含作者可能提供的讲述"①。根据这些因素进入文本的视点及话语的判断，去找寻《七步镇》文本中的可靠叙述和不可靠叙述，消解多种阅读视阈的可能，才能贴近陈继明的创作意图，更易理解小说的内涵。"费伦的研究聚焦于人物和情节进程。他建构了一个由'模仿性'（人物像真人）、'主题性'（人物为表达主题服务）和'虚构性'（人物是人工建构物）这三种成分组成的人物模式。"②东生的三重身份恰恰对照的就是费伦的三种人物模式。东生的第一重身份是作家，文本中作家东生就是"模仿性"人物，他与居亦的爱情，他回故乡调查李则广事件后失语，治愈后再次回到七步镇，了解一切事件始末后回到珠海继续文学创作。第二重是虚构的东生，即梦境和回忆中的东生。东生的梦境与历史中记载的李则广是小说的"主题性"人物，他的人生历程就是历史溯源，就是个体精神的重新思

①[美]戴卫·赫尔曼主编. 新叙事学[M]. 马海良,译. 北京:北京大学出版社,2002:41.

②申丹,韩加明,王丽亚. 英美小说叙事理论研究[M]. 北京:北京大学出版社,2013:243.

考。第三重是调查家园历史故事的调查者东生，文本中的"虚构性"人物是拼凑起历史故事始末的各种资料。因而，在现实生活与历史故事中，东生讲故事与谈写作的两条叙事线索中就存在许多交叉与重叠。调查者东生企图促使虚构的东生与作家东生，一个清醒的"我"和梦中的"我"展开对话，叙述视点不易判断，这就在现实与虚构间形成对于事件认知的矛盾心理，成为不可靠叙述的直接原因。同时，回忆症引发的隐藏叙事线索，有关写作的思考也存在着隐含作家参与叙事，而参与式的讨论使得隐含的作家与叙述人东生难以区分的情形。那么如果无法通过语境的不同来判断，不可靠的讲述就会凸显出来，影响读者阅读视阈的建构。诸如前面已经对于"故乡是道德的存在""语言是对读者的施暴"等叙事时空的间隙予以分析，这就是文本空间中的不可靠叙述，隐含的作家跳到前台的叙述者声音，让我们开始怀疑作家陈继明对自我创作的怀疑。但前面我们已经分析，"施暴"不是作家想要表达的含义，明显是在运用不可靠的叙述主体诱惑读者，我们需要根据具体语境，将作家想要表达的意思与文中人物、事件、地点、环境等叙事空间相连，找到叙事陷阱。当然对于不同文化背景的读者来说，理解受到阻碍与诱导时，就形成开放的接受效果，产生不一样的叙事效果，但也可能造成误读。下面就对小说中反复出现的一些较为隐秘的言语、重复应用的表述、留有空白的话语等方面进行梳理，以期更为接近作家陈继明的创作意图，从故事的拼图中深入作家潜意识的思考，并为其找到依据。

首先，小说中提到两个针对心理治疗方面的科学实验。第一个是20世纪50年代，美国哈里哈洛的心理学专家，给猴子做爱抚和温暖的本能依赖实验。第二个是美国肯塔基大学做过的催眠试验，实验分为三次，每次通过语言肯定轮回转世存在的程度，结果显示催眠后回忆的多少不同。这两个实验从科学方面给予文本故事内容的叙事以真实性效果，让读者读起来误以为东生的回忆症是真实存在的，东生的前世今生就成了一个真实的叙述空间。同时，运用"心理疼痛""饥饿心理"等心理疾病惟妙惟肖地描绘出来，也从另外一个层面暴露出作家想要展露的现代社会的各种心理疾病，"回忆症""失语症"就在其中，从而将仅仅是身体的一种疾病转换成为一种道德批判。在这里"模仿性"人物东生的话语中对于科学实验及心理疾病的探索中建立了一种较为科学的视阈，那么阅读中会误以为"回忆症""失语症"是真实存在的，然而由这些真实存在引发的对于前世不可能真实的故事的探索就具有现实意义，"主题性"人物的叙事也就具有可深挖的历史意义了。

　　然而，科学实验也从另一方面隐含着一种肯定的叙述暗示，是作家陈继明有意设置的叙述主体，通过这些疾病的叙述话语营造信以为真的催眠效果，实际上并非如此，虚假的叙述人让读者在前后语境里辨析作家的真实想法。因为后文中的叙述明显揭示了作家陈继明的真实想法，想要引发的是对于现代社会人们普遍存在的各种心理问题，诸如懒惰、孤独、软弱等的思考。"真的存在一个独一无二的我吗？我认为没有""'我'身上最强势的异己正是我自身""很多时候，我很像是被大千世界搞乱了，其实是被自身搞乱了"，事件很容易了解，但我更想"和我身上的大部分无知和解，也和我身上的大部分弱点和解，比如懒惰、脆弱、偏爱孤独、易于失望、过于在意有根无根这一类问题，等等"①。作家就是想要大家不要被纷繁复杂的现实搞乱，有效抵御这样的"心理疼痛"，"疼痛是身体的语言……灵魂的语言就应该是恐惧，灵魂用恐惧表达自己的感受，并用恐惧缓解它自身"②。心理疾病需从历史文化传统中继承忠义，才能够更好地推动历史前行，才能够治愈个人的精神焦虑。"硬气，它的另外一些说法是：能豁出去，习惯于

---

①陈继明. 七步镇[M]. 北京：人民文学出版社,2019:277-278.

②陈继明. 七步镇[M]. 北京：人民文学出版社,2019:309.

放纵和炫耀身体里雄强和勇敢的一面，视死如归，必要的时候以殉职捐躯为荣。'硬气'几乎是我们的图腾。我们同时又很在乎'忠'和'义'，所以我们那儿没出过李自成、张献忠这类人物。"①从文本叙事的前后语境中可以厘清疾病的病因，完成隐含作家在文本中想要表达的含义，即作家主体精神的探索中个体及集体性的认同，只有继承历史中的忠义，不断地从历史的传说与惨烈的血腥中找到当下刻骨铭心的最需要存在的"硬气"，才能坚强而有魄力地挑战绝境与困境。因而，这种对于迎接未来挑战的一种忧思就是小说创作的意义，陈继明透过这些文字想要表达的创作观念似乎也溢于言表，当然结尾也巧妙地设计为重新唤起东生继续进行写作的动力，这就是一种勇气的表征。

其次，小说中反复提到很多先哲们的观念，这些观念置于文本前后语境时才能够渐渐清楚其中内蕴。小说中"模仿性"人物作家东生一直利用这些哲理性的思考探源（见表4-1），隐含作家有意发出不可靠的叙述话语，诱导读者进入不同的理解视阈，只有在哲理与主题性人物的思考命题间建立交往的语境，才能够懂得作家的创作意图。

表4-1　引用的哲思②

| 1 | 历史,无论大小,都没办法重复,任何历史都有唯一性。(60页) |
| 2 | 荣格的集体无意识。弗洛伊德的潜意识。(80页) |
| 3 | "先天下之忧而忧,后天下之乐而乐。"(104页) |
| 4 | 用能量守恒原理来解读"幻觉"的存在与消失。(110页) |
| 5 | 列维·斯特劳斯:"人有一种放弃自己责任的倾向。"(162页) |
| 6 | 康德:"只有把希望放到括号里,才能真正审视绝望。"(204页) |
| 7 | 歌德:"永恒的女性引领我们飞升!"(207页) |
| 8 | 西蒙娜薇依:"爱是我们贫贱的一种证明。"(215页) |

小说中着重引用的观点是"爱是我们贫贱的一种证明"。这虽然多次指向东生和居亦的爱情，但在作者灵魂拷问中不断明晰的是人类的

①陈继明. 七步镇[M]. 北京:人民文学出版社,2019:274.

②陈继明. 七步镇[M]. 北京:人民文学出版社,2019.(表格中注释出处皆相同)

焦虑和困扰，对于幸与不幸来说，爱就是愿意分担痛苦与快乐，然而人类采取任何手段都无法消除生存的不幸。所以在与居亦热情一吻的回顾时提出"历史唯一性"的观点，说的即是爱的美好，爱的不可复制；在与居亦爱的纠葛中东生体会到了温暖与自在，但这种爱也无法解救"我"的自我迷失，这就需要返回历史重新找寻原因。"父亲和故乡一样，也是一种道德存在。有父亲在，一个儿子就总是生活在道德焦虑中。……母亲和父亲不同，母亲是爱本身。"[1]现代社会有多少人都在现实中误以为爱的天长地久和不可替代性，作家悲观地期望战胜孤独与脆弱，通过疼痛来叫醒沉睡的灵魂。对死者的爱，也就是父亲和母亲不同程度的痛，即"有理由的死和没有理由的死"的追问，若没有被引向根据未来模式构想的虚假的不朽，就是完全纯洁的，然而父亲被喻为道德存在，就是企图用死者存在来追问生的意义。虚拟性人物东生梦中记忆的前世，即主题性人物的真实历史事件的调查，这些都是在渴望与思考一种给予任何新东西无限生命力的不可能，人们渴望死者曾经存在，而死者确实曾经存在，在追溯中迈向未来，但已被遗忘。所以说结合"主题性"人物李则广一生事件的梳理，隐藏在叙述线索和叙事的探索中才能够清楚地获悉作家的创作意图，对于爱的渴望，对于无法抵抗现实困境的自我觉醒，透过文本的前后语境，深入道德层面的谴责就将文本从一个多情男子爱情泛滥的简单自我谴责中释放出来，更具深刻性。

再次，是"脸红"与"献血"。作家陈继明对于人物情感变化的描摹，简单而直接，用了"脸红"一词；对于情感极度痛苦的爆发之时的描写也较为简单，用"献血"这一行动来释放自己的情感。文中对于叙述人东生脸红的描写有三次，居亦脸红的描写有七次，母亲的脸红描写有一次（见表4-2）。

---

[1]陈继明. 七步镇[M]. 北京:人民文学出版社,2019:156–157.

表4-2　脸红描写的梳理

| 东生脸红 | 1.王龄说我对父母死的态度，一个悲伤三个月，一个悲伤十年，还把自己吃成一个大胖子后，"我感觉自己脸红了"。（32页） |
| | 2.居亦听说我被催眠治好后看着我时"我竟有些脸红"。（49页） |
| | 3.我说我是回忆症患者，居亦说你已经治好了，"我笑了，有些脸红"。（60页） |
| 居亦脸红 | 1."我发现居亦这个女人给人的第一印象是很容易害羞，脸说红就红，连耳朵都会红。"（17页） |
| | 2.我让居亦别提醒我已经老了，居亦的脸"唰"地一红。（61页） |
| | 3.我说"容易脸红，说明她并不是一个自信的女孩"。（73页） |
| | 4.我说居亦早想好在车上亲热的话后，居亦脸红了。（77页） |
| | 5.居亦和父亲意见一致，说彼此不要做对方的电灯泡时脸红了。（171页） |
| | 6.居亦问我奴羔的儿子是不是我时，脸红了。（176页） |
| | 7.居亦评价完我的作品有受难气质后想借此观点写博士论文，问我是否可以时脸红了。（179页） |
| 母亲脸红 | 2次：母亲脸红，因为她认为识字少的人坏不过识字多的人，然而我识字；如今想起母亲脸红的一幕，已遥不可及。（221—223页） |

　　脸红是一种生理反应，是由于紧张、激动、惭愧等心理原因导致的人体交感神经兴奋的反射，当去甲肾上腺素等儿茶酚胺类物质分泌增加时，人就会表现出心跳加快，毛细血管扩张的脸红表现。小说《七步镇》中描写三个人物的脸红，是作家想通过简单的情感表现传达人类需要对于做过的事情脸红这一想法。结合主题性人物和虚构性人物对于前世今生的历史叙述看，作家每一次叙述脸红时，语境皆有些特殊，那种直白与坦然面对人类情感的态度，是脸红的深层动因。东生脸红的原因主要就是回忆症患者还在坦言自己治愈了，治愈的同时意味着对于愧疚心理的放弃，不能忘记的事件是种自我折磨的表征，当一个人的自我觉知失去了，如何能够不惭愧？同理，"我"为了母亲的去世悲伤不已，却把自己吃成了胖子，显然不是暴食症，是想通过荒诞的逻辑关系来自省，东生为努力想要做到却无法做到的自己，感到无法释怀的惭愧。居亦的脸红似乎囊括了所有脸红的含义，从害羞、怯懦、惭愧到不自信等方面都有涉及。在与"我"纠缠过程中的隐秘角落，居亦爱的温暖与她无私的情感是东生始终渴望却又无法回

馈的，东生的索取更多是为了自我的救赎，那么居亦脸红的根本内涵就是对人物善良美好品质的赞扬。母亲的脸红亦如此，因为有个识字的儿子，母亲无私的爱能够成为东生坚韧而硬气生活的动力，然而一切已经随母亲的死亡消逝，母亲也终未看到儿子的觉醒。

文中有关献血的经历先后出现六次，作家东生有晕血症，然而每当人生发生重要事件时他都会去献血。母亲去世、三次离婚后等，东生重要的人生阶段，他都选择去献血，用流淌出的鲜血证明自己活着。然而当他的回忆症治愈后回到七步镇，调查前世李则广事件始末之时，东生先后去献了两次血，也就是当事情有所进展的时候，对于血腥的杀人事件，对于历史钩沉的反思时，他都需要用献血来完成一种仪式，此时仿若用今生的血液的释放来救赎前世的罪孽。

最后，文中有关东生前世今生故事的梳理。在前世的故事中，将家乡文化、传说和历史故事融于其中。文中回溯历史的时间节点可追溯到"姑嫂寺"唐朝公主死后让人用自己皮肤制成人皮鼓替母亲赎罪的时候。同时，故事中地域说唱艺术道情与秦腔等文化的融入，表达了灵魂的"历史"流浪，如同作家东生，或者很多中国人一样在现代化浪潮中流浪，迷失在历史的长河中，不知从何而来，又将去往何处。继而根据文中的时间线索，讲到了李则广的父亲金三爷的故事。金三爷是七步镇的盐商，"硬气"而慷慨，是海棠一带侠骨柔情的民间英雄。他有三个儿子，大儿子李则广，就是东生梦中的前世。他1931年曾跟随地方军阀马廷贤，后夺了堡子当上土匪。1934年率土匪加入胡宗南部队，抗战期间与日作战，惨败后回故乡成为育马能手。20世纪70年代中叶死于杀猪刀下。二儿子是李则贤，解放后做了湖南一个县的县委书记。三儿子李则安成植物人后于1982年去世。从唐朝公主到金三爷的家族史的叙述，文中浓缩了一个民族的动荡与飘摇，东生在记忆的历史时空将"记忆的深处"和"时间的远处"凝聚在一起，最终为了展开个体精神的追问，"以从未有过的魄力，用自然、精确、锐利的文字，拨开历史的迷雾，捅破认知的局限，到最幽深的地方去，到最遥远的地方去。没有犹豫，我决定重拾那部再三难产的长篇小说，坚定不移地写下去。……我也深知，要想真正写好它，更需要勇气：虚构的勇气，面向未来的勇气，踏入绝境的勇气……那将是一次真正意义上的孤胆长旅"①。作家东生企图通过传奇式的历史钩沉，拨开重重历史迷雾，从中寻求克服与解决人类精神困境的途径，运用传承的坚硬与惨烈，唤起自我继续创作的勇气。

文本在前世的回忆中又夹杂了作家东生前半生的记忆。作家东生的记忆是 1975 年 5 月，哥哥嫂子带着 12 岁的东生去宁夏青铜峡投靠舅舅；在宁夏读了小学、中学；1980 年夏天高考并被录到了宁夏大学中文系；1982 年秋天骑自行车逛街时遇到一个人，把"我"绑在农田里，天亮"我"磨断绳子后回学校；三次婚姻失败（见表 4-3）与写的小说；如今在珠海居住，与居亦谈恋爱；治疗疾病，回故乡找寻故事源流；继续写作。

表 4-3　三次婚姻的记忆

| 1 | 突然想起我有三个前妻，都讨厌我的脚。（55 页） |
|---|---|
| 2 | 我的三任前妻都是城里女子，没有挨饿的体会，嫌恶我的农民习气。（68 页） |
| 3 | 我的一位前妻喜欢吃水果沙拉，我们由争吵到捍卫，最终离婚。（74 页） |
| 4 | 回到故乡后，觉得自己什么都没干，也无法衣锦还乡，想想只离了三次婚，有两个女儿。（包括小鹤）(90 页) |
| 5 | 第三任妻子的支配欲最旺盛。我们的离婚仍算美丽，残忍之美。（112 页） |
| 6 | 晕血使我无法像一个真正的男人。和第二任前妻吵架，我批评她太强势，她说你不做男人，只好我做。（127 页） |
| 7 | 我的三次离婚原来是我的三次发疯。离婚、分手可能是对发疯的曲折模仿，我始终不自知。我借此向三位前妻道歉。（147 页） |
| 8 | 三个前妻都爱我，只是和我对爱的需要有距离。尤其是第二次和第三次婚姻还有我和第一任妻子的女儿问题，我害怕女儿缺爱。（174 页） |
| 9 | 三次婚姻遇到的都是倔强的人，这次居亦说不让我找马加仓，让我想起了前面三任前妻，其实我们四个人都很简单，简单得像动物。正是这种简单，成为改变我们的感情、生活甚至命运的根源，真是可怜。（238 页） |
| 10 | 三次婚姻中不满自己被女人管制，又很软弱，又厌恶软弱。总幻想成为强者。（274 页） |

①陈继明. 七步镇[M]. 北京:人民文学出版社,2019:310-311.

这些文字的梳理再一次证明了文中叙述人作家东生作为模仿人，将作家陈继明的前半生的婚姻记录了出来，作家东生想要表达的是一种陈继明的自省，对于婚姻及生活的自省，无关婚姻，更重要的是对人格怯懦的反省，作家想要表达的是一代中国人身上的自我救赎，如何从软弱的历史中走出，成为硬气的能够具有更为开阔视野的中国人的性格。

至此可知，无论在小说中通过哪种人物身份叙事，无论是模仿性、虚构性还是主题性人物，最终在矛盾话语背后指向的都是此部小说的主体精神追问，即"我是谁""我从哪里来""我将要去向何方"。作家陈继明为了说明"前世今生是不是一个道德整体"的问题，从民族历史中去思考人类个体的困境，以及怎样才能够实现的问题。真正困扰的疾病是东生的不肯遗忘，努力找寻答案的痛苦让作家东生体会到"新的记忆取代了旧的记忆，旧的记忆就好像从来没存在过一样。这是我半辈子一直学不会的本事"①。所以才有了希望与绝望的对立，学不会遗忘的目的是铭刻，人不可能踏入同一条河流，回忆曾经发生事情的意义就更明显地指向铭记。作家将那些发生的事件，通过"我"的回忆和调查，通过"我"这些毫无力量的语言追溯人类到底是谁，从故乡开始"时间的延伸、空间的改变、人流和信息流的增加，这些因素中的任何一个，都有可能促进它（幻觉）的消失"②。能量守恒就是一种缓缓促进幻觉消失的力量，回忆的力量促使我们不要忘记母亲，这个爱的存在，疾病依旧不能被治愈，两者相互矛盾中模仿性人物作家东生欲罢不能，最终才导致失语。"我伸开四肢仰躺在麦田里，想永远这样躺下去，不回海棠，也不回珠海。对于寻找前世这件事我突然感到厌倦极了，我相信世界上最无聊的事情恐怕就是不屈不

---

① 陈继明. 七步镇[M]. 北京:人民文学出版社,2019:125.

② 陈继明. 七步镇[M]. 北京:人民文学出版社,2019:110.

挠寻找到自己的前世了。"①无论幻觉如何，是一匹红马，或者应该是一匹白马，都要在时间上的久远和空间上的深度里找寻自我身份，在未来的秩序中重新解读历史并形成自我意识。

最终东生自我体认地呼喊："我是不是最好的自己？我是不是最真的自己？"答案是肯定的，因为"我需要被拯救，而不是被治疗"②。东生希望可以在迷茫中继续创作，鼓起勇气写出自己对于世界的观照，这也许更是陈继明想借此部小说表达的观点，这样的观点在陈继明的小说创作中不断发酵、成熟，成为宁夏当代作家中主体话语意识的创作潮流及特色。


# 第四节　漠月小说传承与认同的话语特色


叙事媒介在历史时空中演化，从口语、文字、印刷到电子媒介，每个民族都经历了变革带来的时空观念、社会身份的转变。小说也在传统与现代的叙事观念中不断突破、建构与重建。海登·怀特打破了史学与文学研究的壁垒，探索历史叙事中文学叙事的特征，小说叙事的研究也随之发生变化，在社会历史语境中探索文学的媒介符号意义。

作家漠月被誉为宁夏文坛的"新三棵树"之一，其小说创作呈现出了一种独特的具有中国传统叙事风格的时空序列，作家在记忆的时空里叙事，构建了一个独立于历史阶段的空间——阿拉善大高原的牧民生活世界。在阿拉善时空里作家继承中国乡土小说、诗化小说以及传统叙事的传统，形成了独特的全知叙述视角、倒叙的时间结构、寓情于景的诗意场景、颇具神韵的人物群像等叙述风格。在历史文化传

①陈继明. 七步镇[M]. 北京:人民文学出版社,2019:130.
②陈继明. 七步镇[M]. 北京:人民文学出版社,2019:191.

统和文化空间中梳理漠月小说创作的叙事观念，从作家逐渐固定的叙事符号中探索其小说话语空间的坚守与他者认同的创作意义，这将有益于小说家及小说创作在一个时代一个民族一个地域存在意义的研究，也将促进宁夏作家文学创作的内省式反思，并探索讲好中国故事的创作路径。

## 一、全知叙述视角的乡土话语传承

漠月的小说创作多为中短篇，叙事颇具乡土文学特色。漠月曾说："评论家将我的作品归于乡土小说，对此我是认同的，没有什么异议。"对于乡土小说的界定，他说"作为乡土小说，怎样才能拓展叙述的空间？这就要求创作者既要捍卫自己的记忆力，又要有叙说的激情，同时要防止情绪的无度宣泄"，并认为小说创作应是"幽默地生活，智慧地写作"。①这与作家汪曾祺的创作心得颇为相似。"我不认为我写的是乡土文学。有些同志所主张的乡土文学，他们心目中的对立面实际上是现代主义，我不排斥现代主义。……我的作品缺乏崇高的、悲壮的美。我所追求的不是深刻，而是和谐。"②对于"乡土"的理解虽有相似，但在不同作家笔下却各具特色，沈从文笔下的乡土文学是乡村与城市对立的，而汪曾祺认为的乡土是不否定现代主义创作观念与技巧的。作家漠月书写的"贺兰山以西的阿拉善大高原"③是他的乡土。草原、大漠、牧民的祖祖辈辈是他的乡土视野，其间不强调对立的乡土，不排斥现代主义创作观念的乡土；他建构了一个独特的阿拉善大高原的审美时空。这个乡土中有着非常明显的中国美学范畴"虚实相生的诗意"，同时兼具现代美学范畴的优美特质。作家自己称其为"无意识的积累"，这种无意识的积累在其作品中呈现出的是作家创作的相

①漠月. 遍地香草[M]. 银川：阳光出版社，2013：275-276.
②汪曾祺. 汪曾祺作品自选集[M]. 桂林：漓江出版社，1996：2-4.
③漠月. 遍地香草[M]. 银川：阳光出版社，2013：275-276.

对冷静克制而独立的时空，其中充满诗意与平和。学者高小康曾说："故事的历史过程便被说话人从历史叙事中原来所依属的历史语境中挖了出来，变成一个独立的时空结构。"①伽达默尔认为，"传统并不是由我们继承的现成的事物，而是由我们自己的创造，因为我们解释了传统的发展，并且参与了这一发展，因此我们更进一步地定义了传统"②。因而，漠月小说中的童年或少年时期的经历与故事是作家重新定义过的阿拉善大高原的时空序列里的故事，这一创作特征可以从漠月小说叙述话语的媒介特征中找到根源。

视角是作品中对故事内容进行观察和讲述的角度，是叙述者对特定情境的感性立场及聚焦点。具体来看，漠月运用全知叙事视角完成其小说中特定审美时空的建构，读者在阅读中跟随作家话语鸟瞰高原牧民淳朴、美好而持久的人性。漠月的小说集虽然是各自成篇的中短篇小说，但又整体构型出了一个阿拉善大高原，那里有湖道、草原、锁阳，有骆驼、狼、狐狸，有父辈，有形形色色的男人和女人。在全知叙述话语方式中作家和叙述者不分彼此的叙述，让阿拉善呈现在读者面前，同时又在叙述中拉开距离，打破时间架构，用回忆的方式回顾时间节点上的事件，似乎又剥夺了一切具有飞跃能力的时间景象，将故事凝固在作家创造的虚构与想象的阿拉善空间中。中国古典小说叙事传统的特色"正是作者与叙述者还没有分离，叙述者是全知全能的"③。小说多用全知视角，如宋元话本说书人的叙述模式，使"说—听"的传播方式成为吸引读者接受的叙述技巧，又可达到让读者不带有阅读期待的叙事效果。到了明清小说，如《三国演义》中刻画诸葛亮的神机妙算、足智多谋的事件也多采用全知视角叙述，凸显诸葛亮的智慧，

①高小康. 中国古代叙事观念与意识形态[M]. 北京:北京大学出版社,2005:16-17.

②张旭东. 改革时代的现代主义[M]. 北京:北京大学出版社,2014:69.

③刘云春. 历史叙事传统语境下的中国古典小说审美研究[M]. 北京:中国社会科学出版社,2010:41.

消解神秘与惊奇的效果，牵引读者倾听故事。所以这一中国传统全知叙述视角与现代小说的全知视角略有差异，传统全知视角的着力点是作家在创作时关注接受者状态，有滋养读者审美习惯的特色。

漠月小说中这种更似中国古典小说叙事传统的全知叙事视角几乎涵盖其所有作品，隐含的作者与叙述者并未分离，叙述者高居故事世界之上，可以灵活调动叙述内容，故事中的场景事件可以是任何视角发出的，这种史传叙述的距离不仅没有失去真实感，反而将读者拉进故事，告诉读者这是一个真实的故事，是阿拉善大高原上无数故事中的一个。如《湖道》中"说是湖，其实并无水""草是命根子"①等类似话语既是隐含作家的叙述，又是叙述者带有评价性的叙述。因为从这类话语中能判断出这是每一个生活在高原的牧民都知道的事，颇似牧民口语表述的话语，更为贴近接受者，故事的真实感也就更强。文中罗罗和亮子的故事从开篇叙述者的态度就可以看出，这是一个关于"草"的故事，湖道的场景描写已不是简单的自然环境描写，而是故事推进的组成部分，"情节变形就是在新颖的体裁、类型和单部作品中一再贯彻时间塑形的形式原则"②。所以，罗罗和亮子的故事已变形为秋日湖道打草时空的故事，罗罗和亮子就是湖道的两堆草。叙述者在文中这样说："繁星笼罩着湖道。芦草都拔完了穗儿，也播下了新的种子，它们像无数的男人和女人拥挤在一起。"可见，罗罗和亮子就是无数男人与女人中的一个，他们的故事是这一场景的组成部分，漠月小说世界的时空也因此独立塑形。

《放羊的女人》中"入秋的时候，丈夫回家""丈夫赶着一群羊"③。这个开篇"丈夫"的称呼看似是妻子视角的叙述，但接下来用了"她

---

① 漠月. 父亲与驼[M]. 北京:作家出版社,2018:1-12.

② [法]保尔·利科. 虚构叙事中时间的塑形——时间与叙事卷二[M]. 王文融,译. 商务印书馆,2008:3.

③ 漠月. 父亲与驼[M]. 北京:作家出版社,2018:13-29.

去井上挑水，一群羊就走进眼窝里了"。这个"她"的称呼一出现，立即将叙述视角切换为第三人称的叙述了。这个第三人称"她"一直处于全知视角，"她"不仅聚焦自己的内心，"她的心里悄然地浮上一丝得意"；"她"也聚焦丈夫的内心，"她是个好女人，见了生人就脸红，眼下这样的女人少得很。……丈夫一心想开一辆好车，看见别人开好车，自己就难过，心里很不是滋味"。同时，"她"也承担叙述故事的责任，如"天说冷就冷"，"羊在做着冬天来临的游戏"等。因而，"她"的全知视角将小说的时空确立为那个机械运输出现在牧区的时间与空间，展露出的是与传统牧羊相冲突的年轻牧民的生存状态，是那个时空里所有"放羊的女人"的故事。《锁阳》中叙述者讲述了一个"大嫂"的故事。"大嫂"是"闰子"的称呼，文中一直模糊叙述者与闰子的关系，仿佛闰子就是叙述者，直到大哥送闰子到大队部的民办小学读书的情节出现后，闰子这一人物消失，"大嫂"的称呼依旧在，如"大嫂胖了……大嫂像太阳下摊晒着的锁阳"，此时显然可以确定叙述者不是闰子。结尾处叙述者又说："在闰子的眼里，大嫂似乎变得很丑……"①这个讲述故事的叙述者是一个全知视角的抒情主人公，他看着人间百态，感慨世事变迁，犹如一位漫步在辽阔的阿拉善高原的旁观者，将这里曾经发生的故事写在书中告知每位听故事的人。

漠月的小说中用第一人称"我"来叙述的篇目很少，如《岗岗滩》《布和收音机——我的七十年代》《风过无痕》是比较明确用第一人称"我"来叙述的，且带有少许内聚焦的叙述，与其他篇目略有不同，但并未打破漠月叙述的审美时空。地处沙漠和戈壁深处《岗岗滩》的教育问题和《风过无痕》中的保护环境问题是所有阿拉善高原的问题；20世纪70年代的布票与收音机以及文中塑形的牧民形象是特定审美

①漠月. 父亲与驼[M]. 北京：作家出版社,2018:46—61.

时空的人事景物。所以这还是作家漠月叙述中建构的带有全知视角的回忆时空。《野驼》中"我们在寻找野驼"中"我们"这第一人称叙述视角可以替换成任何人。《父亲与驼》中开篇作者就说"那便是我的父亲",但后面一直用"父亲"作为人称代词,且叙述中没有聚焦于父子的内心情感交流,因而在这里依旧是第三人称全知视角叙述,讲述的是牧民群体的"父辈",这个"父亲"在叙述距离中显现出的是所有高原牧民的父辈与儿驼的故事。还有就是《西部西部》这个第三人称"他"的故事内容与《岗岗滩》的经历感相似,但这个指代性词语无疑确定了作家叙述的态度,拉开了叙述距离,实现了其特定审美时空的建构,也完成了其"防止情绪的无度宣泄"的创作。

## 二、叙事场景里的诗性审美时空

漠月小说中诗意特色颇为显著,在叙事上呈现抒情性特色,可以归入"诗化小说"的谱系。"无论哪个阶段,诗化小说的创作者们都以乡土民间和乡土自然为情志的载体,这是诗化小说的基本特征。"[1]中国"诗化小说"最早见于1920年周作人"抒情诗的小说"[2]。王瑶认为鲁迅、郁达夫、废名、艾芜、沈从文、萧红、孙犁等人的作品为此种创作方式。[3]诗化是指小说创作中追求的诗美效果,而诗美效果的内涵却较为丰富而多元。学者王一川的《汉语形象美学引论》一书是从中国传统美学范畴进入汉语兴辞之美的论述,在分析现代作家作品时,廓清了"借西方新奇语言的冲击力,使现代汉语对奇异事物的描摹功能展现出来,并且还激活了沉睡的古典白描语

---

①廖高会. 诗意的招魂:中国当代诗化小说研究[M]. 北京:学苑出版社,2011:60.

②周作人.《晚间来客》译后附记. 严家炎. 二十世纪中国小说理论资料:第二卷(1917—1927)[M]. 北京:北京大学出版社,1997:91.

③王瑶. 中国现代文学与古典文学的历史联系[J]. 北京大学学报(哲学社会科学版),1986(5):1-14.

言传统"①等古今中外语言修辞的创作交融问题。因而，"诗化小说"
研究中不仅需要从现代西方文论创作方法的冲击中思考，更需要结合
中国文学创作的历史进行研究，如《诗经》《楚辞》等诗歌及其修辞
传统，这样才能明晰中国当代小说叙事的独特诗美特征。漠月小说中
建构了一个独立且独特的审美时空，在这个阿拉善大高原的审美时空
里充满诗意，作家精心布局、挑选并提炼故事、叙述诗情，将心中蕴
藏的充满人文内涵的乡土情结立体成形。依据叙事特色分析，漠月小
说中的"诗化"特色主要可从中国诗的情景交融、虚实相生的意境创
作来分析其叙事场景的诗性空间建构，也可以从现代创作手法的意识
流与白描手法，以及叙述结构的画面感、电影蒙太奇的镜头切换等方
面进行分析。

　　具体来看，作家在叙事时打破时间架构，用回忆的方式回顾时间
节点上的事件，在小说中作家运用了文本时间和故事时间倒置的叙事
方式，先将故事放置于一个充满诗意的场景里，运用大量的具有浓郁
抒情气息的画面营造氛围，然后才进入故事的叙述，重塑作家心中充
满诗意的大漠、草原中发生的故事，刻画出高原牧民淳朴和美好的人
性。如《父亲与驼》的前16个自然段用时间倒置的方式完成诗意场景
的建构，从第17自然段"在我儿时的记忆里"开启故事的讲述。开篇
的16个自然段运用结构主义叙事学文本时间和故事时间的关系无法厘
清事件的逻辑关系及前后顺序。罗兰·巴特认为横组合是转喻，横组合
更注重外部世界的传达，呈现逻辑结构关系；纵聚合是隐喻，纵聚合
的联想性更强，非固定性、自由性和放射性是抒情结构的特征，是一
种诗性思维。因而运用诗性思维的抒情性画面结构来梳理前面16个自
然段的文本结构颇为妥帖，可以概括为三个画面："远远的，有人出

---

①王一川. 汉语形象美学引论[M]. 广州:广东人民出版社,1999:160.

现了"，"父亲看到的会是什么呢"，"父亲却在这样的节气里出门，而且走得很远"①。这三个画面仿佛电影蒙太奇的切换，即"过去的父亲""现在的父亲""归来的父亲"三个镜头。镜头中的诗意是于景中蕴情，如"海海漫漫的沙原上，不时卷起一股粗大的牛角一样的沙柱，沙柱扶摇直上，往虚空里去了。没有一丝儿云，天却是白的，白得轻飘飘的，像一层麻纸。高天之上，仅剩的一颗炙烈无比的日头，有如一只燃烧着的火刺猬悬浮在那里，然后毫不吝啬地抛撒着身上的毒针。干旱的日子到来了，谁想躲都躲不过去的，只有死受和煎熬。除过黄骟驼和父亲，再看不见一只飞翔或者奔跑的活物"。在一眼可以望尽的画面中，作家将叙述的时间拉长，慢慢描绘了父亲与驼的周围环境，"沙原""天""麻纸""日头""火刺猬"，这些毫无关系的形象以纵聚合的方式连接在一起，绘出了一幅有高原的酷热、沙漠的辽远的画卷，仿佛在阿拉善大高原上书写"大漠孤烟直，长河落日圆"的境界。虽无战事，但那是父辈牧民心中的战场，他们与骆驼的战场，父亲一直苦苦地寻找着与他情感深厚的儿驼，在大漠的雄浑景色中渲染与净化，营造出苦夏也不能阻隔的旷远之境。

《雪夜》和《风过无痕》的文本时间与故事时间基本一致，是用顺序的方式讲述故事，但《雪夜》中作家为了完成牧民生存审美时空的建构，中间插入了哥哥和弟弟的父亲为何不在家的原因，从而描绘出"没有星星，没有月亮""深刻的大漠，沉重的夜色"里牧民孩子的生长境况，凄婉的哀歌在雪夜里唱响。《风过无痕》中驼生的出场运用了白描手法："男孩的脑袋很大，身子骨细瘦，长胳膊长腿，显得上下不够匀称，像是缺某种维生素。更有意思的是，随着这个男孩的到来，病房里充溢着一股漠野的气息。"②驼生的形象生动有趣，尤其是

---

① 漠月. 父亲与驼[M]. 北京: 作家出版社, 2018: 30-45.

② 漠月. 风过无痕[M]. 银川: 阳光出版社, 2019: 22-40.

这一形象背后"充溢着一股漠野的气息",将故事带回到了充满诗化的大漠牧场的场景中,但驼生身体状况的描写已经开始预示家园的破败与荒芜。因而故事在中间又插入驼生讲述爷爷保护黄羊的故事,驼生的"羊角哨子"是"骆驼之乡就成了无驼之乡"的一曲挽歌,在"浩瀚的沙漠里只要刮一场风,一切都能够被埋没"的怀乡氛围里,升腾出了一种诗情的概括力,作家传递的是人与人、人与动物、人与自然之间蕴蓄的引人思索的内涵,充满漠野气息的家园已衰败并临近死亡。

《暖》和《夜走十三道梁》的叙述结构颇为不同,开篇的倒叙皆采用现代派意识流的写法,像诗那样运用情绪的流动、内心的独白、放射性的结构,将想象的空间拓宽,此时的读者充满好奇,揣测着故事的内容。小说《暖》共17页,在前10页的情感波动倾诉完成后,故事才开启,情节极其简单,就是明子经过十天谋划的离开与归来让他终于开始接纳大爷大妈。读完后面的故事情节方才明白,原来明子的所有心理不适都是因为离开家乡,过继给大爷大妈当儿子后的生活不适造成的。《夜走十三道梁》中1—3小节描绘旺才朝思暮想、魂牵梦绕的情感状态,第4—5小节才开启故事回忆模式的叙事,旺才回忆夜走十三道梁的时候碰到的女人,直到第6小节才回到现在坐立难安的旺才的描写,接着讲述故事的发展,旺才见到了爱慕的女人秀秀,却因为爱而再次离开的情节。漠月在这类小说的创作中凭借诗情的肆意流淌,让时间与心理浑然融为一体,创造出了一系列情节淡化而富有哲理的诗意美,阿拉善大高原上人与人的相处,明子与大爷大妈的亲情,旺才与秀秀的爱情真谛就在故事之外。这些简单的情节实景拓展出了一个个充满寓意和象征的诗意审美空间。

### 三、人物群像的民族神韵描摹

漠月小说创造的阿拉善时空里有田园牧歌式的美好,也有颓败荒原的挽歌。在这些充满浓郁抒情气息的场景里，作家描摹细节，将记忆与历史交织地汇聚成具有中国传统叙事特征的话语风格，绘出阿拉善时空里的人物群像。中国的志人志怪小说魏晋后勃兴，胡应麟认为"以玄韵为宗，非纪事比"，也就是说志人小说以玄韵为宗，不讲求叙事的完整和情节的故事性，而更多地讲究意蕴和神韵，追求人物品貌的传神逼真；志怪小说则以叙事为本，讲究故事奇特。这两种话语叙事特色在漠月小说中都有呈现。前面在《湖道》《父亲与驼》《放羊的女人》和《暖》等文的叙述特色分析时已涉及漠月用诗意的场景包容故事内容的创作特色，即以事件叙述为辅的创作特点，在此主要分析漠月小说中的人物性格塑造，其作品中人物更具形态，"主要记述人物的神情笑貌和玄言高论，它们不写人物的完整经历，只撷取人物在特定情况下的神情举止和只言片语，表现的是品貌精神和内在人格，显然是承袭了史传的《人物志》而来"①。在漠月的小说中，这些人物具体可归纳为高原牧民的父辈、年轻的一代、孙辈和高原上的女人，他们身上有着高原牧民一代又一代的朴实与坚韧的共性。

在高原牧民父辈的塑造中，《父亲与驼》里"父亲"与"母亲"的情感对白犹如一首诗。

母亲说，你咋不咳嗽一声？

父亲说，咋？

母亲说，看把娃们吓的。

父亲说，咋？

母亲说，整整一个夏天。

父亲说，咋？

---

① 刘云春. 历史叙事传统语境下的中国古典小说审美研究 [M]. 北京：中国社会科学出版社,2010:50.

母亲说，你瘦成一张纸了。①

　　这首诗活灵活现地描绘出了高原牧民"父亲"和"母亲"的形象。在父亲享受牧驼人的荣耀，在与儿驼难以割舍的情感中，母亲和孩子是父亲所忽略的，母亲和孩子总是不敢惹恼父亲，"母亲用讨好的口气对父亲说"，但母亲教育孩子尊重父亲，母亲对父亲的爱是"颠着一双小脚爬上爬下，站在屋顶上久久地眺望，把自己的目光编织成一根割不断的缰绳，牢牢地拴在远去的父亲的腰上"。所以，作家在这里不仅讲述了高原牧民父辈与儿驼的故事，也在其中塑造了"父亲"与"母亲"这一代牧民的形象以及他们简单而朴实的爱情。《冬日》里塑造父亲与孙儿形象，寥寥数笔可以看到"老人关注着一场精彩的表演。这是一曲十分古老而又永远年轻的音乐，是一种永恒的生命的盛宴和仪式"。这里从新生的角度描绘出了一个父辈的牧驼人，在高原牧民生活的变迁中画出父辈与骆驼、大漠的深厚情谊，就如同《父亲与驼》中执着寻找儿驼的父亲。《老满最后的春天》中老满似乎成为一个陪衬，年迈的老驼才是叙述的主人公，老驼勇斗恶狼，老满也在最后的辉煌中不断衰亡。这与其他小说，如《锁阳》中出现的父亲、母亲一起集合成一个高原牧民"父辈"的人物群像，他们有着共同的品质，虽然他们行将就木，但他们淳朴、坚韧、默默地守护着他们生存的土地。

　　《山里的树》《夜走十三道梁》《锁阳》《湖道》等小说里刻画了高原牧民的年轻一代。《山里的树》中唐三从部队复员，他的守林人和盘羊守望者形象是在继承父母留下的家业——一间破旧的土屋和一个占地十余亩的果园后，慢慢觉醒的传承与守护者身份。结尾处"一只盘羊傲然雄踞在山崖边一块凸翘的巨石上，那一对盘附的硕大的犄

①漠月. 父亲与驼[M]. 北京:作家出版社,2018:30-45.

角指向天空和大地，通体发散出金属的光芒，犹如一座铜铸的雕像，在大山之上凝固了千年万年"。这座祖先般的雕像让唐三慢慢懂得父辈的期望，他忍不住流下灼热的泪水，随着高原的变化，年轻一代已经渐渐失去父辈牧民的坚守，并在现代化进程中迷失。然而选择留守的新一代牧民，也就意味着继承和保护漠野的责任在他们身上勾画成型。《夜走十三道梁》中旺才爱慕秀秀、《锁阳》中大哥大嫂的婚恋、《湖道》里亮子和罗罗的情感纠葛，各具特色，这些故事共同谱写出勇于追求纯真美好情感的年轻一代高原牧民形象。

《放羊的女人》《赶羊》虽然是两个不一样的故事，但女人与羊不可分割的感情却尤为相似，描绘出了高原上爱羊且如羊一样的女人。牧羊的女人们辛苦牧羊，希望羊群苗壮成长，亦如看着庄稼成熟的农民。《荒地》写聂喜儿去荒地开荒的事情，但实际上塑造了一群荒地的女人，她们吃苦耐劳但又不肯盲从。她们尊重劳动，热爱劳动，在男人的世界里，她们用自己庄重而神圣的劳动游戏般地开垦着荒地，种植粮食。《五月沙枣花》中的枣和她娘是漠野上渴望爱、接纳爱的女人，但她们的勇敢却不被现实所包容。母亲如娜拉般出走，枣会在五月将近之时嫁人，抑或如母亲般出走，不得而知。《长歌短哭》中"李姨娘"有一双小脚，三十多岁，中年丧夫，独自养大两儿一女，清明时总要在丈夫出行的牧村东面悼念丈夫，长歌短哭。这些各具性格特色的女人共同刻画出拥有吃苦耐劳、坚韧、敢爱敢恨美德的阿拉善高原女人形象。

高原的孙辈。《冬日》里小孙子的形象只是爷爷对大漠与骆驼眷恋的一抹希望，高原牧民的孙辈，都已不是大漠和驼群的未来了。《雪夜》中的哥哥弟弟和《风过无痕》中的驼生，《身边的遥远》里的放羊娃黑子，都是草原的孙辈。他们是草原的新生力量，但已与漠野渐行渐远，作家漠月对漠野的眷恋以及未来的哀伤也如在目前。

在阿拉善这些充满诗意的场景里，作家塑造出了一系列颇具神韵的人物，这些人物群像的塑造方法更似中国最朴素的现实主义虚构理论，冯梦龙曾说过，写真人不必真有其事，写真事不必真属其人，"事真而理不赝，即事赝而理亦真"。真不是史实的真，而是作家漠月小说中虚构的阿拉善的故事时空，"父亲""母亲""大哥大嫂""哥哥弟弟"不是作家的父亲和母亲，也不是作家的大哥大嫂和哥哥弟弟。但赝也不是幻化的笔墨，漠野上"父亲"与儿驼的情感与寻找儿驼事件的真实性又可确定这是阿拉善真实存在的父辈，以及阿拉善高原上朴实与坚韧的年轻一代。漠月小说中"描绘物情，宛然若睹"的形象创作特征，中国传统叙事的人物塑造方法将阿拉善审美时空里的人物带入读者心中，勾勒成形。

## 四、传奇叙事话语建设的想象

中国叙事传统久远，唐以后那些突破实录有意虚构并以娱乐性情为创作宗旨，强调情节的"奇幻"与人物"特异"的叙事作品是传奇小说。唐传奇的独特之处是对诸多神话、传说以及历史故事进行回溯性构思，这种"文备众体"的唐传奇成了现代中国叙事的传统，并在此基础上大胆狂放地对现实生活以及当前社会进行"建设的想象"。"我们看到了中国当代不同代际的作家群体的艺术接力，他们其实一直都在或显或隐地进行着中国传奇文体的创造性转化，尽管程度不同或者取向有别，但他们的当代小说艺术探索与中国传奇文体传统的深层血缘是不容抹杀的。"①漠月的小说《白狐》《老狐》等篇就是中国传奇文体的一种当代承继，在叙事中借鉴"叙述引子"这种说书人的叙事方式完成故事的叙述，传奇叙事色彩浓厚。

《白狐》讲述了羊娃子看到白狐告诉父母后，不断被父母怀疑斥责

---

①李遇春. 中国文体传统的现代转换[M]. 广州：广东高等教育出版社，2019：52.

的故事。在叙事过程中漠月善于运用叙述的引子串起情节，犹如说书人讲述故事的时候，先告知听众接下来要听到的故事范围。如《红楼梦》的第一回开篇写"作者自云"就是整部小说叙述的引子，告诉读者这是曹雪芹的自序，在这篇自序中，曹雪芹以真实身份出现并讲述写作的缘起。在《红楼梦》第五回中贾宝玉梦游太虚幻境时，十二仙子演奏的十二支曲总体引序就是文中女性人物的情感引序和悲惨命运终结的引序。这就是叙述引子，先确定"说话"的内容，后面跟着完成《红楼梦》人物命运的"叙述空间"和"叙述内容"的讲述。《白狐》的故事开端写道："羊娃子第一次看见白狐，是他十岁那年秋天。"①这个叙述的引子就是确定这个故事是有关羊娃子见到白狐的故事。漠月小说中运用叙述引子叙事的特色较为明显，不仅在这类小说中，在其他小说中也有体现，就是一个事件开启前用一个单独的自然段叙事，接下来的叙述段落是填充这个叙述空间的内容。所以这句话后，作家用了两个自然段描绘了一个羊娃子所处的时空场景及其间发生的故事。接下来的故事是"一只白狐迎着夕阳，蹲坐在井边那道土塄坎上"，这个叙述的引子讲述的是羊娃子与白狐相见的内容，这个引子后面用了两个自然段详细刻画具体情节。但漠月小说中叙述的引子也根据核心事件和辅助事件而分别列出不同层级的故事，如《白狐》故事接下来叙述的引子是"羊娃子说他看见了白狐，一只白色的狐狸"，这后面比较特殊的是用了一家三口人的对话讲述故事，虽然不是整段描写但也开启了故事中父母对羊娃子的怀疑与斥责。由于这部分情节变化较为复杂，这个事件中作家又用一些辅助事件帮助完成叙事，因而又有一些更为具体的叙述引子，如"娘及时补充一句：娃，你可要听大人的话""一家三口，一路无话"等。羊娃子将看到白狐的事

---

①漠月. 风过无痕[M]. 银川：阳光出版社,2019:97–107.

情告诉父母后，尽管父母不相信羊娃子，但羊娃子坚信自己看到的是白狐，"千真万确，是一只白狐"。这个叙述的引子后情节突转，文中又用了一些辅助的叙述引子来串讲情节，如"不过，羊娃子的行为还是有了一些变化""那天夜里""羊娃子端坐在屋顶上""羊娃子又一次挨了爹的打"等等。通过这些叙述引子也大致能够猜到羊娃子因白狐而发生的变化。故事的结尾更具传奇特色，是羊娃子因此上了学，比镇上同龄人晚了整整三年的他在黑板上看到的字如美丽的白狐。这个开放的具有建设性想象的结尾也许是作家想在此用白狐的神秘与美好隐喻牧民孩子的未来以及他们的教育问题。罗兰·巴特在《叙事结构分析导论》中说，结尾不仅建构一个封闭的世界，同时也在我们对世界象征性的感知中打开了一个无底洞。所以，故事的关键性结尾对故事叙述的完整性至关重要，尤其是传奇叙事中追求叙事结构与时空的"作意好奇"，叙事手段与效果的"纪述多虚，而藻绘可观"，那么由此形成的叙事拓展的想象空间就是传奇叙事的承袭、转型与发展的可能和更广阔的空间。这也将打破读者阅读接受的惯常思维模式并有所创新，漠月小说的传奇特色也在此处显露出来。

《老狐》的传奇色彩更浓，开篇就将"奇幻"写了出来，"在漫水滩转悠了大半辈子的喜顺老汉，最近一些日子突然被噩梦缠绕，开始置身一种虚无缥缈的梦幻世界"[①]。接着故事讲述了喜顺老汉与狐狸几乎纠缠一生的斗法。四十年前年轻的喜顺老汉来到漫水滩，为了生存开始猎杀红狐，为了猎杀到第一千只狐狸，获得最后一张狐狸皮，喜顺老汉与老狐在这场互相追逐的战场上，你来我往，钩心斗角，终于在一个晴朗的早晨，喜顺老汉用颤抖的双手拿起猎枪完成了他人生中最后的辉煌。在这个故事"建设的想象"里，作家大胆地将人与人、人与其

---

①漠月. 风过无痕[M]. 银川：阳光出版社,2019:164–179.

他生命的哲理思考寓于其中，家园的坍塌、生态的破坏致使喜顺老汉离群索居，与红狐相伴相杀的困境写出了喜顺老汉现实生存的精神困境。

漠月在小说创作中运用了很多动物叙事，不仅用动物作为篇名，如《父亲与驼》《放羊的女人》《赶羊》《少年与猫》《野驼》等，故事中的动物形象也多不胜数，在这些动物的叙事中也都带有传奇色彩。如《父亲与驼》中儿驼到井边喝水的情节，小儿驼与老儿驼角逐的情节都充满奇幻色彩。《老满最后的春天》中老儿驼与狼搏斗的场景更是妙趣横生，令读者在"说—听"的场域中意犹未尽。《野驼》的故事是将生活中本身就具有传奇意味的事件"充满遐想和诱惑的'浪漫之旅'"描绘出来，运用各种感官感受将寻找野驼的故事讲得充满诱惑，但结尾处我们寻找到的金色鬃毛的野驼却只是牧人丢失的骆驼，令这个充满奇特神秘的故事回到了现实的隐喻中。这类寻找与未果的模式在《父亲与驼》和《老满最后的春天》中也有体现，父亲与老满寻找老儿驼，结局同样以失败告终，这都预示着阿拉善高原生态已被毁坏，原始生命力缺失，作家带领读者思考精神迷失后的少年"回望茫茫沙海"为什么"眼里溢满了泪水"，并为这类故事奏响了一曲人类渴望与动物、自然和解，但沟通失败的挽歌。

总而言之，漠月中短篇小说创作的中国传统叙事特色较为突出。在小说的创作中需要将古今中外叙事传统兼容并蓄，形成自己的叙事特色，但如果以西方观念为主，固然为中国小说叙事提供了新的理论参考，但也造成了中国传统叙事以及中国读者的迷失。因而，在漠月小说叙事话语特色的研究中不仅要参照中国诗化小说的创作特色，在不排斥西方现代创作观念的同时，更要追溯其作品中的中国叙事传统，才能更为全面地分析漠月叙事话语的特征，也益于探索文学创作的传承与创新，尤其是如何讲好中国故事。这是走进新时代的中国文学的创作探索，也是宁夏文学肩负的使命。

# 第五节　金瓯小说中狂欢化的叙事话语

　　"70后"作家金瓯，原名李金瓯，满族。1992年开始文学创作，著有小说集《鸡蛋的眼泪》《潮湿的火焰》《一条鱼的战争》等。金瓯的小说集《鸡蛋的眼泪》获第七届全国少数民族文学创作"骏马奖"，他虽与陈继明、石舒清被称为宁夏"三棵树"，但陈继明是"60后"作家，金瓯一直尊陈继明为师，两位作家在意识流创作方面的成就斐然，又各具特色，所以从宁夏文学创作群体中看两者的创作具有承继特色。金瓯创作主体的意识流话语特色显著，叙事中常运用充满冲击力的文字将青少年的生活谱写成诙谐的狂欢化话语世界。

　　狂欢、狂欢式和狂欢化等重要概念来源于巴赫金，这是巴赫金研究拉伯雷和陀思妥耶夫斯基作品时提出的概念。"狂欢节上形成了整整一套表示象征意义的具体感性形式的语言，从大型复杂的群众性戏剧到个别的狂欢节表演。这一语言分别地，可以说是分解地表现了统一的（但复杂的）狂欢节世界观，这一世界观渗透了狂欢节的所有形式。这个语言无法充分地准确地译成文字的语言，更不用说译成抽象概念的语言。不过它可以在一定程度上转化为同它相近的（也具有具体感性的性质）艺术形象的语言，也就是说转为文学的语言。狂欢式转为文学的语言，这就是我们所谓的狂欢化。"①巴赫金在论述狂欢化文学时着重从人物形象、艺术手段和艺术思维三个方面的基本特征进行论述，提出文学作品语言表达的是所有生活在其中的参与者的观念，狂欢化文学带有全民性、颠覆性和乌托邦理想特质。金瓯的小说创作

――――――――――
①［苏］巴赫金. 巴赫金全集:第5卷［M］. 钱中文,译. 石家庄:河北教育出版社, 2009:158.

中，叙述人"我"在狂欢的场域里运用充满冲击力的人格和人物群像，构筑了一个简单而明了的朋友圈，其中有李红征、西、苏红等，这亦如广场狂欢的全民性，他们在滑稽诙谐中颠覆传统，呈现出具有乌托邦理想的历史讽刺。

陈继明评价"金瓯写小说，是在一种难以自抑的'张力'下开始的，一落笔，他的文字就像一群精力旺盛的小马驹，轻盈极速、任性不羁地向前奔跑起来"①。因而，借用巴赫金狂欢理论人物形象的两重性、艺术手段的颠覆性和艺术思维的诙谐荒诞性等方面特征分析金瓯小说中人物形象、叙述话语和喜剧效果等创作特色，能更好地理解小说文本中追寻梦想时孤独而不断拼搏的狂欢化叙事话语。

## 一、谱系式群像人物性格的矛盾与对立

巴赫金狂欢理论的活力是在雄辩中形成对话的两重行动，"将赞美和辱骂合为一体的两种音调的形象竭力捕捉更替因素的本身，去捕捉从旧事物向新事物，从死亡到诞生的过渡本身。这样的形象同时兼有脱冕和加冕的意味"②。金瓯小说中人物形象的矛盾与对立的特色就具有巴赫金狂欢理论人物形象的两重性特点。有学者将金瓯小说集的创作按照世纪之交为时间节点，分为其创作的前后两个阶段，但就其创作特色来看，作家金瓯自己说："《鸡蛋的眼泪》还是比较浅薄的，它是零星的破碎的，没有力度。这是我后来才发现的缺点。"③可见，伴随创作的不断成熟，作家金瓯也有着深刻的自省，其两部小说集的叙事确实有着前后的成长特色，但其作品中人物形象的谱系化特色显著，从这个角度来看其创作的成长特色就不需要用阶段性特质来界定了。

---

① 陈继明. "出息"的金瓯(代序)[M]//金瓯. 鸡蛋的眼泪. 石家庄:花山文艺出版社,2002:2.
② [苏]巴赫金. 巴赫金全集:第6卷[M]. 钱中文,译. 石家庄:河北教育出版社,2009:185.
③ 金瓯,张碧迁. 我有些沉寂,但从没闲着[J]. 朔方,2018(11):162.

通过对金瓯小说集《鸡蛋的眼泪》和《潮湿的火焰》篇目的整合梳理统计，小说中主要出现的叙述人有"我""李红征""苏红""西"等青少年形象，在前后各个篇目故事中可以相互关联出具有谱系性人物的成长历程，虽然这些人物不是巴赫金所说的骗子、小丑和傻瓜等形象，但这些人物在成长的叙事狂欢中肆意奔放，具有行径怪诞的特质，类似迷惘的一代人。作家在叙事中为这些人物"加冕"，并在与旧事物对峙中朝向未来，为其乌托邦理想"脱冕"，从而形成了其小说所独具的两重叙事行动的矛盾与对立的形象特色。诸如，文中的叙述人"我"与"西""李红征"各具性格又关系紧密。《鸟》中幼时"西"以麻雀为宠物；《出息》里的"西"爱情失败，心脏出现了三个洞；《零度体温》中"西"寻求血液喷洒在白墙上的快感；《睡在地平线》中"西"与苏红有着暧昧的关系等。这些小说将"西"这个人物形象独特且叛逆的性格丰满起来，将一个从小就孤独，追寻自由，到长大后渴望爱情却又充满嗜血的狂欢化特征拼凑在一起，与"我"共同完成人物的拼图和故事的讲述。

另外，金瓯小说中叙述人"我"与"李红征"的关系如影随形，所有"我"的故事中几乎都伴随着"李红征"这个名字。有时故事里的李红征只有一句话或一个名字，如《前面的路》中只提到了李红征说"我"这样骑行已经不能出名了。《零度体温》中"我"只说了认识李红征这个人并向李红征借了钱。但在《倾听与哀伤的晚上》《我从天上掉下来的朋友》和《一条鱼的战争》等文中则详细讲述了"李红征"与"苏红"的恋爱过程，从争吵、烦闷到结婚，最后更是将婚后生活的极度虚无情感淋漓尽致地表现出来。也有篇目提及"苏红"与"我"的同学关系，与"西"的暧昧关系，与"李红征"的婚恋等，错综复杂的关系在各不相关的小说中存在，却又有迹可循，他们是"我"的玩伴，是"我"不可分割的一部分，与"我"共同刻画出介于现实与理想之间的人物性格特征。总体来看，这些谱系化的人物幼时孤独地成长，他们仿若困兽，想冲出禁锢，到一个更宽广且自由的地方；成人后他们的故事则多为爱情与人性的思考，他们不满于现状，忧患未来，并渴望探索一种不在教化范围内的精神品格，有历史的情绪，更有现代性的思考。小说中这些人物对成长、婚恋、人生乃至人性的探索就是作家想要表达的具有"脱冕与加冕"的矛盾与对立的性格特征。

作家金瓯笔下人物形象的具体分析还需结合巴赫金狂欢体四种范畴的理论，从四种范畴的关系中寻找小说人物形象叙事和狂欢的样态。巴赫金狂欢式的范畴首先是"人们之间随便而又亲昵的接触"，这是狂欢式的世界感受中非常重要的一点。第二种范畴是"人与人之间形成了一种新型的相互关系，通过具体感性的形式、半现实半游戏的形式表现了出来"，即"插科打诨"。第三种是"俯就"，即将一切等级禁锢结合在一起，如"神圣同粗俗，崇高同卑下，伟大同渺小，明智同愚蠢等"。最后一种范畴是"粗鄙"，即"一整套降低格调、转向平实的做法，与世上和人体生殖能力相关联的不洁秽语，对神圣文字和箴言的模仿讽刺等等"。①那么，结合巴赫金狂欢式范畴分析金瓯小说的叙述内容及人物类型，可将金瓯小说概括为探索青少年成长、恋爱、婚姻等题材和思考艺术创作等方面的内容，且每篇小说的叙述内容都在探索较为深刻的人性，并塑造了一系列狂欢叙事中矛盾对立的人物性格。

首先从金瓯小说有关恋爱、婚姻的故事来看其人物形象的特征。金瓯小说虽并未直接写婚恋关系，但婚姻与恋爱事件在故事的叙事中至关重要，以此为线索可以梳理并分析小说中人物形象特征的深层性格成因。《前面的路》中写了刘老五坚持骑自行车逐梦，而"我"却在路途中迷失方向的故事。故事看似与婚姻无关，但结尾处"我"的

---

① [苏]巴赫金. 巴赫金全集：第5卷[M]. 钱中文，译. 石家庄：河北教育出版社，2009：158-159.

自由是因"我"的婚姻结束的，这一重要的叙述事件让我们不得不将
此文列入其中。小说具体讲述了"我"骑自行车从银川到青铜峡去找
刘老五，路途中"我"不断尝试新的方向。尽管"我"觉得可能走错
路了，但"我"不想往回走。于是"我"在连续作出错误决定后骑到
了黄羊滩农场，距离终点更远了。因而"我"直到第二天凌晨才找到
刘老五，刘老五见到"我"的第一句话就是"走，吃饭"，这样一句话
让故事和人物之间"随便而又亲昵的接触"，狂欢氛围油然而生。叙述
人"我"与刘老五"插科打诨"，作家用赞美的语气"俯就"懦弱的
"我"，因为"我"常常觉得在刘老五面前像个女人，"在'走'这件
事上，你全部的意志都可以以行动体现出来，这就是自由的感觉，我
想用这种方式来取得我的自由"①。"我"在银川到青铜峡的路途中寻
找并迷失，想要自由的"我"和无法坚持寻找自由的"我"矛盾而对
立。当故事结束时，刘老五来"我"家看到了"我"怀孕的妻子，
"我"看着他去自由骑行，这两个互看的事件在对比间隐喻了作家寻找
自由之路的失败，其中也略微映射出作家将骑行之路喻为创作之路的
乌托邦理想。小说《铁皮》中讲述铁皮文征对人的最高评价是"这小
子还行，挺二的"，他评价"挺二"的三个人分别是班主任黄毛、旁边
班级的燕燕和施瓦辛格。这种充满诙谐意味的人物话语带有"粗鄙"
的"亲昵接触"效果。于是故事中将"我"与铁皮文征混迹江湖的狂
欢生活结束在文征结婚这一事件中。这亦如《前面的路》中"我"的
自由之路结束在"我"的婚姻里，铁皮文征的婚姻也成了"我"和他
获得自由的阻碍。《我从天上掉下来的朋友》亦如此，文中讲述了玩
伴们约定 30 岁以前不结婚，在这样"亲昵接触"的狂欢氛围里形形色
色的朋友凑钱喝酒相聚，在疯狂中认识青春，旺盛的生命在喝酒中消

①金瓯. 鸡蛋的眼泪[M]. 石家庄:花山文艺出版社,2002:4.

耗，天天过着醉生梦死的生活，这种疯狂的嬉戏变成了生活本身。直到有一天李红征来告诉我们他要结婚了，我们"插科打诨"，持续地和他喝酒。只有喝够了才能结束，因为我们觉得结婚生子的步伐将阻碍自我的认知，我们渴望利用这样的狂欢颠覆人们习以为常的成长秩序，但李红征要结婚的事件似乎唤醒了迷惘中的众人，喝酒狂欢的背后就是极度的虚无。作家将这种矛盾与对立的情感结合在人物身上，指明僭越、反叛的内在精神就是狂欢节的特殊本性。而《所有药都是好吃的》一文则较为不同，文中"亲昵接触"的狂欢同样是在刘松结婚前的朋友相聚，但结婚只是叙述的诱因，结果却落在狂欢之后，刘松因喝多后聚众偷菜、打人而被判两年劳改，游戏人生的"插科打诨"式狂欢使得婚礼停办，婚姻终结。至此，故事才开始进入叙述。刘松的朋友王锋与刘松前妻吴绯后来的同居生活才是文中真正要讲述的故事，作家将崇高同卑下结合在一起，王锋感受着来自异性的关爱，忘记喝酒了，感冒时吴绯嘱咐买点儿药吃的行为改变了王锋的内心。然而，与朋友前妻的同居使得故事在狂喜与冷嘲热讽间形成既有肯定又有否定，既埋葬又再生的矛盾对立。此文与其说是探寻婚姻与自由的故事，不如说是在故事中流露有关人性背叛的探索及其特殊而复杂的存在关系。

《倾听与哀伤的晚上》《出息》《睡在地平线》《零度体温》《潮湿的火焰》等文也都在讲述和爱恋有关的故事，由于这些文章都是借恋爱关系讲述人生，在赞美与辱骂中挖掘人性，其内蕴丰富，人物性格复杂，因而这些小说的叙事结构和艺术思维就放在后面详细分析。这里只选择《出息》一文简要分析，文中的叙述人"西"爱着女孩子小S，但罕见的疾病却折磨着他。西渴望被发现被赞扬，走进这个天堂般强硬的校园，想象着美好，但遭受到的却是恶语相向，西内心忍受着厌恶，最后死于生活的忧伤。在作家金瓯笔下人与人之间形成了一种新型的相互关系，医生的荒诞在于他只看到了心脏有三个洞的病症而非病人的疾苦。小S

无视着西为了爱的努力，一切等级制度将爱情禁锢在西的生活外，没有出息的西亦如没有出息的鱼，西死前看到小S的母亲，想告诉她多想做她的女婿。"1992年的那张画纸被留到1994年时就已经丧失了它作为画纸的一切可能。"①其中蕴藏着人类对未来的观念，对未来的"倒置"是在预测未来对于现在的无关紧要，人类喜欢评价这个人未来是否有出息，那种对未来的理想、完美、和谐等愿景是为了将未来的无法预测拉回到现在和过去，然而死亡将一切可能都归入坟墓。叙述人"西"在矛盾与对立中成形，作家也不遗余力地将人类生活的物质性、坚实性，以及实实在在的分量暗示出来，发出对未来是否有出息的终极意义追问。

另外，金瓯小说集《鸡蛋的眼泪》和《潮湿的火焰》中描写青少年成长的故事较多，尤其是以动物为题目的篇目多是在写少年充满矛盾对立性格的成长人生。《鸡蛋的眼泪》《鸟》《小花猫》《一条鱼的战争》和《狗下午》等篇颇具特色，作家善于选择生活中最普通的动物来寓言，在相对简单的故事情节中表达极为深邃的情感，尤其是对于人的成长及自我孤独的体认，进而发出对于人生的思考和人性的叩问。《鱼》里通过董晓文的视角叙述高考失利后的十年人生，少年时光的"加冕"与高考失利的"脱冕"令后来十年的成长不得不面对诸多现实困境，母亲的严苛要求与"我"的不适在"我"将草鱼当作宠物来养的隐喻中显露出来，揭示了普通人的生存亦如普通动物的圈养，当他们成人后依旧无法获得家庭中独立的权利，他们应该怎样面对自己的人生？董晓文的出走成了必然的结局。《鸟》讲述的是西与麻雀的亲昵关系，小朋友们都很羡慕，在这种关系的"加冕"中小朋友们也都想要找到自己的宠物，然而他们却毁灭了这一切。麻雀被摔死的结果致使"我"再也不敢认同这种神圣的关系，半现实半游戏的

---

① 金瓯. 鸡蛋的眼泪[M]. 石家庄：花山文艺出版社，2002：191.

叙述中标示出了成长的代价。《小花猫》中描写了12岁的"我"和9岁的弟弟对于猫有着不一样的态度，猫在可以捉老鼠的"加冕"和"脱冕"中令我们在成长中懂得了人生的新型关系。作家金瓯的另外一些非动物成长类的故事有《刀锋与伤口》《1982年的钻戒》等，故事涉及校园暴力与令青少年无法理解的历史沉浮中的暴力与惊险。青少年的身上有着想出人头地与干一件大事的矛盾对立，他们在刀锋与伤口的"加冕与脱冕"中完成了人性的多重狂欢式叙事。同时，作家还将这些主人公在拥有自己的工资后开始挥霍人生，盲目寻找刺激、醉酒、吸毒、抢夺等过激行为置于一个狂欢的场域里，强调民众在狂欢中发泄情绪，利用人物及叙述人的矛盾对立、刻意颠覆的话语发出对于生存社会现状的重新体认，表达并实现乌托邦理想。当然，这不能完全概括出金瓯小说的全貌，诸如《后诗人史》中运用傻子"诗人"来叙事，探索有关艺术创作的价值与方式；《清澈》中用17岁晋华回溯15岁晋华的故事探索青少年有关未来新事物诞生的成长之思等。然而其中矛盾与对立的性格及叙述话语颇为复杂，我们将放在下面章节详细论述。

## 二、意识流话语叙事的对话结构

在巴赫金看来，狂欢体文学是一种由来已久的文学传统，"在庄谐体中，恰恰应该寻找上述第三条线索（叙事、雄辩与狂欢体中的狂欢体）中各种变体发展的源头"[①]。因而在深入探讨了最典型的苏格拉底对话和梅尼普讽刺体两种文学样式后，巴赫金从人物形象、艺术手段和艺术思维等方面探索小说中人物之间、文本与读者之间对话关系的形成，并提出众生喧哗的狂欢式表达及复调小说理论。巴赫金认为狂欢体文学指的是在一个颇似民间狂欢节庆典的平等而自由的众生喧哗，需从

---

[①]［苏］巴赫金. 巴赫金全集：第5卷［M］. 钱中文，译. 石家庄：河北教育出版社，2009：140.

对话理论入手分析小说内容的包容性，以及作品中人物的狂欢化话语。巴赫金在分析陀思妥耶夫斯基小说时具体提出了"微型对话"和"大型对话"两种方式，下面将运用这两种对话方式着重分析金瓯小说中各色人物个体与个体、个体与他者、个体与世界之间的意识流话语特色。

金瓯小说中采用的对话方式多样，意识流特色显著，借用巴赫金"微型对话"理论，首先将人物之间的对话和主人公内心的对话进行区分，分析其作品中独特的人物对话的叙事结构。金瓯小说的意识流叙事特色在话语结构中有着主人公内心意识流动的对话、日记体的对话、人物间的对话等等样式。具体来看，《出息》中运用了一段没有标点的情绪宣泄般的对话。这段似真似幻的对话是小 S 在寒冷的午夜叫西出来听她哭诉悲伤的话语，没有标点的独特形式可以将其理解为小 S 与西的对话，也可以看作是西与自我的内心对话。总之，通过对话，西品味到"我们有缘了"的痛彻心扉，这看似无厘头的对话表达的就是无数恋爱中的一隅，是众生喧哗中一种自由交流的渴望，然而西所面对的却是玩世不恭地狂欢后建起的一堵阻碍之墙。作家金瓯非常善于选择用生活中最普通的日常来完成内心对话，在独特的对话性叙事结构和加冕与脱冕的特定时空里，实现新旧的更迭与循环，超越一切界限，冲破所有枷锁，真心实意地坦诚面对彼此，不再受到等级、阶层、身份的束缚，将孤独蕴藏在一段没有标点的个体与个体间的交流与对话中。《倾听与哀伤的晚上》和《一条鱼的战争》是作家金瓯运用日记体对话结构叙事的作品。《倾听与哀伤的晚上》一文中运用"1997 年 8 月 6 日 22：40—8 月 7 日 0：36" "1997 年 7 月 14 日 14：31—21：40" "1997 年 8 月 6 日 19：20—22：40"三个时间节点将打乱的事件重新整合成具有逻辑的情节，从而完成苏红与李红征的对话。因而这个倒叙的故事从第二部分开启，苏红和李红征一起去了李红征家里，两个人喝着老白干，聊着结婚的话题。8 月 6 日 7 点开始，矛盾集中爆发，苏红想要个孩子，谈论无果后两人去了一个叫"哈松"的酒吧喝酒。于是聊起了无法走进婚姻的第三者王丽雯，这个李红征一直纠缠很多年的"爱"。接着苏红提出分手，理由就是厌倦了李红征的无动于衷。当第三瓶酒打开后，李红征的话多了起来，第四瓶打开后的酒吧里有一个叫王丽雯的获奖了。尽管这个曾经的第三者出现了，但李红征和苏红两人却相携离开了酒吧去面馆吃面。在这个纸醉金迷的狂欢的酒吧空间里，两个有故事的人，生活在城市一角，彼此温暖着。那些自由自在不受限制和束缚的狂欢无法消除彼此的界限，爱与不爱的对话隐藏在这个晚上。从苏红的倾诉到李红征的倾诉，彼此相拥着取暖也不能消除彼此不爱的壁垒，那些曾经的过往暴露在两人的情感中，庸常的人生与选择离开过往走入婚姻的勇气都显得如此苍白，成长面临的困境最终也只能在夜晚哀悼与埋藏。《一条鱼的战争》是由时间点串起李红征平凡而普通的一天，讲述李红征与一条鱼的激烈战争。早晨6点09分开启故事的讲述，李红征到三民巷早市买鱼，他与苏红婚姻生活的一天由此开始。15点30分，李红征听到鱼在水里跳动，准备捞起鱼用铅笔刀或剪子洗鱼，没成功后放回盆里。16点49分，捞起鱼刮鳞。鱼鳃盖被掀开，流了很多血。李红征认为它完蛋时，鱼突然就蹦了起来，血溅到白墙上，李红征站在原地发抖。当他终于把鱼鳞刮完，擦干净地和墙后，鱼不见了，鱼已经蹦到厨房外了。17点一刻，他拎着鱼回了厨房，当清楚地得知杀死鱼时，他才发觉自己喜欢它。此文运用时间节点写作的样式与《倾听与哀伤的晚上》相似，故事内容更似姊妹篇，书写的是李红征与苏红结婚前和结婚后的焦虑。故事里只讲述李红征与鱼的对话，虽然没有婚后的李红征与苏红的对话，但两人的关系却隐藏在深层的叙事中，渗透在李红征的内心和与鱼、与环境的对话中。结尾处李红征说"你不能这么报复我""你不能让我爱上了你又要杀了你""你不能就这么一走了之"等。此时，鱼已非鱼本身，而是具有了深意，那是李红征一直追寻的自由。婚后李红征的自由全部沦陷在柴米油盐中，鱼的挣扎与血溅当场就是埋葬在婚姻中的李红征。这场李红征与鱼的狂欢话语背后，隐藏着婚姻的对话，作家将其上升到各个生命体的对话，其开放、互动与发展就是生活的本质和生命哲学的狂欢。

作家金瓯还擅长运用普通的动物来完成自由理想的隐喻。这些普通得不能再普通的动物成为作家笔下的叙述人并借此成为对话者，表现无法实现人与人建立对话关系的世界里，人如何与环境对话。如《鱼》里的董晓文从出生就被寄予厚望，但长大后并没有按照既定的目标成长，此时长大的孩子已经失去了自我成长能力，不知所往。那条被董晓文圈养的草鱼就成了个体与环境对话的隐喻。"'我这是在哪儿？'他把灯关掉后兴奋地想。'我又是谁？'"①董晓文想要踏上寻找自由的道路，但是现实生活的琐碎让他没有成行，遗憾不已，当鱼死亡的刹那新生已降临，人生主体意识的思考已开启，故事将少年成长过程中不得不面对的家庭生存状态，透过鱼与人物的关系呈现出来。《鸟》是用人物间的对话完成故事的讲述。孤独的西有一只麻雀宠物，当"我"掏了一窝小麻雀时，西找二哥打"我"，当他们告诉"我"王浩将西的麻雀摔死了，"我"再也没有养麻雀的欲望了。这个故事讲述了青少年在人群中有着难以言表的孤独，在生活的争夺中，人性的恶、人类的占有欲暴露出了青少年与环境对话的艰难。《小花猫》亦如此，"我"、弟弟和猫的关系让"我"理解了我们与环境（世界）的对话关系。由于每天都会听到老鼠的声音，于是妈妈带回来一只猫，不到一岁的猫不会抓老鼠。猫和我们一起长大，文中"我"查证这只猫品种普通，推测猫不会逮老鼠等事件，隐含了我们与世界的对话，我们亦如这只平凡而普通的猫，根本不会做这个世界以为它会做的事

---

① 金瓯. 鱼[J]. 朔方,1992(8):39.

情。当猫很有气节地不看弟弟抱回来的母猫时，猫与我们、猫与世界、我们与世界的对话形成，猫有猫道，那成长中的我们更应该拥有自我的生存路径，而非他者话语界定的道路。《狗下午》中讲述了大盖儿被狗咬过五次，每次都是夜里。这天大盖儿和马小宝喝多了，拼了一辆出租车，车上遇到小狗淘淘和它的主人，于是大盖儿似乎出于关心地尾随女孩，最终女孩儿吐露心声，说自己怀孕了想出来走走，然后大盖儿被小狗咬了。在人与动物对话的狂欢中表达了人类的孤寂，大盖儿尾随的"脱冕"、关心时的"加冕"与被狗咬的矛盾对立间形成对于人性善与恶的角逐，狗也只是一种人类的代言和戏谑的反讽。这类故事中可以看到作家将成长中的青少年描绘成一群孤勇者，他们游戏人生并疯狂地冲破环境的禁锢，更有甚者，他们在获得独立后，当他们拥有工资后开始挥霍人生的狂欢，寻找刺激、醉酒、吸毒、抢夺等行为就成了他们对于社会生存现状的重新体认。这类文章的对话结构更为复杂，下面具体通过巴赫金的"大型对话"来予以分析。

巴赫金分析陀思妥耶夫斯基小说时提出的"大型对话"，指的是小说结构间的对话。前面已经从"微型对话"角度分析了金瓯小说叙述方式的意识流狂欢和人物间对话的独特书写，下面具体从《清澈》《零度体温》《睡在地平线》等文的叙事结构看结构间的对话，明晰其背后的深层话语蕴藉。《清澈》一文叙事结构颇为复杂，运用晋华17岁和15岁自己的对话完成故事的讲述。晋华17岁生日时反思15岁自己的无知幼稚，讲述了与那个男人的相遇到分离，中间似乎蕴藏了很多历史的隐喻，如家庭教育的缺失、秩序的崩塌等（见表4-4）。巴赫金指出这些都不是关于平等与自由的抽象观念，不是关于普遍联系和矛盾统一等的抽象观念。相反这是具体感性的思想，是以生活形式加以体验的，表现为游艺仪式的思想。"语言议论是双声的，每一个声音里都听得到争论（微型对话），同时也能听到大型对话的片段。"①这正是金瓯笔下青少年的反思，在秩序混乱时他们对家庭教育缺失及社会历史规则秩序混乱等问题的反思。

表4-4 《清澈》中17个小节的事件

| | |
|---|---|
| 1 | 晋华17岁生日时觉得15岁的自己像脱网的小鸟。 |
| 2 | 他喜欢读历史，兜里装着《东周列国志》。 |
| 3 | 15岁的晋华喜欢下雨,不管南方是不是发水灾,她只想继续下雨。 |
| 4 | 沉醉在发了水灾的雨里。 |
| 5 | 他洗劫了晋华的学校，他的母校，拿走了他认为有用的东西"钱、避孕套、避孕药、山楂丸、感冒通、藿香正气丸、浓硫酸、白金丝、足球、篮球、铅球、标枪、白纸、粉笔……"离开时听到门房大爷拉胡琴，他用自己的啸笑哑了胡琴。 |
| 6 | 17岁的晋华嘲笑15岁时的晋华相信那个男人。 |
| 7 | 他用麻袋装着偷来的东西，认为麻袋是历史唯一的选择。<br>他戴着眼镜觉得自己就是历史，而弟弟不戴眼镜则是他忠实的跟随者。 |
| 8 | 晋华认识他是因为好友冯娟做了他弟弟的女朋友。 |
| 9 | 15岁的晋华和奶奶住在一起，生性忧郁，喜欢幻想。 |
| 10 | 晋华离开奶奶家说回父母家，却住到了那个大屋子里，与交往的男人生活在一起。 |
| 11 | 那个男人和弟弟讨论晋华。 |
| 12 | 晋华喜欢听门房大爷拉胡琴，按着腹部害怕听着听着就生出孩子来。 |
| 13 | 冯娟离开后，弟弟疯狂暴虐地找了很多姑娘。<br>他将偷的很多东西还了回去，又偷了些桌椅板凳充实自己的家。 |
| 14 | 15岁的晋华不喜欢一切烦恼。在大房子里忍受着破体之痛。 |
| 15 | 那男人犯了大案。偷了所有学校的纸张，认为这样就可以不用考试了。 |
| 16 | 晋华中考成绩优秀，被一家有名的高中录取了，选择要离开他。 |
| 17 | 16岁的晋华毅然离开，17岁的晋华归来听胡琴，直到弦断，余音留在心中。 |

在这篇小说的叙事中有着多重对话关系，首先故事中17岁的晋华对15岁自己过往的回顾，回顾中呈现一种现在与过去的对话，对话中所期望的是未来的晋华可以更好地生活。在这条主线的叙事中还有另外一重对话关系，从上表可知，1、3、4等小节和2、5、7等小节分别是晋华和那个男人的对话，看似分别记录各自的故事，但从6小节开始发生交织，8、9、10等小节中对话结束后，15小节后开始交代两

① [苏]巴赫金. 巴赫金全集:第5卷[M]. 钱中文,译. 石家庄:河北教育出版社,
2009:94.

者关系崩塌的主要原因是那个男人入狱，晋华考上高中，结尾处晋华离开，以及 17 岁的晋华开始反思 15 岁的自我。那些充满狂欢的对话中，仿佛游戏一样编织故事，天马行空地将很多无关的给定的条件编在一起，组合成一个荒诞的故事，但慢慢品味故事里面又有着难以言说的一个时代的痛。觉醒是痛，迷失也是痛，看似离奇幽默的喜剧，实则表达了作家对于人性恶的深恶痛绝，散发着无尽的悲凉。女性在作家笔下圣洁且温暖，那个男人期望晋华解救其受伤的心灵。17 岁的晋华也期待 15 岁的自己存留的美好依旧，因为 17 岁的晋华觉得过去不真实，但 17 岁并未觉得现在美好，其选择就是出路吗？也许曲尽人散才是终点。"金瓯的笔调则是极为强悍的，激越的。"[①]同时，"他的语言有一种迅猛的破坏力，像刹车失灵的车，有时你觉得他最后把自己的小说都破坏掉了。放浪而放肆、尖锐而刻薄、聪明而机灵"[②]。作家勇敢地提出自己的观点，表达自己的态度，让青少年大胆尝试，成人后虽依旧无法融入现实生活，但自由地尝试、勇敢地追求却深蕴其中。

《零度体温》讲述弱视且色盲的"我"在命运与责任之间跌跌撞撞地前行（见表 4-5），"说实话，我对自己挺满意的，这一切的一切是这么糟，可这一切的一切都糟得让人满意，街道是这么地脏，下水道是这么臭，小妞们是这么势利，可这全都跟我没关系，我是我，他们是他们，这多好"[③]。叙述人"我"在"我"的人生中感受着零度体温，看不清周围的一切，这似乎是世界上唯一的悲剧主题。"我"六个月攒了三千五百块钱，加上借老西的两千，共计五千五百块。等到下个月发工资就够我离开这里去北京住一段时间。"自由与其说是这些形象的外在权利，不如说是它们的内在内容。这些大无畏的话语是关于世界、关

①张贤亮. 序[M]//金瓯. 鸡蛋的眼泪. 石家庄:花山文艺出版社,2002:3.

②李敬泽. 遥想远方[M]//金瓯. 鸡蛋的眼泪. 石家庄:花山文艺出版社,2002:3.

③金瓯. 鸡蛋的眼泪[M]. 石家庄:花山文艺出版社,2002:105.

于权力的无懈可击的、毫无保留的话语，在几千年里形成的语言。很清楚，这种无畏的、自由的形象语言给予了新世界观以最为丰富的积极内容。"①

表4-5　《零度体温》中10个小节的4个事件

| 1 | 我色弱又色盲，没什么朋友，为去北京苦苦攒钱。老西借给我2000元，目前已经努力地攒了5500元。 |
|---|---|
| 2—5 | 马休是唯一让我感到悲伤的人。一个女人打了马休，她却被一群女人群殴，马休抱着她帮她抵挡，然而女人死了，李红征痛哭不已。 |
| 6—8 | 女人被送到医院后马休被我带回家，从我家离开后，马休死了，死前拿走了一些我攒的钱。直到马休死，都不知道我为什么会在这个故事里。 |
| 9—10 | 那些女人的吸毒男友们杀死了马休。 |

　　这个故事极其荒诞，作家营造了一个狂欢场，所有人都在"随便而又亲昵的接触"间对话，感受世界的崇高与卑下、明智同愚蠢，大量"粗鄙"的话语以及与人体生殖能力相关的不洁秽语都在对话中呈现。然而，"我"是谁？我为什么在这个故事里？马休死了，那个打马休的女人也死了，李红征后悔与那个女人有故事，老西痛恨李红征打过他，这些都和"我"有什么关系，"我"想离开这里去北京却死在了房间里。作家为了表达清楚小说的叙事结构的对话关系与人物间对话关系的深层意蕴，在文中又设计了三个小节的类似题记的引用文字（见表4-6）。

表4-6　《零度体温》中插入了3个小节的题记

| 2 | "我的眼珠融成了两滴清泪/我的眼泪砸地成坑/我掉进了坑里——《挽歌》" |
|---|---|
| 6 | "这世上并没有约伯/他只是个寓言——《犹太法典》" |
| 9 | "四十年后/一只小鸟/像树叶一样/飘了下来/在最后的时刻/开始歌唱——《短歌》" |

　　小说中插入的题记帮助我们理解叙述人"我"的内心，同时也插入了摇滚元素，如"我"疯狂地练习打鼓，以及引用《宽容》《孤独的人是可耻的》等歌曲，为了更好地表达并传递出孤独、爱、恨、宽容等情感，以帮助读者理解这篇小说里贯穿着的强烈的"亲昵而又不敬"的态度，以及他们对于爱的渴望和爱而不得的遗憾。马休对女人的保护

<hr>

　　①[苏]巴赫金. 巴赫金全集:第6卷[M]. 钱中文,译. 石家庄:河北教育出版社,2009: 308.

与自身的荒唐与死亡都建立在狂欢对话叙事的"俯就"上，描写中充满了淫词滥语和骂人的话语，也有着对于流行歌词以及神圣文本的滑稽改编和颠倒重用。这些语言以正统的官方观点来看，是庸俗的，不能登大雅之堂，但这些狂欢形象及其背后的深意，就是那些平凡普通的个体，在这个近乎于有些粗俗和粗鲁的语气中表达高级的、精神性的、理想的期寄。有时文中甚至将这些肉体及形体不断描绘成人类个体富有寓意的生命起点，血液喷洒在墙上亦如生命的肆意挥洒，寻找刺激与疯狂打鼓后的陨落就是宇宙万物力量的所在。与命运的抗争，是对于人类希望繁衍的渴望、对新生的渴望，尽管死亡已在面前，也在放纵中掉入了一个不清晰的世界，但颠覆与反抗的话语却明显地表露在个体的狂欢中。

## 三、诙谐叙事蕴藉的"历史讽刺"

在巴赫金看来，狂欢节的"笑"深受狂欢节传统的影响，是狂欢诗学中的诙谐因素中最为重要、最能够揭示民间诙谐文化的本质特征。在悲剧与喜剧研究的历史上，亚里士多德、康德、黑格尔等人都不同程度地推崇悲剧的崇高而对喜剧则带有否定的姿态，直到波德莱尔，才开始关注笑里面饱含的人性成分。马克思从历史唯物主义的观点认识喜剧的笑，这对巴赫金的影响极大，巴赫金认为文学作品中狂欢化人物形象的幽默性实现了笑的功能，他认为"笑是改正的手段，可笑的东西是不应有的东西。真正喜剧性的（笑谑的）东西分析起来之所以困难，原因在于否定的因素与肯定的因素在喜剧中不可分地融为一体，它们之间难以划出明显的界线。基本的思想是对的：生命讥笑死亡（没有生命的机械）。但有机的生命物质，在笑中是肯定的因素"[1]。因而，笑是

---

① [苏]巴赫金. 巴赫金全集：第4卷[M]. 钱中文，译. 石家庄：河北教育出版社，2009:61.

包罗万象的，不仅取笑万事万物，同时这种诙谐又具有社会性、历史性，"诙谐具有深刻的世界观意义，这是关于整个世界、关于历史、关于人的真理的最重要的形式之一，这是一种特殊的、包罗万象的看待世界的观点，以另一种方式看世界，其重要程度比起严肃性来，那也毫不逊色。因此，诙谐，和严肃性一样，在正宗文学中是允许的。世界的某些非常重要的方面只有诙谐才力所能及"①。所以狂欢节上的笑是正反同体的笑，是狂喜的又是冷嘲热讽的笑，是既肯定又否定、既埋葬又再生的笑，这是深刻反映着世界观的笑，是无所不包的笑。金瓯的小说创作中"检验自己是否写得好的唯一方式是，可否时不时地把你逗笑。'笑'是他写作的动力，也是目标。金瓯也不着意让'笑'包含'泪'，但一定不缺少'辛'和'辣'"②。金瓯小说在营造诙谐幽默的氛围时，常常运用一些准确的数字，让故事真实可信，翔实的数字记忆及计算能力与滑稽的情节形成反差，令人在严肃中感知生活的戏谑。

具体来看，《前面的路》中"我"与刘老五约定的时间是 3 点以前，然而现在是 2 点 21 分，从这里到他那里需要 6 小时。最后"我"是第 2 天凌晨 0 点 30 分才找到刘老五。刘老五 5 年后来到"我"家，他说他先到北京又到黄山，回到家时只有 40 公斤，他见"我"老婆要生产，于是扔下 200 元并借"我"的自行车去拉萨，小说中时间、路程、金钱都精确到分和秒的数字，常常伴随着故事发展共同叙述。《铁皮》中"我"们的狂欢生活是用大量数字计算出来的，"我"每月 6 号发工资，文征是 29 号，一般来说他的钱花到"我"发工资，而"我"的钱能再挺 10 天，17 号到 28 号"我"们就得退出消费者行列。"这种日子我们一共过了四年，不堪回首的四年。严格来说是三年九个月零十七天，可我愿意整整地说成四年"，因为"在我所参与的这最后一天的最后一次两公里

---

① [苏]巴赫金. 巴赫金全集:第 6 卷[M]. 钱中文,译. 石家庄:河北教育出版社,2009:76.

② 陈继明. "出息"的金瓯(代序)[M]//金瓯. 鸡蛋的眼泪. 石家庄:花山文艺出版社,2002:3.

的'新鲜玩意儿'的第 1241 步时"①,此时"我"感受到了含含要文征和她结婚的决绝,这也是通过具体数字描绘的。《我从天上掉下来的朋友》中描写瘸子的外貌时运用数字促使形象更为生动。"因为他是个瘸子,天生就是,一条腿比另一条长出了 10 厘米,这样的话,如果他用左腿站着,身高就是 184 厘米,而如果用右腿站着的话,就只有 174 厘米。"②又如文中描写喝酒的场景时说,"我"们已经喝掉 7 瓶,现在剩 13 瓶,离星期一上班还有 30 多小时等,这些数字让剩下的酒如何喝和怎样喝变得具体而翔实。《零度体温》中讲述"我"借了老西 2000 元,他每次都抽"我"的血还账,100cc 顶 100 块,200cc 顶 200 块,两个月来他已经抽走了 1400 块钱了。这一描写亦如"我"问李红征借钱,第一次 2 块,第二次 20 块,他都给"我"了,他一直等"我"第三次向他借 200 块,"我"知道他第三次不会借给"我"200 块,所以"我"没去借。这些准确而具有真实感的数字与现实滑稽的场景和故事的内容结合在一起,一本正经地胡说八道,使诙谐的活动具有正反同体的意思。其貌不扬的相貌、鲜血、金钱的计算、精确计算的时间、酒瓶的数量等场景融会在一起就具有了社会性、历史性的反讽效果。这就是金瓯小说的独特体系,其小说中的"笑"将生活的包罗万象与深刻性融会在一起,于狂欢的条件下赋予生活新的性质,又与我们所熟悉的言语领域及生存状态隔离开来。亦如马克思评价黑格尔的"历史的讽刺"时说:"黑格尔在某个地方说过,一切伟大的历史事变和人物,可以说都出现两次,他忘记补充一点:第一次是作为悲剧出现,第二次是作为笑剧出现。"③历史是这样前进的,是在对旧有的事物,对我们习以为常的样态的冲击中完成的个体话语叙事。

显然,金瓯在小说集《鸡蛋的眼泪》中着力描摹自由与成长,在

---

①金瓯. 鸡蛋的眼泪[M]. 石家庄:花山文艺出版社,2002:27.

②金瓯. 鸡蛋的眼泪[M]. 石家庄:花山文艺出版社,2002:90.

③中共中央马克思恩格斯列宁斯大林著作编译局. 马克思恩格斯选集:第 1 卷[M].北京:人民出版社,1995:584.

小说集《潮湿的火焰》中的"历史讽刺"效果更加深入，诙谐中展示出对于传统文化的颠覆和狂欢化的高潮。具体来看《刀锋与伤口》《1982年的钻戒》中的叙述人略有相似地表达了对于历史的深刻反思。《刀锋与伤口》发表于1999年，收录在小说集《鸡蛋的眼泪》中，其故事更倾向于对自我成长的思考，其中也暗含着对社会时代的反思。小说讲述"从十二岁起我主修'逃亡'这门课，总结经验，练习和实践'打人'和'挨打'这两种技巧"①。这个看似应该被谴责的孩子身上具有路见不平拔刀相助的善良，在作家金瓯对其"加冕与脱冕"中描述着刀锋与伤口，从个人经历的校园暴力与不理解，到历史沉浮的暴力与惊险，叙述由个人小的伤口到社会时代的刀锋，"现在我要讲述的是一桩罪行的始末。这罪行的内容只有残忍"②。收录在小说集《潮湿的火焰》中的《1982年的钻戒》，故事相对复杂，以四个孩子的成长经历为线索，马小宝、王小毛、"我"、张大志想出人头地，躲在树坑里谋划抽烟和喝酒的行动。"我"们再一次聚会不是在树坑，而是在教室里看马小宝手上的钻石，于是"我"们开始用钻石划破玻璃偷香烟、偷钱。在"我"的追问下，马小宝讲了钻石的来历，爷爷杀了人抢来的，奶奶把它给了妈妈。四个孩子用他们滑稽诙谐的谋划行动牵引出了有关祖辈的历史和现代生活社会现状的叙述。各具特色的样貌，还原了物资匮乏的时代各种社会职业的优势。孩子们在混乱秩序中质疑大人的行为，对于烟酒只是猎奇，酒桌上为喝酒而努力拼搏，不是他们要走的路，他们要走的路也许错了，但他们并不在乎。"'看见了吧，它多亮。'他说，就好像他曾经有过一个妹妹，但已经死了，而现在他正在跟在天堂里的她说话，向她证明他在人世混得还蛮不错的。"③作家在这里将

---

①金瓯. 鸡蛋的眼泪[M]. 石家庄:花山文艺出版社,2002:33.

②金瓯. 鸡蛋的眼泪[M]. 石家庄:花山文艺出版社,2002:36.

③金瓯. 潮湿的火焰[M]. 银川:阳光出版社,2013:106.

狂喜的肯定与否定的冷嘲热讽融会在一起，运用不拘形迹的粗鄙言语，深刻地渗透出物质匮乏与精神的奔放，亦如"存在着远古玩乐性仪式对神灵的嘲笑"，其情感与内容直指社会历史，在追求狂欢节背后狂欢感受的行动中实现对于"最高目标的精神"①的表达。

可见，金瓯的小说中内涵非常丰富，作品中的笑将具有矛盾与对立性的人物形象放置于故事的狂欢中，其中深蕴的历史与社会性反思极为宽广，下面就选择小说集《潮湿的火焰》中三篇各具特色的小说，分析其叙事的狂欢与最终目标精神的表达。《潮湿的火焰》《爷爷和冲锋号》和《后诗人史》这几篇小说中呈现出了文本内蕴的丰富性、交叉性与多重性，其中有对于社会弱势群体的关爱，有对于农村生活习俗的反思，有对于死亡与再生的哲思，有对于艺术创作内涵的理解，也有民族历史的记忆，等等。具体来看，小说《潮湿的火焰》中讲述了"从死亡到诞生的过渡本身"，在阿文死亡后客厅狂欢场景中众人的加冕与脱冕，蕴含着人性崇高精神的毁灭和爱的缺失。"我"是阿文的女友，喜欢 punk 音乐，"我"是抑郁症患者，今年六月初的一个星期六"我"认识了阿文，"我"们准备七月初结婚，但阿文在星期二的早晨从二十一楼跳了下去。在爱情的诞生与生命的死亡里，"我"只想做个好姑娘。针对死亡与再生的危机，狂欢现状反映着世界上的万物万象，"我"初次进入阿文家中告诉他们阿文跳楼了，然而他们却对此一无所知。在阿文家客厅空间的喧哗气氛里，"我"局促地进了门，一直流泪但没哭，诉说昨天阿文不接"我"的电话，直到早晨接到通知认领了阿文的尸体。阿文的家人各具样态，他们忙着寻找阿文死亡的原因而非阿文的下落；表姐夫说阿文昨天下午四点多回来过；阿文没有留下遗书；阿文的妈妈悲伤不已；阿文的爸爸问了"我"很

---

①［苏］巴赫金. 巴赫金全集:第 6 卷［M］. 钱中文,译. 石家庄:河北教育出版社,2009:10.

多问题，想说阿文因"我"而死，他不让"我"离开。最终阿文的哥哥小光回来后带"我"离开了那个令人窒息的环境。崇高的爱在一切现实面前遭到毁灭，"狂欢节上的笑，同样是针对崇高事物的，即指向权力和真理的交替，世界上不同秩序的交替。笑涉及了交替的双方，笑针对交替的过程，针对危机本身"①。阿文家客厅众生喧哗的对话，各种面目的可笑，最终为阿文的死亡画上了悲伤的色彩，新生变得至关重要。"我"抵抗抑郁症的新生，"我"的渴望与阿文的死都是在期望新秩序的诞生，即在与这个世界的交往中能够得到给予"我"的疾病和"我"与阿文爱情的理解。这就是作家的渴望并于故事中表达的乌托邦理想。

小说《爷爷和冲锋号》中用叙述人"我"的视角讲述了建军大哥结婚现场的故事。乡村与城市、历史与现实融于一体的笑声里，有狂欢背后"我"这个"臭嘴"的讥笑与乡村众人的欢呼之笑；有对爷爷劣根习俗随地撒尿的否定，也有对爷爷刻在骨血里的、睡梦中听到日本人都要冲锋陷阵的肯定，等等，这些反讽都透过"我"的话语揭示婚姻现场闹剧的深层内蕴。从山上接来了爷爷奶奶，远在上海工作的三叔三婶也回来了，皆因建军大哥要结婚，这个狂欢场域已建立。乡亲们排队迎接坐着一辆红色出租车回来的三叔三婶，嘲笑与讥讽这一切的"我"，在看到送给建军哥的数码相机和送"我"的手提电脑时，土崩瓦解，"我"不得不在肯定与否定的矛盾中挣扎。新媳妇进门磕头的场景令三婶极为不喜，"我"再一次矛盾地赞扬了这一行为。当大家看戏时，拙劣的表演与戏台上日本人追中国姑娘的情节，惊醒了睡着了的爷爷。爷爷大叫着，并跳上桌子想办法去抓日本人，冲锋号响起，爷爷安静了。台上一片傻站着的人，台下三婶对三叔说"你的老板就是日本人"，这一话语再一次让我震惊不已，荒唐可笑的矛盾对

①[苏]巴赫金. 巴赫金全集：第5卷[M]. 钱中文，译. 石家庄：河北教育出版社，2009：164.

立，隐喻并讽刺了生活的现实。建军哥结婚现场的狂欢场里社会历史文化内涵显露出来，一切"祭祀性的成分和限定性的成分"都消失了，爷爷铭刻在生命里的历史记忆在三婶的无心之语中消解，祖辈"全民性、包罗万象性和乌托邦的成分"在现代科技发展的现实中保留了下来，作为孙辈的"我"清醒地诉说崇高的狂欢与毁灭。

小说《后诗人史》中创作了一个"诗歌"的狂欢化场景，在包罗万象的有关艺术创作的探索中，诙谐与滑稽地上演了一场场闹剧。"在狂欢节的笑声里，有死亡与再生的结合，否定（讥笑）与肯定（欢呼之笑）的结合。这是深刻反映着世界观的笑，是无所不包的笑。"①这个有关诗歌的故事源自两个叫作傻瓜的诗人降生。公元前八万年有一个傻瓜降生，他的哇哇啼哭声叫诗歌。1972 年又有一个说"我叫诗人"的傻瓜降生，离奇古怪的事件与诗歌这种艺术创作的狂欢化描摹中高雅俯就低俗，在官方和个人编织的谎言中叫作傻瓜的诗人成名了，大头诗人终于长大成人可以参与生活了，他与人们发生关系荒诞并蕴含新的意义。诗人可以踢足球当守门员；诗人借球鞋的女孩后来成了他的妻子；传言诗人吃字典，诗人开始用数字编码并成为具有伟大声誉的诗人，并与《交叉小径的花园》的作家博尔赫斯神交，等等。在这场狂欢中诗人创立了"悬河诗派"，营养学家开始研究并给诗人进补，最终诗人为了大家读懂他的诗还出了一本厚厚的《详细注解密码本》。但诗人依旧认为没人懂得自己，他果断离婚，准备拥抱爱情，这才是诗人该拥有的命运。怪诞的书写以及随意的人生成为众所瞩目的创作与生活，在与傻子诗人的创作对比中，作家运用苏阳乐队的歌词以及对于歌词的误读这一事件，揭露真正对于生活的书写反而被嘲讽和诋毁的现象。小说中这些怪诞的情节将中国诗歌的历史瓦解在现实

---

① [苏]巴赫金. 巴赫金全集：第 5 卷[M]. 钱中文，译. 石家庄：河北教育出版社，2009：164.

的口若悬河中，作家金瓯将荒诞的疯狂书写到极致，谎言与真理、理智与疯狂的临界线上，艺术应该具有的样子是什么？艺术不会死亡！但需要在历史中寻找，才能够将现在与历史连通，在时间和空间的轮回与停顿中理解语言的魅力。不懂不是艺术的样貌，唯有真正理解金瓯话语符号的象征意义才能构建起其小说中故事的艺术世界。

总而言之，金瓯小说中的笑是狂喜中含有冷嘲热讽的笑，是包罗万象地探索艺术创作中的诙谐与滑稽，其中蕴藏了作家对于矛盾与对立人性的塑造，并透过故事呈现了人类社会中现代人成为被人操纵或操纵别人的机器，淳朴的人际关系为金钱所取代，平静和睦的生活为混乱喧闹的都市生活所破坏，人性的崇高被毁灭等。作家在希望与恐惧、忧患和矛盾的历史中反思，将爱、美好与宽容等人类的情感在故事中传递，创造了一个充满冲击力的主体狂欢化的话语世界。

## 第六节　张学东小说中交往与对话的成长叙事

张学东是宁夏"70后"小说家，"新三棵树"之一。从他小说创作的叙述话语来看，成长者视角和对话式叙述是作家一直以来较为突出的创作特征。小说《家犬往事》是张学东 2020 年出版的一部儿童文学作品，是一部写给他女儿及其同龄人的作品。作品中塑造的青少年人物形象较多，并具有成长特征，而成长者视角就是这些成长者形象的观察角度和叙述立场。本节将以此部小说的细读为主，探寻其成长与交往对话的叙事特色。对话式叙事是指叙述主体（叙述者与人物形象或形象之间）在文本中构成的对话叙事关系。小说《家犬往事》以三年困难时期为故事背景，讲述了四个孩子和两只狗的成长故事。小说中运用了多元叙述视角，从这一叙述话语特色切入文本分析，研究作家对于叙述情境中历史叙事时间构造与复杂文化空间结构创作的独特运用。作为宁夏当代文坛的重要作家之一，张学东这类作品的研究可以成为宁夏文学中有关宁夏作家在社会群体性认同中呈现出的共性以及社会个体性差异的案例研究。

## 一、成人视角与成长者视角的交往与对话

文学是一种话语，是说话人和受话人在文本语境中的沟通。那么，文本中作为"说话人"的叙述者与作为"受话人"的接受者之间关系的研究就颇为重要了。"说话人"与"受话人"的叙述主体有哪些，"叙述情境或叙述主体及两个主角：实际或潜在的叙述者和接受者——以何种方式包含在叙事中的类别"①，就是一种梳理文本叙事并由表及里的研究创作特色的方法。具体来说就是找到作家在讲述故事时采用的叙述主体的视点与话语叙事方式，以及这样的方法带来的叙事效果研究。

《家犬往事》中共有七个叙述主体。这里的主体"不仅指完成或承受行为的人，也指（同一个或另一个）转述该行为的人，有可能还指所有参与（即便是被动地）这个叙述活动的人"②。那么，文本中"说话人"这一叙述主体就不仅是叙述者了，另外六个叙述主体还包括隐含的作家、参与叙述的人物形象，即文本中的四个孩子和两只狗。具体来看，文本中作家首先设置了隐含作家这一叙述主体的叙述者视角，通过叙述者讲述了三年困难时期在镇上生活的谢亚军、刘火、谢亚洲、白小兰四个孩子和坦克、大黄蜂两只狗的故事。"说话人"的多元叙述主体构成的话语方式在这里形成了三种叙述视角，即叙述者的成人视角、

---

①［法］热拉尔·热奈特. 叙事话语　新叙事话语［M］. 王文融，译. 北京：中国社会科学出版社，1990：10.

②［法］热拉尔·热奈特. 叙事话语　新叙事话语［M］. 王文融，译. 北京：中国社会科学出版社，1990：147.

四个孩子的儿童视角和两只狗的动物视角。同时这三种叙述视角之间又形成对话关系，对话关系的两者是首先通过叙述者的成人视角回溯故事、评价事件，其次通过四个孩子的儿童视角和两只狗的动物视角描摹人物内心感受，塑造人物，感受世界，最终在理性与感性间完成对话。

文本中的第一个层面的叙述视角特色是隐含作家通过叙述者声音实现文本中隐含作家与人物之间对话关系的确立。主要方法是文本中的故事通过叙述者的话语回溯方式，讲述了一个中国人在曾经经历的历史年代里发生的故事，并借此完成隐含的作家对那个时代童年事件与经历的现象学还原。"福柯的与'阐述方式'的结构有关的主要论点是：制造一个陈述的社会主体并非像陈述的始作俑者那样，是一个存在于话语之外的、独立于话语的实体，相反，它是陈述本身的一个功能。"[①]如果说作家是"陈述的始作俑者"，那么文本中作为成人视角的叙述者就是作家于文本中创造的一个陈述主体，这一成人视角也通过文中叙述主体传达了"陈述的始作俑者"对于讲述故事时间空间的态度：重构历史时间、构型叙述空间。同时，这一叙述主体又通过叙述者声音将这些事件融入历史画面并加以评判，呈现出对于儿童成长的劝诫性词语组。诸如，文中"狗咬狗一嘴毛，真是一点儿不假"[②]"狗对这个世界，总是有着令人难以想象的洞悉力"[③]"一股比秋老虎还要灼烫的浪潮，顷刻间就铺天盖地席卷了这个原本偏僻宁静的西北小镇"[④]等。叙述者发出的叙述主体判断与评价的话语一方面与文本中的形象形成对话关系；另一方面也借此与隐含的作家预设的儿童"受话人"读者沟通，这正是此部儿童文学创作的独特之处。

---

①［英］诺曼·费尔克拉夫. 话语与社会变迁［M］. 殷晓蓉，译. 北京：华夏出版社，2003：41.
②张学东. 家犬往事［M］. 太原：北岳文艺出版社，2020：3.
③张学东. 家犬往事［M］. 太原：北岳文艺出版社，2020：16.
④张学东. 家犬往事［M］. 太原：北岳文艺出版社，2020：57.

其次，文中第二个层面的叙述视角特色是运用儿童视角讲述青少年眼里看到的那段历史时期，以及感受到的那个时期的生活。同时儿童视角结合动物视角叙事使小说具有了儿童文学的特征，形成了一种儿童意识中感知历史话语体系的叙述语境。作为儿童叙述主体，在遇到痛苦、灾难与坎坷时，他们视角透露出的是纯真、美好与希望，诸如炼出铁锭后的人们在儿童眼中"那辆军绿色的大卡车正好雄赳赳气昂昂地打她们身边飞驰而过"①。坝上停工了，白小兰的妈妈拖着疲惫的身体回到了家里，白小兰看到的是"母亲随身带回来的行李卷就搁在那里，看上去灰头土脸的，像条奄奄一息的土狗，一声不响"②。这些儿童视角的话语叙述特征较为强烈地展露出，他们（儿童）眼中的世界是那么鲜活而具有原生态的生命力，充满灵动的语句让艰辛的生活在儿童眼中变得五光十色，与成人视角的冷静与评价式语句相应，儿童文学叙述话语特色凸显出来。

由于叙述视角的多元与开放、交往与对话，文本中产生了多维度组合的叙述效果。多元叙述主体在叙述者的哲思与儿童、动物感知世界的澄澈交融、对话中协同完成了故事的讲述，形成两种叙述语调融合的叙事效果：历史事件与人性的自我认知、孩子的想象与日常生活等。多元叙述主体在叙述中也就促使"受话人"呈现了多维接受效果，隐含的作家为儿童读者构筑出了一个感受性较强的审美接受对象，描述了童年趣事的快乐与成长的坎坷。同时又给成人读者以理性忧思，从审美与社会两方面冲击着读者不得不重新审视历史事件，带有批判与启蒙意味的叙述话语特色，即那个经济困难的年代以及各种类似场域中人性成长之思，又透过儿童的视角在脱离与重构中形成了文本独特的成长者视角的叙事特色。但也正是由于此部作品的长篇儿童文学特质，

①张学东. 家犬往事[M]. 太原:北岳文艺出版社,2020:119.

②张学东. 家犬往事[M]. 太原:北岳文艺出版社,2020:170.

限制了作家的创作，为了完成告诫、提醒的叙述功能，避免成为说教型叙述人视角，作家有意拉开叙述人与人物形象的距离，完成对话。作家张学东以往的作品如《泥鳅》《人脉》等，青少年成长者形象的对话更为显著，人物的生存境况与内心孤独、愤怒、渴望等情绪的冲击力，构成了文本强烈的叙述张力，人性的揭露与文本的哲思性效果更为突出。

另外，在孩子与狗的叙述中，隐含的作家将儿童与动物的关系紧密相连，让他们共同完成精神成长的叙事。因此，两个孩子刘火与谢亚军的叙述视角融合两只狗大黄蜂与坦克的动物叙述视角，共同构成了此部小说中的成长者视角。英国菲利普·普尔曼创作的奇幻系列小说《黑质三部曲》中的人类都有自己的动物精灵，两者不可分割。《家犬往事》中如果将人物与狗的叙述视角融合起来重新观照小说，就会发现重组后的人物性格带有了相对更加完整且明显的成长性。人与动物的分离式叙述使得故事易于被孩子接受，但也因这种分离的节制使得情感冲击力不如作者以往小说中的强烈，叙述的声音没有在矛盾冲突中完成叙述者与形象的对话，但在儿童视角与动物视角的分层叙述中反而完成了形象多重性的塑造。首先从儿童视角出发，故事中刘火和谢亚军两个孩子叙述视角的交往对话关系第一步完成的是，贴切地描摹了孩子视点对异性同学的好奇。刘火初见班级转学的女生，懵懂的少年觉得"她从头到脚都让人觉得好奇，又感到自卑"①。而谢亚军对刘火的印象则是"懵懂无知、略带顽皮不羁的感觉"，"既乖戾又凄苦的深刻印象"②。两个孩子在交往中慢慢互相帮助、互相支撑地成长。

文本中较为突出的儿童视角是围绕刘火家"葡萄架"多次出现的事件展开的，作家完成了叙述视角的第二步，与现实社会的交往对话，叙述视角是谢亚军的（见表4-7）。

---

① 张学东. 家犬往事[M]. 太原:北岳文艺出版社,2020:13.

② 张学东. 家犬往事[M]. 太原:北岳文艺出版社,2020:46.

表4-7　文本中葡萄架的描写

| 章 | 葡萄架的次数 | 叙述视角 | 描写 |
|---|---|---|---|
| 3 | 第一次 | 谢亚军的视角 | 感受:感知茂盛的葡萄架—担忧弟弟的眼睛—因刘火爸爸的热心而削减怒气—要学习和帮妈妈照顾弟弟—对于花嫂的赞美的羞赧 |
| 5 | 第二次 | 谢亚军的视角 | 看着充满荒芜之气的衣物,对待刘火的矛盾心理(同情与抱怨);对待白小兰的矛盾心理(抱怨与谅解);对待花嫂与母亲的心理(观望、与己无关);对待坦克的心理(放它自由就是自己对于自由的理解) |
| 7 | 第三次 | 叙述者视角(讲述工作干部到每户动员时看到的葡萄架) | 刘火和谢亚军兴奋了。刘火想去被拒绝了;谢亚军去报幕了;白小兰相送;妈妈抱怨 |
| 10 | 第四次 | 谢亚军的视角 | 谢亚军尝到葡萄 |
| 17 | 第五次 | 叙述者视角(讲述"闯入者"进入刘火家时的环境) | 原先喧闹密实的葡萄架在秋后就变得异常疏落和萧瑟了,由于疼痛的还是那个的叶片几乎褪尽了,那些长长的藤条就呈现出弯曲的蛇形,在黑暗中张牙舞爪回旋盘绕,仿佛真的成精成怪了 |

　　文中五次出现对刘火家葡萄架的描写,三次是从谢亚军视角叙述,孩子透过这样自然界中具有生命力的葡萄来感受周围的变化,从而构成谢亚军与刘火的交往,借此孩子们用儿童的视角感知着周围现实世界的变化。第一次发现葡萄架的谢亚军是充满怨恨的,刘火弄伤弟弟眼睛后消失了,她不得不愤然找到刘火的家,然而那充满生机的葡萄架让她记起刘火爸爸的热心,怒气迅速消减了。第二次出现的葡萄架反衬出了谢亚军的心情,一个不应该这个年纪孩子承受的压力。"当她回眸凝视这个被翠绿的葡萄藤叶所覆盖的小院子时,心里忽然有了几分说不出的怅惘,这种感觉来得毫不经意,却又猝不及防。"①因而在故事的结尾处,刘火救了轻生的谢亚军,谢亚军也用她的感受与同伴身上给予的力量给弟弟讲述了一个充满希望的故事,让刘火家的葡

①张学东. 家犬往事[M]. 太原:北岳文艺出版社,2020:43.

萄架上葡萄的生命力不断成长、延续。

相较于两个孩子的交往，两只狗的世界就更为直白而现实，也将孩子眼中的人生一幕幕地展露出来（见表4-8）。

表4-8　大黄蜂和坦克的交往

| 次数 | 交往过程 | 章 | 状态 | 两只狗与人物的关系 |
|---|---|---|---|---|
| 1 | 大黄蜂和坦克相遇（初到镇上） | 1 | 打架 | 大黄蜂的领地被侵犯；<br>大黄蜂看镇上的人和事 |
| 2 | 大黄蜂和坦克相遇（初到镇上） | 2 | 打架 | 刘火对新搬来的谢亚军好奇与自卑；<br>大黄蜂与坦克打架时刘火用弹弓帮忙并误伤亚洲眼睛后离家出走 |
| 3 | 大黄蜂和坦克相遇（西面杨树林） | 6 | 和谐相处 | 谢亚军质问事情原委后谅解刘火打伤亚洲；<br>大黄蜂与坦克互相吼叫后和谐相处 |
| 4 | 大黄蜂和坦克相遇（街上） | 13 | 如隔三秋 | 两只狗很有点儿一日不见如隔三秋的样子 |
| 5 | 大黄蜂和坦克相遇（路上） | 19 | 共同出逃 | 坦克照顾受枪伤的大黄蜂后建立的情感 |
| 6 | 大黄蜂和坦克相聚 | 31 | 相濡以沫 | 两只狗一起生活 |
| 7 | 大黄蜂和坦克一起生活 | 35 | 孕育生命 | 刘火带着谢亚军来看两只狗的后代；<br>大黄蜂生了三只小狗 |

动物视角的叙事是作家安排在故事开始的事件。故事开篇大黄蜂比刘火更早地感受到领地被侵犯，当它与坦克发生冲突时文本就开启了孩子与狗之间的情感联结。因而儿童视角的成长是特定历史年代中一个时段的成长，而动物视角的叙事是几近一生的成长。在悲与喜之间辅助两个孩子完型故事，完型心理学中整体大于部分之和，在这里运用这一理论观照孩子世界和动物世界的组合关系，他们的完型大于孩子本身和动物本身。动物世界的成长历程在这样一个故事背景中没有复杂性，两只狗从打架到和谐相处，再到想念、相濡以沫，最终孕育生命也当然是如此简单地水到渠成了。当与孩子世界的成长之痛相交，与他们自然的成长状态组合在一起，才能够更为全面整体地看到，与现实发生冲突之时儿童不断清晰的自我认知，并最终用顽强的生命力遥望星空的整体形象塑造。

## 二、成长时间与历史时间的复调话语特色

《家犬往事》中是由成长者身份的叙述视角（两个孩子和两只狗）与叙述者的成人视角（隐含的作家）共同完成故事的叙述。叙述视角呈现出多重性特征，在叙述情境的复杂整体中形成了叙述时间的复调式叙事特征。"叙述情境与其他情境一样，是一个复杂的整体，在这个整体中，分析或单纯的描述要做到醒目，就只有扯破叙述行为、主要人物、时空的限定以及与包含在同一叙事中的其他叙述情境之间的关系等等织成的紧密的关系网。"①因而从两种叙述视角出发对文本中叙述情境的叙述行为进行分析，发现其所引发的复调时间线索尤为突出，进而形成独特的文本时间。小说中文本时间是相对于故事时间的概念，多指作家在文学文本中通过叙述视角完成叙事的时间，与故事实际发生的时间不一致。小说中文本时间与故事时间的微妙关系在于，作家出生于三年困难时期之后，并未亲身经历他所讲述的历史时间，因而文中叙述者在重塑文本时间时完成了隐含作家对于历史时间的重塑，讲述了一个中国人在特定历史年代曾经发生的故事。

20世纪"语言学转向"对文学研究产生了深远影响，从语言到话语发生了现代理论范式的变革。美国史学家海登·怀特从历史叙述层面打破了文史哲的叙述壁垒，他在《元史学：十九世纪欧洲的历史想象》中从审美、认知、伦理三个层面切入历史叙述的分析，认为这三个层面和各自具有的四种模式之间的组合关系具有一种"选择的亲和性（selective affinity）"。这给文学研究提供了一种新思路，作家对于历史重塑的叙述，尤为关注的是作家意识里面的选择亲和性，作家在面对众多史料时，找到并书写的只是与文中故事人物形象、情节相关的并在叙述

---

① [法]热拉尔·热奈特. 叙事话语 新叙事话语[M]. 王文融，译. 北京：中国社会科学出版社，1990：148.

中使其具有一种辩证叙述张力的事件。也许这些历史事件并不妥帖也不符合真正的历史，将引发作家想要表达的和最终表达出的巨大差异，但作家叙事方式达到的亲和度及其所希望能够保留的思考是可以运用叙事学方法进行梳理的。《家犬往事》是以自身经历视角出发回顾民族历史事件，如同很多作家一样，鲁迅就说："人就苦于不能将自己的灵魂砍成酱，因此能有记忆，也因此而有感慨或滑稽。"①鲁迅作品中回忆与现实相互对照的对话叙事，是对传统文化的行为方式、思维习惯以及文化心理的反思。对中华民族历史事件的回顾叙事，如鲁迅的《故事新编》就是从民族文化故事的回顾到自身经历事件的描述。作家张学东跨越时空的历史性回溯亦如此，正如他自己在小说的代后记中说："我有责任也有义务带领她穿越一次历史，回到那个可怕的三年困难时期。"②因而，文本中存在两种时间线索：一种是历史时间，叙述人对那个时代童年事件与经历的现象学还原的时间线；另一种是孩子们眼中的时间，在线性历史时间叙事中儿童成长性体验的时间线索。

首先从文本的表层结构看，也就是从孩子们成长体验的时间线索来分析文本的第一层叙事模式（见表4-9）。

表4-9　文本的表层结构与文本时间

| 表层结构 | 平衡(故事未开始) | 打破平衡(开启故事的讲述) | 新的平衡(故事结束) |
|---|---|---|---|
| 章 | 文本中时间用语 | 文本中时间用语 | 文本中时间用语 |
| 1—2 | 傍晚/礼拜一 | | |
| 3—9 | | 礼拜二/语文课之后/清晨/夜晚/明亮的下午/快吃完饭 | |
| 11 | | 天已经黑了 | |
| 13 | | 下午 | |
| 15 | | 晚上 | |
| 16—17 | | 昨天下午到现在的10个钟头/秋后 | |
| 20 | | 第二天上午 | |
| 21 | | 过了吃晚饭的钟点 | |
| 24—25 | | 父亲回来的一段时间/母亲回来后 | |
| 27 | | 大坝回来 | |
| 28—35 | | | 三月头 |

①鲁迅. 不是信. 鲁迅全集:第3卷[M]. 北京:人民文学出版社,2005:236.
②张学东. 家犬往事[M]. 太原:北岳文艺出版社,2020:261.

　　文本的表层结构是历时层面的，是结构主义叙事学中对所有文本线索模式的概括，认为表层结构一般会呈现一致的存在状态，即一个故事是从一种未发生变故前的平衡状态开始，经过一系列转变使存在发生冲突进而呈现出不平衡状态。当所有叙述趋于平静时就会有一种否定性的平衡状态产生。其表现形式就是平衡—破坏平衡—新的平衡。

　　《家犬往事》的表层结构是用前两章来完成故事的叙述起点，谢亚洲一家搬到镇上居住，打破了原有镇上生活的平衡状态。具体事件是大黄蜂感受到领地被侵犯而与坦克的两次打架事件，这个事件中通过动物打架这一核心事件叙述完成了谢亚洲一家搬到镇上，以及刘火等主要人物先后出场等辅助事件的叙述。文本在这段叙述中用来标注时间的词是"傍晚"和"礼拜一"，不难发现这些时间用词是孩子眼中的时间，它是具体的并带有强烈感受性的。通过成长者视角整理文本时间并分析表层叙事结构的变化节点，3—27章为发生变故后进入故事的讲述阶段（不平稳状态）。在这24章中共有16个时间词语，这些词语不是每一章都有的，且"清晨""夜晚""母亲回来后"等用词的孩子视点，无法判定故事讲述的时间长度，这可能发生在几个月内或者几年中的某个清晨或夜晚。文本从第28章开始将故事推入了新的平衡，之后用了8章的笔墨来完成故事结尾的叙述，这个结尾只用了"三月头"一个时间词。颇具特色的是自此以后，八章内容几乎都是通过谢亚军的视角描写有关成长者的感受，而非"事件"的记述。由此可见，这样一个饥饿年代的童年往事留在孩子们心中的感觉大于事件本身，谢亚军由不能承受生命之重的孩子，到给弟弟讲述一个充满星空和希望的家长式人物的成长，或许才是作家创作时更为看重和想要表达的深意（见表4–10）。

表4-10　故事进入新的平衡结构时的叙述视角

| 章 | 叙述视角 | 事件 | 感受(文中语句) |
|---|---|---|---|
| 28 | 谢亚军 | 母亲怀孕<br>找寻食物<br>亚洲失踪—时间1 | 冬不去春不来 |
| 29 | 谢亚军 | 母亲放坦克<br>小兰被打,亚军被小兰妈妈骂出去 | 儿歌暗指花嫂不贞 |
| 30 | 谢亚军 | 掉到洞里的亚洲和去找刘火的小兰相遇<br>亚洲被小兰送回来(接28)—时间3 | |
| 31 | 坦克 | 坦克差点被抓,大黄蜂相救<br>亚洲掉下地窖(接28)—时间2 | 两只狗第6次相聚 |
| 32 | 谢亚军 | 亚军自杀 | 恐惧、饥饿、嘲笑、欺瞒 |
| 33 | 谢亚军 | 两只狗救了亚军<br>亚军与刘火地窖相处 | |
| 34 | 白小兰 | 小兰梦到亚军给她勇气,看到亚军及周围人的嘲笑<br>亚军家中母亲迷离状态之时,那个女人进来求亚军看看即将死亡的小兰 | 小兰母亲为了换取食物、亚军母亲为了生下孩子的付出 |
| 35 | 谢亚军 | 亚洲为小兰的死亡伤心<br>亚军给亚洲讲《梦星空》<br>坦克拉亚军去看大黄蜂 | 妈妈的孩子没了<br>两只狗第7次一起出现(孕育新生命)<br>《梦星空》中弟弟的亲人都离去了,但他依旧坚强地活着 |

　　当然，文本的叙事中叙述者视角与成长者视角始终处于纠缠状态，因而很多时候叙述视角非常自然地在两者间过渡，前面的故事刚刚用叙述者外聚焦的方式讲述事件，接着就转换为成长者视角的内聚焦心理感受。不过从24章开始，叙述者的声音就略显削弱，成长者视角的感觉式叙述增长，且结尾处以谢亚军这一形象的视角出发对中国历史巨大变革时期的自我感受性变化的叙述，凸显了成长者叙事，表达孩子的成长是在与对外界产生关系并不断受到影响后发生改变的观点。总而言之，这一时间线索的脉络是依据结构主义表层结构的平衡结构

被打破而开始了故事的时间，乃至故事结束的时候因为孩子经历了绝望与希望的转换，将具体时间点"三月头"呈现出来后就再无涉及相关时间的描述。然而时间的延续性也因此而产生，所以这一时间线索是有起点却无终点的叙事，通过这样的如射线般的时间路径来塑造孩子的成长。这一成长路径是通过成长者视角的话语叙述完成的，也就是结合动物视角的叙事，大黄蜂和坦克两只狗从不打不相识到相濡以沫、孕育后代，完美地给"受话人"乃至真实的接受者带来对于孩子此后一生的想象。

其次，文本中另外一条历史时间线索是通过叙述者讲述完成的，这一时间线索是隐含在表层故事下的线索。安克斯密特曾说历史叙述的视角（point of view）相当于观景楼。所处观景楼的位置不同历史叙述的内容也不相同。他还指出，"最好的历史叙述是最具隐喻的历史叙述，具有最大视界的历史叙述。它也是最'冒险的'或最'勇敢的'历史叙述"①。在《家犬往事》的新书发布会上作家反复强调此书是写给如女儿般孩子的书，是让这些幸福的孩子了解那些这个民族曾经的经历，那些艰苦与饥饿的岁月。在文本中作家亦是用叙述者的视角回溯历史，讲给孩子听那段历史时期的一段往事。"历史时间的刻度，是人类以其观察和体验到的日、月以及其他天体运行的周期来制定的，它是一个客观存在的常数。但是当它投影到叙事过程的时候，它却成了一个变数。"②作家用自己的方式刻出了作家所理解的历史脉络，没有明显的时间语词，而是巧妙地运用了一些历史时间节点的事件投影到文本中的叙事线索里，这样详细而具体的事件更便于与"受话人"（儿童接受者）沟通。作家对于这一历史事件的话语权力决定着历史事件的选择，从中也可整理出作家对于这段历史回溯的记忆点，带有作

①［荷］F.R.安克施密特. 历史与转义：隐喻的兴衰［M］. 韩震，译. 北京：文津出版社，2005：48.
②杨义. 中国叙事学［M］. 北京：商务印书馆，2019：195.

家对于特定历史的话语重塑特点。叙述者从全知视角到限制视角自由切换，显示出了作者在叙述视角创作的功底，令这一视角看似只是一个回溯三年困难时期童年故事的叙述者，但阅读中会给读者带来很多惊喜。叙述者在文本中时而叙述事件发展过程；时而发表隐含作家的评论；时而不着痕迹地放出一些历史时间节点或某一历史时间的事件，这些历史时间节点或隐或显，或直接或间接地完成叙事。当然正是由于长篇篇幅的因素以及儿童文学这一文体特色，作家在历史时间线索标注时，尽量运用适合儿童接受群体阅读状况的形象化语句来描绘那个饥饿年代的样貌，如"尽管险情已被解除，可她仍旧余悸未消，感觉心跳潦草，手心发烫，火烧火燎的"①，还有"人家兴兴头头地办人民公社和集体大食堂，说是有了这些大食堂，大伙儿再也不必为吃喝发愁了，肚子饿了，你就背着手去吃食堂，食堂里有的是白米饭和大馒头，还有鸡鸭鱼肉蛋，管你个个吃得肚儿溜圆"②，以及"饥饿和恐惧总算松开了他们的魔爪"③等。这些孩子能够理解的声音，使得叙述人视角与文本中人物视角之间的对话及人性的拷问变弱，因而也相对削弱了作家一贯的叙述张力。人们常常疑虑于孩子是否能够读懂某部作品，作家在创作之时也为了儿童接受者而改变了以往的叙述方法，但毫无疑问的是，文本中可以看到作家叙述中显示出的较强企图心。如在多重叙述视角呈现的复调叙述时间线索里，作家将历史与现实相互映照，完美地将成长者视角具体的时间话语特色与叙述者历史时间节点的话语特色相区分，形成孩子的成长体验式时间线与特定历史时期的平行、相交与分离的叙事线索。那么事件与人物叙事中的彼此制约、互为主体的关系就更为明晰，对传统文化的思维、

---

① 张学东. 家犬往事[M]. 太原:北岳文艺出版社,2020:52.
② 张学东. 家犬往事[M]. 太原:北岳文艺出版社,2020:71.
③ 张学东. 家犬往事[M]. 太原:北岳文艺出版社,2020:108.

心理等及社会意识形态的反思颇为深刻。但成长者叙述视角着力刻画人物性格变化，在文本时间里拉长或缩短成长线，将事件叙述为主的故事转变为人物性格塑造为主的故事，削弱了作家以往作品叙述中形成的对话张力。

## 三、封闭空间与分线叙事空间的话语交融

空间不可能仅凭借自身就被定义，叙述视角选择的时间节点完成了叙述空间的定义。"黑格尔认为已经满足了空间定义的单纯的外在已经被证明为依赖于时间的寄生物，因为一切被表述为某物外部或外在的事物，只有处于同一时间之中才可能被表述为彼此外在。"①同样，空间在不同位置上、不同的记忆中才能存在，也才有被陈述的可能性。《家犬往事》中叙述者视角的历史时间线索相对固定在一段时间里，因而其空间状态也就相对封闭。但另一条成长者视角的射线式时间是有起点无终点的叙事，这一时间叙述方式能更好地传递出儿童形象的未来无限可能性，并实现成长空间的叙述，因而文本在塑造儿童成长的时间叙事中构型出了分线叙事空间与封闭空间两种叙述空间。

文本中共有两个封闭空间：一个是"五尺铺镇"，一个是"刘火的地窖"。首先，叙述者视角回溯三年困难时期历史故事的发生地——五尺铺镇，这个乡镇空间就是文中整个故事叙述的空间。从故事叙事的地点来看，故事发生在这个村镇，其封闭性在于外在世界的变动只是波及至此，但并未出现在叙事里，故事只讲述了孩子们在这个镇子里的经历及成长的故事。鲁迅《阿Q正传》中的未庄就是一个远离城市的乡村，外在世界的变革用某些乡村人物的行为举止映射出来。尽管《家犬往事》中这个"五尺铺镇"不能够如"未庄"那样成为一个时代

---

① [美]爱莲心. 时间、空间与伦理学基础[M]. 高永旺，李孟国，译. 南京：江苏人民出版社，2015：47.

的典型，但其类似特征也较为明显。"五尺铺镇"就是文中一切故事的起点以及终点，这个镇的街道、教室、房舍等地共同构筑起了一个封闭的空间，外界的变化都投射在镇子里生活的人群身上，尤其是通过四个孩子、两只狗的行为表现出来。孩子世界的简单与现实残酷的对比冲突，将那种生存艰辛、成长之痛与希望之星空交织在一起，呈现其丰富与复杂性（见表4-11）。

表4-11 封闭的乡镇空间与变动的外部空间

| 章 | 地点 | 章 | 地点 | 章 | 地点 | 章 | 地点 |
|---|---|---|---|---|---|---|---|
| 1 | 镇子到搬家人的家 | 10 | 刘火家 | 19 | 路上 | 28 | 田野深处 |
| 2 | 镇中心初中到街上 | 11 | 找医生的路上 | 20 | 轮渡处 | 29 | 亚军家 |
| 3 | 镇上、刘火家、亚军家 | 12 | 小兰家 | 21 | 路中央 | 30 | 亚军家 |
| 4 | 学校和亚军家 | 13 | 街上 | 22 | 刘火的地窖 | 31 | 街上 |
| 5 | 走出家路过刘火家 | 14 | 亚军家 | 23 | 刘火的地窖 | 32 | 林间小道 |
| 6 | 西面杨树林 | 15 | 镇委会院子里被关的小土屋 | 24 | 亚军家 | 33 | 森林 |
| 7 | 西北小镇 | 16 | 亚军家和镇上 | 25 | 小兰家 | 34 | 小兰家 |
| 8 | 生资日杂店 | 17 | 刘火家和路上 | 26 | 地窖 | 35 | 亚军家、刘火的地窖 |
| 9 | 亚洲家中 | 18 | 路上 | 27 | 院子外 | | |

在文本的35章里，出现的地名，或者说故事发生的地点只存在于"五尺铺镇"的街道、学校和各个孩子家里，那些田野、林间、轮渡也都在"五尺铺镇"的范围内。然而另外一个与镇上遥遥相望的"大坝工地"仿佛是引发镇上一切事件发生的源头，但文中却没有出现以"大坝工地"为现场的事件讲述。谢亚军的爸爸因为要去"大坝工地"，他们一家才搬到镇上；学生们组成文艺队去工地慰问，只有学生去前的激情昂扬和回来后的疲惫不堪，没有任何慰问表演现场的记述；镇上要求每户出一名精壮劳力去工地时，文中有镇上去工地劳动前的描写，也有回来的人对于工地工作的描述，却没有直接以工地为场景的事件。这样一来，"五尺铺镇"的封闭性就凸显出来

了，外界所有发生的事情在这个小镇里浓缩为四个孩子和两只狗对于外界的认知变化。

小说中还有另一种封闭的空间，就是"刘火的地窖"。如同卡夫卡《地洞》中小动物的生存空间，躲避着外界一切生命，享受着食物，本应快乐地生活却有着生存的恐慌。即使挖掘出四通八达的路，也只能在孤独中幻想外面的美好。刘火在地窖这样封闭的空间中长时间生活，开始出现幻觉。在这种幻觉意识的景观中，刘火开始形成混乱的且无时间的野蛮状态，所有的生物形成变奏曲式的兴奋。刘火内心的沉默与暴力的环境交织在一起，封闭的自由在无时间状态中显示出来。作家对于社会历史现状的反思与冲击，从儿童视角想象的快乐中脱离出来，变得无比刺目。从 22 章开始到 35 章，虽然文中只出现了四次刘火地窖发生事件的叙述，但在这长达 13 章的故事中，刘火这个孩子孤独地生活在封闭空间里。在文中的成长者视角看来，这样难以想象的生活困苦却充满着希望。因为，刘火的地窖里有食物，在食物匮乏的时期，连草根都找不到的生存困境中，可以养活刘火的食物和接济小朋友的食物是多么宝贵，亚洲、小兰、亚军还有两只狗从那里都得到过食物。这个封闭的空间更像一个世外桃源，是所有无助与艰难中的光亮所在。

这两处封闭空间成为四个孩子自我成长的背景时空，小说中成长型叙事特色也在变化中完成，从镇子到刘火的地窖，以及文中时时出现谢亚军讲述的那片星空。从某种程度上来说，封闭的小镇与封闭的地窖可以视为作家张学东在宁夏文学空间里与世界和中国的对话关系。作家张学东创作心理上呈现出的地域封闭性，如同刘火的地窖，尽管封闭却不缺给养，是个地窖却被他挖得四通八达，作家在这片土地上孕育着具有生命力的写作欲望与对于文学的坚守，看似封闭却与中国文学有着方方面面的联系，又好似不受干扰地默默成长，亦如孩子们的成长一样。对于整个宁夏文学与世界的关系好似小镇封闭性的描写，相对封闭的状态里孩子依旧成长，且在自我不断成长中拥有更多对于生活、人生的认知，也从不忘抬头仰望星空，在各种全球化浪潮中，始终追寻并坚守着颇具传统风格的创作方向。

其次，文中在成长者视角的成长经历叙事中不仅有"刘火的地窖"这样一个封闭的空间，又巧妙地设计了同一时间节点不同空间状态的分线叙事，让这个童年的往事更有趣味性，也让四个孩子的成长更加多元（见表4-12）。

表4-12　分线叙事的叙述线索

| 章 | 事件与感受 | | 叙述视角 | 叙述时序 |
|---|---|---|---|---|
| 1—15章 | 谢亚军一家来到镇上生活后碰到的一系列事情 | | 叙述者视角 成长者视角 | 顺序:事件的文本时间与故事时间的时长基本一致 |
| 16—20章 | 刘火和谢亚洲被关的木屋发生火灾后 | 亚洲逃离火灾后的故事 | 谢亚军视角 | 分线叙事:相同时间点中两个孩子的平行叙事 |
| 21—23章 | | 刘火逃离火灾后的故事 | 刘火视角 | |
| 24—27章 | 四个孩子对周围环境变化的感受 | | 儿童视角 | 分线叙事:相同时间点中四个孩子平行叙事 |
| 28—35章 | 谢亚军的感受 | | 谢亚军视角 | 顺序:文本时间与故事时间的时长无法判定 |

作家在叙事的时候考虑到了此部作品的儿童接受者，因而许多叙事方法极为适合儿童阅读，如在叙述视角的对话关系处理上将人性撕裂的叙述减少，使对话的互动性效果增强；再如叙述时间线索的表述皆选用孩子能够理解的事件等。同样，在叙述空间的构型处理上，作家用儿童理解的时空序列讲述故事，但又巧妙地完成了封闭空间的设置，叙述时序构型出的空间多样性别具匠心。表4-12中可见，文本时间顺序与故事时间顺序一致，按照历史时间线索推进事件，故事的前后顺序在文本中并未发生变化。文中讲述了谢亚军一家来到五尺铺

镇后，遇到了刘火和白小兰，并成为好朋友。当外界变化，镇上的一切秩序开始混乱，食物紧缺，社会生存状态遭到破坏之时，故事也渐入高潮，最具有标志性的事件就是 13 章开始"刘火和谢亚洲被关到木屋里"。这个之前的"筑坝停学""人民公社和集体大食堂"等历史事件是这个高潮事件的铺垫，孩子们进入无序状态，刘火勇于发出挑战的声音，也就是当第 13 章"民兵砍老榆树"时激起了少年的不满，两个孩子（刘火与亚洲）与民兵发生冲突后被关进小木屋，并开始忍受饥饿、寒冷与灾难。至此，文本时间与故事实际发生的时间顺序及速度基本一致。但当小木屋着火后，作家调整了叙述的步速，在这个整体时空的叙述中将相同时间发生的事件分线叙事，这种方法是中国"草蛇灰线"的传统叙述方法，文中从 13 章开始就埋下了线索，两个孩子因不满而被关，所以逃出后刘火一直不敢露面。因而到高潮部分就不显突兀了，如高烧不退的亚洲被放到家门口后，亚军母女开始猜测是谁送回的亚洲；人们得知小木屋着火后开始猜测刘火是生是死等情为高潮叙事做了铺垫。这些情节线索更易于激起儿童阅读者的好奇心，同时又将环境所迫刘火不得已放下亚洲离开的社会现实隐藏了起来。然后"花开两朵，各表一枝"的分线叙述，将亚洲和刘火逃离火灾后的故事分为两条线索叙述，叙事有变化但情节前后关系紧密，人物事件的跳跃感不强。如 16—20 章讲述了亚洲逃离火灾后的故事，21—23 章则讲述了刘火逃离火灾后的故事，"同树异枝"的效果明显，易于儿童读者接受。

文本中另外一个分线叙述视角紧接着前面的故事，在 24—27 章中具体呈现。按理说两个连续的分线叙事会带来阅读的疲惫感，但作家在此处的处理较为独特，应和了前面叙述视角分析时所提到的本文的儿童文学创作特征，叙述人的成人视角不断削弱，24 章以后开始呈退隐趋势；成长者视角开始成为主要叙述视角，且在后面的叙述中只着力表达对于外在世界的感受性，用四个孩子的感受性描写带动事件的叙述。如第 24 章用谢亚军视角讲述谢亚军对父母、亚洲、小兰和坦克的态度；25 章用白小兰的视角讲述对母亲回来后暴躁的忍受；26 章用刘火的视角叙述在地窖生活中与动物、虫子为伴的幻想；27 章用谢亚洲的视角讲述从"小耗子的怯懦到小牛犊的野蛮"的转变。这四个章节用儿童视角分别讲述了四个孩子对世界的感知，四条线索清晰明了却又不与前面的分线叙事重叠，反而增添了文本的深度。当孩子们开始主动感知世界的变化时，人物成长型叙事的主体性不断建构完成，他们的成长也就发生了。如在第 34 章事件叙述中，白小兰的妈妈为了换取食物而出卖身体的事件叙述是完全隐在小兰这一视角的感受经验之下的。"白小兰过得浑浑噩噩，即便睡着了，也常常被噩梦魇住，浑身冒虚汗，有些神志不清，胡话连篇"，这是小兰怀疑妈妈的开始；接着"天上星光璀璨，屋内阒黑无声。一个人深陷在无止境的自责和痛苦中太久了，会产生某种不切实际的幻觉"，"两团熊熊闪耀的火光，几乎一下子就照亮了房间的每个角落"，"火光猛地消失了，世界又变得一片漆黑，深不可测，又无边无际"，真相被揭露出来，"破鞋"的骂声回响在小兰耳边；最终"朦朦胧胧间，仿佛又一次进入那条阴森幽暗狭窄坑道，稀薄的空气在黑色的煤尘中凝滞，人的呼吸渐渐停歇了，身体忽然变得轻飘飘的，活像一片轻盈的羽毛，可以自由自在地穿越那漫长曲折的黑色通道了"①。小兰死了，她的故事结束了，但给谢亚军和刘火的震撼与成长却是无尽的。因而结尾处叙述视角的空间为事件本身增添了朦胧色彩，适合于儿童的感知与接受程度，有效地表达了隐含作家的创作意图，想借助儿童的感受对那个时代发出重拳一击的野心。

---

①张学东. 家犬往事[M]. 太原:北岳文艺出版社,2020:234-241.

一部文学作品的话语言说方式研究是叙事学探寻作家创作特色的一种方法，此部长篇小说从话语的叙述视角进行分析，主要原因是从作家张学东一直以来的"成长者视角和对话式叙述"的创作特色入手，通过叙述主体发出动作的叙述视角出发，寻找《家犬往事》中成长者视角的叙述特征。作家在这个故事的叙事中，从时空叙事线索到人物性格塑造都有新的尝试，形式的创新极其丰富，作品对于儿童文学叙述创作的尝试能看出作家很多不同以往的新思考，那么这种成长者叙述视角的研究也将成为宁夏文学研究中有关成长型叙事特色的一个案例和研究宁夏文学的新路径。

## 第七节　阿舍小说中抒情话语传统的女性认同

阿舍，原名杨咏，维吾尔族，1971 年出生在新疆，现居宁夏银川，中国作家协会会员。2003 年开始发表文学作品，作品散见于《人民文学》《十月》《钟山》《江南》《民族文学》《朔方》《散文选刊》等文学期刊。出版有长篇小说《乌孙》《阿娜河畔》，短篇小说集《奔跑的骨头》《核桃里的歌声》等，散文集《我不知道我是谁》《大河奔流遗落的一朵浪花》《流水与月亮》《白蝴蝶，黑蝴蝶》等，随笔集《托尔斯泰的胡子》。曾获十月文学奖、《民族文学》年度奖、宁夏文学艺术一等奖等奖项。阿舍是维吾尔族运用现代汉语书写文学作品的作家，是宁夏唯一三次获《民族文学》年度奖的作家，她的作品里有着明显的女性创作特征，地域及民族认同感颇强，尤其是其小说的抒情话语更具独特性。著名作家沈从文在《抽象的抒情》中说唯有抒情主体，通过特殊的艺术鉴赏力，挖掘、拼凑那些仅存的图像、器物或断简残篇的蛛丝马迹，游走在重重历史缝隙之中，有感而发地书写，才能唤起不同时空的知音与之共鸣。阿舍的小说用女性独特的叙述视角细腻地感受生活，捕捉生活及历史的细节，抒情地描摹生活，创作了一系列能够唤醒时空共鸣的故事及形象。

## 一、文学与历史书写中的民族认同

阿舍小说中的抒情话语不是西方浪漫主义概念里的抒情（lyrical），而是中国传统文学抒情写意在世界语境中的现代性融合，"现代抒情论述在跨文化的交流过程中融合了中国与西方、现代与传统，因而产生比过去更加复杂的意涵"①。《毛诗序》有"在心为志，发言为诗""情动于中而形于言"，陆机《文赋》讲"诗缘情而绮靡，赋体物而浏亮"，从这些文学创作理论观点可知，传统中国文人虽极少使用"抒情"一词，但有着深厚且独特的抒情传统。学者陈世骧 1971 年发表的《中国抒情传统》就从比较的视角检视中国文学，明确提出了中国"抒情传统"。因而，这个抒情的传统中蕴含着"'诗'与'史'的双重意涵"②。不仅可以从情与事、文学与历史的相互定义中探寻中国抒情传统的源远流长，也可从文学与历史的叙述话语中探索运用抒情话语叙事的独特魅力。沈从文的小说被称为"诗化小说"，即是表明其叙事作品的抒情话语特色，他认为"一切艺术都容许作者注入一种诗的抒情"，对于其"抽象的抒情"的观点可从"充满历史意识和地方色彩""积极寻找某种可以调节抽象与具象的媒介"两个方面予以解析。③阿舍的长篇历史小说《乌孙》的抒情话语的叙事特色在其作品中呈现出

---

①王德威. 史诗时代的抒情声音：二十世纪中期的中国知识分子与艺术家[M]. 北京：生活·读书·新知三联书店,2019:29.

②王德威. 史诗时代的抒情声音：二十世纪中期的中国知识分子与艺术家[M]. 北京：生活·读书·新知三联书店,2019:30.

③王德威. 史诗时代的抒情声音：二十世纪中期的中国知识分子与艺术家[M]. 北京：生活·读书·新知三联书店,2019:116–120.

的是地域及历史特色，以及作家抒情话语中的中华民族认同特色。阿舍选择乌孙历史叙事时是以猎骄靡这个重振乌孙强大的君王为叙述的切入点，是在汉朝与乌孙历史关系的叙事线索中融入女性视角的独特感知性叙述。这一视角是以无损历史线索为前提地剥离出来了一条汉朝公主的叙述路径，也就是以张骞出使的叙述线索为铺垫，讲述细君公主出嫁乌孙后在其短暂一生里带给乌孙汉朝文化潜移默化的影响，解忧这位伟大的汉朝公主用其指点江山的才华和气度书写乌孙历史，以及其侍女冯嫽为汉朝出使周边游牧民族的故事等。

　　一般来说，叙事性作品的故事皆可运用结构主义叙事学理论分析故事的表层叙述结构，即根据叙述的前后内容和事件之间的关系从历时性向度梳理故事的叙事结构，即"平衡状态—破坏平衡—新的平衡"三个大的叙述内容。然而阿舍的小说《乌孙》中大历史与小历史互渗的叙述中，感性与理性的叙事线索融于其中形成了独特的双重叙事结构。因而在借用西方叙事学理论的时候需结合中国叙事传统来看，因中国人讲史喜欢前面倒叙，后面补叙，"中国古代的编年史书，对于重大的历史事件都是这样编写的，因为一个事件不可能在某一年内从头到尾完完整整，或者在某一个月内完完整整地发生"①。小说《乌孙》讲述的是公元前118年的一个冬末黎明，在乌孙国王都赤谷城发生的故事，乌孙历史就由这个最为重要的历史时间切入，然后在猎骄靡回忆的倒叙和张骞的补叙中完成乌孙国全部历史的讲述。那么这个由猎骄靡引发的乌孙历史的故事就颇具史实特色，然而小说中又隐藏着另外一条情感叙事线索，即汉朝张骞出使西域的"凿空"（开通道路），与乌孙建立邦交，两位汉朝公主出嫁乌孙，影响乌孙血统及文化后返回汉朝的故事。作家用理性审度历史的同时将人物形象的情感细

---

① 杨义. 重绘中国文学地图:杨义学术讲演集[M]. 北京:中国社会科学出版社,2003:11.

化，汉朝使臣眼中的乌孙昆莫（国王）、汉朝公主等生动、具体可感的艺术形象就跃然纸上，这即是作家想要传递的如沈从文所说的"抒情价值"。在面对家国和个人危机时，沈从文创作中追寻的是中华民族最理想的人性，所以其湘西美好的生活就是一种中华民族的认同与体认。作家阿舍在小说叙事中表达的情感亦如此，就是其对于中华民族的认同与体认。

具体解析小说《乌孙》的两条文本叙事线索：一条是乌孙的历史；另一条是汉朝对乌孙影响的历史，其中包括张骞出使、细君出嫁、解忧在乌孙生活的 50 年。

首先来看乌孙的历史线索，其平衡状态是发生在公元前 118 年的冬末黎明，六旬的乌孙王猎骄靡感觉到新的命运正在靠近他，一个神奇的故事终将发生。

打破平衡的故事是以猎骄靡时代为时间点展开的叙述，即由此时间点向过去，对乌孙历史的回溯，和由此时间点展开的猎骄靡时代创造的乌孙历史，以及猎骄靡死后的乌孙。

对乌孙历史的回溯是通过猎骄靡的回忆叙述和张骞的补叙完成的。猎骄靡回忆父王难兜靡的死亡之战。公元前 177 年，匈奴击溃月氏人，举国西迁时路过乌孙，父王难兜靡为了保卫乌孙而战死。襁褓中的猎骄靡被迫逃亡，母狼喂养了草丛中五个月大的猎骄靡，这一神迹让他得以在匈奴长大。长大后猎骄靡帮助匈奴征讨周边小国，并最终带领十万乌孙人重建西域大国，定都赤谷，摆脱了匈奴人的掌控。

猎骄靡时代的乌孙历史，是乌孙强大的起点也是终点。猎骄靡令乌孙强大并果断地与汉朝建立邦交。但猎骄靡也因其对黑美人的一句承诺而致使乌孙三分权力，开启了乌孙纷乱的序幕。猎骄靡立黑美人之子岑娶为太子（乌孙实行长子继承或兄终弟及制），使长子大禄不满。为安抚大禄猎骄靡实行分疆而治，并让大禄承诺永生不与岑娶争夺皇位。猎骄靡病逝前按照乌孙习俗将自己的妻子汉朝公主细君改嫁给太子岑娶。

　　猎骄靡死后的乌孙历史是乌孙走向混乱分割治理，并最终灭亡的历史。猎骄靡死后太子岑娶继承乌孙王位，尊号军须靡。大禄儿子翁归来到赤谷城做质子，细君公主生了女儿少夫后死去。军须靡迎娶第二位汉朝公主刘解忧之时，也迎娶了匈奴的乌兰夫人，后与乌兰夫人生下王子泥靡。军须靡死前立遗嘱翁归为新任乌孙昆莫，待泥靡成人后归还王位。解忧于军须靡死后四十天后改嫁翁归靡，乌兰夫人不肯改嫁，于是带孩子泥靡回匈奴。一年后解忧第一个孩子出生，名为元贵。翁归靡病逝，泥靡继位，六旬解忧改嫁泥靡后生下一个额头长着红色胎记的男孩鸱靡（这是解忧的第六个孩子）。解忧不满泥靡的好斗与暴虐，伺机于赤谷城弑君，泥靡逃走后兵困赤谷城。三个月后，解忧的侍女冯嫽带援军解救赤谷城。

　　新的平衡是乌孙的结局，虽然作家于此处并未完成灭国故事的叙述，但乌孙的终结是不可避免的。解忧和翁归靡的儿子元贵靡当了三年昆莫后死亡，鸱靡相继离世。星靡（解忧的孙儿）和乌就屠（乌兰的孙儿）将乌孙一分为二。时隔五十年，七旬解忧带着孙子孙女返回长安，盛极一时的乌孙国最终因人心涣散、各谋私利的混乱场面结束了它的辉煌时代。

　　历史小说《乌孙》的叙述中有着传统历史小说的特质，"中国历史文学对历史的信重，主要体现在情节框架的大关节目上与之保持同构，体现在理性的春秋笔法即不虚美，不隐恶之于创作的浸渗"①。以史实为基础，在人物历史命运的书写中融入乌孙民族信仰巫师的神秘感，但更强调局部或个别的历史真实，具体表现在乌孙民族历史及乌

---

①吴秀明. 中国当代长篇历史小说的文化阐释[M]. 北京:文化艺术出版社,2007:68.

孙历史知识讲述时采用羊皮书、乌孙歌谣等真实性效果较强的情节叙述。对于乌孙伟大的昆莫猎骄靡的描写也是不虚美、不隐恶的多侧面勾勒。猎骄靡骁勇且擅谋略，在与张骞使团对峙的场景中深入刻画了人物之间的角逐，对峙中猎骄靡为乌孙思虑再三，搁置与张骞使团的会面，为乌孙的未来争取利益的最大化，决定与汉朝和亲，从而巩固乌孙西域大国的地位。在使团与君王、大臣与民众的各个层面心理描写中将民族矛盾的内涵也丰富起来，并多方面多角度地将错综复杂的历史事件串联在故事中。因而作家在承继传统叙事的历史真实与线性叙事后，也运用了新历史小说大胆而出格的戏说，也就是说作家在还原历史事件时，一方面表现了汉朝、匈奴、乌孙及周边各国民族之间的残酷征伐与政治角逐，在求解历史真相时也探寻民族的复杂性和多变性，同时在对历史的叙述中又加入了内心情感及情景交融语境的描摹，体现了历史的纵深感。

因而，阿舍在小说中建立的另外一条叙事线索——汉朝对于乌孙影响的抒情线索，颇为独特。作家根据三个人物（张骞、细君和解忧）的情感线索，描绘了一个更具抒情线索的历史。首先是汉朝张骞出使乌孙。在乌孙生活期间，张骞通过文字与歌谣了解乌孙的历史文化及习俗等。布就翕侯教张骞学习乌孙文字，从羊皮书上记载的历史了解了乌孙的地域和乌孙的两个都城（赤谷和伊列河谷的特克斯河岸）；通过阿肯的歌唱了解猎骄靡怎样在匈奴长大，学习乌孙骑射，并为乌孙复国、为乌孙开疆扩土。不管历史内容多么丰富、厚重，但毕竟书写者已远离那段历史，创作者的理性判断力及介入历史的方式将成为新的叙述文本，作家创造性地用一位汉朝使臣张骞的视角将历史讲述出来，这种汉朝文化视阈下的观照与叙述，使得叙事的艺术性更强，抒情话语的情绪性表达也更为浓郁。

其次是细君。"细君生于汉地广陵，乃是江都刘建之女，其祖父便是与汉主刘彻同父异母的第一代江都王刘非，也即汉王刘彻的一位侄孙女。"①细君是柔弱而美丽的汉朝公主，疏禹是敦煌军治所下的一位门下小吏，被委派为细君副使职位。在疏禹的管理下乌孙人民开始耕地，并建造了宫殿。细君的美与草原女儿不一样，她坚守汉朝习俗，不肯再嫁岑娶，想回长安。然而汉王刘彻回信，"从其国俗，欲与乌孙共灭胡"②。为了遵从国君之命，细君用她短暂的一生完成了汉朝在乌孙的文化交融。最终，她在生下女儿少夫后离世。

最后是解忧。罪臣楚王刘戊的孙女刘解忧，这个开朗的汉朝公主，在乌孙五十年间，先后嫁给了三代乌孙昆莫，生了六个孩子，参与乌孙及与汉朝的邦交及历史变革。伴随着解忧离开乌孙返回汉朝，乌孙最终消亡。猎骄靡骁勇的神话，乌孙民族在草原的豪迈等一切幻想的欲望与叙述的狂欢，都在解忧五十年乌孙生活的岁月中铭刻为历史的记忆。

在这条汉朝对乌孙历史影响的叙事线索中，作家以张骞出使西域为铺垫，主要运用女性叙述主体进行叙事，将女性情感融入大的历史背景中。在对比两位嫁入乌孙的汉朝公主细君和解忧的人生境遇时，又将女性意识切入乌孙文化习俗中。"在比较谨言厚重的史实框架里融进诗一般的情感性因素，或者说以诗的眼光来审史、化史，达到诗与史的结合，这就是中国历史文学的又一特征。好的历史文学作品，都是从史、诗的源头中汲取丰厚营养，同时接受这两者的共同影响。"③乌孙的历史是伊犁河流域的故事，这个故事背后的历史政治原因是人类文明历程中极为复杂的社会制度层面的问题。作家对此并未详细分析，但作家敏锐地捕捉到了乌孙历史中那些参与者，彰显了解忧公主这位女性的果决与坚韧，从女性叙述者的时空维度谱写了一种张弛有

---

①阿舍. 乌孙[M]. 北京:中国国际广播出版社,新疆美术摄影出版社,2011:117.

②阿舍. 乌孙[M]. 北京:中国国际广播出版社,新疆美术摄影出版社,2011:136.

③吴秀明. 中国当代长篇历史小说的文化阐释[M]. 北京:文化艺术出版社,2007:60.

致的与乌孙历史共成长的故事。细君与解忧的命运融入了神奇的想象与联想，汉族历史文化交融在乌孙民族历史发展中，由历史细微处描绘巨大变革的历史事件。昆莫死后其妻需要改嫁给下任昆莫，然而面对这样迥异于汉朝的习俗，文中对细君排斥与拒绝的内心描写颇为详细，因而其生女后早逝也就隐在了这些文字之后。解忧则不同，她为自己抗争并坚韧地面对生活，六十岁时改嫁泥靡后与其生子鸱靡，但因泥靡昏庸残暴，解忧果决地策划谋杀这个自己儿子的父亲。可以说解忧性格的书写是作家运用女性视角并超越女性视角的历史观照，解忧个人与家国的情感，在历史危机中努力表达自己的观念，站在汉朝视野变革乌孙的魄力等，淋漓尽致地塑造了一位汉朝公主形象，其间抒情话语的民族归属与认同感也自然而然地流露出来。结尾处解忧年约七旬，已无力改变乌孙的没落之时毅然带领孙儿返回汉朝，可以说是"在大悲大难之后也往往用象征性的团圆结局进行处理，以使观众不致因浓重的悲剧气氛而过于悲伤和高度紧张，从而达到'哀而不伤'的审美效果"①。这些深蕴中华民族身份认同的叙述特色即是作家阿舍的审美态度及价值观念，即其文学作品中历史叙事的独特表达。

## 二、女性叙述时空里的细腻情感画面

阿舍小说中的女性叙述特色颇为显著，无论是长篇小说还是中短篇小说的创作，作家都从女性视角进入叙事，运用情景交融的画面创作了独具女性特色的叙述时空。很多学者认为女性书写历史更多的是一种徘徊于内心情感自我书写的小历史，但这只是外显样态，因为"女性所能够书写的并不是另外一种历史，而是一切已然成文的历史的无意识，是一切统治结构为了证明自身的天经地义、完美无缺而必须

---

①吴秀明. 中国当代长篇历史小说的文化阐释[M]. 北京:文化艺术出版社,2007:60.

压抑、藏匿、掩盖和抹煞的东西"①。女性感受的历史也是历史的重要内容，阿舍在长篇历史小说《乌孙》中独具特色地采用多重叙事线索，尤其是汉朝公主叙述视角切入乌孙的兴衰，将女性情感融入大的历史背景中叙事，将人生境遇中女性内心情感与历史事件对比描摹，有效补充了历史史实中有关女性书写的缺失，但文中民族视野的感受又以超越女性视角的角度进入历史深处，结尾处解忧年约七旬返回汉朝的叙述更是达到了中国传统历史叙事中"哀而不伤"的审美效果。除此之外，阿舍的中短篇小说创作同样是采用女性叙述主体进行叙事，关注的都是各个历史时期中重大事件背后的女性体悟，她善于运用抒情话语完成情感的抒发与观点的表达，从现实切入故事的讲述，将现代城市里那些命运相似女性的共同遭遇赋予历史性意义，并在叙事中融入"情感的共同体"，即在讲故事时言志。因而其作品总是抽离出一个现实生活的叙述时空，讲述女性叙述主体在这个时空中的思考，表达女性在社会生活中的细腻感悟，即爱情与道德、自我与环境之间的矛盾，并于社会界定的底线，融入理性叩问，抒发女性在这些事件特定时代历史状态的反思情绪等。下面具体从中短篇小说集《核桃里的歌声》的叙述主体、特定时空及抒情画面等方面来分析作家阿舍女性叙述时空里细腻情感的表达及抒情画面等独特的创作特色。

首先，从女性叙述主体来看，小说集《核桃里的歌声》中作家多采用女性叙述人叙事，"女性的群体经验也不单纯是对人类经验的补充或完善，相反，它倒是一种颠覆和重构，它将重新说明整个人类曾以什么方式生存并正在如何生存"②。小说集中的女性叙述主体多为女性叙述人"我"，有时也直接选择"孟太太""崔梦珠""映照妈"这

---

① 孟悦，戴锦华. 浮出历史地表：现代妇女文学研究[M]. 北京：中国人民大学出版社,2004:4.

② 孟悦，戴锦华. 浮出历史地表：现代妇女文学研究[M]. 北京：中国人民大学出版社,2004:3-4.

样的称呼，她们全身心地倾注于生活中，情感细腻地感受着爱；她们的形象丰富而独特，或柔弱、或安静、或具有东方女性的美丽，但她们身上又都有着一种生存的韧性，在遭受各种磨难及现实围困时依旧积极向上，面对各种变故都能勇敢地追寻自我。尽管围于生活，却又不放弃追寻精神的自由，如《海边的阿芙洛狄忒》中运用孟太太视角讲述故事，三亚旅行的路上文太太咄咄逼人地给女儿打电话让人喘不过气来，堕于生活琐碎的文太太失去自我而不自知；同团的两个具有鲜活生命力的女孩子，穿着暴露大胆，让孟太太想到名画《阿芙洛狄忒》。闲适的旅游生活使孟太太旁观了文太太与文先生家庭的平淡与自己婚姻生活的乏味，抒发了孟太太对海洋里充满美丽与幻想的爱情神话的向往之情，却又表达了无法突破生活束缚的无奈。《奔跑的骨头》中映照妈作为叙述主体讲述了一场迁坟的焦虑。映照爸爸遭遇矿难去世却找不到尸首，以烈士之名葬在了空的墓穴，映照妈为此而不得不忍受社会环境营造的压力，独自抚养映照长大。乾叔是矿难中唯一的幸存者，看守着矿区公墓，也只有他与映照妈能够彼此体谅，那些活在他人眼光压力中的艰辛，在迁坟事件中发酵。《路这么长，我们说说话吧》中以"我"为叙述主体，回忆年少去大姨家时，司机路上讲到"陈梦雪的故事只能加剧我与司机之间的距离，因为像陈梦雪这样的女生，正是那个年龄的我最无法理解的女生。她诱人而神秘，不仅学校里的男生喜欢，也让全世界的男人垂涎。而我又懒散又胆怯，循规蹈矩，墨守成规，不敢顶撞父母，更不敢反抗老师，我把自己藏在大人和所有人的想法里，既不关心自己的内心，也意识不到身体里的秘密，只是没头没脑地过着每一天"[①]。少时的"我"墨守成规、循规蹈矩且不被喜爱，但倔强与执着追寻目标的爆发力隐在我的心底，尽

---

[①]阿舍. 核桃里的歌声[M]. 北京:作家出版社,2018:21-22.

管许多年后也慨叹这些少年冲动的行为，惋惜勇于追求却又追求无果的命运，但女性努力前行颠覆传统与重构人生的性格正是阿舍笔下女性叙述主体的魅力。同时，阿舍笔下的女性也是丰富而多样的，各个年龄阶段的女性叙述主体都有着勇于挑战自我的理想和觉醒的意识，但作家又不忽略那些失去自我且充满矛盾的女性形象，并于比较中描摹，见微知著。

其次，作家阿舍笔下的女性叙述主体多存在于一个与现实相关却又独立的叙述时空里。"家庭对女性生活的意义远远大于对男性生活的意义。"①阿舍小说中的女性生命与血液中流淌着对于家庭生活的理解与关注，其小说集《核桃里的歌声》中仅有少数篇目运用男性叙述人讲述故事，且小说集中各个故事中的男性形象共同营造了一个女性叙述人存在的社会环境，男性话语和社会环境合力成为女性群体的困境，并成为与小说着力描写的叙述时空相对的一种现实存在，在叙事中运用回溯或远行的方式逃离原有的生活空间，从而形成独立的叙述时空。《海边的阿芙洛狄忒》的故事发生在远离家庭生活空间的旅行中，孟先生和孟太太决定去三亚过春节，在飞机场碰到丈夫的朋友文先生和文太太。在这个外出的空间里，作家将现实时间停止，讲述了生活疲累的文先生与孟太太来到三亚后的情感躁动。故事结束时，归途已在面前，一切又将回到周而复始、毫无波澜的婚姻生活里。《行行复行行》以"庆之"的视角讲述三个女子的故事。庆之出差去北京，故事的空间拉开与现实生活的距离，讲述她去北京追寻不该有的爱情，最终庆之迷信的伟大爱情以失败告终；机场庆之碰到了一个跟随而来的幽魂女子蔡喜文，她杀死家暴的酒鬼丈夫后跳河而死，却又割舍不下襁褓中的女儿，请求庆之帮忙找寻；庆之北京的朋友梅蓝是一个受

---

①孟悦,戴锦华. 浮出历史地表:现代妇女文学研究[M]. 北京:中国人民大学出版社,
2004:5.

过爱情的伤痛而不再谈爱情的女人。在这个爱情伤痛的时空里，两个女人和一个魂灵品味着各种爱情的幻想与伤痛。《珍珠》以"我"的叙述视角描写姐姐逃离优渥的大城市生活空间，来到梅镇小岛与"我"生活。姐姐不顾形象地与寡居的七婶交好，并与其共同体悟着生活的安宁和简单。姐姐要远离的是过去的自己，过去的姐姐有着不一样的人生感悟，"大概是爱情让她改变了人生的方向，她突然从她的骄傲与果断上滑了下来，完完全全低到了尘埃里。有段时间，姐姐是幸福的，她说自己年轻时真是太轻狂了，竟然瞧不起这种普通人的小欢乐，幸亏品尝到了这种生活的蜜汁，她才真正体会到了什么叫作幸福，因此，她要感谢爱情救了她"①。接受爱情馈赠的姐姐似乎已经失去了幸福，逃离物质丰盈的城市生活空间，来到小岛与"我"居住，回到平凡的生活中的姐姐，努力寻找并极力保留的只是生活中的闲适与恬淡。作家阿舍在这些故事中描绘的女性人物形象已经不是传统家庭生活中的寄食者，他们有着自我独立的意识，但其生存困境依旧是男性性别系统的社会生活，她们的职能依旧是"女""母""妻""妇"，而非独立的女性。这些人物形象在自我不断被抹杀的过程中突围，逃离那个充满围城的时空，来到一个全新场域，渴望女性群体的真正自我独立，因而其小说中很多看似颇为突兀的抒情话语却充满哲思，借此而实现抒情话语时空的"言志"表达。

另外，阿舍中短篇小说中抒情话语在叙述时多采用画面作为叙事结构来完成故事讲述，这样诗性的审美画面使得阿舍小说新奇独特，给人耳目一新之感，细腻空灵的句子构建起阿舍小说奇特的审美景观。结构主义叙事学提出叙事性作品的结构是运用事件来构建文本结构，而抒情性作品是通过画面来建构的。叙事与抒情的区别在于叙事

---

① 阿舍. 核桃里的歌声 [M]. 北京:作家出版社,2018:317.

是通过话语虚构社会生活事件的过程，抒情则是通过画面表达独特的情感。而阿舍小说中将叙事融入抒情，承继了中国抒情文化传统的叙事特征，在叙事中情景交融地将时间与空间绝美结合，呈现出具有画面感的叙事特性。

《路这么长，我们说说话吧》的故事里首先运用"我"在整理书房时的记忆回溯，也就是在当下书房的画面中包含了一个三十多年前新湖镇画面的回忆。文本以铁皮文具盒里躺着的生锈的水果刀这一器物为媒介，引发"我"大学三年级暑假去库尔勒市大姨家路途中划伤司机的记忆，路途变成了回溯故事里包含的另一层独立的抒情画面。路上司机既危险又让人讨厌，会车时的危险操作以及他有一个关在新湖镇看守所等待接受审判的弟弟，这些令人害怕的事件对"我"造成了很大的压力。路上一直沉默的我终于激怒了司机，当他的大手捏着"我"的肘关节时，"我"拿水果刀刺伤了他的右臂。故事的结尾，司机安全地把"我"送到了大姨家，此后"我"们也再未见过。这些记忆中的事件之间不是通过因果联系的事件组合的情节，而是运用一个个留在水果刀里的记忆画面串联起来。如由水果刀回忆起高二时语文老师的作文题"时间是什么"，借此而抒发了"我"如何在时间历程里慢慢理解时间的内涵，理解司机与"我"的人生；再有库勒镇和新湖镇屯田历史的画面；妈妈和姨妈等新疆移民事件里隐含的社会变革画面；男性喜欢漂亮且神秘女性的心理画面等。在这个记忆时空里作家想要通过"我"的故事表达年少时光记忆里有着很多人生思考，司机只是渴望在漫漫戈壁的路途中与人快乐地说话，而"我"的一腔孤勇与倔强也只是写了一篇"什么是时间"的人生作文。人的自我实现只有在时间历练中感悟，记忆中美好的时空画面印刻在了那个时间流淌过的画面里，"我"生活的西部依旧寂寥而落寞，"我与新湖镇仍然同属于'西部'这个地理范围。而这件事情，在今天我的眼中，已经成了一个有趣的譬喻：无论你走到多远，你都走不出人的本身、生命的本质"①。一个渴望在漫漫戈壁的路途中与人快乐说话的司机和想要远走高飞的曾经年少的自己，都是时间旅程中想要出走的人，无论如何行走又都要活在生命汇集的社会中。

《见信如晤》中运用崔梦珠的叙述视角讲述故事，故事同样是通过画面完成事件的拼接。首先，崔梦珠来到养老院的空间里感受人生最后时间里的生死。同时另外一层回溯的时空是由崔梦珠在整理旧物时翻出的空信封和收到自己曾经写的情书展开的叙述，描绘了曾经插队、恋爱、结婚的人生画面。崔梦珠老伴钟铁兵已经去世两年了，75岁的崔梦珠决定去养老院生活。在整理旧物时翻出非常重要的空信封但忘记放到哪里了，这个陈旧的空信封就是一个回忆的媒介，由此而在养老院的生活里形成了一个个记忆回溯的抒情画面。崔梦珠翻开日记本回想起在那个消失的空信封里封存的"芳草湖记忆"：1966年夏收的故事里有她害怕遗忘的记忆，常庆洲是和她一起来到芳草湖的北京知青；在丈夫钟铁兵锲而不舍的追求中崔梦珠成家了；大概在50岁那年常庆洲举家迁回了北京，彼此通信联系；三五年后，常庆洲要去南方孩子家，随通信终止，每年春节都会收到一张寄自南方的贺卡。这一系列对曾经插队、恋爱、结婚的人生追忆都运用电影画面呈现，结尾处见到自己过去写的三封情书后让她在夜晚雨声里慨叹"三封她自己写出的情书又回到了她的手里，一个让她没有料到的句号"②。另外一层时空线索中深蕴的是老人的丰富情感与老年生活的寂寥落寞。隔壁418的王孟英和305的关间芬是崔梦珠的好朋友，她们共同歌唱的画面，以及救护车拉走了王孟英的画面，还有那个常常出来的教授突然消失的画面，共同描绘出了人类时间的终点，即死亡。同屋朱厅珍的

①阿舍. 核桃里的歌声[M]. 北京：作家出版社，2018：43.

②阿舍. 核桃里的歌声[M]. 北京：作家出版社，2018：88.

老伴半年前去世，每天把老伴儿遗像放到床头柜，对着遗像说话；无法忍受的崔梦珠与朱厅珍吵架；崔梦珠告诉朱厅珍她老伴儿已经死了；朱厅珍在房间待的时间越来越少，崔梦珠到河边找到朱厅珍，让她回屋。这些场景勾画出崔梦珠与他人和解，与自己和解，与自己仅剩的生命时间的和解，共同形成了情感氛围中的内在冲击力，完成了一种与死亡擦肩而过的情感描摹。

作家阿舍笔下的女性人物形象，有着自己的情感与独立的人格，她们努力在男性性别系统的社会生活中成为独立的女性，在女性自我不断被抹杀的过程中突围，因而其小说中抒发情感的话语多从现实切入讲述，不拘泥于叙述空间的限制，借用抒情画面完成故事的讲述，且赋予其历史性意义。在时间与空间的绝美结合里，作家阿舍呈现出一种幽深绵密、刚柔并济、馥采典文的独特美学气质，从而实现中国抒情文化传统承继的独特叙述话语特征。

### 三、引譬连类抒情传统的话语叙事

阿舍的小说中用柔美虚静的叙述语境包容了历史史实的残酷及现实的艰辛，呈现出超脱的诗意感，在历史和现实世界的碰撞中形成了经验式互动表达，即在物与我、身与心、言与意、文与情的跨越叙事中完成了中国现代抒情话语的古今承继与应用的思考。郑毓瑜教授在中国抒情文学传统的研究中提出"引譬连类"是融合官能反应、感性共鸣、修辞比喻、知性思考的分类排比系统，从而肇生相应的中国抒情话语修辞表达的知识体系。因而，抒情话语的"引譬连类"已不是简单的修辞方式，这是宇宙、作者、读者、作品诸因素互涉活动经验的一种体悟与言说，在中国文学创作环境中不断被融合、传承与创新。作家在其话语营造的空间里借助"譬类"的体系及路径进行着"譬喻"活动的思考，在语言层面相互进出、对话并整合出意义，负载历史的"在场"，因而分析这一修辞方式就是在探索创作与接受活动中各个世界的交融，探析中国传统抒情修辞方式在文学创作各个领域的应用及深层原因。"文学中的'譬类'如果可以由两个以上的譬喻系统来理解，并尝试由来源域（如旅行、容器、食物）去追索目标域（如爱情、争辩、思想）的譬喻意涵，不但可以避免孤立化、受限于单篇语境的意象解释，也可以得出更根本、具体的单一或多重譬喻体系的实际经验与运用原则。"①因而，借用中国抒情文学的"引譬连类"修辞方式分析阿舍小说中抒情话语的特色，可以从譬喻系统、譬喻来源域、譬喻意涵等方面连接在一起探索，并进而深入其抒情话语叙事的深层内涵。

首先，从小说篇名到作品内容的多重譬喻来看阿舍抒情话语的承继与创新。小说集《核桃里的歌声》的小说篇目运用"白露""蛋壳""珍珠""左耳""行行复行行"等意象为题，并以此切入故事的主题，进行故事的讲述，从而引发一系列具有"言志"特色的思考。《白露》这篇小说讲述的是一场美女意外失踪的故事。"我"的高中同学肖梦长意外来到银川，"我"请大学同学"荷香"帮"我"订餐厅并一起吃饭。报社有事急需处理，"我"中途离开，留下荷香。当工作结束后警察意外到来，告知"我"肖梦长为犯罪嫌疑人，而此时荷香的电话已无法接通，"我"懊悔不已。结合故事的开篇和结尾的描写可具体来看。

今天是白露，每年的这天清晨，我都会怀着一份宁静，耐心地写一张白居易的《南湖晚秋》。②

此时此刻，在清风白露的夜里，我多么希望今天所经历的一切全是噩梦。

夜色清如泉水，月亮在走，星星在闪，我可以听见出租车的车轮

①郑毓瑜. 引譬连类：文学研究关键词[M]. 北京：生活·读书·新知三联书店,2017:12.
②阿舍. 核桃里的歌声[M]. 北京：作家出版社,2018:186.

轧过每一个小石子的哔剥声，可以听见从我身边走过的恋人的絮语，可以闻见对面湖水飘过来的腥暖的水汽，可以数清楚马路中间白色隔离栏的栏杆数目……可是我看不懂今天发生的一切，看不懂时间和生活这么作弄我的意图。①

由此可知，"白露"这一题名不仅是二十四节气之一，且其中有着"蒹葭苍苍，白露为霜。所谓伊人，在水一方"的起兴之意，因为故事就如"蒹葭"引出对"伊人"追求而不得的空虚和怅惘之情一样，白露是景色，更是萧瑟清秋景象里的"伊人"心态。"荷香"的父亲嗜赌，弟弟赌光了家产，重担都在她身上，如今伊人爱情无果，人已近中年，肖梦长的意外到来，给荷香的命运涂抹上深秋怅惘迷茫之感。这正是故事中作家想要表达的情感。尤其是结合故事中提到的《完美陌生人》和《丑陋的中国人》的内容，可以共同补充故事情节和主题，完成女性命运的描绘。即在清寥空灵的深秋里，荷香渴望爱情而不得。社会现实的重负，人性的卑劣，前途的怅惘而迷茫，最终失踪与前途未果的遭遇又为故事的结尾涂抹上了阴郁忧伤的色彩。

《行行复行行》是以庆之的视角讲述三个女子的故事。"行行复行行"出自宋代王柏《送立斋入闽哭久轩》"行行复行行，何日度南峤。"《古诗十九首》也有"行行重行行，与君生别离。"在这里"行行"指不停地前行之意，在情况更迭、时序运行不止之时，彼此却又天各一方，慨叹何时才能走到之意。小说中通过"庆之"的口吻，描述她与情人不得相聚的痛苦之情。"行行"二字的叠用就是强调行而不止、行无定止的意思，"通过身体行动进出、上下所牵引的空间感知，来应照季节的来去或心情的哀乐起伏"②。以此起兴，形象地描绘

---

① 阿舍. 核桃里的歌声[M]. 北京:作家出版社,2018:207.
② 郑毓瑜. 引譬连类:文学研究关键词[M]. 北京:生活·读书·新知三联书店,2017:12-13.

出了一个迷信爱情的女子庆之不远万里去见情人，同时"'引譬连类'，其实就是比类、比譬"①。庆之将曾经写在她手心的"7"视为美好，不断找寻路途中的 7 号门、7 号房号等数字，极度渴望的"7"与上天的预示都在痛苦伤感的氛围里收场，庆之最终被爱情抛弃。另外两个女子亦如庆之。"她怎么能为一条蓝丝带、一瓶调味品哭呢！而悲凉正由此而生，她真的已经不能用尽全力去爱一个人了吗？真的异化成一个要将生命的喜悦寄托在蓝丝带和调味品上的人了吗？"②结尾处，庆之感受到的是"这一天的最后时刻都意味着什么呢？庆之心知他们有的知道，有的可能根本不去想这个问题。可不管怎样，她和他们，这一刻都在这条路上挤着，走着，都朝着自己想要的那个东西走过去。当然，无论是谁，谁都不能保证，他们走过去之后拿到的，正好是他们想要的那个东西"③。庆之在苦痛中领悟，看着如她一样的人们都在前行，在生命中寻找那些自己以为的美好。

其次，小说中借助器物等媒介探索"譬类"的来源域。"借助'譬类'作为研讨的路径，我们在'连类'之中进行着'譬喻'活动，在思考、行动（经验）与语言诸类域间相互进出、对话并整合出意义；这个'赋义'的运作体系，因此同时也是看待世界、处身世界与描述世界的架构，是这个意义架构'触动'、'运转'了身心、物我、言意之间的相互照面与交融，也正是这个仿佛显影剂的触媒，让底层深处不可见的相互贯通浮现出可以沟通与理解的形式。"④因而要从记号及物所指的名称后探索这样语句背后所酝酿和发酵的联系，以及引发出的民族文化抒情话语的共同感。小说《见信如晤》中运用崔梦珠在整理旧物时翻出的

---

①郑毓瑜. 引譬连类：文学研究关键词[M]. 北京：生活·读书·新知三联书店,2017:11.

②阿舍. 核桃里的歌声[M]. 北京：作家出版社,2018:181.

③阿舍. 核桃里的歌声[M]. 北京：作家出版社,2018:185.

④郑毓瑜. 引譬连类：文学研究关键词[M]. 北京：生活·读书·新知三联书店,2017:14.

空信封为"触媒"，将其"赋义"，最终在收到自己写出的三封情书的譬喻活动中，完成爱情与生活割裂的人生思考。崔梦珠嫁给钟铁兵并一起生活到他去世，然而她的爱情留在信件里，和她一起来到芳草湖的北京知青常庆洲是她的爱而不得，"此刻，以及往后，重要的事情是——这个她惦记了一生的人，已经不会再盼她、再想她了"①。显然作家想通过崔梦珠表达的不仅仅是人到暮年等待死亡前的生活，更是中国文化中婚姻家庭观念与爱情的悖论。这样"连类""譬喻"的探索中可以发现阿舍的小说《海边的阿芙洛狄忒》中孟太太的婚姻与情感的悸动也是如此的"赋义"。《珍珠》里姐姐的建筑师丈夫让她住上了越来越大的房子，但内心的空虚却使得她不得不逃离。到小岛上生活，看到"珍珠"生于蚌中，但现实家庭生活中的珍珠到底是什么？姐姐曾经以为她找到了，然而小岛上平凡而简单的生活，似乎才使她脱离了蚌壳，找到了内心的安宁。小说《左耳》以助听器这一器物探索"譬类"的来源域，讲述一个有关"我"的家庭生活困境的故事。母亲后悔嫁给父亲，带着弟弟妹妹离开，唯独把"我"留在姥姥家，我被姥爷打得左耳耳聋。从此，这个负载着记忆的助听器出现在"我"的生命里，"三十年过去之后，通过这只助听器，十一岁那个暑假的种种声音已经变成了能够令我发疯的啸叫"②。母亲任性了一生，但并不知道她的一次任性行为改写了"我"的命运，"不管母亲递过来什么，孤单、委屈、抱怨、哭泣、衰老、顽固、无理、粗暴，我都没法反抗。那些敢于叛逆的子女，究竟是因为他们得到的爱太多，还是太少"③。我承受着这一切，时时拿掉助听器，借此放弃听力，屏蔽外面的世界，不与人沟通，"不能让她（女儿）感觉到包括她在内的所有人对我的需

---

①阿舍. 核桃里的歌声[M]. 北京:作家出版社,2018:83.

②阿舍. 核桃里的歌声[M]. 北京:作家出版社,2018:259.

③阿舍. 核桃里的歌声[M]. 北京:作家出版社,2018:258.

求和要求使是我感到疲惫"①。在相互关联中，故事叙述中各种器物的"连类"组合成"譬喻"，这种修辞的应用形成了阿舍中短篇小说的共同话语特色，"赋义"为女性囿于家庭生活，年少时想要离开父母的掌控，成年后又渴望逃离婚姻的桎梏，然而却不得自由的种种思考。

因而，小说整体叙事上形成了物与我、身与心、言与意、文与情的系统譬喻意涵，整合单篇语境的意象和情感可以得出作家阿舍相对融合统一的抒情话语风格。刘勰《文心雕龙·物色》中说："诗人感物，联类不穷。流连万象之际，沉吟视听之区。写气图貌，既随物以宛转；属采附声，亦与心而徘徊。"在物与我、身与心的关系中"随物以宛转""亦与心而徘徊"的创作方式是中国文学传统，在现代文学作品中创作者们不断融合创新。阿舍的小说《路这么长，我们说说话吧》中当"我"在整理书房时，看到铁皮文具盒里躺着的生锈的水果刀，通过这一器物引发我大学三年级暑假去库尔勒市大姨家路途中划伤司机的记忆回溯，因而"刀"的锋利让我义无反顾地保护自己，现实的锋利又让我理解年少的幼稚与冲动。其中包含的是物（刀）与情的关系，事物联想交融作家情感体悟，在这种应用中衍生出更多的生命体验，包括感官、地理、文化、民族等层面的思考。路上"我"的沉默终于激怒了司机，当他的大手捏着"我"的肘关节时，"我"拿水果刀刺伤了他的右臂。"我"终于说话了："闭嘴！你要是再敢碰我，我就跳车。"他说："我明白了，你是要我变成一个像你一样的哑巴和活死人。"路这么长为什么不能说说话，"我"坚定地认为"我"不能向他那个世界妥协。"虽然我傲慢地认为与他不是一个世界的人，但我还是能够有所感受，在这一切能够看得见因果关系的具体行为和心理之间。"②在库尔勒戈壁滩的路途中，宇宙万物和所见所闻的景色

---

① 阿舍. 核桃里的歌声[M]. 北京:作家出版社,2018:273.

② 阿舍. 核桃里的歌声[M]. 北京:作家出版社,2018:40.

描写跟随景物的变化而书写塑形，这都是中国传统文化的认知。这些看似都不相关的画面在这个故事中引发出来，联结在一起，从而构筑为作家现代性的认同与传承。"中国'文'学浑厚绵延的体系：记号—样式—文饰—文化—学问—著作—文学。她尤其强调'情'与'物'两者之间的交错关系，从体气到感通，从兴发到格物，千丝万缕，相互融成。"①因而，通过刀这一外物所带来的情感感受是一个牵涉譬喻体系的模式，其构成较为复杂，包含诸如新湖镇的屯田历史、新湖镇的变化、戈壁滩的鱼群以及在新湖镇捕到的东方欧鳊等知识体系，社会文化环境也在融合中进行对话整合并赋义。

作家阿舍多用女性叙述主体叙事，很少运用男性主人公叙事，然而小说《有口难言》就是这少数中的一部。故事以声带这一身体器官为媒介"譬喻"。50岁的宋大音是凤凰区民政局副局长，为人敦厚，工作踏实，有一副男中音的好嗓子，很会说话。意外突然降临，宋大音喉咙疼痛，从麦克风里传出了两种声音，一个是宋大音稳重的男低中音，一个是尖声尖气不让人喘气的录音机倒带音效。后面这个声音又快又没有停顿，但字字珠玑，揭露各种隐秘的真实。惊恐的宋大音无法控制自己的声音，经朋友介绍找到一位王翰博士去看病。王翰说只能试试给他做在狗声带上试验过的手术，最终手术后切除了那个丑陋又万恶的声音。阿舍的小说多营造女性在男性社会话语体系中的独立与坚韧，并不断自我突围。然而此篇小说不同之处在于男性叙述主体的故事与女性叙述主体的小说在另外一个层面达成共识，即体现了在现实社会里人人以假面示人，女性不得不妥协于婚姻的桎梏，而男性也只有割去那些比较真实的声带后，才能融进社会的现实。这即是将作品中的譬喻意涵系统化，并衍生为中国现代文学创作方式的创新

---

①王德威. 词与物(序). 郑毓瑜. 引譬连类:文学研究关键词[M]. 北京:生活·读书·新知三联书店,2017:5-6.

书写，尤其是小说中有一段宋大音找王翰看病时脱口而出的狠毒话语。这段文字创新地运用没有标点符号的书写方式，将医生如何用爹妈血汗钱去国外读书，父母早年隐疾及上不得台面的事情都一股脑地写在一起，不用标点注明断句。这不仅将各种各样类似的事物联想交融，表达对于现实生活困境的思考，同时也运用现代的辞采音节的安排方式表达，巧妙地抒发情感。

　　总而言之，中国人叙事时讲究名正言顺，叙述中总是负载着人与天地、自然的气息相通等原始神话思维的传承特色。阿舍在讲述故事的时候也多在自然景物的描绘中酝酿事件的发生，在历史事件中融入了撰写者的情感，选用女性叙述人叙事，在中华民族叙事传统中找寻历史的文化观念，在事件、人物的修辞叙述与评价品味中呈现出文化观念、民族认同、女性身份认同等几重身份的书写特征。同时，作家阿舍内化于心的文字书写，创造性地运用抒情话语的叙事，丰富了宁夏文学的创作风格。

# 第五章  媒介记忆与文本细读：
## 宁夏新生代作家作品的话语特色

　　文学媒介优先地存在于整个活动之前，也就是说，文学文本必须基于文学活动而存在，不管我们是否去分析文学媒介，媒介的特性都已经独立地存在。麦克卢汉的媒介理论提出，任何媒介都不外乎是人的感觉和感官的扩展或延伸，广播是人的听觉能力的延伸，电视是人的视觉、听觉和触觉能力的综合延伸，语言文字媒介则是人的视觉能力的延伸。那么，"媒介对文学到底有什么修辞性能或作用，这已经引起越来越多的关注。人们注意到，这种作用与语言的作用相比甚至具有了一种优先性：文学的语言往往首先是通过媒介或借助媒介而发生作用的"①。中国古代文论中也有着相似的观点，"言者，明象者也"。当文学媒介的语言特性融合在文学文本的话语理论中思考时，作家所属时代、作家所要表达的情感、描摹的事物，都属于文学话语研究的范畴。

　　媒介理论的发展促使文学活动的研究中不可忽视媒介的特性，媒介的自在性，就是文学话语的独立性的研究。在宁夏地域文学话语特色的研究中，可以借助媒介记忆外在性的研究进入自在性的研究，就是报纸、杂志、广播、电视等媒体介质的研究，即探索文学媒介现代化的进

---

①王一川. 媒介与文学的修辞性[J]. 文艺争鸣，2003（5）：8—10.

程中所形成的人与世界关系的变化，找寻外在因素对于文学话语形成的重要影响作用，并筛选出最具代表性的作家作品进行研究。宁夏新生代作家作品细读时，从宁夏省级刊物的发展历程及其奖项入手，选出了三位宁夏"80后"女作家马金莲、许艺和马慧娟，她们都受到刊物的青睐，获得"《朔方》文学奖"，也凭借这份推介的力量，进入全国文学创作群体，荣获全国奖项。宁夏"90后""00后"作家尚处于创作生长期，是宁夏文学话语传承的希望，但还不具备进入本书作品细读的必要。

因而，在对马金莲、许艺和马慧娟的话语特色进行分析时，可从文本的不同视角进入研究，呈现出的是新生代对于宁夏老生代和中生代作家话语的多元传承特色。她们创作的数量与质量均佳，在细读文本时只结合具体篇目特质进行归类研究，侧重的是文本具体话语出发的实证研究及文学刊物所提供的媒介参照。马金莲的小说《孤独树》中，着重体现的是女性融传统道德认知于成长性话语叙述的特色；马慧娟的话语民间性特色浓郁，其《溪风絮语》等散文集中乡土叙述话语特色显著；许艺笔下多是现代女性自我认知的意识流动叙事，其作品呈现出了与世界交流的对话关系，于女性话语空间和符号的隐喻中叙事，因而其作品呈现意识流话语传承特色，等等。

## 第一节　文学刊物的媒介记忆

当代媒介发生了巨大变化，认识媒介所蕴含的社会关系，追溯媒介的历史记忆，才能廓清当代语境下看起来并不分明的文化范式的变化。《朔方》杂志作为宁夏文学创作的主要阵地，从其办刊理念、栏目设置的演变中可以推断出民族、地域共识的影响因子。因而，翔实地收集整理《朔方》的媒介历史档案即为宁夏文学研究的一种批判性反思。将其放在宁夏新生代创作群体话语特色章节的原因是，新生代的创作要于宁夏文学传承中细读，这就是更为细化地探索文学的自变量、宁夏文学话语的独特性，才能够壮大这个文学创作团体，这也是《朔方》杂志近年努力开展在校大学生创作改稿专辑的目的。由此推之，只有新生力量的勃兴才能够带动文学地域的发展。

## 一、《朔方》杂志的变迁与改革

在历史演进中找寻《朔方》杂志深蕴的背景共识，研究宁夏文学的生产机制，是确定《朔方》杂志在宁夏文学中的地位，那么对《朔方》杂志的刊名、封面及栏目等媒介档案的整理是探寻杂志的独特性。《朔方》杂志于 1959 年 5 月 16 日创刊，曾用刊名为《群众文艺》《宁夏文艺》，1980 年 4 月起更名为《朔方》，创刊已 60 余年。相较于四大文学刊物，《收获》1957 年创办、1979 年复刊，《十月》1978 年创刊，《花城》1979 年创刊，《当代》1979 年创刊，《朔方》可谓跻身于全国最早创刊的文学刊物行列，但《朔方》杂志与西北地区其他杂志相比优势及特色不足。

《朔方》杂志在全国媒介传播及影响中艰难前行，几度更名。1959年用《群众文艺》创刊，是半月期的 4 开 8 版样式小报。1960 年更名为《宁夏文艺》，是 16 开本 30 页左右的杂志，直到 1964 年停刊，一直是综合性文艺期刊。甘肃的文学期刊《飞天》1950 年 8 月创刊，前身为《甘肃文学》，在停刊复刊中培育出了一大批如陈忠实、贾平凹、路遥等颇具影响力的西北作家。陕西 1956 年创刊了全国第一家青年文学刊物《萌芽》，杂志的封面刊名沿用了 1930 年鲁迅先生为"左联"办《萌芽》时所书手迹，1966 年《萌芽》被迫停刊，1981 年《萌芽》杂志复刊。由《萌芽》杂志社主办的"全国新概念大赛""萌芽网""萌芽书系"已经成了青春文学的重要阵地。《朔方》杂志是 1980 年

4 月正式更名的，此时刊物定位发生转变，办刊宗旨为纯文学刊物。编辑在《文艺作品要美——代改刊词》中对更名予以说明："《宁夏文艺》自本期起，改刊名为：《朔方》。改刊后，我们将立足本区，面向全国，解放思想，志在创新，坚持'双百'方针，增强地方色彩"。同年 7 月伏枥的《谈谈〈朔方〉》中对"朔方"一词考据，对期刊更名的可行性原因予以说明，因为"虽然宁夏这里有时并不叫朔方……但历史上朔方却有两次都指的是宁夏及其周围一带"。可见，"宁夏及其周围一带"的朔方之意，是刊物胸怀与视野的转变，办刊理念标示出了宁夏文学创作群体的野心与抱负，继而随着《朔方》杂志不断推出新人新作，发行量也迅速攀升，这才在全国声名鹊起。

　　《朔方》杂志的封面设计，多选用绘画作品、剪纸版画等艺术作品，艺术感极强。这一设计主要源于《群众文艺》和《宁夏文艺》的综合性期刊定位，但在 1964 年停刊前的封面设计上则突出刊名而不加入绘画，这与《收获》《当代》《飞天》和《萌芽》等文学类杂志突出刊名的设计极为相似。1974 年复刊后，杂志封面沿用了创刊初期的艺术类风格的设计，此时杂志页面依旧是 16 开，但杂志容量增加到 70 页左右。到 1980 年更名为《朔方》后，封面在突出文字和融入绘画两种设计中更替，但艺术设计的探索并未停止。随着刊物更名与改版，《朔方》作为宁夏文学创作主要阵地的地位得以确立。

　　《朔方》从综合性文艺刊物《宁夏文艺》转变为纯文学刊物，凭借媒介理念的变化直接带动了宁夏文学的发展与变化，栏目不断创新，主要有小说、散文、诗歌和评论等，并随时增设儿童文学、报告文学、传记文学等栏目，同时还随时代变革设置具有时效性的专栏、专辑和专刊。就 20 世纪 80 年代来看，《朔方》杂志设有 1981 年 9 月"纪念鲁迅诞辰 100 周年"专栏，1982 年 9—10 月"献给党的十二大诗歌"专栏，1983 年 4 月"纪念马克思逝世 100 周年"专栏等；发行了五期结合时代的作家作品专辑，如女作家专号（1984 年 3 月）、儿童文学专号（1984 年 6 月）和 1989 年的两期诗歌专辑（1989 年 5 月和 11 月）等。与时代同步的栏目适时地作出了办刊尝试与栏目创新，并引导文艺创作。20 世纪 90 年代延续这样的理念，一直保持与时俱进的创新，《朔方》常务副主编冯剑华于 2000 年第一期首发访谈栏目时说："去年我刊主要有两个大的板块，突出了地方特色和民族特色，反映不错。""因此，今年的《朔方》在这方面作了调整……计划推出'西部作家专号'……增加了'访谈与对话'，'佳作赏析'的名称也有所变化。……设'佳作赏析'的主要想法就是要给宁夏的作家树立更高的目标，出发点则是鼓励宁夏的作家走向全国文坛。"[1]2000 年后，《朔方》先后开辟了"访谈与对话""论坛""本期一家"等栏目，如 2002 年第 7 期中的"西部文坛"专题，2008 年期刊中的鲁迅文学奖新作。2010 年之后，还不定期以"特辑"的形式重点推介本地作家作品，继而将其大力举荐到全国性文学期刊，其中一些作品也荣获了全国性奖项，作者得到了向国内外文坛充分展示自身的机会。这些举措不仅扩大了刊物的影响力，还提高了宁夏作家进行文学创作的积极性，为宁夏本地优秀作家作品的培育与成长提供了沃土。2012 年，《朔方》杂志又开辟了"卷首语"这个栏目，"作为一本期刊的'魂'与'根'，卷首语拥有自身特殊的魔力，编者可以透过它向读者传递刊物宗旨与编辑理念，它如同刊物的灵魂般，引领着期刊发展的方向"[2]。《朔方》2012—2015 年的卷首语大都是当期主要文章的"内容提要"或者颇具吸引力的推荐语等。从 2016 年开始，《朔方》的卷首语摘录的是国内外名家对于文学、写作或者读书的一些观点或看法。因而，2020 年后《朔方》将以前卷首语中的推荐语改为"同期品评"，2021 年又

---

①冯剑华. 新一年里的《朔方》——《朔方》常务副主编冯剑华访谈录[J]. 朔方,2000(1):78-80.

②陈兮学. 创新期刊"卷首语"发挥独特性[J]. 今传媒, 2010(5):87-88.

增加"朔方新锐"等鼓励年轻人创作的新专栏，等等。《朔方》杂志以期刊为阵地，将作家、评论家、研究者与普通读者连接在一起，这些办刊尝试与创新一直保留到今天，成为《朔方》杂志的办刊理念之一，于传承、坚守中创新。

《朔方》杂志于 2013 年大胆尝试，开设"《朔方》文学奖"，先后推出千余部宁夏内外优秀作品，这些获奖作品均是在读者中引起较大反响的刊登在期刊上的作品。目前已经办到第五届的"《朔方》文学奖"不断引起社会重视，吸引了全国更多更优秀的作品，产生了良好社会影响。《朔方》的作品获得全国关注，其刊发作品不断被全国核心期刊转载。可以说，这不仅是宁夏文学实力的一次整体呈现，更是对宁夏文学创作成绩的全面检阅。因而《朔方》杂志荣获了中国期刊方阵双效期刊、国家期刊奖百种重点期刊、中国北方十佳期刊、新中国六十年有影响力的期刊等荣誉。《朔方》杂志在变革中见证着宁夏文学的不断成熟与繁荣。

## 二、《朔方》杂志的奖励机制

《朔方》刊登的作品获得过全国大奖并被全国多种期刊转载，例如，张贤亮荣获全国优秀短篇小说奖的《灵与肉》，石舒清和李浩荣获鲁迅文学奖的作品《清水里的刀子》《将军的部队》都是《朔方》首次刊发的作品。随时代发展，《朔方》刊发的作品陆续被《新华文摘》《小说选刊》《小说月报》《中华文学选刊》《散文·海外版》《散文选刊》《诗刊》《诗选刊》等全国性的选刊转载，并入选各种版本的年度小说、诗歌、散文选本，可谓是居于西部文学期刊之首列，在全国文学界和出版界的影响力日益扩大。同时《朔方》杂志于 2013 年开设"《朔方》文学奖"，开启了刊物独立发声的新征程（见表 5-1）。《朔方》原常务副主编冯剑华在访谈录里这样说道："对于设立'《朔方》文学奖'，想法很早就有了……只有刊载大量的好作品，才能使刊物不断提高质量上档次，真正做到立足宁夏，走向全国。"①

表 5-1 "《朔方》文学奖"详表

| 评奖范围 | 奖项/人数 | 获奖人 | 终审评委 |
|---|---|---|---|
| 首届 2011—2013年 | 7项/13位 | 特别贡献奖:张贤亮<br>1.中篇小说(1篇):《柳叶哨》(马金莲,宁夏)<br>2.短篇小说(3篇):《飞翔的鸟》(马悦,宁夏)、《牧鹅记》(李洁冰,江苏)、《麦戏》(季栋梁,宁夏)<br>3.散文(3篇):《真正的经典都九死一生》(东西,广西)、《田埂上最后的守望者》(刘汉斌,宁夏)、《我的报刊亭》(彦妮,宁夏)<br>4.诗歌(3组):《落日谣》(古马,甘肃)、《挥之不去》(杨森君,宁夏)、《我们》(林一木,宁夏)<br>5.评论(1篇):《地域文学的新世纪思考:以"西吉文学"为例》(牛学智,宁夏)<br>6.新人奖(1名):《烟火》(许艺,宁夏,短篇小说) | 贺绍俊<br>彭学明<br>王干<br>范小青<br>石舒清<br>郭文斌<br>郎伟 |
| 第二届 2014—2015年 | 7项/10位 | 特别贡献奖:冯剑华<br>1.中篇小说(1篇):《春眠不觉晓》(周李立,四川)<br>2.短篇小说(2篇):《天色已晚》(朱山坡,广西)、《左耳》(阿舍,宁夏)<br>3.散文(1篇):《故乡尘事》(吴克敬,陕西)<br>4.诗歌(3组):《新疆诗章》(沈苇,浙江)、《山河的寄托》(雪舟,宁夏)、《河流事件》(马占祥,宁夏)<br>5.评论(1篇):《我看张贤亮》(白草,宁夏)<br>6.文学新人奖(1名):《郭玛的诗》(郭玛,宁夏) | 刘醒龙<br>刘书棋<br>梁彬<br>石舒清<br>郎伟 |
| 第三届 2016—2017年 | 7项/12位 | 特别贡献奖:肖川<br>1.中篇小说(1篇):《迎着太阳走》(薛喜君,黑龙江)<br>2.短篇小说(3篇):《婚纱照》(李进祥,宁夏)、《归去来兮》(康志刚,河北)、《颤抖的手指》(王族,新疆)<br>3.散文(3篇):《散文三题》(曹乃谦,山西)、《凹村的风》(雍措,四川)、《末代农民》(薛青峰,宁夏)<br>4.诗歌(2组):《一石二鸟》(单永珍,宁夏)、《天边的北斗七星,是永远拉不直的问号》(刘年,湖南)<br>5.评论:(空缺)<br>6.文学新人奖(2名):《农闲笔记》(马慧娟,宁夏,散文)、《隐喻的麦子》(田鑫,宁夏,散文) | 何向阳<br>葛一敏<br>叶舟<br>郎伟<br>白草 |

①冯剑华. 新一年里的《朔方》——《朔方》常务副主编冯剑华访谈录[J]. 朔方,2000(1):78—80.

续表

| 评奖范围 | 奖项/人数 | 获奖人 | 终审评委 |
|---|---|---|---|
| 第四届 | 2018—2019年 | 7项/10位 | 特别贡献奖:虞期湘<br>1.中篇小说(1篇):《中江塔》(李为民,安徽)<br>2.短篇小说(2篇):《城市之上》(朱敏,宁夏)、《小世界》(朱日亮,山东)<br>3.散文(2篇):《南山草,北山草》(刘梅花,甘肃)、《芙蓉城记》(唐毅,四川)<br>4.诗歌(2组):《孤篷》(高鹏程,浙江)、《风中的骆驼》(洪立,宁夏)<br>5.评论(1篇):《宁夏文学六十年:历史、现状与问题》(张富宝,宁夏)<br>6.文学新人奖(1篇):《星星屋》(郭乔,宁夏) | 顾建平 徐福伟 葛一敏 刘向东 周由强 |
| 第五届 | 2020—2021年 | 7项/11位 | 特别贡献奖:哈若蕙<br>1.中篇小说奖(1篇):《俯仰陈迹》(王文,北京)<br>2.短篇小说奖(2篇):《奔马图》(陈继明,广东)、《长在屋子里的树》(唐慧琴,河北)<br>3.散文奖(2篇):《三条河流》(王小忠,甘肃)、《蹄印如花》(王淑萍,宁夏)<br>4.诗歌奖(2组):《四个部分》(榆木,山西)、《写给父亲的歌》(唐晴,宁夏)<br>5.评论奖(1篇):《浅淡地域性诗歌抒写》(瓦楞草,宁夏)<br>6.文学新人奖(2名):《旷野之息》(凡妹,宁夏,长诗)、《金丝鸟》(李子园,宁夏,短篇小说) | 顾建平 石舒清 王燕 谢克强 贺绍俊 |

　　宁夏首届"《朔方》文学奖"的宁夏籍作家、评论家较多,奖项倾向于对宁夏文学现状的全面检视,从各种文体创作情况到文学新人的涌现与鼓励等,因而从整体上呈现了《朔方》杂志对于宁夏文学的媒介档案价值。同时,《朔方》杂志立足宁夏的整体文学创作审视之后,将视野扩大到全国,因而文学奖的第二届以后,外省获奖作家不断递增,从占比不足 2% 到40%,甚至更高的比例,其主要呈现的是《朔方》杂志想要吸引更多更好的作品,提高刊物水平的同时促进宁夏文学创作,也让宁夏的作家被全国关注。《朔方》原主编漠月曾表达过"《朔方》文学奖"是杂志对本土作家和文学新人的扶持和培养,是一

以贯之的，不遗余力的。这是《朔方》的传统，也是《朔方》要延续下去的办刊理念。诸如首届"《朔方》文学奖"的中篇小说获奖者马金莲，是近年来创作数量和质量都极为突出的宁夏本土作家，《朔方》对她给予了格外的重视，先后推出她的作品小辑，将她的作品介绍并推荐到《文艺报》《十月》《小说选刊》《小说月报》等国内有重要影响的文学报刊上。2018 年 8 月马金莲凭借短篇小说《1987 年的浆水和酸菜》获得第七届鲁迅文学奖。可以说《朔方》杂志更早地发现并助力了作家的成长，因而文学新人奖中宁夏籍作家颇多，获奖者许艺、马慧娟、田鑫等都逐渐成长起来，成为宁夏文学的"80 后"创作人才。第五届的文学新人奖获得者李子园是"00 后"作家，宁夏大学本科在读学生。培养宁夏本土创作新人的视野是《朔方》杂志对于宁夏文学的突出贡献。同时，近几年宁夏高校大学生文学创作也在《朔方》杂志的扶持下陆续刊发其获奖作品，如 2017 年《朔方》杂志的第 11、12 期相继刊发了原创文学大赛获奖作品何小雪的《红布鞋》和马德芳的《父亲的体面》。2018 年获大学生原创文学奖张颖的中篇小说《炎夏永昼》发表于 2019 年《朔方》杂志的第 1 期。2022 年《朔方》杂志社又举办宁夏高校大学生改稿班，将改稿班学生作品以小辑的形式刊发到第 9 期刊物上。由此可见，《朔方》杂志不遗余力保留良好办刊传统，对宁夏文学的传承与延续关注如初。

为了评奖的公平、公正，"《朔方》文学奖"评奖过程极为复杂，经过所有编辑部的编辑对杂志刊登作品推荐的环节后，由区内专家组成评委会，从推荐作品中评出备选篇目，然后邀请全国知名作家、评论家、刊物主编组成终审评委会，最终评定的各个奖项作品仍需审核和公示后方可认定获奖。首届"《朔方》文学奖"颁奖时，《朔方》原主编哈若蕙在颁奖时说，正值《朔方》创刊 55 周年，"《朔方》文学奖"既是一次扩大和提升刊物影响力的机会，也是对《朔方》办刊质量和办刊成果的一次总结和审视。《朔方》原主编冯剑华认为，《朔方》的历史，就是宁夏文学发展繁荣的历史。特邀终评委、著名散作家、中国作家协会创研部副主任彭学明对首届"《朔方》文学奖"评奖感慨颇多，他认为宁夏文学历来就是中国文学的一个重要组成部分，中国文学的星空，历来就有宁夏文学璀璨的星光，作为立足宁夏、放眼全国的《朔方》杂志，无疑都与这些作家和作品息息相关，没有《朔方》就没有这些作家飞翔的翅膀，没有《朔方》，就没有这些作家耀眼的星光，《朔方》不但是宁夏文学领航的旗舰，也是中国文学重要的桥头堡，《朔方》对宁夏和中国的文学功不可没。特邀终评委、著名评论家贺绍俊说，宁夏是一个特别的文学福地，宁夏的作家形成了一种宁静、安详的文学风格。《朔方》承载着这样的风格，这样的风格也让《朔方》飘散着迷人的芳香。《朔方》的首届文学奖仿佛就是为宁静和安详而举办的。可以说，"《朔方》文学奖"作品从评审环节就受到了社会各界的关注，因为首届奖项虽然只是2011—2013年之间的作品，但作品质量非常高，这也促使社会各界开始重新审视宁夏《朔方》杂志推出的作品，以及《朔方》对宁夏文学和中国文学所作出的努力与贡献。宁夏文学从张贤亮开始就受益于《朔方》，他最早发表的作品皆是通过《朔方》才被中国当代文学所关注，并获得认可，如小说《灵与肉》首发在《朔方》后获得全国优秀短篇小说奖。石舒清的《清水里的刀子》也首发于《朔方》，后获得鲁迅文学奖。郭文斌作品《吉祥如意》也荣获鲁迅文学奖短篇小说奖，他原载在《朔方》的《小城故事之二》《爱情故事》等小说，后来都被《短篇小说选刊》转载。鲁迅文学奖获得者"80后"宁夏女作家马金莲的《柳叶哨》获首届"《朔方》文学奖"。可以说《朔方》杂志一直对宁夏作家和中国作家饱含敬意，宁夏文学的很多作家作品都是从《朔方》走出去，并为全国所关注，这正是宁夏文学杂志最朴实的胸襟和厚重的传承力量。同时，《朔方》杂志的整体水平也在评奖中呈现出来，这不仅可以代表宁夏文学的发展，也赶超中国文学的整体水平，尤其以中短篇小说质量最佳，入围作品各有千秋、各有所长。"《朔方》文学奖"的成功带动了杂志本身，也进一步促进全国范围对宁夏文学的关注。

"《朔方》文学奖"设立特别贡献奖，这是对为《朔方》杂志付出的前辈的奖励。获奖者张贤亮、冯剑华、肖川和虞期湘都曾历任《朔方》编辑、副主编等。张贤亮是中国当代著名作家，肖川、冯剑华和虞期湘等都在宁夏文学的发展历程中起到了不可忽视的作用。因为张贤亮能够被众人所熟知，就有《朔方》杂志编辑的推介之功，当他成为众所瞩目的作家后也承继了《朔方》编辑发现人才培养人才的光热，带领宁夏文学创作走向更高的创作领域。肖川原名赵福顺，男，汉族，河北深县人。1963 年应征入伍，历任 8048 部队战士，银川某机床厂工人、统计员，宁夏《朔方》编辑部主任、常务副主编，宁夏回族自治区文联副主席、作家协会副主席、政协委员。1984 年曾获中共宁夏回族自治区党委、人民政府知识分子专业技术工作突出贡献奖。著有诗集《塞上春潮》《黑火炬》及《肖川歌词集》和《与光同行》（合作），抒情长诗《塞上的土地》《中年的船，没有港湾……》《垦荒者的后代》等，部分作品收入《中国新文艺大系》《中国散文鉴赏文库》等 20 余种选集。冯剑华 1950 年生，张贤亮的夫人，安徽太和人。中国作家协会会员，宁夏作家协会副主席。1977 年毕业于复旦大学中文系。1968 年参加工作，历任宁夏石炭井矿务局工人，兰州军区陆军二十师战士，《宁夏文艺》编辑，《朔方》杂志编辑部副主编。1973 年开始发表作品。1995 年加入中国作家协会。著有散文《连队生活散记》《贺兰雄冈》《塞上行》《花儿为什么这样红》《南国木棉花》《山花朵朵》《故乡人物》《煤城树》《儿子弹琴我唱歌》《爱情故事》等。虞期湘，女，1938 年生，湖南新宁人。1959 年毕业于兰州大学中文系，分配到《朔方》编辑部工作，历任编辑、副主编、常务副主编，编审。宁夏文联第四届委员，宁夏作家协会第三届副主席等。1988 年加入中国作家协会。其报告文学《神圣的事业》《晚霞映红了一片绿洲》，散文《国画·张大千及其他》《寄自石林的小简》荣获宁夏第二、三、四、五届文艺作品奖。这几位都在《朔方》编辑部工作了几十年，他们甘为人梯，无私奉献，为《朔方》的成长和发展，以及宁夏文学事业繁荣作出了积极努力，他们对于宁夏文学创作具有重要意义，他们的创作为后继者们搭建了一个更为宽广的探索域，他们的编辑工作为宁夏文学培养了一批后继者。正如诗人扬梓评价肖川的创作时所说的，"肖川一生创作涵盖'新诗、古体诗、信天游、歌词'等，其中现代诗包含以抒情和叙事为主的'垦荒诗、西部诗、塞上诗、漫游诗'等等，呈现'密集长句式、短小精制型，还有豪放式、婉约式'等等风格"①。肖川的诗歌创作路径为宁夏文学开拓了更多的创作可能，肖川的文学创作之路和编辑之路，暗含着宁夏文学发展的线索，体现着这代宁夏编辑的不凡之处与杰出贡献。

　　文学消费环节决定着文学生产者，《朔方》杂志的影响力促进了作家的创作热情，杂志的奖励机制促使着更多更优秀的作家投稿，同时读者的反向选择也将改变宁夏文学的创作环境。《朔方》2022 年底开始新的送刊策略，读者可以来信致电《朔方》编辑部，只要你是热爱文学的读者，只要你希望阅读《朔方》杂志，那么杂志社就会免费地赠送给您。这样一来，两者呈现出共赢局面，热爱文学的氛围将创造更辉煌的文学成绩。同时，文学批评与文学创作是一个紧密结合的环节，近年来《朔方》推出"同期品评"栏目，邀请评论家对本刊这

----

①瓦楞草. 肖川诗歌综论[J]. 朔方,2023(3):156.

一期的所有作品进行阅读后评价，与作品同时发出的评论无疑能够较大程度上指导读者的阅读，引导作家的创作。虽然很多时候评论界评论话语的含蓄与友好，并不如 20 世纪 80 年代的批评家那么直接，但这些颇为委婉的劝诫依旧营造了一个相互对话的环境。办刊理念所营造的媒介环境无疑就是宁夏文学话语特色形成的重要因素之一，在这样的氛围中必将不断蕴蓄人才，创作出更好的作品。

宁夏文学的研究不应该只局限于作家、作品的研究，对于宁夏文学发展状态的梳理与研究应该从宁夏地域变迁、媒介水平以及编辑能力等多方面查证史料。朱光潜先生认为，一个优秀的刊物往往比一所大学的影响更广大、更深远，办期刊可以推动中国文学和文化的长远发展。① 《朔方》的历史记忆着宁夏文学的历史，多元文化存留与碰撞中宁夏文学的研究是复杂的，《朔方》杂志的编辑，亦是宁夏文学的参与者，主编李唯在回顾自己在《朔方》的往事时说："张贤亮以令我眼晕的速度一发而不可收，他在《朔方》连续发表了四篇小说后，又拿出来一篇，这篇又是我做他的责编，但不是我一个人，是三人，有《朔方》的老编辑路展老师，他现已故去；有我复旦的同班同学杨仁山……这篇小说是《灵与肉》，改编的电影叫《牧马人》。"② 《朔方》的编辑们共同努力地创办刊物，发现优秀作品；营造宁夏文学创作的氛围，培育宁夏作家群体。同时，他们也对自己的创作提出了很高要求，《朔方》编辑的作品也多次荣获宁夏及全国各种文艺创作的奖项。以 1980 年宁夏回族自治区第一届文学艺术奖为例，虞期湘《神圣的事业》、李唯《你的稿子为什么不能用》、吴淮生《闪亮的盐根》、肖川《唱在金秋》、高深《腾格里的春天》、贾长厚《夜·静悄悄》和冯剑华《煤城树》等很多编辑的作品都在其中。直至现在，《朔方》杂志的编

---

① 章建. 朱光潜的编辑思想及其现实启示[J]. 东南传播,2015(8):164-165.
② 李唯. 在《朔方》文学编辑部的往事[J]. 北京文学,2022(2):208.

辑依旧是宁夏文学创作群体中的一员，他们的作品以及《朔方》杂志推出的作品也都成了宁夏乃至全国各类奖项的获得者，他们的名字是需要篆刻在宁夏文学媒介档案中的，他们对文学的追求以及对宁夏文学的贡献需要更为翔实的记录。

总而言之，《朔方》媒介档案的历史记忆能拓宽研究者的视野，在宁夏文学的研究中以此为参照，在其提供的更多思路与方法里，总结宁夏老生代、中生代创作特色，找寻新生代的话语叙事的承继及发展方向，在历史中和媒介记忆里思考宁夏当代作家作品话语嬗变的独特性。

## 第二节　马金莲小说中成长话语的伦理叙事特色

首届"《朔方》文学奖"中篇小说的获奖者马金莲，是宁夏"80后"作家的优秀代表之一。她的作品从宁夏走向全国，曾荣获第七届鲁迅文学奖、第十一届全国少数民族文学创作"骏马奖"、第十三届精神文明建设"五个一工程"奖等奖项。2000年开始文学创作的马金莲是一位踏实勤奋地描绘西海固生活，静心书写西海固女性形象的高产作家，二十多年来出版的长篇小说有《马兰花开》《数星星的孩子》以及小说集《长河》《1987年的浆水和酸菜》等十多部。马金莲的《孤独树》是首发于2019年《花城》第三期的长篇小说作品，2021年由人民文学出版社发行单行本。在《孤独树》中，马金莲讲述了一个西海固乡村家庭里的故事，在哲布的成长叙事视角中聚焦了西海固祖辈、父辈和孙辈生存的土地与乡村的困境，以及现代化都市变革中三代人的孤独心理：祖辈坚守土地上的"孤独"，父辈外出务工的"孤独"与孙辈被迫留守的"孤独"。马金莲运用中国传统讲述故事的方式，用叙述的引子营造了一个家庭叙述空间，将三代人的生活现状及城市与乡村的矛盾冲突勾画成型，从而通过哲布的成长视角讲述了中国乡村现代化发展中三代人伦理观念不断发生冲突的故事。本节将细读《孤独树》，以此来探寻作家马金莲的成长者话语叙事特色，以及其中深蕴的社会伦理特征。

## 一、家庭叙述空间里的孤独话语

在中国几千年的农耕文化中，乡土叙事成为中华民族叙事传统的文化底色。适用于农业生产与生活需要的制度和伦理等文化集合已扎根在乡土叙事的泥土里，"家"中体现的伦理规范已成为中国文化基因，以及农民生存准则的叙事基础单位。马金莲的《孤独树》就是一部以家庭为叙述单位的故事，在封闭的窝窝梁，用农事的时间线索串出了哲布的孤独人生。

美国学者浦安迪在《中国叙事学》一书中提出"奇书文体"，"所谓'奇书'，按字面解释原来只是'奇绝之书'的意思，它既可以指小说的内容之'奇'，也可以指小说的文笔之'奇'"①。同时"奇书文体的这一共同章法显然与拟话本中的'入话'有着某种渊源关系，这在当时正在成为一种文人写小说的标准格式，用意在于提醒读者注意作品的主体部分有深意存焉"②。这种讲述方式不同于西方的叙事传统，西方从亚里士多德开始就将叙事结构分为"头、身、尾"，然而"中国美学的原动力里缺乏一种要求'头、身、尾'连贯的结构原型"③。依据《孤独树》的叙事特色，运用中国叙事传统分析《孤独树》则能够更为清晰地梳理作家的叙事，如按照西方叙事理论来细读将背离故事的主旨。

具体来看，按照西方结构主义叙事学的方法分析，《孤独树》开

①［美］浦安迪. 中国叙事学［M］. 北京:北京大学出版社,1996:23.
②［美］浦安迪. 中国叙事学［M］. 北京:北京大学出版社,1996:80-81.
③［美］浦安迪. 中国叙事学［M］. 北京:北京大学出版社,1996:41-42.

篇对木匠老汉与儿子马向虎冲突的回溯是故事的"头";"身"是用木匠老汉的视角讲述了一个儿孙的故事,儿子马向虎离开家园外出务工并最终使孙儿马哲(哲布)成为留守儿童,孤独地成长;"尾"是以哲布的不知何去何从结束故事的讲述。如果小说是这样的叙述结构,故事的叙述主体就成了木匠老汉,故事是用木匠老汉这一代人的坚守串起了儿孙两代人的故事。在木匠老汉的眼中一代又一代的年轻人成长并离开,儿子在期盼中成长、在离开中矛盾挣扎,这片土地上的第三代人哲布就是那棵继续坚守的"孤独树"。因而故事的主题就是祖辈的"坚守"、子辈的"出走"与孙辈的"留守",而非"孤独"。这显然不符合小说《孤独树》的题名以及作家马金莲的创作初衷。

之所以萌发书写留守题材的念头,是因为有亲身感受。

我推翻了单纯讲述一个留守故事的初衷,我发现困扰乡村的,已经不仅仅是留守,也就是说留守的不仅仅是孩子,缺乏亲情滋养的不仅仅是儿童,其实还有妇女、老人,有乡村世界里的更多生命,比如猫狗牛羊驴等,屋檐下的燕子、树头上的麻雀和喜鹊、土崖下的乌鸦等,还有大地上泥土里活动的一切和人类曾经息息相关的生命,哪怕是一只跳蚤,一个苍蝇,一窝蚂蚁……更有整个乡村生活方式的远去,乡村伦理秩序的淡远,甚至是农耕文化的远去。这是时代的必然,是社会发展的结果,更是不可阻挡,也不应该阻挡的。①

因而,参照作家的创作谈,小说的主旨是透过哲布"孤独"的内心描写来表达坚守土地上祖辈的"孤独",外出务工的父辈的"孤独",书写三代人在现代化都市冲击成长中的孤独心理,而非三代人生活现状的叙事。

①马金莲. 无法回归与深情守望——《孤独树》创作谈[J]. 宁夏文艺网,http://www.nxwl.org.cn/index/wxzp/202111/t20211115_565859.html.

另外从小说的 16 个小节来看，按照西方叙述结构来分析，其中各节故事的关系就显得扑朔迷离，没有一个清晰的线索可以予以归纳。诸如第 9 节中事件有：1.哲布去葫芦镇；2.哲布家里安装电话；3.哲布上学；4.哲布的父母离婚。然而这四个事件前后不具有因果联系，无法构建出这一节的情节关系，不能因为哲布去了葫芦镇，家里就装了电话，也不能因为装了电话，哲布就上学了，更不能因为哲布上学了，父母就离婚了。同时，第 10 节的第一个事件"哲布因父母离婚而发烧"却能够同第 9 节的最后一个事件"哲布的父母离婚"构成具有因果联系的情节关系，但两个事件又不在同一小节中。如果运用这样的结构理论分析作品，作家在小说中列出的小节就失去了叙事意义。因而，只有依据中国叙事传统来看此篇小说，才能够厘清故事的叙述线索。

首先，文中以农耕文化的四季变化为叙事的时间线索，"中国明清文人小说醉心于以季节为框架的时间性结构的同时，也极讲究'空间性'的布局，所以历代的传统小说评点家采用的批评术用语，有一部分源自于山水画论"①。因而文中用"1999 年腊月二十日"作为故事的时间起点，回顾叙述的"木匠老汉与儿子冲突"的事件就是叙述的引子，这为故事搭建了一个窝窝梁的农村家庭空间，给哲布孤独内心的描写营造了一个环境。通过具体文中叙述时间梳理可知（见表 5-2）。

表 5-2  文中叙述时间

| 1 | 1999 年腊月二十日,梁坡上的马铁老汉给儿子满素娶媳妇。(《花城》2019 年第 3 期 6 页) |
| 2 | 回忆两年前儿子高考失利后的出外打工 |
| 3 | 初夏临近,窝窝梁的世界才真正完成色彩的转换。(19 页) |
| 4 | 十月头上来了一场寒霜。(26 页) |
| 5 | 春种紧张,又劳累,先是几亩春麦,紧挨着是胡麻、豌豆,一样一样地干着种。(32 页)"天气逐渐冷起来"(38 页) |
| 6 | 哲布爱在麦场上耍(40 页)(父母在哲布一岁时候离开,哲布五岁时候回来。) |
| 7 | 年假结束了。(47 页)"春种开始了"(51 页) |

① [美]浦安迪. 中国叙事学[M]. 北京:北京大学出版社,1996:85.

| 8 | 爷爷能拄着拐走路了……今年的庄稼都耽搁了。(52页) |
|---|---|
| 9 | 有一天,爷爷带哲布到葫芦镇跟集。(60页)九月一号开学,哲布该去学校念书了。(61页) |
| 10 | 这天哲布放学回来没去崖背上看树,也没逗狗和猫,背着书包直接走进家门。(66页)天气热起来了。(68页) |
| 11 | 夏的尾巴后面紧跟着秋。(72页) |
| 12 | 一个阳光晴好的日子,木匠老两口把老窑里的农具一样样往出搬。(77页) |
| 13 | 天气越来越凉。(82页)"五一"学校放假了……上次他(虎子)回来的时候自己(哲布)刚把三年级念完。他来了,然后又匆匆走了……加起来有两年半没见他的面了。(83-84页) |
| 14 | 夜晚寂静,只有老座钟在懒洋洋走动。灯下两老一少三口人闲坐,哲布怀里抱着一本书看。(87页) |
| 15 | 不经意的时候时间过得很慢,要是盯着它,它就像窝窝梁上的风,一刻不停地吹啊吹,簌簌地溜着。(92页) |
| 16 | 哲布仰望着"西县第一中学"六个大字。(99页) |

在这个时间列表中可以看到,春夏秋冬就是作家的叙述时间。春播、秋收、冬藏的农耕时间表是农民世世代代的时间观,正如上班族对于工作日与休息日的时间概念,学生对于上学和假期的时间概念一样。同时,中国人的时间感觉是与空间相关联的,农民的时间是与播种、收获的空间生活相连的。因而,在文中前1—5小节的叙述中,春夏秋冬的四季更替建立了一个家庭祖祖辈辈劳作的叙事空间,也就是整部小说的叙述引子。这个叙述的引子是这个家庭空间的建立,包含了三代家庭成员的关系,首先是木匠老汉与儿子马向虎的关系。木匠老汉希望儿子能够好好学习,考上大学并出人头地,但复读后的儿子依旧没有考上大学,父子发生冲突后儿子外出打工。其次是木匠老汉、木匠奶奶同儿子马向虎、儿媳梅梅的未婚同居、奉子成婚的观念冲突。最后是孙儿哲布出生。

　　一个家庭中一对夫妻便是一个家庭单位,子女便是这个最小组合中的必然附加分子。我们人人在家庭里成长,长大后也摆脱不了与家庭的关联。从父母的家庭出来进入自己的家庭，自己的孩子再进入父母的家庭，始终在这个循环中。"新与旧、老与少、过去与现时、向上与垂朽、利与害，这些相互矛盾的成分凝在一点之上生存。"①木匠老汉这个三代人的家庭空间搭建了一个时代的缩影，亦如鲁迅在《阿Q正传》中为阿Q创造的生活空间"未庄"，木匠老汉的家庭空间就是作家创造的世世代代生活在窝窝梁的家庭缩影，以及这些家庭的成员在时代变革中的"孤独"心理。作家描绘了一个家庭中隐藏的伦理制度在现代性冲击中的瓦解，与在新一代哲布身上重建的期冀。故事从第6小节开始，直至结尾，都在刻画哲布的心理成长，不断透过哲布的心理视角在季节循环的结构中理解生老病死的叙述。这正是中国"带着现实的态度来构建以重视人与自然的和谐、重视人的精神境界与内心的安宁、重视人伦情感、重视家庭和社会的和睦等价值为中心的'后儒学'文化"②。哲布作为留守儿童，在爷爷奶奶面前孤独地长大，渴望知道外面的一切，长大过程中懂得了爷爷奶奶的苦楚，知道了爸爸妈妈的不容易，感受到了死亡与衰老的恐惧。对于窝窝梁这片土地的热爱，对于外面世界的憧憬汇集在这个孩子的成长中，正如作家马金莲所说："留守环境里长大的少年哲布，他将何去何从，继续出走，还是返回乡村重新开始人生？一切都在火车的长鸣声中，在迎头飘落的大雨当中戛然而止。"从一个家庭出发，叙述这片土地生存的一代又一代人的繁衍生息，城市与现代化只是一种对淳朴人性的冲击，令哲布迷茫与无措地出走，与出走未果后的回望故乡与重新审视。结尾哲布的无所适从或者说无法掌控的命运就是窝窝梁人面对的现实，开放式结尾的思考已经给哲布的人生画了一抹希望，可以摆脱孤独的希望。

---

①李健吾. 戏剧评论[M]. 太原:北岳文艺出版社,2016:59.
②冯崇义. 反思五四以来的新儒学[C]//郝斌,欧阳哲生. 五四运动与二十世纪的中国(上).北京:社会科学文献出版社,2001:469.

## 二、伦理观念冲突中的叙事高潮

小说《孤独树》承继中国传统叙事方式的叙述特色还可从叙事高潮设置上看，"中国小说里情节的'高潮'，往往远在故事的终点之前就发生了"①。这正是中国传统说书人讲述故事的方式，在讲述故事的过程中高潮频出，看似高潮结束，故事进入尾声了，实质上后面还有精彩之处。因而小说的这种"高潮"设计不同于西方叙事的"开端、发展、高潮、尾声"，而是可以不断续写的故事。诸如《水浒传》前七十回施耐庵著，后三十回罗贯中著；《红楼梦》前八十回曹雪芹著，后四十回高鹗整理等。小说《孤独树》也是如此，在开头叙述引子的建立时就高潮频出，即家庭空间环境的营造时，作家利用木匠老汉和儿子马向虎的两次冲突完成家庭伦理的建构。也就是说小说叙述的引子中隐含了层层递进的两代人冲突的叙事高潮。

第一次冲突在小说的开篇，此处书写颇为精妙，木匠老汉与儿子两代人的矛盾冲突不断升级，抽丝剥茧，细节描写极为传神，情感的你来我往颇似《水浒传》第二十三回"景阳冈武松打虎"前武松与酒家的冲突。武松要酒，酒家不卖；武松非要，酒家无奈；武松给钱买酒，酒家劝阻；武松焦躁，酒家不敢惹怒；武松要过岗，酒家好意被误解。具体来看木匠老汉和儿子马向虎的第一次冲突（见表5-3）。

表5-3　木匠老汉与儿子马向虎的冲突及木匠奶奶的表现

| 马向虎 | 落榜 | 钻进偏房倒头大睡 | | | | | 走出房门说不是念书的料 | 背着包走了 | | |
|---|---|---|---|---|---|---|---|---|---|---|
| 木匠老汉 | 失望 | 生气 | 抱怨 | 气冲上头 | 火冒三丈 | 砸东西发泄 | 准备发作 | 没有出口 | 失落 | 落寞 |
| 木匠奶奶 | 不忍烧书 | 理解老汉 | 体贴儿子 | 体贴老汉 | 劝解老汉 | 心疼儿子 | 爱惜儿子 | 不舍儿子 | 惦记儿子 | 理解儿子 |

①[美]浦安迪.中国叙事学[M].北京:北京大学出版社,1996:76.

这一情感关系变化表中勾勒出了木匠老汉与儿子虎子两代人的冲突场景，同时也将木匠奶奶这一母亲形象惟妙惟肖地描绘出来。作者层层递进地叙述了父亲发怒的节奏，以及母亲那素朴的爱，没有华丽的表达，也没有轰轰烈烈的生死相恋，但却润物无声地描画出了一段中国传统伦理的家庭婚姻生活。木匠老汉一直期待孩子长大并出人头地，当儿子高考再次失利后，木匠老汉的情感层层升级，先是"失望得老泪纵横，暴跳如雷，要烧书"，后因儿子"钻进偏房倒头大睡"的行为"更生气了"，开始"抱怨儿子"并弄得院子里鸡飞狗跳，"越说越气，气冲上脸，蹿上头，脸红成一片布，头发丛里的锯末子灰尘一样唰啦啦往下掉"。老汉听了木匠奶奶的劝解，"气更盛了，火一样噌噌往上冒"。老汉的怒火直接爆发到极致，"甩出一个是刚刚锯下的木头板子砸到了碗上。碗应声落地，蛋汤横飞"。然而，儿子面对父亲的怒火负气离家时，木匠老汉从"爱去哪达由他"到"骂累了，跌在板凳上，两眼浮上一层失落"。直到老汉知道自己愿望无法实现后的妥协，"也不爱出门了"。然而，母亲木匠奶奶却在这个过程中不断隐忍、包容、安抚父子俩，母亲在屈服隐忍中表现出的乡村淳朴的相濡以沫，使一位伟大的母亲形象就此刻画成形。母亲知道木匠老汉心里憋着气，任他发怒，却帮儿子"轻轻关上偏房门"，又去厨房给儿子打荷包蛋。当母亲"发现木匠老汉眼仁子都是红的，额头的老筋硬邦邦跳起一层"时，开始劝解木匠老汉，老汉发怒将母亲给儿子打的荷包蛋打翻在地时，"抹着眼泪，心疼鸡蛋"的母亲看到儿子出门，急忙去重做，儿子离家出走，母亲赶忙追出家门，此时"儿子已经奔上山梁"。儿子走后，母亲"一颗心放不下，吃饭不香，睡觉不着"，直到知道儿子外出打工的事情后"心有了着落"，母亲的惦念之心才得以缓解。

这一高潮描写中，木匠老汉与儿子马向虎的冲突是伦理观念的冲突。"孔子的思想主宰了我们二千多年，不过与其这样讲，还不如说以孔子为典型的历代思想家协力造成了这种空气：伦理的观念。"①儿子落榜后木匠老汉的家长地位令他暴怒，对儿子的出走行为予以否定，进而演变为对这一代人变化的伦理观念予以否定。马向虎在13年的读书经历中吃了不少苦，连续两次高考失利是激怒父亲木匠老汉的前因，马向虎再次落榜后的外出谋生是两代人伦理观念冲突的直接爆发，作者详细描绘的父亲由儿子高考失利后的失望到儿子钻进偏房倒头大睡的生气、抱怨、怒气上头、火冒三丈、砸东西发泄，最终因儿子说再不念书并离家出走而进入伦理观念冲突的高潮，父亲由准备教训儿子到儿子马向虎从此一去不回的失落与落寞为结局。然而，两代人的伦理冲突在半年后儿子开始寄钱回家为缓解契机，木匠老汉在妥协中慢慢接受了儿子外出打工谋生的人生道路。回顾小说的开头，木匠老汉参加马铁老汉儿子的婚礼和木匠奶奶在家打着袼褙子时翻出了满箱子儿子的书，故事从两位老人惦记外出打工的儿子何时回来、何时结婚开始，描绘出父辈与子辈的伦理冲突在老人的期盼中和解，表露出一代代中国家庭伦理观念，传宗接代与繁衍后代的生存体悟。

第二次冲突发生在儿子马向虎离家出走的两年后。儿子虎子回家了，带了一个漂亮的女子梅梅，一切并未按照木匠老汉和木匠奶奶的想法继续，两个孩子不是回家见父母，准备结婚，而是想和庄里的同龄人去乌海赚钱。父子两代人的冲突高潮爆发在晚上，两个孩子睡到了一个屋子里，这种做法冲击了木匠老汉和木匠奶奶的伦理观念，再一次激怒了木匠老汉。在城市现代化进程中，儿子带回来的伦理观念的变化冲击着木匠老汉两口子的传统伦理准则，木匠老汉开始装病，试图对现代化都市伦理观念予以反抗。然而，这一次的伦理观念冲突，并非文明社会的，显示的是一种传承或是守成，恰恰是在经济快速发

---

① 李健吾. 戏剧评论[M]. 太原：北岳文艺出版社，2016：7.

展与冲击下的道德传统与现代文明的博弈，木匠老汉的传统观念与儿子虎子的现代观念的此消彼长。"虽然乍看起来守旧思想似乎是同进步直接对立的，但它却是使进步变得稳妥而有效的一个必要因素。守旧思想的审视态度必须控制追求进步的热情，否则就会招致祸害。人们在整个进步过程中的一个首要的、虽然确实不是唯一的问题，就是如何以正确的比例来协调这两种倾向，既不致过分大胆或轻率，也不至于过分慎重或迟延。"①老两口继续每天的劳动，直到孩子们睡到自然醒，老汉认为没经历光明正大的婚姻是不道德的，于是开始装病。但儿子自有主张的婚姻态度，击碎了老汉的伦理观念，装病毫无意义，进一步沟通的父子两人开始面对没有彩礼无法结婚的现实。最终，儿子欺骗父母去梅梅家提亲后离家，憧憬了六天的老两口终于知道儿子是外出打工去了，虎子和梅梅再次离家，将木匠老汉的伦理观念一击到底。无奈地接受了儿子外出打工的木匠老汉，再度无奈地接受了虎子和梅梅的婚姻观。

又两年过去，初夏临近，虎子和梅梅毫无征兆地回来了。"希腊古剧的故事在宗教的观念下，德国的在音乐下，中国的在伦理下。"②这个中国的伦理故事继续着，然而随着孙辈的即将降生，两代人第三次伦理冲突并未发生。木匠老汉将地里赶牛的鞭子交到了回到家中的儿子虎子手中，儿子不会耕种的样子激怒了老汉。在木匠老汉的伦理观念中渴望并幻想着将土地交给儿子，在家园繁衍生息、踏实劳作。儿子虎子却在犁地中懂得了自己高考失利为什么是父亲希望的破灭，如今再次犁地才真正体会到农民的辛劳。"父母在这片土地上生存了几十年，耕种了几十年，从虎子能记事起，就看见父母春种秋收早出晚归一身泥土一身汗水。在少年成长的记忆里，父母一年

---

①[英]休·塞西尔. 保守主义[M]. 杜汝辑，译. 北京：商务印书馆，1986：8-9.

②李健吾. 戏剧评论[M]. 太原：北岳文艺出版社，2016：6.

一年地重复着这些。"①因而，父亲将鞭子交给儿子的方式促使虎子下定决心要外出打工，开始另一种生活，或者说有了为下一代营造另外一种生活的决心。这一次伦理观念的背离并未爆发，因为木匠奶奶拉着梅梅回家后，得知梅梅怀孕了，两代人在孩子出生前的忙碌中和解。木匠老汉带虎子五月初六去梅梅家提婚，勉强凑够一万二的彩礼，六月初四，虎子和梅梅没办宴席，悄没声地把梅梅娶进了门。当老两口高兴地商量把农活儿交给儿子时，虎子就告诉父母要出门打工，新一代追求都市生活，放弃种植庄稼，背离祖祖辈辈建立的人与自然的关系，乡村土地上生命力在不断丧失，老人的无能为力，都在这次外出打工的决定中显现出来。

十月头上，梅梅生了个六斤二两的大胖儿子。三天后，虎子才回来，因要工钱而错过了儿子的出生。出了月子，虎子和梅梅准备外出打工，他们为了生存准备放下新生儿的养育，这再次冲击到了木匠老汉和木匠奶奶的伦理观念，在这次冲突中木匠老汉终于成功了。"娃娃啊，钱是好东西，过日子是离不开钱，可人活在世上啊，有些东西，是多少钱都买不回来的！"②儿子儿媳不走了，决定等孩子长大些再离开。这一次的成功蕴藏着新的希望，赞美了乡村的文明和传统的伦理。同时，叙述的引子也塑造成型，一个家庭伦理空间搭建完成，后面所有关于孙辈的孤独成长，将在这个叙述空间里酝酿、发酵，从而将一个乡村的孤独，在现代文明进程中的守成，一代又一代的困扰透过哲布的心理成长描绘出来。

### 三、哲布成长话语中的三条叙事线索

两代人冲突的叙事高潮只是故事叙述的引子，小说"孤独"叙述

①马金莲. 孤独树. 花城[J]. 2019(3) : 22.
②马金莲. 孤独树. 花城[J]. 2019(3) : 31.

环境的营造，哲布出生，才意味着进入作家要讲述的故事，真正的高潮即将出现。"现代的人文精神，强调在重建人的精神家园，关心人的生存境况，探讨人类的出路与发展当中，重构现代人的精神信仰和终极关怀，要求使人真正地成为自己命运的主人，成为世界的主宰力量。"①自小说第6节后，哲布孤独的成长心理描写与封闭的乡村地理空间相映照，小说才进入真正的"孤独"主题的讲述。

哲布的成长过程的叙述视角始终是人称"哲布"和"他"的交替运用，采取外聚焦方式叙述哲布的成长事件与内聚焦方式叙述哲布的心理成长，因而，故事讲述的不仅是哲布的成长，更多的是通过哲布的成长而呈现这片土地上升腾出的孤独心理。也正是由于外聚焦的方式，在哲布成长的故事中始终交织着祖辈木匠老汉和木匠奶奶的期盼与父辈虎子和梅梅的愿望，因而小说中呈现三条叙事线索，即祖辈木匠老汉、木匠奶奶与哲布的故事；父辈虎子、梅梅与哲布的故事；哲布自己的故事（见表5-4）。

表5-4　三条叙事线索

| 章节 | 祖辈与哲布的故事 | 父辈与哲布的故事 | 哲布自己的故事 |
|---|---|---|---|
| 5.哲布一岁五个月。哲布开始学说话。 | 爷爷将哲布拴到地畔的糜边耍。 | 抛下儿子外出打工，买了一些必备药品放到家中。 | 哲布已经忘了妈妈。哲布与猫做伴。 |
| 6.哲布五岁。 | 爷爷奶奶永远有干不完的活儿。 | 虎子准备带儿子去城里上幼儿园。 | 哲布的世界就是麦场。哲布与父母的情感缺失。 |
| 7.年假结束。 | 爷爷腿摔伤后像个娃娃时,哲布懂事地劝阻。 | 给爷爷治病花光了积蓄，留下儿子继续外出打工。 | 哲布在山上种了五棵树。 |
| 8.哲布长大了。 | 哲布依恋年迈的爷爷奶奶。 | 父母准备离婚，妈妈要带哲布离开。 | 哲布知道了很多事情。哲布开始懂得寂寞。 |
| 9.哲布去了葫芦镇。哲布上学了。 | 爷爷带着孙子继续走着祖祖辈辈的道路。 | 父母离婚了。 | 哲布想念父母。哲布不知道怎么与人相处。 |

①黄健. 文化转型与人文精神的重构——关于近年来人文精神建构问题的评述［C］//潘立勇. 中华文化与人文精神. 杭州:浙江教育出版社,1999:319.

| 章节 | 祖辈与哲布的故事 | 父辈与哲布的故事 | 哲布自己的故事 |
|---|---|---|---|
| 10.哲布的同学。 | 哲布被同学打,不敢回家,爷爷奶奶夜里找到哲布。 | 父母不知道哲布的学校生活。 | 哲布发烧了。哲布同桌叫马舍儿。 |
| 11.秋收。 | 爷爷奶奶忙秋收,哲布在玩耍。 | 哲布与舍儿都恨抛下他们的父母不爱窝窝梁。 | 哲布意识到了死亡。 |
| 12.哲布放学回来。 | 哲布看着爷爷奶奶忙农活。 | 舍儿被父母带走了。城市带走了哲布的父母。 | 哲布对爷爷的故事不感兴趣。孤独地面对哲布这棵树。 |
| 13.哲布13岁。 | 木匠老汉打断了虎子教训哲布不好好学习。 | 虎子期望哲布考到县一中,希望儿子能考上好大学。 | 哲布渴望长大。中年的虎子已经不像记忆中的爸爸。 |
| 14.哲布上六年级。 | 爷爷希望哲布考不上学可以在窝窝梁种地生活。 | 妈妈打电话告诉他要好好学习。 | 哲布想好好学习却无法专心。哲布决定不同爷爷奶奶一起睡了。 |
| 15.哲布毕业了。哲布离家出走。 | 爷爷奶奶无所适从,木匠老汉一下子急白了头发。 | 虎子知道儿子离家出走后准备回来找儿子。 | 偷了奶奶六百块钱的哲布离家出走了。 |
| 16.考试开始。 | 哲布感觉自己就是爱叹息的奶奶和不爱说话的爷爷。 | 哲布看着火车站里离开的人们想起父母离开的情景。 | 哲布第一次开始痛恨长大。 |

　　小说在哲布的成长经历叙述中设计了三条叙事线索,将三代人的"孤独"心理描绘出来。首先第一条叙事线索是哲布成长过程中木匠老汉和木匠奶奶的生存现状,永远有干不完的农活,教养孙子的过程中不断衰老,已经不是那个教训儿子不好好读书的父亲,而是眷恋土地、珍视乡土与自然的祖辈,他们对于家园的"孤独"守望慢慢浸润着孙儿哲布的成长。因而,木匠老汉和木匠奶奶力不从心地喂养一岁半的哲布,年节时盼望儿子儿媳回家团圆。当虎子回来想要带哲布去城里上幼儿园时,木匠老汉第一次在儿子面前成了弱者,又因车祸后治病,花光了哲布上幼儿园的钱而内疚自责。之后越发无力的木匠老汉只能任由儿子儿媳离婚,将希望最终寄放在抚养长大的孙儿哲布身上,期

望孙儿可以守住这片孤独的土地。其次，第二条叙事线索中，父辈虎子和梅梅离开农村外出务工，虽然故事没有讲述如何在外打工，但从很多细节的描写中可知其艰辛。诸如因买不到火车票而无法回家；不得不将哲布留给爷爷奶奶去城市当保姆；因为老板欠薪而无法在儿子哲布出生时赶回家中；因钱不够而无法带哲布去城里上幼儿园；夫妻离婚；几年内只能通过电话告知孩子好好学习；知道儿子离家出走而不能立刻回家；等等。虎子逐渐成了那个要求自己好好读书的木匠老汉，在13岁的哲布眼中，中年的虎子已经衰老得不像父亲了。外出打工并未给虎子的生活带来不同于祖辈的改变，最终也只能孤独地在外乡为生存而努力，却依旧不肯回到窝窝梁的土地上务农，他们获得了进入城市的流动自由、伦理自由，却被剥夺了乡村的本土性和根性，注定在漂泊流离中领悟孤独。最后，第三条线索是哲布的故事。留守儿童在成长中将爷爷奶奶当作父母，与猫、狗为伴，与那棵叫哲布的树一起成长。哲布幼小而孤独的心灵里不懂得与人相处，却又过早地见证着这片土地上的死亡与衰败，懂事地劝阻爷爷的自我戕害。哲布对于外面充满未知的世界束手无策，痛恨城市对乡村的侵蚀，却又祈盼着明年爸爸妈妈回来带自己离开。哲布想学习又无法静心复习时决定离家出走了，他想要找到进入考场的路，也想要买火车票离开这里。无所适从的哲布第一次开始痛恨长大，雨中的他看着离开的人们，觉得自己就是那棵叫作哲布的树，孤独地等着离开的人回来。"伦理是自由的理念。它是活的善，这活的善在自我意识中具有它的知识和意志，通过自我意识的行动而达到它的现实性；另一方面自我意识在伦理性的存在中具有它的绝对基础和起推动作用的目的。因此，伦理就是成为现存世界和自我意识本性的那种自由的概念。"①木匠老汉、虎

---

① [德]黑格尔. 法哲学原理[M]. 范扬,张企泰,译. 北京:商务印书馆,1961:164.

子、哲布都在各自成长的社会现状中构建了自己的伦理观念，在自我认知中用他们的行动实现着各自的理解，最终却又都以"孤独"的现实完成自我体认。即老一代对于土地的热爱，对于孩子成才的渴望与土地无人种植的痛苦；子辈外出打工，追寻现代性都市却失去了土地的根性；孙辈对于祖辈土地的认知与留守儿童的成长心理问题。结尾处哲布在渴望与坚守中徘徊，那个带走父母、致使父母离异的远方，随着匆忙涌进站台的人流奔向远方，哲布留守的命运无法改变，这又何尝不是一种对于现代文明的谴责。哲布作为留守儿童，在爷爷奶奶面前孤独地长大，渴望知道外面的一切，长大过程中懂得了爷爷奶奶的苦楚，知道了爸爸妈妈的不容易，感受到了死亡与衰老的恐惧。对于窝窝梁这片土地的热爱，与对于外面世界的憧憬汇集于这个孩子的成长中。无法掌控的命运在一代代窝窝梁人的成长中发生、演化。

总而言之，这部小说在叙事方式上继承了中国传统叙事的时空方式，利用农耕文化中的农时为线索，营造了一个西海固乡村家庭氛围。作者讲述时叙事高潮频出，细节描写精妙，人物形象传神。通过哲布的成长视角，叙述了三代人伦理观念的冲突，刻画了这片土地上生活的人们承受着农耕生活丧失的痛苦与现代化变革中无法融入城市的阵痛，将祖辈、父辈与孙辈的命运进行了鲜明的对照，呈现出的不仅是哲布这些孙辈留守儿童的孤独心理，也透过父辈虎子和梅梅城市生活的不易和婚姻失败从而讲述无法扎根城市的孤独，以及祖辈看到漂泊的儿子和看到乡村土地无人耕种时的孤独。小说《孤独树》是在作家的惋惜中唱响的一曲在现代化进程中乡土遗失的孤独之歌。

## 第三节　许艺作品中女性主体话语意识的叙事

　　首届"《朔方》文学奖"的新人奖获得者许艺，1983 年出生于宁夏隆德县，2009 年毕业后进入宁夏师范学院担任教师，后调入《朔方》编辑部。小说散见于《上海文学》《花城》《山花》等刊，2017年出版短篇小说集《说谎者》。曾获《上海文学》新人奖、《六盘山》新人奖。作为"80 后"女作家，许艺在特定社会语境中成长，后外出求学，并在创作探索中形成了其作品的女性主体话语的叙事特色。其作品多从孩童或女性视角叙述一位女性在不同阶段所面临的现实陷落，关注女性内心，由女性想象世界向着真实生活述说，故事的主人公执着地固守梦想与信念，从冲破围阻栅栏的锐气到现实消磨中承受的孤独，连缀起来似乎可以编写出作家许艺女性人生的成长历程。

### 一、叙事线索中深蕴的女性话语空间

　　叙事学中话语指的是叙事作品中表达故事的方式及构成语境等。在"女性主义叙事学家所说的'话语中性别化差异'，指的就是某一时期的女作者和男作者倾向于采用的不同叙述技巧"①。因而，在研究女性作家的女性话语时着力分析的就是作家叙事时呈现的女性声音，一种不同于男性认知的女性身份认知的话语特色。在女性主义文学作品中女性话语的声音指的是女性要站在父权的对立面，表达自己对于社会的见解和思考，女性主义叙事学的开创者兰瑟认为，"从理论上讲，女性进入写作领域是对一统天下的男性霸权的严重威胁……女性一旦

---

　　①申丹,韩加明,王丽亚. 英美小说叙事理论研究[M]. 北京:北京大学出版社,2013:283.

在话语中被识别为'我（我的）'，这样身份的女性就成了'个体的人'，占据着只有优秀阶级男性才能占有优等阶级的地位"①。许艺的小说中多用叙述人"我"来讲述故事，虽然并无明显站在父权对立面颠覆性地表达女性话语的叙述，但在其叙事线索与故事结构的梳理中发现，许艺作品仍然具有一种女性识别出"我""我的身体"和"我的自我"的主体意识，其中深蕴的女性声音，是"以女性为中心的观点、见解，甚至行为"②。对于许艺来说，写作是她以女性身份获得话语权的方式，在争取言说的同时她也慢慢建构了属于自己主体意识的话语权力，这或许就是她选择这种书写策略的主要原因。从许艺小说的整体创作来看，以2007年《上海文学》发表的小说处女作《逃亡的鸡群》为始，直到2022年的《东风破》，十几年间，作家从年少懵懂的自我认知到不断觉醒的女性意识，其作品始终存在着两重叙事空间，即现实生存空间和女性内心追逐梦想的叙事空间。

从成长角度看，作家许艺创作的成长与她自我的成长经历相关，女性意识不断在历史文化意义上深入。从少年求学、文艺创作到婚姻爱情，作家围绕着现实生存空间的变化书写了女性对于自我人生的认知，同时也自觉地选择文化传统中对于女性戕害的裹足及重男轻女等习俗予以反击式书写，如《玛瑙》《米子》等。许艺的小说中深蕴的女性内心叙事空间就是她看社会的观点和态度，是她对于这个世界的击打之音。

许艺的小说处女作《逃亡的鸡群》的创作倾向颇具先锋意识，具有青年作家的锐利锋芒，大胆地运用意识流方式和空间叙事的转换，以及各种隐喻的频繁出现也预示了其后期创作的方向，即在各种叙事

①[美]苏珊·S. 兰瑟. 虚构的权威:女性作家与叙述声音[M]. 黄必康,译. 北京:北京大学出版社,2002:30-31.

②申丹,韩加明,王丽亚. 英美小说叙事理论研究[M]. 北京:北京大学出版社,2013:284.

空间中深深蕴藏着一种极具冲击力的女性叙述声音，表达着内心要冲破束缚并出逃的自我觉醒意识。《逃亡的鸡群》运用叙述人"我"讲述生病后被送到乡下远房亲戚家养病时的所见所闻。文中乡村的地理环境就是"我"的现实生存空间，在这里"我"从零开始重新积累经验，反思自我。乡村的爷爷家里，爷爷是大家长，一天家里养的14只公鸡都跑了，爷爷下令追捕未果后开始宰杀剩下的三十几只母鸡，爷爷家开始吃鸡的第三天，村里其他人家也开始宰鸡，鸡头漂浮在汤里，煮鸡时发出了巨大的咕咚声。这一切似梦的现实令"我"惧怕不已，结尾处作家也真的将睡梦代入故事中，当"我"醒来的时候，"我"坐在小学教室里读书、背课文，婶婶的侄女和飞过围墙的鸡一样逃离了这里，"我"却还在教室里。在这部中篇小说里作家许艺设计了许多线索，如生病后被送到乡下的线索，在爷爷家不受重视的线索，以及爷爷家一处奇怪的院落，婶婶那个消失的侄女，逃跑的公鸡，村中以爷爷马首是瞻的现状，等等。故事扑朔迷离，从叙述人"我"的意识流动中表述了另外一重空间，即"我"失语的内心空间。失语前"我"准备在某研究所读博士，失语后来到乡村的"我"有着诸种不适并经历诸多奇遇，"我"对婶婶是否有个侄女好奇，对那处有着青墙的院子好奇，然而"我"的病因恰恰与此相关。"墙"是什么？结尾处梦魇般回到儿时课堂的叙事，揭示了作家希望跨越的一堵又一堵墙就是学业。无数学子围堵在墙里，婶婶的侄女逃走了，我也渴望如那群飞过围墙的公鸡一样能够远离现实的一切压力，奋力出逃，这就是"我"失语的原因，其中暗含着作家自我意识的觉醒。文中无意识运用"爷爷的权威""公鸡出逃"等性别词语，暴露出的即是作家些许懵懂的女性意识。

在文坛崭露头角后，作家许艺陆续写了《说谎者》《英雄》《乌米路》《寻找主人》等作品，这些小说相对于作家2010年以后的作品，寻找如何言说的意识更为强烈，女性自我探索意识促使其女性话语空间叙事特色渐渐完型。《说谎者》和《英雄》中虽未涉及女性生存状况，但叙述人"我"的女性身份已标示出作家在社会生活中的自我身份认知。具体来看，《说谎者》首先讲述了"我"（含讯）的身份是历法课老师，"我"的历法老师五年前去世了，咳嗽伴随着他的余年，"我"模仿着老师的教法祈望得到学生的关注，但最终"我"成了没有学生的历法老师。然而历法老师只是身份，文中讲述的故事是"我"成为"说谎者"的故事。两次经历让"我"成了说谎者，第一次是"我"说好耳呼出的气息是新鲜牛粪的味道，第二次是"我"说好耳改动了《日光颂》的歌词和曲调。但"我"不想接受他者对于"我"是说谎者的猜忌，想要法庭宣判"我"是否说谎。开庭前女看护对"我"的善意让"我"知道自己脆弱地渴望他人的理解。旧年的最后一天开庭了，审理过程令"我"感受到了整个人生中最重要的倾听、尊重与真诚，然而法典中没有可以判定"我"为"说谎者"的条款，"我"只能在新历年的狂欢中等待着最终的宣判。这个荒诞的故事与《英雄》极为相似，作家在文中通过叙述人"我"的经历想要探寻的内心空间是所有话语的讲述都是困难的，无论推演历法还是生活中的常识，无论是说谎者还是英雄，"我"都在被误解，"我"的话语被当作谎言。那么真实到底在哪里，是否有人能够真正倾听"我"的诉说？同时，在推演历法中"我"困于语言的旋涡，无法言说的痛苦促使"我"焦急地寻找着法庭对于自己的宣判，或者说作家在这里想要进一步表达的是生活中期望能获得尊重，并祈望找到自我言说或者创作的有效路径。《英雄》具体讲述了由一张人像布告引发的故事。"我"锄草时发现了一张通缉布告里的人像与旁边的人长着同样一双硕大无朋且令人压抑的眼睛，于是"我"要撕毁布告，他与我撕扯后开始逃亡，"我"也无厘头地开始了追赶。然而他又突然停下来转身追赶"我"，"我"仓皇而逃时他跌入水塘淹死了。为此，"我"被宣布为

"英雄"。这两个极为荒诞的故事中，无论是等待宣判的"说谎者"还是已经宣布的"英雄"都是他者的定义，因而，作家在叙事中将内心的苦痛引入一个现实的情境中，生活中意外无处不在，在意外里奔跑逃亡，却又在意外里成为众所瞩目的等待审判的那个人。作家在这里不想成为瞩目的那个人，不想人云亦云，想寻找能够倾听自我的人，期望突破自我，认识自我，并在文学创作中找到自我言说的出路。

在创作中摸索前行的作家许艺，在对爷爷、父亲等家长的不自觉反抗中懵懂感知自我，逐步成长，社会身份的自我认知被确立后，她开始将书写现实转移到婚姻生活中女性对于男性的评判以及女性自我的爱怜等内容，因而作家许艺的创作特色显现出了阶段性。首先，从《乌米路》《寻找主人》《女诗人的榆树》等文中看，作家描写女性成长过程中的不公平并开始作为独立女性奔跑着寻找自我，其女性身份及女性话语已渐趋明显。其次，到《黑白》《痒》《游园》《东风破》等文，作家已开始主动探索女性婚恋关系，各种女性生存状态及其内心话语使其女性身份最终得以确立，并为女性发声，为女性言说。具体来看，《乌米路》讲述了离家的路越走越长，是一种由哲思延伸出故事的写法，颇具特色。故事讲述"我"幼时搬家，全家迁徙；上学时，我蹚河翻山才能到学校上课；很多年过去了，"我"已经忘记走了多久才到家，而回家的第二天就又准备离开。路越走越长，离家越来越远，亦如石缝里溅落的米长时间冲泡后会泛起珍珠般的光芒，人生也要走出自己耀眼的成绩。这里的哲思不仅是自我与家庭的，更暗含了社会身份的认知，亦如故事中的"我"因幼时出天花被称为麻女，麻女无论走到哪里依旧会被认出是曾经的那个麻女。我还是我，他人对我的认知已转变为我对自我的认知。文中作家的女性发声主要发生在离家的路途上，父亲带"我"走了几次上学的路，而弟弟上学的路却在父亲背上。虽然文中与父亲探讨的是路越走越长的道理，在父亲肩上看世界的视角可以更高也更深入，并未抱怨家人对弟弟的优待，但对于农村重男轻女的探讨已露出尖角，"我"的离家越走越远的原因也显露出来，"我"的自我独立思考隐现着女性话语的自我认知。《女诗人的榆树》中女性现实生存空间的书写是用两条叙事线索完成的。第一条线索是女诗人患有眼疾，每天晚上跑步，奔跑起来就会忘记停止，冬去春来她依旧在地下室坚持跑步，直到完全病倒，于是女诗人下定决心离开长满霉斑的地下室外出求医，治好自己的眼疾。另外一条线索就是榆树的夏、冬、春、秋。盛夏阳光中的榆树陪伴着女诗人；冬天被劈开的榆树预示着女诗人将被眼疾毁掉前程；春天来了，榆树没有死掉，女诗人也盼望着医生可以治愈眼疾；榆树有两个秋天，榆钱长出时女诗人完全病倒了，当榆树再次抽芽时女诗人希望外出求医，希望回来的时候已是夏天。作家在叙事中运用的时间犹如莫比乌斯环一样，从夏天出发又回到夏天，榆树枯了又发芽，女诗人从人前闪耀的时光开始患病，希望夏天再次到来时女诗人依旧可以发出耀眼的光芒。女诗人生存的全部意义即是自我的真正闪耀，然而生活本身的社会性制约了她的发展，她希冀、等待甚至绝望。伴随着疾病的日益严重，作家许艺透过女诗人发出了具有爆发力的冲破牢笼的声音，开启了探索自我与社会、自我与家庭、自我与身体的思考。可以说女诗人的自我觉醒与寻找亦如作家的创作之思。

随着写作的不断深入，作家许艺的叙事话语褪去了初入文坛的锐利与锋芒，逐渐趋于温和，但女性声音却更为清晰，态度也更为决绝，开始在女性婚恋生活的探讨中为女性辩护。在《东风破》中，"伟人怎么能有两个妻子呢！这让她纠结了很久，甚至有些被愚弄的屈辱"，这类明显体现女性认知的话语逐渐增多。《东风破》讲述了孑然一身的女人，唯一相伴的是五年前收留的黑狗，因心脏疾病要手术治疗，需将黑狗送人寄养，然而黑狗无处所送的孤寂感陪伴着女人。作家通过描绘这位孤独女性生活的乏善可陈，表达了女性对于真爱的渴望。《游园》中讲述古秀用自己的梦、回忆和想象（鸟夫妻）禁锢自己的故事。古秀与萧岩离婚后因乳腺癌做了左乳房切除，被迫相几次亲后，对婚姻望而却步，开始囚禁自己，直到遇到了胡峰，古秀的梦想已远去，回到烟火生活。作家想透过古秀的人生态度，表达"游园惊梦"一样美好的眷恋，一切皆为过往，现实中毁灭的爱恋最终仍是要屈从于烟火人生。《黑白》中讲述了一对共患难的夫妻，在现实人生的艰难中不断消耗，最终沦为互相撕扯的黑白比照。此文表达了作家对女人情感的深刻剖析，女人的爱拥有包容、渴望、隐忍与疯狂的不同侧面，男人始终是那个需要被呵护的幼童，女性的爱情观在现实的消磨里终将画上悲剧的结尾。《痒》讲述了吴媛这个女人的故事。吴媛和秦博是同级不同班的校友，没结婚的两人无聊时会彼此约会，但就是无法找到彼此相爱的感觉。最后秦博决定结婚了，吴媛却依旧不知所往，不断地寻找自己以及自己的爱情。这类作品各具特色，但每个故事都集中在女性对于婚姻和爱情问题的探讨上，表达出了作家明显且强烈的女性主体话语倾向，这已不是简单而懵懂的思考，而是为女性代言的冲动。

另外，作家许艺将传统文化蕴藏在叙事中，有意识地从传统文化中汲取美好并揭露痼疾，将文化中男尊女卑及女性地位问题作为叙述的主题，通过讲述的故事表明自己的创作态度及观点，对女性的不公予以批判。《玛瑙》讲述了脱生莲与香草姑侄俩裹脚前后的人生。堡子外的奔跑和堡子里的哭泣形成了裹脚前后鲜明的对比，为了能够嫁到好人家，两个女孩子的快乐人生戛然而止。作家以冯玛瑙子的一生为辅线叙事，讲述不裹足的冯玛瑙子只能在外乞讨，帮佣，帮生孩子，最终不知所终的人生现实。姑侄俩信守冯玛瑙子离开时的嘱托帮助保存的六颗红玛瑙，是作家为女性留下的些许希望，无法抵抗命运，但那些不肯屈从的人生就是六颗红玛瑙闪耀的星星之火。《米子》通过女孩子白娴的视角讲述了农村重男轻女的现实，以及其对于弱小女性心灵的戕害。白娴父母都在乡政府工作，妈妈病了，白娴随爸爸去乡下过爷爷的三年祭。处处需要小心谨慎的白娴得不到爸爸的关注，胆战心惊地观察着周围，但白娴对于女子不可戴孝帽等各种不平等的习俗发出质疑，渴望长大，希望可以回到受到关注的姥姥家。然而白娴回姥姥家后才发现，大家关注的是妈妈新生的小弟弟，白娴一个人孤零零地在寒冷的雪夜哭泣。男女不平等的待遇在一个女孩子幼小的心灵掀起波澜，这是农村遗留的对于女性的桎梏。伴随着对女孩子裹足、农村为了生男孩而忽视女孩的生命等现实问题的思考，作家笔下描绘出了一个个鲜活的故事。孤独延伸内心的失落与绝望等感受又都隐藏在故事的意识流动里，作家运用隐喻的方式来表达毫不气馁地奔跑，并借此喻指作家对待文化话语困境的态度，女性不能深藏在历史惰性中妥协的坚决。中国进入现代以来，学者探索中国历史女子裹足的观点时，皆把这一对妇女身体的戕害与国家强盛联系在一起，因而，康有为在中华女子天足回归的奏折中说："今当举国征兵之世，与万国竞，而留此弱种，尤可忧危矣。"①所以，从男性角度呼吁的女性不缠足等解放运动都成为一种工具，是民族国家大叙事中的一个问题而非女性自我的觉醒与认知，抑或说是女性地位并未获得平等的话语权力。但是在许艺小说《玛瑙》中巧妙地运用脱生莲与香草姑俩裹脚前后生活状态的对比描写，集中呈现了农村女性或者说不发达地区女性的生存体验，而非民族国家的大叙事。作家表达的是对于女性生命的体认，在绝对平等的表象之下，对于没有婚姻的女性无所不在的芒刺的怒斥，对于女性地位无视的无名尴尬，以及充满独立意识、女性自我觉知的不为人知、不足为外人道的痛楚。

---

①康有为. 请禁妇女裹足折[M]//李又宁,张玉法. 近代中国女权运动史料(1842—1911). 台北:龙文出版股份有限公司,1995:509.

## 二、女性叙述声音里的话语权力

后经典叙事学领域将单一的叙事学研究转向跨学科的叙事学研究，女性主义叙事学家将叙事学中的"话语"概念与性别认同相结合，兰瑟认为女性主义文评中的声音具有广义性、模仿性和政治性等特点，并提出女性叙事的三种模式，即"作者的（authorial）""个人的（personal）"和"集体的（communal）"，也即是划分出女性主义叙事的个人叙述声音与集体叙述声音。"前者是对一个作为虚构人物的叙述对象发出的叙述声音；后者是对一个在虚构故事'以外'的叙述对象，即被类比为历史的读者所发出的叙述声音。"①运用女性主义叙事学分析许艺的作品，发现作家多用女性的儿童和成人身份叙事，女人小孩同属于一类，弱小无助，受到保护与支配，这种身份的自我体认通过个体叙述声音的"我"这一叙述人来讲述故事，颇有自叙传的特色。然而，许艺小说中的自叙是基于情感阶段认知的吻合，也就是伴随自己的成长和人生阅历的不同，叙事中探索的问题及思考也呈现阶段性的成长。在创作中作家的个人叙述声音开始出现第三人称"她"，故事中的叙述人"她"也与"我"功效一样。这一叙述人既是故事的叙述者，又是故事的参与者，不仅统摄故事中其他人物的声音，也公开表明自己的性别特征，通过言行发出质疑的声音，表达立场、观点和态度，为女性争夺话语权力。

具体分析需要结合后经典叙事学的历时叙事结构的转向研究来看。在中国现当代女性文学发展历程中，"五四"第一代女作家的创作是在时代的牵引下完成的自我意识的觉醒，开始书写女性，虽在自我体认中并未形成新时代的现代女性人格，如冰心、丁玲等，但她们具有

①[美]苏珊·S. 兰瑟：虚构的权威：女性作家与叙述声音[M]. 黄必康，译. 北京：北京大学出版社，2002：17.

为时代发声的重任，描写的是女性命运与传统社会的对立，因而她们的作品具有群体赋予的叙事权威力。新时期女性文学内部文化的冲击力较强，如铁凝、王安忆等开始在女性灵魂深处探寻自我，寻找文化变革中人的异化等问题。20 世纪 90 年代私人化小说的兴起，女性对自我性别的个体化书写较多，如陈染等作家想要用自己的方式颠覆男权话语的言说，从某些层面上来说这些作品皆具有群体命运的赋能。世纪之交，社会发展的新变革以及伴随改革开放成长起来的一代女作家进入大众视野，女性写作、女性意识在宁夏这片土地上呈现出了不一样的态势，现代社会男女平等的观念，全民义务教育制度已经稳固，但传统根深蒂固的文化在农村依旧存在，进入都市生活的女性当其自我意识不断成熟后，反观自己的生存空间显现出自我体认的话语特色。兰瑟的集体叙述声音是在叙述过程中某个具有一定规模的群体被赋予叙事权威的叙述行为并发出的叙述声音。因而这个叙述者声音明显具有群体的授权性，或者是通过叙述群体的共言"我们"及轮流发言的形式完成，这在中国现当代女性文学发展历程中颇为多见。"80 后"女作家许艺的作品中也承继了这一叙述特征，她的话语中不仅仅是一个时代对于人这一主体意识的认同，且多了反抗意识。又由于地缘等因素影响，许艺的作品中又显示出了与"60 后""70 后"作家关注现实社会问题一致的内容。因而许艺小说涉及的内容颇为广泛，从上学经历到外出求学，从同学之情到婚姻爱情，从教书经历到英雄榜样等，不拘泥于小女儿的生存状态，从现实出发，由女诗人奔跑的寓言到家庭婚姻生活的疾病隐喻，运用现代及后现代叙事手法揭露农村生活重男轻女、传统文化中女性裹足等旧习，并在其中蕴含理性地探索生命本能的描写，婚姻生活中的觉醒、挣扎与蜕变使其作品在叙述中颇具力量，呈现出了"80 后"女作家的话语权力。

　　作家许艺的独特也许就在其叙事的独特性上，这些女性身份的话语权力都是通过细节的刻画完成的。兰瑟的三种女性叙事模式的另外一层含义是"允许自我叙述指称的叙述场景和不允许自我叙述指称的叙述场景之间的区别"①，也即是需要从叙述话语的构成方式上看，叙述行为的倾向性，通过人物场景的构成来分析其背后蕴含的作家的话语权力。卢伯克《小说技巧》中对"戏剧法""图画法"的界定是"'图画法'指通过人物意识过滤的场景描述，而'戏剧法'则指观众可以直接看到、听到的喜剧效果"②。作家许艺的人物场景创作可以说两种方式都有，效果独特，下面可以从这些效果中找寻规范女性参与话语权威构造的过程，不同性别的集体叙述声音和自我叙述指称的社会常规，以及作家许艺讲述的故事中隐含的女性介入社会生活的方式与女性自我个性化声音的表达。

作家许艺 2010 年前的作品在第一部分已经从叙事上及内蕴上的特色做了分析，在这里从叙事视角的呈现上可以看出其成长型特色，多数篇目都是具有作者代言叙事的叙述人"我"的个人性历变过程。《逃亡的鸡群》运用叙述人"我"这一儿童身份的视角讲述"我"生病后被送到乡下远房亲戚家养病时的所见所闻。《说谎者》讲述"我"（含讯）学习推演历法并成为历法课老师，从儿童的喜好讲起，到成为历法老师。《英雄》中"我"锄草时候发现了一张通缉布告里的人像，通过与通缉犯追逐中透露出的父亲等人物的身份，可判定"我"非成人的身份。《乌米路》讲述"我"幼时出天花留下印记，于是被称为麻女，长大后虽然奔走异乡，却依旧是曾经的那个麻女，"我"的身份体认并未改变，但"我"的路却变了。《寻找主人》讲述"我"为一把弯弯曲曲的钥匙寻找主人的故事。这类作品中第一人称叙事呈现

---

①[美]苏珊·S. 兰瑟. 虚构的权威：女性作家与叙述声音[M]. 黄必康，译. 北京：北京大学出版社，2002：17.

②申丹，韩加明，王丽亚. 英美小说叙事理论研究[M]. 北京：北京大学出版社，2013：130.

历时探索的线索，虽用了女性孩童身份叙述的成长特征，但女性自我主体意识尚不明晰。然而，2010 年以后《游园》《黑白》《痒》等第三人称讲述的故事中女性个体性特色颇为显著。如《东风破》中这样写道："如果按下心脏的暂停键重启一次，我会是怎样的我？她沿着雨后的步道一路往回走。市声依旧，而夜色铺陈的另一种寂静让她几乎无以自处，便任由网络一首接一首自动播放周杰伦的旧作。"此段文字中第一人称与第三人称混用，指代并无区别，区别的是作家选择了"她"为叙述人而不是"我"，都是用来发出女性对于真爱渴望的呼声。

下面具体来看叙述声音的个性特征，以及叙述视角转换中呈现的女性话语特色。诸如《英雄》在这个人云亦云的荒诞和可笑状态里，通过父亲举着的玉米秆、母亲晾晒咸菜等细节证明叙述人"我"的孩子身份，却也标示出自我不想成熟的心态，因而，茫然无所知状态里"我"成了英雄。文中的一段对话淋漓尽致地展现了戏剧场景的对白效果，使故事具有真实感，揭示了"我"的"英雄"身份是听说的喜剧效果。

"哎，姑娘！"一个啪嗒啪嗒跑着的姑娘回过头来看我，我问道："有事？"

"有事。"

"一个外乡人吗？"

"一个外乡人。"我这才注意到那姑娘的眼睛是矿石一般的灰褐色，我掩饰不住欢喜，又问道："那个外乡人落网了？"

"不，他落入水塘了。"①

在"我"的询问中获悉了"我"追的和追"我"的通缉犯落水并淹死了，我意外地成了缉拿通缉犯的英雄。接下来的对话完成了通缉

①许艺. 说谎者[M]. 银川：宁夏人民教育出版社，2017：24.

犯死亡时看与被看场景的还原，戏剧效果显著。

　　"咦，下去了?"

　　"嗯……"

　　"哎呦，又冒泡了!"

　　"你们说他还能上来不?"

　　"不能吧……"

　　"我敢打赌他至少还能冒三个泡!"

　　"鸭子又来了。"①

　　作者虽然并未通过叙述人"我"来表达各种态度和观点，但在叙述中隐含的思考已跃然纸上，荒诞的人们在意的永远都不是"我"所关注的事实，周围他者的话语又极其强大地裹挟着"我"。因而，这也是作家许艺的独特之处，在不允许自我叙述指称的叙述场景中叙事，却在其中蕴藏了女性话语意识。

　　作者在小说《乌米路》中表达了对于父亲送弟弟上学而自己只能独自翻山越岭上学的不满，但这种情感又都隐藏在故事现代性叙事线索的书写里，诸如"吃西瓜"的线索即是。文中出现了三次吃西瓜：第一次是幼时搬家后邻居送来的西瓜，极为香甜；第二次是上学回家后父亲切西瓜，"我"闻到了不新鲜的味道；第三次是乌米庙回来后父亲切西瓜，"我"说南河塘的瓜地里埋过渴死的过路人，"我"不吃。这三次吃西瓜场景在整条叙事线索中仿若真实的生活画面，具有"图画法"叙事效果。结合故事中"我"的经历及态度的变化则表明"吃西瓜"的深层女性话语空间，对于独自走的路越来越长，父亲对于

---

①许艺. 说谎者[M]. 银川:宁夏人民教育出版社,2017:25.

女儿的关注远远不如儿子来得多的隐喻，这又是非自我叙述指称叙述场景的叙事，只有慢慢品味才能绘出这个叛逆的女性形象。这一"图画法"叙事带有人物意识和人物观察特色，其叙述主体的话语特色可从语言修辞及描绘中慢慢体悟。

走过蓝幽幽的沥青路，走过硌脚的碎石路，穿过一大片麦田，就能看见泥沙滚滚的南河了。下一段陡峭的急坡就是一片黄豆色的水草甸子，有无数的青蛙在这里叫唤，老的叫得雄浑，小的叫得嘹亮，一条条看起来有些肮脏的黑色长带飘在水汪处，那是成群的小蝌蚪正在成长。这呱呱声里尽是土著的自鸣得意，仿佛它们已经在这里千秋万代了，而且还将继续千秋万代下去一样。水和淤泥的腥味伴着这没有尽头的蛙鸣常让我胸闷气短，恍惚中眼前全是青蛙鸣叫时鼓起的白色鸣囊，密匝匝一片。①

这是文中"我"行走路途中看到的一处景色，此处景中含情的书写方式运用中国抒情话语分析似乎比卢伯克的小说技法更为贴切，人与物、情与景已经融为一体。"我"在成长中亦如小蝌蚪的成长，然而这条路是多么艰难，以何自鸣得意就是"我"思考的问题。看着爸爸背着弟弟的时候问，"为什么自己看不清路是怎样走的"，爸爸说小时候你在我肩上时如弟弟一样懵懂，"父亲指指肩头傻子一样目光浑浊的弟弟，转身继续走路了"②。但"我"终会长大，自鸣得意的蛙鸣会被成长的小蝌蚪所取代，此时自我意识深蕴的觉醒意识已明显带有女性个体话语的表达。

再看小说《游园》，文中用古秀叙事，借古秀的自我表达传递出了

①许艺. 说谎者[M]. 银川:宁夏人民教育出版社,2017:27.
②许艺. 说谎者[M]. 银川:宁夏人民教育出版社,2017:31.

女性对于婚姻爱情认知的集体性感悟，"释放或囚禁都是我自己在折磨自己，我就是我自己的典狱长"①。古秀的话语和思考表达了作家的声音与女性观点，"才知道原来是猫！叫春不是为了吸引爱人吗，怎么却更像是哭喊？因为悲苦而呼唤爱人，这倒是比浮华的爱更刺痛人心了，可见世人大大地误解了，赋予了那么多淫亵的意思给它"②。慢慢品味，女性对于爱的渴望的悲凉感油然而生。文中一段戏剧式的冲突，通过场景的还原，很快地让读者获悉古秀和萧岩的爱恋，感受古秀爱而不得的凄凉，此时也不需要对他们的婚姻关系进行详细描摹，读者可更为直接地感受到作者的态度。

"戴上这个，你就能更清楚地看我——只许看我一个人哦！"

"那我还怎么画画？"

"讨厌！"

"哈哈……"他放声大笑，甩甩头，"嗯，有点晕。"

"新眼镜都这样啊萧大爷……看我看我——"她端住他的头摆在自己眼前，"比旧眼镜时代好看还是难看——想清楚后果再回答哦哥们！"

"哇！好肥的一只小猪啊！"

"哼！我生气了——"她就地蹲下不肯走了。

"走啦走啦，驮我的猪吃刨冰去——五种水果味儿，任你选哦……"他费劲地拽出她的两只手搭到自己的肩上，将她背起来。她故意不配合，把自己垂成一根长长的面条。"面条变短一点……你以为你是今麦郎弹面啊猪？"

"我不——我要吃十种口味的刨冰！我生气了——"

"气刚生下来，月子里吃冰要落下病根儿的——再说总共就五种口

---

①许艺. 向下的寂寞[M]. 银川：阳光出版社，2022：71.

②许艺. 向下的寂寞[M]. 银川：阳光出版社，2022：82.

味啊，傻猪儿！"

"我不管我就是要坐月子吃冰……我吃两份不就十种啦！"①

可见古秀和萧岩的爱情轰轰烈烈，但真正的婚姻在激情过后都是平淡的，萧岩婚外恋后离开并再婚了，走不出这段感情的只剩下这个叫作古秀的女人。"古秀捏着茶杯站在窗口，看一窗之外的滚滚人世。酒肉朋友，米面夫妻。古秀看着杯中渐渐褪去了颜色的花茶，恍惚觉得自己被抛在了云雾之中。家家户户的厨房里冷清下来时，烟筒洞里的鸟儿一家传出一两声餍足的鸣叫。"②此时，作家透过古秀的人生与态度表达了女性的现状。这里采用的是与前面截然不同的方式，是在允许自我叙述指称的叙述场景里表达女性观点，现实婚姻终是昙花一现，美好的憧憬多于现实的考验。当然这类"戏剧法""图画法"的书写方式在作家许艺的作品中较为常见，其目的也颇为明确，就是为了说明作家运用"我"或"她"这一叙述人，完成女性身份的自我体认及个体叙述声音的表达。

### 三、叙事符号隐喻的女性意识

文学文本中语言修辞具有复杂性，作家在选择文字的时候不断伴随自己的书写习惯形成特有的文字符号意义。斯蒂文森认为："现代所有叙事作品都以一种间接的方式讲'故事'：'只有第一个对着围坐在篝火旁的人讲故事的人才是对生活进行直接处理的真正艺术家。'"③语言修辞本身作为未经使用的素材整体就是一种代码，经过作家

①许艺. 向下的寂寞[M]. 银川：阳光出版社，2022：73-74.

②许艺. 向下的寂寞[M]. 银川：阳光出版社，2022：83.

③R.L.Stevenson "A Humble Remonstrance,"in *R.L.Stevenson on Fiction*,p.85. 转引自申丹，韩加明，王丽亚. 英美小说叙事理论研究[M]. 北京：北京大学出版社，2013：143.

创作完成的语言就是活的言语，是编码的结果，找寻作家创作中习惯运用的符号，从符号意义的不确定性梳理其创作意图即可发现作家的创作个性。许艺的小说中常常运用失语、逃亡、奔跑、疾病等叙事场景的隐喻来帮助完成故事的讲述，因而只有解码这些符号的含义才能获得作家的创作意图，同时这也是解码其女性意识的重要途径之一。学者乐黛云在《中国女性意识的觉醒》一文中指出："女性意识应包括三个不同的层面：第一是社会层面；第二是自然层面；第三是文化层面。"①那么，下面具体从许艺的作品中的隐喻来看其女性意识的不同层面的表达。

首先，失语，或者说有关语言的隐喻。许艺 2017 年出版的小说集名为《说谎者》，这是选择其中一部中篇小说的题名作为集子的名称，由此可知作者对于这篇作品的偏爱。《说谎者》讲述的是"我"（含讯）学习推演历法并成为历法课老师，但"我"的言语常常得不到信任，定义为"说谎者"，而"我"认为说谎是对先贤历法智慧的玷污，因而自愿进入法庭接受审判，希望获得一个在语言的世界里合法而明确的身份，亦如社会层面女性意识特质较为突出地希望自我身份被确认。由此故事可知"说谎者"的身份充满了对于语言的敬畏，"我是在用生命表达对语言的敬畏与忠诚"②。同时"我一面用自己全部的身体去感受、认识我所生活的这个世界，我对一切真相和正义都充满生命般热烈的向往；另一方面，又不得不在语言的交往中承受种种撕裂、扭曲与讹传"③。作为"80 后"女作家，许艺不断努力地冲入文学创作的领域，对于语言文字充满了敬畏，运用语言文字编织着一系列故事，表达自己对于生命的感受。然而真理与谬误都在语言的表达

①乐黛云:中国女性意识的觉醒[J]. 文学自由谈,1991(1):45.
②许艺. 说谎者[M]. 银川:宁夏人民教育出版社,2017:60.
③许艺. 说谎者[M]. 银川:宁夏人民教育出版社,2017:72.

中厮杀，同时她还不得不运用语言授课，以此谋生的状态让她开始思考语言对于人类社会的意义。文中的故事脉络看似与女性意识并无关系，但深入其中可知，一系列有关男性的辅助事件都令叙述人"我"更为慎重地思考对于语言的敬畏。如爷爷给我取名"含讯"，这个具有不说话寓意的名字伴随着"我"的一生；爷爷与弟弟的荒诞对白中展现出了语言的魅力，弟弟问爷爷天为什么黑，爷爷不知道答案的时候弟弟说既然你都不知道这个答案为什么要我练习拉琴；历法老师吸烟咳嗽，弟弟递上烟叶的举动；男律师对于"我"的案件的草率；等等。这些事件都是从女性角度探讨以男性为中心的主流文化之外的女性生存状态，以及作家对于语言的敬畏与感受，这正是许艺所创造的独特艺术世界，其中所包含的非主流的世界观、感受方式和叙事方法需要等待那个男性为中心的审判庭的宣判。

其次，有关疾病的隐喻。《逃亡的鸡群》中"失语"涉及两个方面的隐喻，其中一个就是前面讨论的有关语言的敬畏与理解，作家选择叙述人"失语"的描绘隐喻的是对于现状的无法言说，流露出自己文学创作中想要表达得太多。诸如文中巧妙的比喻，"有一次我把手放在喉咙那里，感觉有很多话在吵架，因为嗓子太细它们没法顺利地出来"。后面又将话语比作尸体，"这些尸体现在毫无规律地堆积在我的嗓子里，梗得很难受"①。从而也可知作家祈望运用具有穿透力的言辞发声，但对于自我语言无力的叹息，并通过叙述人"我"的内心挣扎表达自己对于文学创作、对于文学语言的理解。

眼前发生的一切对于我的生活经验和智慧是一个巨大的嘲讽，这于我而言是不可忍受的。在这种嘲讽情绪的压迫下，我终于懦弱地感

①许艺. 说谎者[M]. 银川：宁夏人民教育出版社，2017：3-4.

叹起来。……经历种种与我原本的生活毫无瓜葛的事，但我却不得不从零开始，积累目前这种生活方式所需要的经验和智慧。……漫长的一生将要面对多少这样的零起点呢。①

作家的这篇处女作想要表达得太多，也在各种隐喻中完成了自己创作最初的尝试。因而从"失语"的另一方面疾病的隐喻来看，结合其后面创作的很多作品，癌症、失眠、瘙痒等疾病已经成为作家对于现实隐含的挑战。女作家许艺从进入文学创作领域就有着对于语言敏锐的感知力，文中通过叙述人讲述了作家创作的意图。

面对疾病，只有我一个人知道部分真相，医生与家属都沦为盲目的蠢货，而他们却常常呵斥或同情你。这样的时刻，我都在心里暗暗发笑，这种笑在别人看来是一种卑鄙，而在我看来却是一种幸福和补偿，因为在更多的时候，他们常常用这种笑或想要发笑的优越心态对待我，那些时候我或者真的愚蠢得像此刻的他们一样。我感到羞耻、自卑甚至愤怒，却无力改变什么，只希望他们多一些这种无知。②

所以，"医生"形象也具有隐喻性，"我"始终要去问问那个穿着白大褂的高个子医生，为什么要安排"我"出院后去疗养。作家运用叙述人"我"的叙述和问询医生的直接叙述完成叙事。

如果能够看到他，我一定会走上去对他说："高个子医生你好！"如果我是在很久之后才遇到他，他很可能已经忘记了我是谁，那么我还得跟他说："我是你治疗过的一个病人。一直想问一下，你是怎么

---

① 许艺. 说谎者[M]. 银川：宁夏人民教育出版社，2017：10-11.
② 许艺. 说谎者[M]. 银川：宁夏人民教育出版社，2017：4-5.

安排我出院以后的疗养的。因为我离开医院之后并没有照常留在城里，而是被送到乡下一个远房亲戚那里了。我想知道是不是你的安排，虽然我并没有什么理由要相信或者依赖你，但你是我的主治医生。何况现在我问别的什么人，他们未必会告诉我真相，所以只好来问你。"①

　　这个男性的医生亦如颇具威望的爷爷，都是从某些方面造成她现实生存困境的一种原因，拥有主宰"病人"或者说是女性命运的话语权力，因而不得自由地困于乡下，困在那堵围墙里。《女诗人的榆树》中女诗人的眼疾和失眠症状，《黑白》中患难夫妻的身有残疾，《痒》里面吴媛始终伴随的皮肤过敏，《东风破》中女儿的心脏疾病，等等，作家想要通过失眠、瘙痒、心脏病、残疾等身体上或精神上的疾病表达精神的残缺与苦痛。现实社会中，作家想要追寻的平等、自由，还有如黑猫带回来的黄猫，她想要找到同行的伙伴，所以在文学创作中需要像女诗人一样，"一边得出这个结论，一边在想象中挥舞两柄利剑，追逐着太阳的角度砍削它的枝叶"②。因此，作家笔下单身、离异或是在外乞讨流浪的单身女人，经历着生命的孤寂；一场生死的角逐后女诗人在失明与治愈之间，女人在癌症与割除的乳房之间，吴媛在同学与现实之间是一种自虐式的执着。最终，在绝望的嘶喊与奔跑后诗人、古秀等都要面对社会现实的陷落，不得不偏安一隅地妥协。于是内心的孤寂、自我身体疾病的隐喻，将现实显影在肉体的毁灭中，只有击碎心灵的苦痛，才能清醒地认知"我""我的身体"和"我的自我"。

　　作家在其小说中较少涉及女性自然层面的生理认知，作为"80后"女作家，在现代社会女性地位女性受教育程度不断提高之时，对

---

　　①许艺. 说谎者[M]. 银川：宁夏人民教育出版社，2017：1.
　　②许艺. 说谎者[M]. 银川：宁夏人民教育出版社，2017：14.

于女性周期、生育、受孕等特殊经验的尊重并不缺少，作者也只是在《米子》里面讲述农村重男轻女的故事时，由于对于女孩子教育的忽略，女子自我生理认知缺乏之处略有涉及。作家许艺笔下很多篇目中都有对于文化层面的女性意识的巧妙叙事。诸如《罐子里的童年》讲述了喜凤喜欢听故事，这里运用了一种地域性的方言，来传递文化体认，"说古今"即是"讲故事"的意思，但喜凤要上学了，"学校里讲故事，不说古今"①。因而喜凤想要知道的这个古今是历史，作家借此寓意了女性存在于历史中，并是其重要的构成部分，奶奶的故事就是一种证明。文中讲喜凤虽然喜欢听奶奶讲故事，但更喜欢听爷爷讲的，然而爷爷讲的不仅是历史文化，也是奶奶的故事。农村冬日里听到了爷爷"太岁头上动土"的故事，从此喜凤开始迷恋上四处寻找故事里的罐子，也迷恋上了奶奶家里罐子的故事。当奶奶病后喜凤照顾奶奶并给奶奶讲起了她的故事。一代又一代女人的故事构成并传承的是古今，是中国传统文化，因而这一作品的文化层面女性意识颇为显著。然而在东西文化融合的教育环境中成长起来的作家，能更为深刻地理解"异化"理论。作家在《男人们》的讲述中暗含了西西弗斯和格里高尔的故事，父亲周而复始地在盖房和坍塌再盖的工作中反复，就如西西弗斯一样。作家将与社会、环境、命运抗争未果的父亲形象放置在了婚姻生活中，那个完全无视家庭只为了自己事业的，如西西弗斯的男性样貌跃然纸上。母亲愤怒离家出走，扔下姐弟三人的行为也可以理解。母亲离开后不久，最像父母的弟弟异化了，变异成虫子、茶叶、榆树叶。"我"和妹妹很无措地送弟弟进医院，看着弟弟的异变，多么形象地复刻了《变形记》的异变。然而女人们只能出走或者无奈地观望，不能如同格里高尔一样变异，但暴露出的是一样的与社会、人性、

①许艺. 说谎者[M]. 银川：宁夏人民教育出版社，2017：182.

命运的异化。同时这篇小说中再一次重复了疾病与语言的问题，"病人和病人家属在医生面前总是显得愚蠢不堪""弟弟被浸在溢出的茶水里，已经完全舒展开来了，是一枚褐色的榆树叶""不知道该怎样处置妹妹这又一枚语言的钉子"①。可见这些疾病是作家最常用的一些隐喻，就是社会问题的疾病，并已经成为作家具有个性化的话语特色了。

同时，作家常常在文中运用寓言的方式来隐喻，诸如《说谎者》和《逃亡的鸡群》，就文章整体而言就是一个隐喻，是有关语言的敬畏及翻越传统桎梏的寓言，这里就不再详细论述了。另外一篇《寻找主人》也颇具特色。正如文中结尾处写的，这是一个比喻，或者这篇文章就是一个比喻、一个寓言。文中讲述为一把弯弯曲曲的钥匙寻找主人的故事。在回忆中穿行，我成为王后的烧茶人后变成了一个生活幸福的奴隶，那把弯弯曲曲的钥匙是王后留下的。我继续探索，路上遇到一个男人约我深入洞穴，洞底的铁门阻挡了我，钥匙没能开开那扇门。于是我为门的阻挡而发怒，然而那个男人却说有门才更像生活。这是一个拿着钥匙寻找自己生活那扇门的故事，或者说是一个女人寻找一个爱人的故事，女人希望找到自己可以打开的门，然而很多时候人们在人生路途中并不知道自己要的是什么，幸福地享受奴隶的生活，以为这是爱情，但这不是叙述人"我"所需要的。

总而言之，作为"80后"女作家，许艺的创作扎根于宁夏文学创作的氛围里，坚守着对于现实生活的关注，对于自身生存状况的体认让她从自我视角观照生活。同时其受教育经历让她能够将传承的文化运用较为多元的叙事方式表达，叙事空间的转接、隐喻的应用等现代叙事方式无疑增添了宁夏文学创作的多元发展，令传统与现代、继承与发展在这片土地上生根发芽，开出别样的花朵。

---

①许艺. 说谎者[M]. 银川：宁夏人民教育出版社，2017：84-86.

## 第四节　马慧娟散文中乡村民族志的话语特色

第三届"《朔方》文学奖"的新人奖获得者马慧娟，出生在宁夏泾源县，是宁夏"80后"作家。20世纪80年代宁夏开始实施生态移民政策，为解决西海固干旱贫困的问题，人们"搬出大山，向水而迁"。2000年，马慧娟随丈夫迁至宁夏吴忠市红寺堡区玉池村。这位劳作于田间地头的妇女，热爱读书，乐于书写，2010年开始在网络空间上传文字，2016年参加北京卫视《我是演说家》后成为网红作家，至今已在《人民日报》《散文选刊》《民族文学》《中国艺术报》等刊物发表作品上百万字，出版个人作品专辑近十种。马慧娟的散文来源于生活，多描绘乡村生活。不经意间，她对家乡从宁夏泾源县搬迁至红寺堡的经历做了很多社会时空变化的描述，具有特定地区文化动态变化的写作文本特质。人类学的写作文本叫民族志，"是指对某一特定社区中文化行为独特的动态过程和文化范式进行的持续考察"[①]。这是田野调查研究中描述社群文化的文字，是记录当地生活习俗、文化样态的文本。马慧娟散文话语的独特魅力就是描绘乡村和谐、美好的生活。其散文中陌生化阅读效果和深蕴着的乡村网络民间特色，具有乡村民族志的笔记话语传承特色。

### 一、农闲笔记的网络民间性话语特色

马慧娟的早期散文创作主要产生于田间，对于乡土农耕生活的口语化叙事与抒情贯穿于创作始终，其散文具有民间性及口语化特质。

---

[①][美]理查德·鲍曼. 作为表演的口头艺术[M]. 杨利慧,安德明,译. 桂林:广西师范大学出版社,2008:105.

民间文学是深深植根于民间社会生活的集体创作，带有口头传承性及变异性等特征，社会功用性尤为突出。随着互联网等电子媒介的发展，借助网络创作，反映人民意愿与时代风尚的新民间故事，形成了当今网络民间文学的创作特色。马慧娟的创作是乡村劳作闲暇时在手机上操作、在QQ空间发表的，人们戏称其为"拇指作家"，其散文创作具有的网络民间性特征较为明显。"网络民间文学体裁叙事行为虽然离民间文学的自由已经近了一步……但这种扬弃本身就意味着口头性和书面性中具有的共同因素和条件决定着民间文学体裁的叙事和使用，而无须取决于或局限于表面上使用口语还是书面语。"①网络民间文学的书面语应用是时代发展的一种变革，是作家融入文学特质的创作。然而，作为作家创作的文学，马慧娟散文话语具有网络民间文学书写空间的自由无限制特征，口语化叙事的内容使其散文更多地保留了民间乡土创作特质，也更似民间文学。"在中国，散文至少是最早形成的文学体裁之一，发展几千年后，它不但为不同的情思内容找到了丰富的表达技巧，且借鉴其他文体要素，共同构筑了散文体裁类型的话语体系。"②马慧娟的散文创作正是借鉴了民间文学及散文文体的创作特征，使其具有了网络民间文学特征的口语化、篇幅短小精悍、文本形式的互文性和整体性关联性等特色。

马慧娟2019年出版的散文集《农闲笔记》的民间性话语特色颇为显著。集子设了5个板块，共有文章162篇，篇幅相对短小，最长的篇幅也就400字左右，其余篇目基本都在100—200字，皆是对乡村生活状况及农闲琐事的描绘，具有口语化等民间话语特征。从散文文体变迁角度追溯马慧娟的散文口语化和篇幅短小等特征的创作来源，首先从散文集《农闲笔记》的题名看，辨别"散文"与"笔记"

---

①卢晓辉. 民间文学的自由叙事[M]. 北京:社会科学文献出版社,2014:112.

②喻大翔. 现代中文散文十五讲[M]. 上海:同济大学出版社,2008:20.

体裁的差异，追溯中国文学创作中"笔记"二字的来源。"笔记"应属中国古典文学的一种，是介于随笔和小说之间的一种文体，记录人物的逸闻趣事和民间故事传说。马慧娟的"农闲笔记"属于随笔方式记录的新民间乡土习俗。随笔在现代文学中属于散文文体，"其实'笔记'并不都是小说；古代'小说'也并不限于'笔记'一体"①。中国古代一般认为"无韵者笔也，有韵者文也"。所以后来班固在《汉书·艺文志》中把一些街谈巷议、道听途说的故事称为小说。承继班固的观点后，非经典的都称为小道，即小说。琐闻、杂志、考证、辩订等无类可归的记录也一律称为小说。"所谓'笔记小说'，内容主要是情节简单、篇幅短小的故事，其中有的故事略具短篇小说的规模。"但笔记小说的概念不止于此，"天文、地理、文学、艺术、经史子集、典章制度、风俗民情、轶闻琐事以及神鬼怪异、医卜星相等等，几乎无所不包，内容极为复杂，大都是随手记录的零星的材料。这两类只能算作'笔记'，不宜称为'笔记小说'。"②从魏晋到明清，中国的"笔记"内容颇为丰富，每一个朝代都有优秀的作品，作品中保存了很多有价值的资料，如文学、历史等方面的知识，且笔记的话语也较有特色，不受韵律限制，记叙随意，别有趣味。这样看来，马慧娟散文对中国"笔记"文体具有明显的历史承继性。她的散文中题材广泛、短小精悍、记录农闲时生活琐碎等特征与笔记皆颇为相似。但"笔记"文体在记录地理、景物、习俗时又有很多历史掌故、仪制，诸如宋代《东京梦华录》和明代的《帝京景物略》等写北京一地的笔记，记载了北京建都一千余年的地理景物变迁，其中历史掌故颇多，属于文人创作系列。而马慧娟散文集《农闲笔记》里的作品皆来源于乡村，其大多数散文

---

①刘叶秋. 历代笔记概述[M]. 北京：北京出版社，2003：3.

②刘叶秋. 历代笔记概述[M]. 北京：北京出版社，2003：4-5.

里没有掌故，但记录了红寺堡移民区域的地理景物变迁、乡村风俗民情、农民农耕灌溉、农村妇女打工生活等琐事，虽不具有雅文学作品的古代文人创作的全部特质，但属"笔记"文体的通俗文学创作系列，具有民间流传性、口语化表达等显著特征。因而，有关马慧娟散文创作的研究非常重要，其能够呈现的是宁夏文学对于中国文学创作传统的民间性继承特质。

马慧娟是"80后"作家，读完初中后辍学，可见她的文字来源于她生存的土地而非学校教育。作为宁夏西海固这片土地成长起来的作家，她的作品即是她生活的全部，这片富足的土壤里留存着许多文学的滋养。"19世纪中下半叶新学开办以前宁夏和今固原地区，据不完全统计，有儒学11所，其中府学1所、州学2所、厅学2所、县学6所。"宁夏建省后"中等学校发展到6所""完全小学和初级小学共有237所"①，这个不太理想却存在着的星星之火积聚着文学的火种，使得宁夏文学在地域变动中融合了多元文化。20世纪80年代的西海固走出了许多作家，全国权威性文学大奖也不断出现西海固作家的身影，宁夏获得鲁迅文学奖的三位作家郭文斌、石舒清和马金莲都出生在西海固。有数据显示，在全国公开发行的报刊上发表文学作品的西海固作家就有300多人，发表各类文学作品达3000多万字。马慧娟也是宁夏文学土壤中孕育的西海固作家，其作品的历史承继性特点显著。文学创作的民间语境具有表演性与口语化紧密相连的特征，"民间文学的语境恰恰昭示出民间文学体裁叙事表演行为或文本形式的互文性和整体性关联"②。马慧娟创作的报告文学《走出黑眼湾》被新华社拍摄成了同名纪录片，这足以证明其作品具有的表演及纪实性特征。同时，民间文学创作文本形式的整体性关联等特

---

①陈育宁. 宁夏通史[M]. 银川:宁夏人民出版社,2008:505-514.
②卢晓辉. 民间文学的自由叙事[M]. 北京:社会科学文献出版社,2014:101.

征，在马慧娟的散文作品中也有所体现。当我们阅读马慧娟的散文即可得知这位乡村女作家阅读与写作的艰辛，其中也透露出作家在叙事与抒情方面的整体关联性和互文性。具体有两方面，一方面她的作品中对乡村生活进行了系列的整体性描摹；另一方面是她描写自己文学创作经历的系列文字。下面着重梳理其作品中这些透露出整体性及互文性特征的文字。

马慧娟 2016 年出版了散文集《溪风絮语》。通过对这部散文集中篇目的梳理可以大致了解马慧娟的读书生涯和创作之路。她热爱语文，生活艰辛时依旧坚持读书和创作，凭借网络空间发表文章，最终成为被社会认可的作家。首先，在《我的中学时代》一文里马慧娟记录了 1992 年进入泾源县一中读书的经历，文中她毫不吝啬文字地描写了她的语文老师"沙亚平"。这个很有福相、很可亲的老师在课堂上总是提问"我"，一周也总会安排两节作文课，"我"总是比别的同学交得早，这是"我""初中唯一骄傲的事情"①。作家在另一篇散文《在田间追寻我的梦》中回忆了她追寻文字的过程，7 岁时到三姨家，"第一次接触文字，源于表哥带回家的小人书，一本《水浒传》"。后来偷读舅舅家的书籍，印象最深的是《隋唐演义》。初中时接触到了更多文字，"离开学校的我后悔莫及，我的世界里只剩下群山、农活、庄稼、木犁、镰刀、锄头、毛驴、牛羊。文字离我越来越远，越来越缥缈"。十几年后，网络带来的电子书成了她打工间隙的全部梦想，她也开始在网络空间发表文字，"我开始用手机记录琐碎的生活，打工的辛苦，心情的好坏，周围人的悲喜"②。直到 2015 年收到《黄河文学》发表文章的样刊后作者泪流满面，终于在坚持中收获了创作梦想。这样的文章在散文集《希望长在泥土里》中也有很多，

---

①马慧娟. 溪风絮语[M]. 银川：宁夏人民出版社,2016:185-188.

②马慧娟. 溪风絮语[M]. 银川：宁夏人民出版社,2016:109.

如《你的梦想，能走多远》一文讲述自己去盐池一个小学听到孩子们的梦想时，回忆自己寻梦中的坎坷。2008 年她已经几近绝望，但一双儿女给了她生的希望，自此两年后开始打工赚钱买手机，梦想才得以实现。"土地上一年又一年地长着玉米，春种秋收，生生不息，而人的生活中越活越沉，直到把自己活到泥土里。关于梦想的话题一直在继续，种下去的希望，虽然不一定年年丰收，但不种，谁又知道你会不会错过一个好年景？"①这篇散文中又隐约透露了母亲对她的帮助与提点，当然这样的文章在散文集《溪风絮语》中也有很多，断断续续地讲述了母亲的倔强好强，从并不支持"我"的决定，直到"我"在坚持中慢慢有了成绩，"我"才开始理解母亲的用心良苦，与母亲和解。

马慧娟成名后，依旧关注底层，散文中描绘了身份转变后反观乡村生存状态的人及其心理，同时也抒发了她对于创作的热爱，以及新的生活状态里对于艺术交流活动的不熟悉和对于文学创作同行的陌生，这样的文章有《浮生一日》《隆德随笔》《我的挣扎》等。《浮生一日》由取快递说起，文友给"我"寄了书籍和杂志，取快递的路程开车只需 20 分钟，但对于乡村生活的"我"来说却艰难无比。来到城里，高楼大厦与商业闹市与"我"充满距离感，因为"我"依旧热爱乡村，"农村的随意和畅快城市永远给不了。村里丢了一只羊三两天还能找回来，城里行吗"②，作者的情感自然流淌，但她依旧眷恋底层生活。在《我是这个城市匆忙的过客》中更为直接地描摹了这一情感，文中讲述了"我"给市里上学的儿子送药时，顺路到文联取书，在文联楼下看到了几个坐着避雨的农民工，披着棉衣，围成一圈吃着干粮。感慨如潮水涌来，"我就这样看着他们，仿佛也在看着自己的生活，

———————————

①马慧娟. 希望长在泥土里[M]. 银川:宁夏人民出版社,2018:267.

②马慧娟. 溪风絮语[M]. 银川:宁夏人民出版社,2016:201-202.

无数次我也和我的搭档们围坐在一起，一口馒头一口水，一句玩笑一场闲话地打发枯燥的打工生活，笑着，闹着，日子一天天过去，辛苦劳碌仿佛在这些笑闹中显得微不足道"①。在文字的宣泄中可以看到作家对农村耕地、外出打工生活已逝的怅惘之情。作家始终在远处遥望城市文明，用乡村情结来观望身边的变化。在《隆德随笔》和《我的挣扎》等文中书写了自己从农妇身份到作家身份转变后自己对于另一种生活状况的无所适从。作家在参加文友聚会时略感不适，"我是个另类的农妇""网络，为我打开了一个全新的世界""可我一直很矛盾，我要生活，要打工，要种地，要喂牛羊，但我也爱文字，尽管读书写字的时间永远那么仓促"②。但对于文字的热爱与愉悦感，让自己又开始慢慢享受其间的新奇。在《网络记事》中始终感恩因文字邂逅的文友，以及那些在自己的创作道路上、理想征程中陪伴并帮助过自己的朋友们。《我无能为力的太多事情》《愿生活一如既往》两篇文章亦如一种无奈的宣泄，作家马慧娟成名后离开了农耕生活，她无力解决周围人生活存在的问题，然而过去的生活已然离她而去，她怅然若失，却又对现实无能为力。

整体来看，马慧娟这些散文形成了一个完整的创作趋势图。民间乡村妇女马慧娟在繁重的劳动闲暇读书、创作，她传承着乡村民间的淳朴，怀抱着对于文字的喜爱与坚守。直到网络的兴起，马慧娟获得了梦想展翅的机会，世人终于看到了这位从乡间走出的女作家。然而当马慧娟真正成为一名作家后，生存环境发生了转变，过往已逝，眷恋依旧，描绘乡土和展露乡土情感的梦想依旧在作家心中。所以，这些散文绘出了民间女作家艰辛的逐梦之路，形成书写脉络，具有叙事、情感及体验的整体性。

①马慧娟. 溪风絮语[M]. 银川:宁夏人民出版社,2016:114.
②马慧娟. 溪风絮语[M]. 银川:宁夏人民出版社,2016:175–177.

马慧娟散文话语的互文性主要表现在一些场景的重复描写上，那些反复书写的人事景物在作家创作情感的表达中形成了互文性。"人不能两次踏进同一条河流"，同样的故事同一个人的讲述都会有不同的效果，民间故事流传中的反复创作即如此这般，具有魅力。马慧娟在散文集《希望长在泥土里》中《当你老了》与散文集《溪风絮语》中《病房里的那些事》都是讲述看护婆婆住院时的故事，但人物风貌及情感流露的侧面各有不同。再如作家怀念逝去的父亲的文章也很多，但时间地点的差异也带来了情感的差异。还有就是作家对于江南的热爱，在她的很多散文中都用江南的美好风光来比对红寺堡的风沙。她渴望去江南，在《行走在春天的风里》作家这样写道："江南的朋友在空间发了一句：一墨烟雨，一纸江南。"①因而感慨万千。又如在《我们苦中作乐的生活》中她这样描述红寺堡的三月多风、清冷，一片苍凉，没有江南那种早春如画的情景。这些相似的场景中传递了相似的情感，这就是作家散文中的互文。一位成熟的作家会在自己的创作中形成一种独特的话语风格。马慧娟这位冉冉升起的散文作家，坚持表达自己对生存土地的热爱，她的文字反复描绘了这片土地与家园的故事，文字的互文性特征也成了其独具魅力的话语风格。

## 二、生态移民等乡村生活的陌生话语

马慧娟散文中话语的独特还来源于其文字所讲述的内容，她描摹乡村那些读者陌生的生活及情感状态，流溢着乡土气息的文字吸引着读者阅读。马慧娟出生在西海固这片土地上，她的身上浸染着乡间的文化传承，她的散文就是这种传承的体现。20 世纪 90 年代中后期中

①马慧娟. 溪风絮语[M]. 银川：宁夏人民出版社，2016：1.

国作协创研部主任、著名评论家雷达为《六盘山》杂志题词："西海固，神秘的土地，承受过太多的苦难和贫穷，创造过绚烂的历史文明，它必将创造更加美丽而宏伟的文学。"这位出生在西海固，从乡间走出来的作家，用乡土农耕生活、当地生活习俗和文化样态的叙事贯穿其创作始终，抒发着独特的对于文字的热爱和生活的观照。同时，她又将见证宁夏扶贫历史的一代人的经历融入叙事中，颇具生活气息地传递了具有民族志特色的生态移民生活，正是这些地头田间犁地与打工的休息时间里用手机按出来的文字，使她的散文话语充满了乡村生活的特殊气息，吸引着读者在不熟悉的生活境况中游历。那些劳作现场、劳动关系及生存艰难在作者乐观的描摹中，产生了陌生化的阅读效果。

以马慧娟的散文集《溪风絮语》为例，能够大致梳理出作家谱写的生态移民及乡村的发展与变革。这些作品的内容出自民间，对于乡村真实生活的切身感受是很多乡土文学作品中所不具有的；散文话语的口语化特征增添的民间性，也是其作品陌生化效果的重要原因。如散文集《溪风絮语》中开篇描写季节的系列文章，写了春天、夏天和冬天三个季节，不同于很多作家热爱书写秋季的果实累累，她却没有写秋天，让读者在春、夏、冬的感受中猜想秋天。收获的繁忙、打工的劳累是作家真实的感受，作家无法驻足观看秋天的丰收，劳作的全部感受已经无法有任何空闲可以思考诗与远方了，这些感受也造就了其散文话语的真实而陌生。具体来看《行走在春天的风里》一文。

我一直觉得红寺堡是一个看不到春天的地方。风是这里的常客，尤其是春天的风，会带来持续不断的沙尘暴。风用最暴虐的姿势拥着尘土跳着疯狂的舞蹈，此时天地间灰蒙蒙的什么也看不清楚。这样的天气，人们大都窝在家里，听风刮过房屋时发出凄厉的声音，悠长而骇人，大有把房子掀翻的架势。①

作家回想老家的春天山清水秀的阳山洼，相比这里的风沙，儿时记忆的美好与现实的艰难形成鲜明的对比。红寺堡的环境变化，从这场春天的风走到了《被风吹过的夏天》，夏天的文字中也描绘了风。

看着风从脚边刮过，吹着轻佻的口哨，卷起浮躁的尘土，横冲直撞地在这片广袤无垠的土地上撒欢。那些破败的枯草，废弃的塑料袋，也跟着摇旗呐喊，更让风肆无忌惮，坚定着它做旷野之王的雄心。②

西海固生态移民的移民区建设初期，农民所经历的艰辛都在马慧娟的文字中。一群勇敢的坚韧的农民就这样用他们的双手改变了生存状况，作家马慧娟文字后面隐喻的春天和夏天是她对于农民生活及品质的信任与熟悉。《乡愁》是从"冬天的一个午后"讲起并在心里蔓延的伤感。

那里是泾河的发源地，泾河水却弃他们而去奔向甘肃、陕西；那里有厚重的历史文化、人文景观，却并没有让泾源成为边塞要地。

那里的山梁嵝崃上处处盛开着红艳艳的山丹丹花，沟壑悬崖上随处都长着柴胡子、黄芪、党参；那里的牛羊出门就能自由地在山上奔跑、吃草，那里的毛驴是最重要的交通工具；那里一到三月，就是漫山的桃花、杏花竞相开放；那里的天空纯净明朗；那里的山泉水凛冽甘甜；那里没有风沙，没有炎热和寒冷……回想现在的那里，我居然

---

①马慧娟. 溪风絮语[M]. 银川：宁夏人民出版社，2016：1.

②马慧娟. 溪风絮语[M]. 银川：宁夏人民出版社，2016：5.

说不出一点不好，除了怀念还是怀念……①

作家笔下的乡愁带着生态移民的独特感。她梦中的黑眼湾是美好的，放下劳作的闲暇时光，就是梦回移民前的故里，那自由生长的山丹丹花和重要历史文化的积淀都在记忆的话语中流淌。有的散文中甚至记录了作家鼓足勇气的一次外出——回到故乡泾源，如《旅途散记》。

骨子里一直想过一种流浪的生活，一个人，一只背包，独自走遍万水千山，去完美生命中一直祈盼的梦想，去修行自己空虚寂寞的灵魂。②

坐车离开红寺堡回到故土泾源，作家感慨万千：

泾源是个比较尴尬的地方，这里有山有水，既不属于西海固的贫瘠，又与塞上江南的富庶扯不上关系，它特有的地理环境让人们过着一种既不富裕，也不太贫穷的生活。③

文中不遗余力地介绍了泾源的景点，如老龙潭、凉殿峡、野荷谷、胭脂峡和小南川等地，可见故乡在作家的文字记忆中占有重要位置。马慧娟散文中书写其家乡黑眼湾的作品还有很多，如《黑眼湾》《让我们一起留在黑眼湾》《黑眼湾旧事》等，都表达了"那里，是我的故土，我的家，我的天堂"④的深厚情感。《童年》《我的中学时代》《那年，那驴，那记忆》等篇描写的黑眼湾是充满儿时生活记忆的地

---

① 马慧娟. 溪风絮语[M]. 银川：宁夏人民出版社,2016:15-20.

② 马慧娟. 溪风絮语[M]. 银川：宁夏人民出版社,2016:94.

③ 马慧娟. 溪风絮语[M]. 银川：宁夏人民出版社,2016:96.

④ 马慧娟. 溪风絮语[M]. 银川：宁夏人民出版社,2016:164.

方。一次次梦里回到黑眼湾，看见童年的自己和哥哥骑着白驴徜徉在黑眼湾，从而慨叹现在的孩子们童年的快乐已经消失，他们没有见过毛驴，孩子们不会再有乡村骑驴的自由和快乐。

生态移民政策推出后，迁往红寺堡的村民的生活及变化也是作家散文的重要组成内容。所谓生态移民就是国家实施将宁夏西海固地区一些不适于人耕种和居住的地方的农民转移至平原地带，将他们集中安置到靠近水源、易于灌溉的地方，并运用川北平原结合现代农业示范区（基地）、引黄灌区节水改造、调剂国有农林牧场耕地等重大项目帮助移民改善生存环境，因地制宜地解决贫困问题。作家在《农闲笔记（一）》《农闲笔记（二）》等文中讲述了在国家政策支持下，农民的自救历程。农民引黄河水灌溉庄稼的场景及其中劳作的艰辛令其散文话语更具陌生化效果，如《春灌》。

月亮像一把明晃晃的弯刀挂在杨树梢上，洒下一点凄冷微弱的寒光。杨树下几束灯光焦急地来回闪烁，隐约听见急促的喘息声和水流声。灯光照耀处，树根下一个洞已经有水桶口那么粗，渠里的水争先恐后地涌向那个洞里。

……被驯服的水渠里的水逐渐平静下来，巡视水口子的男人看见哪里有被水冲开的迹象就赶紧用土修补，跳着用脚踩踏瓷实。罗山脚下的夜晚像一个巨大的怪兽，只有在水渠上穿梭的几束灯光提醒着人的存在。

……只有水选择人，没有人选择浇水的时间。[1]

在另外一篇散文《看着月亮爬上来》中作家又进一步补充道：

①马慧娟. 溪风絮语[M]. 银川：宁夏人民出版社，2016:49-51.

"一次次的摸索,一次次的实践,当我们把水真正驯服在水渠里的时候,已经是移民到这里的四五年以后。"①这是官方数据所不能提供的一种农村生态移民后农民真实生活的写照,农民为了耕种灌溉土地,不断与水渠作斗争,何其艰辛!《春耕》中这样描述,"太阳急迫地收干土地上所有的水分,刚五天,地皮已经泛白。种地的人掐好时间来看过之后准备种地"②。农耕文化在作家的文字中,农村要种好庄稼首先需要学会掌控水渠的水流,方能灌溉土地,还需要学习耕地的机械化变革才能解决播种的困扰。同时,连续干活十几天后手脚肿胀的艰辛等感受才是真实的农耕生活。作家又在其中抒发了科技带来的人与人之间关系的改变,从简单机械耕种到现代化的玉米点播机之后,"种地变得简单,人与人也就没什么来往,曾经那种一二十人在一起劳动的场面消失了,每家的地里只剩下一个人在忙活,像一只离群的孤雁"③。现代科技不仅改变了城市文化,也渗透进了乡村文化中,乡村居民的交流方式也在发生巨大变化,人与人的交往变少了,作家满怀感伤地表达了对已逝生活的留恋,这样的新奇情感和叙述凸显出陌生话语特色。

红寺堡的罗山是作家颇爱描绘的景色之一,在《今日罗山脚下》中作家不仅描绘了罗山景色的变化,更重要的是还描写了罗山脚下人类的生存状况的变化。

站在罗山脚下,看着漫天沙尘从远处来,又迅速地消弭于天地之间,天昏地暗,一片混浊,太阳惨白地挂在天上,没有一丝光芒,无可奈何地看着风沙狂奔。土地像被风吹着慢慢涌动的暗黄色丝绸,渐

①马慧娟. 溪风絮语[M]. 银川:宁夏人民出版社,2016:218.

②马慧娟. 溪风絮语[M]. 银川:宁夏人民出版社,2016:52.

③马慧娟. 溪风絮语[M]. 银川:宁夏人民出版社,2016:53.

行远去，要不是罗山挡住，它会被风蔓延去向哪里？……罗山像个好脾气的母亲，看着风在她脚下胡闹，只一味纵容。……一场又一场的沙尘暴像千军万马来回在罗山脚下的这片土地上穿梭，似乎要碾压一切有生命的东西。……远眺罗山脚下，一片安宁祥和的田园风光，大片大片的绿映衬着蓝天白云，空气中再也不是呛人的沙土味。……一年，两年，十年……今日罗山脚下，一座建设中的年轻城市快速崛起，街上车水马龙，繁华一片。……蔬菜大棚、酿酒葡萄还有学校、商铺、药店。……太阳从罗山上升起来了，温暖地照耀着罗山脚下的每一个角落。①

    罗山此时仿若真的成了作家的母亲，或者说红寺堡此时已非安身立命之处，而是她的故土，她的母亲，养育着爱护着包容着这片土地上生存的人类，罗山的变化也尽在眼前，蔬菜大棚、酿酒葡萄等农业生产在罗山出现。《我们苦中作乐的生活》中写道，2007年，红寺堡政府引进甘肃靖远会种大棚的农户发展农业。红寺堡在变革中越来越好，宁夏生态移民政策也在作者的叙述与表达中慢慢构筑了书写文本的整体性。

    沈从文笔下对湘西美好人性的歌颂是很多读者最喜爱阅读的内容，在马慧娟笔下，乡村淳朴的人性没有沈从文希腊小庙的美感，只有普通得不能够再普通的乡间生存现状，然而这些非艺术化的生活却闪耀着独特魅力，带有陌生化效果。首先，马慧娟的散文中塑造了一系列乡村各具特色的人物，抑或说是乡间的奇人异事。在《和解》里讲述年轻漂亮的母亲是个管束"我"，想把"我"改造成听话女儿的母亲形象。但"我"叛逆有主见，在谈婚论嫁的年龄自由恋爱地找了个有风

---

①马慧娟. 溪风絮语[M]. 银川：宁夏人民出版社，2016：98-104.

湿病的对象，"我"的原因很简单，就是想要找个不打"我"的爱人，却也因此与母亲不和，直到"我"婚姻中遇到困难时母亲的包容最终促使"我"们和解。这些简单的话语真实得令人不忍直视，让我们感受到了乡村的落后，乡村依旧存在很多读者难以想象的生存状况。然而在其他散文中，如《那些年，那些坏》中又讲述小时候颇为调皮的"我"。"我"偷偷拆了被子上的线缝沙包；为了做鸡毛毽子而拔光鸡毛；上学时为了路上偷两个萝卜就着馍馍吃而四点半起床，这些小事让读者在新奇与怜惜的矛盾中纠结。这样现实而又陌生的人物和故事在马慧娟的散文中颇多，如《瓜女子》中讲述了一对夫妇因不孕收养了瓜女子（瓜是宁夏方言，意为"傻"），后来才发现女孩儿有点儿痴傻，寻医问药后也无法治愈，尽管时常闯祸，养父母却并未抛弃她，村里人虽然厌烦但也没有嫌弃与恶语相向。"时间一天天过去了，瓜女子还是不停地闯祸，不停地惹人厌恶，一个人孤独地徘徊在校园门口，一个人寻找着自己的快乐……"①《二愣老汉骑车记》中讲了二愣子老汉两次尝试学习骑三轮摩托车，第一次车撞到树上，修车花了一百多；第二次撞了一台车需要花四五千修车，家里东借西凑地给人家赔了一千块。但老汉一直不服输，一定要学会骑车。《我们村的"教授"》中讲述了一位上过高中的农民，自诩文化人，总回忆当年也是文化人的经历。作者形容其如鲁迅笔下落魄的"孔乙己"。《背帘子的大哥》中写外出打工的大哥，冬天背着两米二宽、十米长的草帘子到大棚顶上，为了生存而努力劳作的艰辛。

当然乡间村民们离奇的事件也屡屡出现在其散文中，令人唏嘘不已，却又充满同情。《相亲》中女方要 22 万元彩礼，外加 8000 元宴席费和给女娃的黄金 60 克。两家因此不欢而散，男方回家后收到姑娘

①马慧娟. 溪风絮语[M]. 银川：宁夏人民出版社,2016:80.

短信，彩礼 22 万元不能少，黄金 40 克也行。但男人没回复，两天后媒人又给男人介绍了另外一家姑娘，一场婚姻就在彩礼费多少的争执后终结了。这个有些荒诞的故事就是作者乡村生活的现状，但乡村的淳朴与简单的快乐也是她的生活，《写在儿子生日》里讲述了为了给儿子过生日，铲了 4 小时韭菜，挣了 25 元。打工回家后给儿子 50 元，让他自己买菜，吃顿火锅以示庆祝。没有奢侈的礼物，也没有多少祝福的乡村生日现场，母子相处得其乐融融。《二哥家的喜事》中写了农村婚礼的各种习俗，如"儿子娶亲三天无大小"等。《写在父亲周年忌日》等文中写了对父亲的怀念。散文集《希望长在泥土里》和《农闲笔记》中还有很多写到父亲、家人、朋友的，皆是略带陌生的生活视角及生活现状的记录。

马慧娟的散文正是由于其生活记录性特质，使其散文话语的陌生化效果显著。由于作家早期是通过网络平台推出文章，网络话语空间多负载城市生活故事，乡土地域生活现状描摹的内容正是网络平台中缺少的，如马慧娟这样生活在乡村，农耕之余而进行创作的群体基本上也是网络上所不具有的，其笔下书写的生活境况，乡土民间气息也就具有了独特性。当然很多现当代作家，如莫言、贾平凹、邱华栋等离开农村后书写了很多农村生活，但那些都是作家离开故乡后的想象。而马慧娟写这些文字的时候，乡村就是她现实生存的空间，表达的是从事农耕的农妇的切身感受，尤其是其作品中对于现代生活中移民变迁、脱贫致富的变革之路的情感抒发与描摹。因而，其散文话语更具民族志特色。

### 三、人与动物、人与劳动的民间话语

马慧娟的散文颇似"笔记"文体，多以乡间人物和琐碎事件的记录为主，从而使其话语的网络民间特色和陌生化效果颇为显著。基于

其散文内容的宁夏地域特色风俗民情的展示，散文话语还原了生活中口语化、方言性特色。但其散文内容不仅描绘了乡间逸闻趣事和婚丧嫁娶等习俗，也着力对农耕生活和淳朴人性进行了写实化的描摹，农耕文化中人与动物、人与劳动的关系也就显示出了原始而素朴的独特性。具体可从两个方面来分析，一方面是她和"搭档"外出打工的劳动场景，即人与劳动的关系；另一方面则是从农村人与动物的民间生态关系的梳理来看，即人与动物的关系。

首先，马慧娟散文集《溪风絮语》中记录了作者和"搭档"外出打工的劳动场景。这些记录性的文字背后展示了作家的乡村生态观，流露的是乡间为了生存的原始的人与土地、人与劳动的关系，表达的是女性原始生命力与吃苦耐劳的美好品德。马慧娟的笔下没有历史文化的深层思考，只有一个女人生命体验与生活中的不断追求。"西部绵延的戈壁、浩渺的沙漠、荒凉的高山及浑浊的河流形成了自然神话，自然神话导致了西部人不得不承受的漫长的贫困，极易使其衍生出浩大的寂寥感、苍凉感和苦难感；而封建宗法文化的遗留、当代政治文化的冲击和现代文明进程中的落伍又共同组构了西部的社会神话，社会神话直接造成西部人'被隔离'的遗弃感。"①马慧娟从西部的贫穷里走出，靠自己的努力实现了写作的梦想，她上了北京卫视《我是演说家》节目，成为网红作家，当选全国人大、妇代会妇女的代表，也撰写精准扶贫建言献策的议案。为了更好地写作，她还到北京鲁迅文学院进修，她就是通过自己人生经历的感悟，描绘底层劳动妇女对于劳动的真实感受，表达在极其艰难环境中坚持梦想的朴实的民间话语。

因而，马慧娟散文中"我"与搭档的重要关系，不仅是作家人生

---

①王贵禄. 高地情韵与绝域之音：中国当代西部散文论[M]. 北京：中国社会科学出版社，2019：100.

经历中外出打工赚钱不易的描绘，同时也是红寺堡经济变化、产业发展情况的记录。马慧娟从打工人的角度叙述了打工生活，以及打工的艰辛、打工人与老板的矛盾等。在《被风吹过的夏天》中不仅描绘了红寺堡的环境变化，也着力描写了"我"与搭档的打工生活。三四十个女人在外打工，在风中剪树，琐碎小事件中，没有华丽的词语，没有精心打磨的事件，劳作的艰辛和希望都在文字中流露出来。《吃火锅》中讲了外出打工盖房子，封顶后老板带她们去吃自助火锅，没见过世面的女人们害怕火锅店嫌她们衣服脏，不敢进去吃，吃饭过程中才知道"自助"是可以自己想吃什么就拿什么。在这样的小场景中作家刻画了那些只会埋头干活的女人们需要承受的压力，劳作的辛苦只是她们身体的状态，女人们更辛苦的是需要努力在独立自主的道路上拼搏。外面的世界高速发展，男女平等的话题看似已经陈旧，而这些乡村妇人根本不懂得女性主义为何物，但这些真实记录正是很多文学作品中所不具有的独特之处。

马慧娟的散文在描绘与搭档劳动的场景中，对红寺堡的农业生产、农作物的生长做了一些描写，从中可以梳理出西海固移民搬迁至红寺堡后，一些官方数据所没有记录的产业化发展。红寺堡的资料中记录了基本农牧业的发展，以及国家引进各地区先进产业帮助农民发展第三产业，培育蘑菇种植大棚、葡萄酒产业等。但马慧娟的散文是在人物事件的背景中记录了硒砂瓜地、辣椒大棚、枸杞地、葡萄园等打工场地的变化，将真正的劳作与变革用农民切身的感受表达出来，而不是冰冷的数字记载。作家在《想起你的时候》一文中描写了她用镰刀劈刺槐树枝时手受伤拔刺的细节，疼痛的描写让人不禁还原现场，感受着作者劳动的不易与作者始终在意的劳动伙伴。《野地》中写的是瓜地上规划要通高速路，技术员先测量标注，然后在标注的两点间撒上白灰，形成高速公路雏形。作者不经意地描写了农耕的现场。"远处一堆一堆砂石堆放在平坦的地面上，这是瓜农为明年扩大种植面积准备的。开春用铲车往开一摊，就又是一片硒砂瓜的产地。"①同时，作者也在文中抒发了劳作的辛苦与廉价。在连续几天的工作后，项目经理的监工与颐指气使的态度令她和搭档们与其发生冲突，准备不干了，而项目经理顺利找到人接替了他们的工作，万般无奈的作者只能慨叹一句，"这片土地上，唯一不缺的就是廉价的劳动力"②。作者平静地叙述了劳作故事，那些寒冷天气，大风中战栗的劳作没有成为叙述的重点，唯独情系每次为搭档们争夺利益和工钱的讨价还价。这一过程中表现出的分外愤慨与无力，只能用再也不干了来结束与资本的角逐，每次的败下阵来让读者能更深入地感受到"劳动"艰辛的真正意义。然而所有劳作的过程又都汇聚成作者人生的宝贵经历，在她散文的文字中流淌出来。《摘枸杞》一文讲述了 11 岁的女儿要去摘枸杞赚钱，"我"只好跟着去。那么小的一颗一颗的枸杞，摘一斤一块钱。作者和女儿一天赚了 37 元。作家用尽笔力描绘了底层生活的真实，限载 7 人的"天津大发"牌小面包车载了 14 人。这个电视新闻中的故事就在作家的生活里，她和女儿坐着这辆车去枸杞地。"后排座上三个人的座位，拆掉靠背后，背靠背坐了六个人。其余七个人用各种姿势挤在其他四个座位上，连司机十四个人。"③打工不易在于真正的打工人无法决定自己的命运，"带着睡眼惺忪的妞走在村道上，天上的星星还在眨眼，月亮像个红气球飘在西边的杨树梢上，给人一种夕阳西下的错觉"④。老板家的孩子一直在枸杞地监工，还不停地警告几句。无奈的作者也只能表达自己这样忍受的原因，

---

①马慧娟. 溪风絮语[M]. 银川：宁夏人民出版社,2016:31.

②马慧娟. 溪风絮语[M]. 银川：宁夏人民出版社,2016:48.

③马慧娟. 溪风絮语[M]. 银川：宁夏人民出版社,2016:58.

④马慧娟. 溪风絮语[M]. 银川：宁夏人民出版社,2016:58.

"下苦的人，看脸势啊！你以为人是看你的脸势，人是看钱的脸势才来受你的气"①。口语化的表达还原了劳作现场的真实画面，让人们理解劳作的辛苦，为了改变生活，他们忍受着劳动的辛苦之外对于人的尊严的歧视。这样的文章还有《春日滚泉梁》，讲述"我"和搭档去插树秧，老板给的馒头是老鼠咬过的，老板反复催促，于是我们决定明天不再来了。《变脸》里讲了打过三年交道的葡萄种植户，种植户老板嫌我们干活慢，抱着矿泉水不给我们喝，还说刨不完葡萄苗子不给工钱，最后一人只给了80元。当天晚上当老板知道她家的葡萄地刨得最多的时候，希望我们明天继续去打工，但搭档们都不愿意再去了。当然，并不是所有的老板都这样苛刻，作家在《我们苦中作乐的生活》中也讲述了老板的不易。2007年红寺堡政府引进了甘肃靖远会种大棚的农户，"我"与搭档只要农闲就去打零工。这次是去大棚摘辣椒，棚子里面让人窒息的热，实在无法忍受了，合作已久的老板赶紧去买矿泉水，然后帮"我"们在大棚上放一层草帘子，让"我"们能坚持摘完辣椒。这一天的劳作后一人分了40元，虽然辛苦，但只要没有歧视，劳动的快乐就不会缺席。

一直向东走了五分钟的石子路，出了村子，通到走棚区的水泥路。这时太阳就像被孩子撒了手的红气球一样，从罗山顶上羞涩地升了起来。一抹朝霞映红了东边的天空，让人心里生出一种温暖和喜悦。

……辣椒树可以长到两米多，我们以前在旱地里种的辣椒最高不过五十公分，上面结的辣椒也是少得可怜。谁能想到现在的辣椒居然会像葡萄一样一串串地挂在树上？一棚辣椒要用成捆的编织袋来装，不得不让人感叹科技的神奇。②

---

①马慧娟. 溪风絮语[M]. 银川：宁夏人民出版社，2016：61.
②马慧娟. 溪风絮语[M]. 银川：宁夏人民出版社，2016：71-73.

除了劳动的辛苦，作家的快乐也在文字里跳动，小惊喜也格外多。搭档带了土豆饼分给大家，这比馒头好吃多了，快乐就这样出现了。她们互相鼓励，在笑闹声、笑骂声里结束了一天的辛苦，准备第二天奔赴新一轮的打工。

作家马慧娟在散文集《溪风絮语》中人与动物的关系更为紧密，没有城市里的从容，是一种生存的相依。"中国诗学是一种生命的诗学，是一种文化的诗学，是一种感悟的诗学，是一种综合着生命的体验、文化的底蕴和感悟思维的非常有审美魅力的多维的诗学"[1]，同时"感悟，也就是一种有深度的意义、又有清远趣味的直觉，是心灵对万物之本真的神秘的默契和体认，它以返本求源的方式，切入生命与文化、人生与宇宙的结合点"[2]。所以马慧娟的散文里记录了很多对于生命的感受。这些记录性叙事的小故事与小说文体的叙事有区别。小说注重记录事件的发展过程，人物是故事内容中事件的动作发出者；叙事类散文虽然也叙事，但这里的记叙内容一般与创作主体有关，事件不指向过程和结局，多是片段性的，或只表达人物事件的某个侧面，文中着力寄托的是作者的情思，表达的是作家对于生命的感受，一种带有女性的关爱与细腻，以及乡村生活中不得不学习的各种对待动物的技能。《戴了鼻环的牛》中有些类似的描写。

睁开缰绳束缚的牛在狭小的牛圈里撒着欢，踢得牛粪四溅，缰绳被扯得四分五裂，沾满牛粪，一遍又一遍被牛踩踏，直到埋入厚厚的牛粪中。

……牛的右眼被绳子勒得红肿，不停流泪，牛伸出舌头舔着自己鼻子上的血，抚慰着被刺穿的鼻子，也适应着鼻环在血肉中的存在。[3]

---

①杨义. 重绘中国文学地图:杨义学术讲演集[M]. 北京:中国社会科学出版社,2003:33.

②杨义. 重绘中国文学地图:杨义学术讲演集[M]. 北京:中国社会科学出版社,2003:50.

③马慧娟. 溪风絮语[M]. 银川:宁夏人民出版社,2016:62–64.

在农村为了让牛耕地，并能够听从主人指挥才在牛小的时候给牛戴上鼻环，只要拉动牛鼻环，牛感觉到了疼痛就会变得听话顺从。因而作家在明子与牛之间角逐的叙事里只为写一种感悟，即农耕生活中的生命相依，而非盲目爱恋动物，这个故事是人与动物之间一种生命力的博弈。而《我哭泣的不过是一只羊》中讲述了宰羊的过程。

　　几只大羊用庄严的表情看着我，也许它们脸上不是庄严的表情，只是被我哭泣的样子惊吓到了，又或许是它们的空间多了一个我，它们有些不知所措……在这样一个下午，我和羊待在羊圈里，大羊看着我，我看着小羊，我们都沉默着，无法猜想彼此的心思。
　　……羊群此时继续沉默，我无从猜想它们的想法。但是它们的确不再叫唤，像一群惹了是非的长嘴妇人一样远远围观着这只站不起来的小羊，猜想着最后的结果。①

　　我的哭泣亦如很多描写牧羊女的哭泣一样，当女人们辛苦喂养长大一个生命后，是无论如何也没有办法狠下心来宰杀它的。亦如《剪羊毛》中写作家学习剪羊毛，让羊很难受时内心非常懊恼和愧疚，希望下次好好学习而不把它们弄疼。另外，作家在《我的儿子我的羊》一文中写小羊羔出生后病弱，儿子努力救治后没有活下来，非常伤心。

　　母羊的神情看不出悲喜，不慌不忙地嚼着干草，不时抬起头呼唤一下活着的小羊羔，小羊羔跟在母羊身后转悠，左顾右盼地观望，偶尔还跳起来撒个小欢，我想它肯定不会哀伤它死去的同胞。
　　……秋天，放羊成了一种功课，每天都在继续。

①马慧娟. 溪风絮语[M]. 银川：宁夏人民出版社,2016:64-66.

……我继续领着羊群开路，远处的罗山笼罩在一片黑云中，天地一色，雨不停地下着，把这片土地霸占成它的王国，随意肆虐。①

儿子亦如母亲一样关爱生命，在生命诞生的时候，他们想尽办法帮助小羊存活下来，然而动物的生命却不如人类世界，人类可以将新生儿放到保温箱里帮助存活，小羊只能在挣扎中死亡。它们努力着，羊能把人手指咬出血来，亦如兔子急了也咬人的谚语一样，温顺的羊也努力生存着。《丧家狗》里讲了一只流浪狗的故事。流浪狗因为作家常常喂养，所以在她家附近流浪，不忍心的作家为它寻找去处。其中透露的不仅是对生命的爱护，也有作家因家庭窘迫无法喂养的无奈。生存对于作家来说已经很艰难了，善良无法解决食物问题，乡村的生活现状就这样赤裸裸地书写在作家的文字里。流浪的被迫与终成丧家犬的艰辛，在曾经并未脱贫致富的农村，就是真实的生存境况。《又见野鸡》中讲了乡间野鸡比较多的时候，因为野鸡贪食庄稼，所以被村民逮住后都成了改善村民生活的美食。然而，黑心饭店推出野味菜品后，开始大量收购和捕杀，村民农耕闲暇的快乐与饭桌伙食的改善全部消失了，一只野鸡飞来亦成了作家的梦。"可惜野鸡没有栽下来，而是冲着月亮的方向奋力起飞，在天空划过一道美丽的弧线后消隐在了夜色中。"②但作家没有表达对于生命的爱恋，她说她始终觉得野鸡就是用来吃的。《那年，那驴，那记忆》里白驴的故事充满美好童年生活的回忆。小白驴的快乐生活亦如作家自己童年的快乐生活。《一窝斑鸠》和《家有牛千金》等文中也都透露出生命的快乐，如斑鸠和猫对峙的野趣，牛生二胎和牛千金的拟人化比喻等。

总而言之，马慧娟的散文话语具有乡村民族志特色。她的散文多

---

① 马慧娟. 溪风絮语[M]. 银川：宁夏人民出版社，2016：141-144.
② 马慧娟. 溪风絮语[M]. 银川：宁夏人民出版社，2016：160.

是对乡村生活状态的描绘，没有铺排的结构、华丽的辞藻，颇具口语化的文字背后蕴藏着一位乡村追逐梦想的女性。从网络民间性特色入手分析，马慧娟的文字是对于乡村民间淳朴人性和打工故事的描绘，活灵活现地勾画了农村生活场景，尤其是她对于这些经历描写的现场感，使宁夏生态移民政策被生活化地描摹出来，并形成了陌生化话语效果。当然她是一位积极创造的作家，是那个勇于站到《我是演说家》舞台的农妇，她的魅力不是漂亮的外表，而是坚韧的性格和朴实的文字。在生活的变化中，她的文字也在慢慢发生变化，但是她的散文话语的产生及历变的过程对于宁夏文学研究来说，无疑具有民间文学创作的历史传承性。"一蓑烟雨任平生"，马慧娟这样一位小女子，并未屈服于"屋漏偏逢连夜雨"的生活艰辛，而是于简朴中见深意，将生活的真实转化为艺术的情感，她的散文话语中澎湃着不屈的理想，以及积极乐观地面对生活的勇气。

# 结　语

　　宁夏当代作家话语嬗变特色的梳理研究，是基于数据库的研究，研究中首先回应的是数字媒介、数字技术的现实问题，力图恢复媒介的物质性、寻访媒介的异质性、捕捉媒介的复现性。如在分析《朔方》杂志图文数据资料时，从媒介发展历程寻找其负载的亚媒介空间，梳理这个新事物的演变过程。在回溯与展望中，唯有《朔方》杂志这类存档资料记载的过去，方能有望激活未来，完成宁夏当代作家话语特色建构及宁夏文学可能形成的多元发展趋势。

　　宁夏文学媒介物的研究中致力于寻找宁夏当代作家话语媒介的传承痕迹，试图梳理出那些被遗忘、被忽视、被遮蔽的话语叙事线索。因而，话语评价标准是由媒介记忆、媒介交融和媒介符号三个方面组成。具体从宁夏文学的刊物、宁夏文学与电影媒介的创作比较和宁夏的文化符号等方面综合梳理，使处于分散状态和看似毫无关系的数据进行因果关系分析，形成宁夏当代作家创作发展趋势探索的理论依据，最终建立了"宁夏当代作家话语特色"研究的评价标准。具体来看，媒介记忆的语境研究首先成为评价标准之一。这一标准主要是从宁夏报刊的背景共识入手，梳理在宁夏社会化进程中文学资源的配置，透过宁夏期刊报纸的数据资料呈现宁夏当代文学现代化进程。其次，研究中借鉴西部文学与西部电影交融发展的研究思路，从宁夏文学与电影媒介交融的分析中提出宁夏当代作家话语体系的另外一个评价标准。因为"宁夏文学"与其说是一个独立的思潮流派，不如说是宁夏影视活动与文学活动交融促进中形成的语言聚合场，跨越媒介研究视角，拓展了宁夏当代文学作品研究中传承与融合的研究思路，这样才能构型出宁夏当代作家更为开阔与开放的多元话语体系。最后，通过对宁夏文化符号的梳理，切入宁夏文学作品中媒介符号的整理研究，并以张贤亮的《灵与肉》为例，比对影视与文学作品中文化符号的呈现，从而成为具体作品细读过程中的批评方法，也借此梳理出宁夏当代作家作品话语的媒介符号特征。

宁夏当代作家话语特色从"三代耦合""多元共生"的角度切入，进一步厘清宁夏文学守成与出新的话语独特性。人类现代化进程中，是以不断毁灭人类有价值的东西为代价的。宁夏文学的守成并非落后和退步的代名词，而是于自然地理、人文环境等各种外部要素语境中，宁夏当代作家群体对中国文学传统的坚守。在充分尊重历史与传统的前提下进行有限度和渐进式的变革，是于世界中更具特色的创作理想。"三代耦合"中的三代是指宁夏当代作家的老、中、青三代话语的传承特色研究；耦合是指宁夏文学研究中两个或两个以上的体系或两种运动形式间通过相互作用而彼此影响，联合起来成为宁夏文学创作特质的合力。宁夏当代作家的"三代耦合"，具体是从地理与人文的耦合中梳理宁夏老、中、青作家话语的代际性特质，探索在和谐、中庸及不极端语境中宁夏当代作家继承传统的话语共性。将文学媒介的历史背景、文化传承、地理变迁等外部因素，结合作家的叙述转向、创作行迹与文化符号等特征，最终完成宁夏当代作家话语体系整体性特征的研究。宁夏当代作家的多元共生话语特色，是将宁夏当代文学外部环境与创作动因、历时传承与共时比对相结合，以宁夏当代作家的文学作品为研究对象，在中国传统叙事样态中，找寻、梳理并综合出宁夏

结
语

当代作家作品话语传承特质，诸如认同话语、乡土话语、意识流话语及成长话语等。

由于宁夏当代作家人数众多，每位作家又同时具有多种话语特质，为了将宁夏当代文学全貌的特质与具体特征相结合，分列出老、中、青三代作家的三章内容，筛选宁夏当代文学中最具某类话语特质的作家作品，梳理具有谱系化传承的话语特征，并针对每种话语特色进行批评。诸如宁夏当代作家民族认同话语特色的研究中，选择了老、中、青作家张武、漠月和阿舍的作品进行细读。三位作家都具有地域、时代等方面的民族认同特色。张武出生在甘肃，漠月出生在内蒙古，阿舍出生在新疆，他们的文学创作中有着对于自己出生地的反观，也较为明显地具有中国传统文化的认同特质。宁夏当代作家的话语特色又具有同质性与差异性，诸如乡土话语的研究中选择老、中、青作家于秀兰、郭文斌和马慧娟的作品细读，这并不意味着其他作家不具有乡土特色。反之，宁夏文学的乡土特色显著，其真实发展样态是在与传统、现代，与中国、世界的交融中，蕴藏着宁夏文学守成及出新的自变量，每位乡土作家的创作中，又有着其话语的独特性，各具风貌。如老生代女作家于秀兰在乡土认知中呈现中国现代女性的女学生身份认知特色；中生代作家郭文斌的乡土话语中文化记忆特色显著；年轻一代的女作家马慧娟的话语中却显示出了网络民间性。这三位作家的创作不只有散文，还有小说等文体，但研究中只从宁夏散文的乡土特色细读，未涉及其他话语特色，三位作家的认同及成长话语等特色也颇为显著。但书中细读文本时，只结合具体篇目进行类别和谱系研究，侧重的是具体文本话语出发的实证研究，未能做到面面俱到。

民间叙事、文化传承与现代书写的多元性暴露出了时代与传承的非必要连接关系，这是反线性的时间观或历史观去文本现场的考古，不是传统的综合性分析。因而，针对宁夏文学的叙事传承理论研究，是本书未能解决的，亦是笔者对于宁夏文学研究的新目标。

　　总之，本书研究旨在强调的就是偶然性，于断裂中找寻文本独特的话语特色及宁夏文学的独特性，并在话语实践中，进入宁夏当代作家及其作品微观层面的细读，提出了白描勾勒、人物志、引譬连类、身份认知、网络民间性、狂欢化、意识流、家庭伦理观念等具体话语特色。力图在本土地域性、民族文化性和建构时代性的视域中，探索宁夏作家对于文学诗性的独特观照，找寻中华文化传承与世界话语交融中独具魅力的宁夏当代文学的话语嬗变特征。在研究中，努力建构一种可供参考的批评方法，期望成为全面观照宁夏文学创作的方法之一，也期望更好地完成宁夏当代作家守成与出新的话语特色分析与研究。

# 参考文献

[1] [古希腊]亚里士多德. 诗学[M]. 罗念生,译. 北京:人民文学出版社,1962.

[2] 鲁迅. 鲁迅全集[M]. 北京:人民文学出版社,1981.

[3] [英]休·塞西尔. 保守主义[M]. 杜汝辑,译. 北京:商务印书馆,1986.

[4] 周作人. 知堂序跋[M]. 长沙:岳麓书社,1987.

[5] 王泰来,等. 叙事美学[M]. 重庆:重庆出版社,1987.

[6] [法]热拉尔·热奈特. 叙事话语 新叙事话语[M]. 王文融,译. 北京:
中国社会科学出版社,1990.

[7] [美]艾恺. 世界范围内的反现代化思潮:论文化守成主义[M]. 贵阳:
贵州人民出版社,1991.

[8] 中共中央马克思恩格斯列宁斯大林著作编译局. 马克思恩格斯选集
[M]. 北京:人民出版社,1995.

[9] [德]马丁·海德格尔. 海德格尔选集[M]. 孙周兴,选编. 上海:生活·
读书·新知三联书店,1996.

[10] 朱光潜. 我与文学及其他[M]. 合肥:安徽教育出版社,1996.

[11] [美]浦安迪. 中国叙事学[M]. 北京:北京大学出版社,1996.

[12] 严家炎. 二十世纪中国小说理论资料:第二卷(1917—1927)[M]. 北
京:北京大学出版社,1997.

[13] 费孝通. 乡土中国[M]. 北京:北京大学出版社,1998.

[14] 王一川. 汉语形象美学引论[M]. 广州:广东人民出版社,1999.

[15] 潘立勇. 中华文化与人文精神[M]. 杭州:浙江教育出版社,1999.

[16] 阎纯德. 二十世纪中国女作家研究[M]. 北京:北京语言文化大学出版社,2000.

[17] [美]保罗·霍斯金. 影视人类学原理[M]. 王筑生等,编译. 昆明:云南大学出版社,2001.

[18] 申丹. 叙述学与小说文体学研究[M]. 北京:北京大学出版社,2001.

[19] [法]克里斯丁·麦茨,等. 电影与方法:符号学文选[M]. 李幼蒸,译. 北京:生活·读书·新知三联书店,2002.

[20] 洪子诚. 问题与方法:中国当代文学史研究讲稿[M]. 北京:北京大学出版社,2002.

[21] [德]彼得·比格尔. 先锋派理论[M]. 高建平,译. 北京:商务印书馆,2002.

[22] [美]海登·怀特. 后现代历史叙事学[M]. 陈永国,张万娟,译. 北京:社会科学出版社,2003.

[23] [英]诺曼·费尔克拉夫. 话语与社会变迁[M]. 殷晓蓉,译. 北京:华夏出版社,2003.

[24] 刘叶秋. 历代笔记概述[M]. 北京:北京出版社,2003.

[25] 杨义. 重绘中国文学地图:杨义学术讲演集[M]. 北京:中国社会科学出版社,2003.

[26] 陈平原. 中国小说叙事模式的转变[M]. 北京:北京大学出版社,2003.

[27] 孟悦,戴锦华. 浮出历史地表:现代妇女文学研究[M]. 北京:中国人民大学出版社,2004.

[28] [荷]F. R. 安克施密特. 历史与转义:隐喻的兴衰[M]. 韩震,译. 北京:文津出版社,2005.

[29] 高小康. 中国古代叙事观念与意识形态[M]. 北京:北京大学出版社,2005.

[30] 戴锦华. 涉渡之舟:新时期中国女性写作与女性文化[M]. 北京:北京

大学出版社,2007.

[31] 郎伟. 写作是为时代作证[M]. 银川:宁夏人民出版社,2007.

[32] 吴秀明. 中国当代长篇历史小说的文化阐释[M]. 北京:文化艺术出版社,2007.

[33] [美]理查德·鲍曼. 作为表演的口头艺术[M]. 杨利慧,安德明,译. 桂林:广西师范大学出版社,2008.

[34] 喻大翔. 现代中文散文十五讲[M]. 上海:同济大学出版社,2008.

[35] 李军. 话语修辞理论与实践[M]. 上海:上海外语教育出版社,2008.

[36] 陈育宁. 宁夏通史[M]. 银川:宁夏人民出版社,2008.

[37] 刘天明,王晓华,张哲. 移民大开发与宁夏历史文化[M]. 银川:宁夏人民出版社,2008.

[38] 高玉. "话语"视角的文学问题研究[M]. 北京:中国社会科学出版社,2009.

[39] [苏]巴赫金. 巴赫金全集[M]. 钱中文,译. 石家庄:河北教育出版社,2009.

[40] 刘云春. 历史叙事传统语境下的中国古典小说审美研究[M]. 北京:中国社会科学出版社,2010.

[41] 张莉. 浮出历史地表之前:中国现代女性写作的发生[M]. 天津:南开大学出版社,2010.

[42] 廖高会. 诗意的招魂:中国当代诗化小说研究[M]. 北京:学苑出版社,2011.

[43] 赵毅衡. 符号学原理与推演[M]. 南京:南京大学出版社,2011.

[44] [美]约翰·迪利. 符号学基础[M]. 张祖建,译. 北京:中国人民大学出版社,2012.

[45] 赵毅衡. 广义叙述学[M]. 成都:四川大学出版社. 2013.

[46] 叶舒宪,章米力,柳倩月. 文化符号学:大小传统新视野[M]. 西安:陕西师范大学出版社,2013.

[47] [美]乔纳森·卡勒. 文学理论入门[M]. 李平,译. 南京:译林出版社,2013.

[48] 申丹,韩加明,王丽亚. 英美小说叙事理论研究[M]. 北京:北京大学出版社,2013.

[49] 卢晓辉. 民间文学的自由叙事[M]. 北京:社会科学文献出版社,2014.

[50] [德]本雅明. 发达资本主义时代的抒情诗人[M]. 张旭东,魏文生,译. 北京:生活·读书·新知三联书店,2014.

[51] [德]鲍里斯·格罗伊斯. 揣测与媒介:媒介现象学[M]. 张芸,刘振英,译. 南京:南京大学出版社,2014.

[52] 黄晓娟,晁正蓉,张淑云. 中国当代少数民族女性文学研究[M]. 上海:上海文艺出版社,2014.

[53] 童庆炳. 文学理论教程[M]. 北京:高等教育出版社, 2015.

[54] 王本朝. 文学现代:制度形态与文化语境[M]. 北京:人民出版社,2015.

[55] [美]爱莲心. 时间、空间伦理学基础[M]. 高永旺,李孟国,译. 南京:江苏人民出版社,2015.

[56] 王德威. 想象中国的方法:历史·小说·叙事[M]. 天津:百花文艺出版社,2016.

[57] [德]阿莱达·阿斯曼. 回忆空间:文化记忆的形式和变迁[M]. 潘璐,译. 北京:北京大学出版社2016.

[58] 李健吾. 戏剧评论[M]. 太原:北岳文艺出版社,2016.

[59] 吴周文. 散文审美与学理性阐释[M]. 广州:广东人民出版社,2016.

[60] 郑毓瑜. 引譬连类:文学研究的关键词[M]. 北京:生活·读书·新知三联书店,2017.

[61] 张旭东. 新人文理想的重建:中国新时期小说的文化守成倾向研究[M]. 杭州:浙江大学出版社,2017.

[62] 李生滨. 宁夏文学六十年(1958—2018)[M]. 银川:宁夏人民出版社,2018.

［63］ 李遇春. 中国文体传统的现代转换［M］. 广州：广东高等教育出版社，2019.

［64］ 王德威. 史诗时代的抒情声音：二十世纪中期的中国知识分子与艺术家［M］. 北京：生活·读书·新知三联书店，2019.

［65］ 王贵禄. 高地情韵与绝域之音：中国当代西部散文论［M］. 北京：中国社会科学出版社，2019.

［66］ 杨梓. 宁夏文学史［M］. 银川：阳光出版社，2020.

［67］ 张旭东. 全球化时代的文化认同：西方普遍主义话语的历史反思［M］. 上海：上海人民出版社，2021.

［68］ 杨森翔. 宁夏移民历史与文化［M］. 香港：华夏文史出版社，2021.

［69］ 王德威. 哈佛新编中国现代文学史［M］. 成都：四川人民出版社，2022.

# 后　记

　　宁夏文学作品的创作行至今天，取得了些许成就，但在世界文学的视野里，在中国当代文学创作中，甚至是从中国西部来看，其创作特色及成就仍有不足。我在梳理宁夏文学话语特色的时候，希望能够穿越古今中外，在一种跨媒介的语境里重新审视宁夏文学，站在中国文学创作传统的视角里找寻其传承的特色，并在传承中厘清宁夏文学承继的线索；同时又在世界文学中探索其汲取的文学创作给养，找到那些隐在宁夏当代作家话语背后的借鉴与创新。

　　也许是地域文化的浸染，当我幼时跟随父母来到这片土地，在这里落地生根后，我开始运用一种文化交融的态度审视宁夏文化及宁夏的文学创作，也许它不够璀璨，过于守成，但那些闪耀着光芒的、追逐文学创作的奔跑者，努力展示出了他们对于文学创作的挚爱。从"两张一戈"的时代开始，他们就用自己独具特色的书写，在中国标注出了宁夏作家的名字。老生代作家张贤亮20世纪80年代创作的《灵与肉》《肖尔布拉克》获得了全国优秀短篇小说奖，路展创作的《小苹果树请医生》荣获全国少年儿童文艺创作三等奖；中生代作家石舒清的《清水里的刀子》、郭文斌的《吉祥如意》与新生代作家马金莲的《1987年的浆水和酸菜》收获了第二届、第五届、第七届"鲁迅文学奖"；全国少数民族文学创作"骏马奖"的获奖者颇多，高深、那守箴、查舜是 1985 年第二届的获奖者，之后石舒清、马宇桢、马知遥、金瓯、了一容、李进祥、马金莲、马占祥等作家的作品分别获奖。另外，路展的中篇童话《雁翅下的星光》与赵华的科幻作品《大漠寻星人》分别荣获第一届和第十届全国优秀儿童文学奖。宁夏文学延续着历史的足迹，书写出了别样的文学景观，那么未来呢？宁夏文学的创作群体不断投入极大热诚，扶植年轻作者，亦能一代又一代地延续光芒！

在宁夏文学的研究中我力图运用媒介考古学进入作家文学文本的言语层面考据，通过言语修辞的比对梳理，寻找话语传达信息的深层内容，期望在文化大背景中探索宁夏作家独特的话语抒发。我把宁夏文学创作主脉络的特点定义为，对于中国传统文学的守成。我坚信这种守成是一种坚守，形成的是宁夏文学创作话语的独特继承性。同时，我认为宁夏文学在文学自身属性不断复活中激发出的是诗意精神，这几乎涵盖了宁夏文学创作的各个方面，最终呈现的是"真境逼而实境生""实者逼肖，虚者自出"的意境。宁夏作家的诗意在众多作家作品中呈现为文学话语的原乡情结和乡土诗意。如张武对"桦林沟人"群像的白描勾勒，漠月"阿拉善时空"中的诗情画意，阿舍与郭文斌"引譬连类""吉祥之书"的独特修辞，于秀兰"故乡记忆"的女学生描绘，马慧娟"生态移民"中的淳朴人性，陈继明、金瓯、许艺等作品时空话语中对于生存地充满反思的爱意流动，张贤亮、张学东对话式叙述中的情义表达，马金莲满怀道德良知的眺望，等等。

我在每位宁夏作家作品的细读后，都会反思其文学创作和这位作家在中国文学同类作家中的位置，我力图去找寻他们创作的闪耀之处，梳理出他们自己忽略的独特话语风格。因为作家的创作是艰辛的，是灵感乍现时的精妙绝伦，是没有创作感受时的冥思与苦读，他们为了热爱而坚守，为了坚守而出新，努力地呈现出了各自的话语特色。借用诗人荷尔德林的诗句"人诗意地栖居"来描绘宁夏文学作品中的情感和想象，以及宁夏当代作家持续的创作样态，我引以为傲！他们拥有独特且丰富的创作环境与耐受性极强的创作精神，谱写并营造出了诗意的宁夏文学的审美氛围，相对守成的姿态也促使宁夏这片土地上留存了这些文学话语的传承。宁夏当代作家共同谱写了宁夏诗意话语的全貌、分支与线索，他们追赶时尚的步伐，但其思想性及独特性仍有不足，这正是我期望帮助宁夏当代作家了解自己创作魅力的同时的反思之处。如何讲述故事？在对生活真实的描绘时如何选择、提炼、加工？如何才能不断创造出"言有尽而意无穷"的话语？这唯有宁夏创作群体的思想艺术起点和整体水平提高，唯有卓越的创作者出现，警醒地认知创作中自在性书写大过自为性书写的现实，更深入地思考历史及哲理的深度等问题。我希望他们在自己的创作中寻找明确的边界，将充满灵动与天然的审美特质转化为简洁的艺术创作，共同推动宁夏文学创作迈向新的高峰。

　　写在最后的，唯有遗憾与感谢。研究中仍有遗憾，宁夏文学研究的整体构图及各种话语特色的继承路径并未画出全貌。首先宁夏诗歌、杂文、儿童文学等体裁的作品并未收入细读作品中，还有如石舒清、杨梓、牛撇捺、闵生裕、火会亮、曹海英等优秀作家的作品也未细读分析，这都是宁夏文学研究的重要内容。可以说宁夏当代作家话语嬗变的研究只是从研究方法上做的尝试，中国文学传统在宁夏文学的传承与出新是研究思路的新尝试，具体叙事传统的构图仍需持续研究方能完成，我想这应该是宁夏文学研究者共同努力，也是我后期继续研究的思路。只希望在历史资料的详细比对中深入探索宁夏作家话语的承袭与当代创作的跳跃性回溯等问题，在充分总结以往研究成果及经验教训的基础上，更广泛地寻找未来宁夏文学研究的方向及其创作的可能。

感谢的话和需要感谢的人很多。一路走来，宁夏作家的坚守与热爱感染着我，让我在阅读中思考宁夏文学的创作，并希望透过自己的研究可以帮助他们。感谢宁夏文联给我机会，让我走进作家的生活，更深入地了解他们。感谢我的老师王岩森先生，在我对作家作品及分期难以定夺之时，给我启发与帮助。感谢我的朋友陈春霞，在我写作最艰难的时候，她的鼓励让我的书稿得以顺利完成。感谢家人和学生对我的爱护与包容，在我身心投入地写作之时，忽略最多的是对他们的责任。书稿接近完成之时，爸爸突然离世，我的感谢已无处倾诉，希望爸爸能够收到女儿的思念，并以此书纪念我的爸爸！祝愿妈妈身体康健！